Das Buch

Thomas Fogarty, genannt Tiger, ist ein aufgewecktes Bürschchen von neun Jahren. Ihm hat es die Sippe im »bunten Wagen« zu verdanken, daß ihr Leben auf der Straße vorübergehend ein Ende findet. Versagen doch ausgerechnet vor den Toren eines Herrensitzes im Südosten Irlands Tigers artistische Fähigkeiten, die er während der Fahrt auf der Deichsel eines Wohnwagens erprobt. Er stürzt auf die Straße. Für die vornehme Eleanor Moore und ihre Großnichte Rose ist es angesichts des verletzten Kindes eine Selbstverständlichkeit, dem fahrenden Volk das verwilderte Parkgelände als Domizil anzubieten – gegen den massiven Widerstand der Dorfbewohner. Vorbei ist es mit der Abgeschiedenheit und Ruhe der beiden Frauen auf Moore Park, die seit dem tödlichen Autounfall von Roses Eltern den weitläufigen Besitz mit nur einem Hausmädchen mehr schlecht als recht verwalten. Es bricht für alle Beteiligten eine turbulente Zeit an ...

Die Autorin

Una Troy wurde 1913 in Fermoy in Irland geboren. Sie studierte in Dublin und lebt heute als Witwe eines Arztes in ihrer irischen Heimat. Una Troy begann schon früh zu schreiben. Mit der Veröffentlichung des Romans ›Wir sind sieben‹ wurde sie in kurzer Zeit in England, Amerika und dem deutschen Sprachraum bekannt.

Una Troy:

Die Leute im bunten Wagen

Roman

Deutsch von Isabella Nadolny

Deutscher
Taschenbuch
Verlag

dtv

Von Una Troy
sind im Deutschen Taschenbuch Verlag erschienen:
Mutter macht Geschichten (1286; auch als
dtv großdruck 25003)
Die Pforte zum Himmelreich (10405; auch als
dtv großdruck 25052)
Ein Sack voll Gold (10619; auch als
dtv großdruck 25002)
Trau schau wem (10867)
Kitty zeigt die Krallen (10898)
Stechginster (10989)
Das Schloß, das keiner wollte (11057)
Eine nette kleine Familie (11150)
Läuft doch prima, Frau Doktor! (11214)

Deutsche Erstausgabe
März 1991
Deutscher Taschenbuch Verlag GmbH & Co. KG,
München

Titel der englischen Originalausgabe:
›The Benefactors‹ (Robert Hale & Company,
London 1969)

Umschlaggestaltung: Celestino Piatti
Gesamtherstellung: C. H. Beck'sche Buchdruckerei,
Nördlingen
Printed in Germany · ISBN 3-423-11350-2

Erstes Kapitel

Es war fünf Uhr und begann zu dämmern, als die Fahrenden die ersten Häuser des Dorfes Cloona erreichten. Sie kamen in einem hohen, flachen Karren, von einem scheckigen Pony gezogen, und zwei klapprigen Wohnwagen, der eine bespannt mit einer alten Fuchsstute, die nicht mehr viele Meilen schaffen würde, der andere mit einem hinkenden Schekken. Ein Rudel Ponys und drei Hunde zogen hinterher.

Menschen und Tiere kamen von weit her und waren müde. Vor einigen Tagen hatten die Fogartys, die Flynns und die Caseys im Anschluß an einen geselligen Abend in McCarthys Kneipe in Wexford eine kleine Auseinandersetzung auf der Straße. Es wäre eine reine Privatangelegenheit geblieben, hätten sich die Polizisten nur herausgehalten. Doch das hatten sie nicht getan, und so hatte man heute im Gericht von Wexford Strafe zahlen müssen, und der Richter hatte ganz boshaft gesagt, je rascher die Fogartys, die Flynns und die Caseys aus der Gegend verschwänden, desto besser für sie. Jetzt hatten sie die Grafschaft zwar verlassen, durften aber noch nicht haltmachen. Noch ehe Mike Casey, der mit seinem Karren vorausfuhr, das warnende Zeichen aus Zweigen und Lumpen sah, das vor ihnen einer von ihrer Sippe in einer Hecke angebracht hatte, wußten sie: Cloona war ein übler Ort. Vor sechs Monaten hatten die Bauern von Cloona diejenigen überfallen, die auf dem Anger vor dem Dorf kampierten, hatten das Viehzeug auseinandergejagt, über die Wohnwagen weg geschossen und gedroht, die Tinker auszuräuchern, wenn sie am nächsten Morgen nicht weg wären. Die Kunde davon hatte sich rasch verbreitet, und seitdem blieb das fahrende Volk dem Gemeindeanger von Cloona fern.

Mike Casey hielt den Schecken an und wandte den Kopf, um zu den hinteren Wohnwagen zu rufen: »Für eine Nacht könnt man's vielleicht doch riskieren, oder?«

Aus der Tür des hinter ihm fahrenden Wohnwagens rief Grannie Fogarty zurück: »Bleibt lieber weg von Cloona, wenn's die Mähre schafft, wir wollen keinen neuen Ärger.«

Neben Mike Casey auf dem Karren saß Sibby Fogarty. An

dem bewußten Abend vor einer Woche waren die Polizisten gekommen, weil sich Grannie Fogarty und Moll Casey in den Haaren lagen, und Lar Flynns Backe einen Schnitt von einer Flasche abgekriegt hatte, und einem oder zwei von ihnen hatte ein Tritt auf den Mund ein paar Zähne gelockert. Aber jeder vernünftige Mensch wußte doch, daß zwischen Bekannten nach einem Tropfen zuviel so was passieren konnte, ohne daß man sich hinterher böse war. Die Fogartys, Flynns und Caseys waren jedenfalls wieder die besten Freunde und reisten bunt verteilt auf Karren und Wohnwagen. Auf dem Pritschenwagen war es ziemlich kalt, aber Sibby wollte sich umschauen können. Manchmal schleuderte ein Ruck sie gegen Mike, der dann leicht erschauerte. Sie lächelte ihm zu. Er wollte weit mehr von ihr als nur ein Lächeln, aber das würde er nicht bekommen. Sibby wäre durchaus willens gewesen, dem armen Kerl den Gefallen zu tun, doch das würde bedeuten, sich anschließend seinen Ring anzustecken. Und binden wollte sie sich nicht. Noch nicht. Wahrscheinlich nie.

»Diesen Drecksbauern von Cloona würde ich noch alle Tage Herr«, sagte Mike großspurig.

»Ja, sicher«, sagte Sibby freundlich.

Hinter ihnen brüllte Thady Casey.

»He, du da vorn, warum hältst du denn? Fahr zu!«

Sibby ließ den warmen Schal vom Kopf gleiten und sah sich um. Links die Sanddünen und das Meer. Vor ihnen, hinter der Kurve, lag Cloona, eine einzige Straße mit kleinen Läden und Häusern, dahinter wieder freies Land. Weiter, ach, nur weiter! Sibby sah hinaus auf das Meer, eine große, leere Fläche kaltes Wasser, und lächelte vor sich hin. Sie tastete nach ihrem Schenkel, wo die beiden Pfundnoten des Matrosen in Dunmore East in den Unterrock genäht waren. Was nützte ein Meer ohne Häfen, in denen Schiffe mit Männern anlegten? Was nützten kleine Gassen mit kleinen Häusern, in denen Menschen zahm und ängstlich lebten, weil jeder Käfig jedem Auge offenstand? Sie nützten nicht mehr als das öde Land, genausogut konnte man durch ein offenes Grab ziehen, so wenig Leben war darin. Weiter, nur weiter, weil man anders war als die Angehörigen und weil man mehr wollte und es vielleicht sogar bekam, wenn man weit genug zog.

Mike Casey trieb den Schecken durch Zungenschnalzen an, und sie fuhren weiter.

Tiger Fogarty reiste rittlings auf der Deichsel des zweiten Wohnwagens. Das konnte nicht jeder, aber Tiger Fogarty konnte alles, oder doch fast alles. Wenn er erst groß war, würde er eines der Weltwunder werden. Er trug einen Cowboyhut mit durchlöchertem Kopfteil, den er auf einer Abfallhalde in Wexford gefunden hatte. Tiger Fogarty, der singende Cowboy, ritt auf seinem Hengst Satan in Cloona ein und schoß beim Kommen nach den Bauern von Cloona. Peng! Wieder einer ins Gedärm getroffen, krallte die Hände in den Bauch und fiel brüllend in den Staub. Dort würde er sich noch eine ganze Weile brüllend krümmen, ehe er starb.

Mike Casey trieb den Schecken vorwärts, die Fahrenden ratterten durch das Dorf. Grannie Fogarty sah sich mit zorniger Neugier darin um. Für sie alle war es eine neue Strecke, ein unbekanntes Land. Es gab zwei leidlich große Läden, und die dort ein- und ausgingen und ihre Einkäufe machten, sahen nicht anders aus als sonstwo, obwohl es so mörderische Teufel waren. Grannie Fogartys alte Knochen schmerzten. Sie hätte nur zu gern hier haltgemacht und sich eine Nacht ausgeruht, doch das lohnte nicht das Risiko, so bald nach dem Richter von Wexford dem von Waterford gegenüberzustehen. Wenn etwas passierte, mochte schuldig oder unschuldig sein, wer wollte, beim heutigen Minuspunkt würde das Gesetz gegen die Fogartys, Flynns und Caseys sein. Bei der dritten Kneipe des Dorfes, mit ihrem Schild »Guinness – ein Genuß«, das im Dämmerlicht leuchtete wie ein viereckiger Mond, wurde sie schwankend. Sie war ganz ausgetrocknet vor Durst. Doch sie schüttelte still für sich den Kopf und tauchte, um der Versuchung auszuweichen, in die stickigen Tiefen des überfüllten Wohnwagens, um das nächste Dorf abzuwarten.

In einem der Schaufenster hing über Paketen mit Waschpulver, Mehlsäcken und zwei Plastikeimern ein gestreiftes Kleid. Die Streifen waren grün, rosa und schwarz, und das Kleid hatte Sibbys Größe. Es war so hübsch wie nur eines in den großen Städten. Sie gab Mike einen Rippenstoß, zeigte darauf, und er sagte: »Was das kostet, hab ich in der Tasche. Halt mal die Zügel!« Doch sie hielt ihn fest, ehe er vom Karren springen konnte, und sagte: »He, nicht doch! Bist du wahnsinnig!«

Es war ein ganz großartiges Kleid, aber wenn sie von Mike ein so kostbares Geschenk annahm, hätte er sie dadurch in aller Öffentlichkeit für sich gezeichnet, und von ihr würde anschließend verlangt, ihn zu heiraten, und dann kam nichts mehr als ein Rudel rotznäsiger Gören mit dem fuchsroten Haar der Caseys, und sie war nur noch eine dürre Hexe, die mit den anderen über die Straßen zog, für immer und ewig. So hüllte sie sich tiefer in ihren Schal und träumte andere Träume.

Auf dem Anger jenseits des Dorfs war nur eine Ziege angepflockt, sie graste neben der Pumpe. Bittere Gedanken kamen den Fahrenden, als sie müde an der schönen freien Wiese mit der Wasserstelle und alledem vorüberziehen mußten. Jenseits des Angers stand auf einer kleinen Anhöhe ein Bungalow, umgeben von einem Garten, der wohl einen halben Morgen groß war und bis zur Straße reichte. Mike rief Sibby aus ihrem Umschlagtuch, das müsse sie sich ansehen. Einem solchen Garten war er noch nie begegnet. Jedes Stück war bepflanzt, so daß man ihn gar nicht mit einem Blick erfassen konnte. Es gab Wege, die sich hierhin und dorthin wanden wie Schlangen, Blumenbeete, auf denen sich bereits erste Triebe zeigten, und zu Vögeln und Tieren geschorene Büsche, Rasenflächen, so glatt wie Teppiche, und Steingärten. Ein alter Mann legte einen kleinen Stein im Steingarten am Tor. Erst an die eine Stelle, starrte ihn mit schiefgelegtem Kopf an, nahm ihn dann wieder auf und legte ihn anderswohin. Beim Geräusch des Pritschenwagens drehte er sich um, und Mike sagte höflich: »'n Abend, Sir.« Der Alte machte einen kurzen Ruck mit dem Kopf und wandte sich ab. Hochnäsiger alter Kerl!

Der Garten war auf einer Seite begrenzt von einer hohen Mauer mit einem Spalier aus Obstbäumen und etwas Rankendem. Im rechten Winkel setzte sich diese Mauer am Weg entlang fort, beschattete ihn, nahm ihm das letzte Tageslicht. An manchen Stellen war die Mauer eingestürzt und bröckelig, und durch die Lücken sah man hinter kahlen Bäumen einen riesigen eckigen Kasten von Haus, der ganz mit Efeu bewachsen war. Er schien ebenfalls halb verfallen und unbewohnt. Doch dann war der Karren auf gleicher Höhe mit zwei hohen Säulen, auf denen je ein aus Stein gemeißelter Vogel thronte – Adler vielleicht. Es waren Torpfosten, und das schmiedeeiserne Doppeltor – rostig, aber großartig – stand offen und darin eine tweedgekleidete Frau, die zum Haus zu gehören schien. Sie lächelte Mike etwas verlegen zu, und er grüßte höflich zurück, indem er mit seiner Rute die Stirn berührte. Sekundenlang dachte er daran, zu halten und sie um den Preis eines Biers anzugehen, aber die Nase der Fuchsstute stieß von hinten beinahe an den Karren, und er hielt es für das beste, es zu unterlassen, wo doch Grannie Fogarty so scharf drauf war, still und heimlich aus Cloona herauszukommen. Er fuhr an der Frau vorüber, die noch immer lächelte und sich an den Torpfosten lehnte, so dicht, als ob sie dran klebte. Er wollte eben Sibby knuffen, um ein bißchen zu schwatzen, da brach hinter ihm ein fürchterlicher Lärm los, und er hätte dem Schecken beim Zügelanziehen fast das Maul zerrissen.

Tiger Fogarty war von Satan heruntergefallen. Jeder wäre heruntergefallen. Das Rad des Wohnwagens war über einen Stein geholpert, und Tiger hatte das Gleichgewicht auf der Deichsel verloren. Der Weg war ihm mit einem großen Bums entgegengekommen, und Tiger brüllte und schrie wie am Spieß vor Schmerz.

Trotz ihrer müden Knochen war Grannie Fogarty so rasch aus ihrem Wohnwagen und bei ihrem Enkel, als täte ihr nirgends etwas weh. Denn seit sieben Jahren, seit Vater und Mutter bei einer Grippewelle umgekommen waren, war es Grannie, die Tiger und Sibby betreute. Die anderen waren schon vor ihr bei ihm, stießen und schubsten ihn, und an der Art, wie er um sich schlug und heulte, konnten sie sehen, daß ihm gar nichts fehlte.

»Der ist ganz in Ordnung, nur ’n bißchen Haut vom Knie abgeschürft«, sagte Moll Casey. Seit Wexford war Tiger im Caseyschen Wohnwagen gereist.

Moll Casey würde zwar früher oder später Sibby Fogartys Schwiegermutter werden, aber Grannie Fogarty hatte sich erschreckt und sah daher keinen Grund, Moll zu schonen. Sie sagte: »Wer in Gottes Namen denkt denn, daß ’ne Familienmutter wie du ’n unschuldiges Kind nicht davor bewahren kann, sich auf der harten Straße das Genick zu brechen.«

»Ich paß lieber auf doppelt so viele von meiner Brut auf als auf den da«, sagte Moll.

Sie maßen einander mit finsteren Blicken. Doch dann fiel

Grannie Fogarty der Richter von heute morgen ein, und sie gab ihr Vorhaben auf, den Streit noch um einen Schritt weiterzutreiben. Sie rollte die Augen gen Himmel und äußerte: »Ich kann doch seinem Pappa und seiner Mamma droben nicht gegenübertreten, wenn ihm was passiert.« Sie stieß mit dem Fuß nach Tiger. »Hör jetzt auf mit dem Gejaul, steh auf und komm raus, du, sonst wird's morgen, eh wir irgendwohin kommen.«

Die Frau, die am Tor des großen Hauses so geglotzt hatte, kam jetzt herüber und fragte im Ton der feinen Leute, aber echt höflich: »Ist der Kleine verletzt?« Sah nicht schlecht aus, die Frau, jung und von guter Figur, die Beine aber reichlich mager, und obwohl ihr das blonde Haar herunterhing wie einem Mädchen und man nur das halbe Gesicht sah, das noch dazu dick bemalt und gepudert war, hielt Grannie Fogarty sie für vierzig oder mehr. Sie war zwar etwas Besseres, aber die Art, wie sie die Hände rang und »Der arme Kleine!« sagte, zeigte Gemüt.

Tiger warf seiner Großmutter einen raschen Blick zu, brüllte noch lauter und dachte nicht daran, aufzustehen. Der Bengel hatte eine Menge Fogartyschen Verstand geerbt.

»Ich fürchte«, sagte Grannie Fogarty, »daß er sich wirklich weh getan hat.«

In Mikes Gesicht zeigten sich erste Anzeichen eines Grinsens, doch das verschwand rasch, als Grannie ihn anschaute. Nun blickte er so besorgt auf Tiger wie alle anderen. Die Frau zitterte am ganzen Leib und drückte die Hände auf die Brust.

»Ich hab ihn fallen sehen. Es war furchtbar. Ich dachte, das Rad zermalmt ihn.« Sie kauerte sich neben Tiger und nahm seinen Kopf in ihren Schoß. Sie war weiß Gott ganz und gar weich. »Er muß sofort zum Arzt.« Sie warf einen Blick hinauf zu Mike Casey, und – behüt uns Gott vor allem Übel – der Vorhang aus gelbem Haar verrutschte, und man sah, warum sie ihr halbes Gesicht versteckte. Es war ganz schrundig und runzlig, und die Farbe klebte drauf wie auf dem Fleisch einer Leiche. Rasch schüttelte sie den Haarvorhang wieder darüber, das arme unglückliche Wesen. »Mr. Murphys Haus ist das dritte links im Dorf. Sie sehen sein Schild an der Tür.«

»Ah, wir wollen doch keinen fremden Arzt belästigen, Lady«, sagte Mike – ganz bescheiden, meiner Treu!

»Sie können Dr. Murphy ausrichten, daß Miss Sinclair Sie zu ihm schickt. Miss Sinclair von Moore Park.«

»Allerbesten Dank, Lady«, sagte Grannie Fogarty und nahm die Dinge in die Hand. »Das möchten wir lieber nicht. Das Kind fürchtet sich so vor Doktors, weil die nämlich mit unsereinem manchmal ziemlich grob sind.« Sie beugte sich herab und sagte honigsüß zu Tiger: »Versuch mal Arme und Beine zu bewegen, Liebchen.« Tiger bewegte sie schwach. »So ist es brav. Sehen Sie, Lady, da scheint nichts gebrochen. Jetzt heben wir ihn ganz vorsichtig von der Straße und versorgen ihn selber. Und vielleicht helfen Sie uns mit 'ner Kleinigkeit aus, um Gottes und seiner Heiligen Mutter willen. Weil wir nämlich Verbandzeug und so was brauchen werden, ganz zu schweigen von ein bißchen zusätzlicher Nahrung für die nächsten ein, zwei Tage, bis das arme Kerlchen wieder ganz in Ordnung ist.«

»Ja, wenn Sie wirklich meinen –«

»Aber ja doch, bin ich nicht seine Oma, die ihn aufgezogen hat, seit er 'n Beebi von zwei Jahren war?«

Die Frau nahm Tigers Kopf sanft von ihrem Schoß und stand auf.

»Ich fürchte, ich habe kein Geld bei mir. Aber wenn einer von Ihnen mit ins Haus kommt –«

»Mögen alle Heiligen Sie mit ihrem allergnädigsten Segen überschütten.« Jetzt winkte Grannie Fogarty mit krummem Finger Sibby heran. »Hier, seine Schwester wird mit Ihnen gehen und Ihnen danken, und wir müssen uns zum Weiterfahren fertigmachen.«

Eine Hupe tutete und tutete. Die nicht angebundenen Tiere schoben und drängten auf der Straße neben den Wohnwagen, die Hunde fingen an zu bellen. Die Hupe verstummte. Ein Mann trat zu ihnen. Es war der alte Kerl aus dem Garten. Diesmal dachte Mike nicht daran, ihn zu grüßen, nicht um die Welt. Der Mann schrie: »Was zum Teufel denkt ihr Leute euch eigentlich, den Weg zu blockieren?« Dann erkannte er die feine Dame, und seine buschigen Brauen hoben sich ruckartig. »Guten Abend, Miss Sinclair. Was zum Kuckuck geht hier vor?«

Die Frau sagte: »Ach, Herr Major, der Kleine da ist vom Wohnwagen gefallen.«

»Tatsächlich?« Der alte Teufel trat zu Tiger und stieß durch seine große Nase ein schnaubendes Lachen aus. »Na, ich nehme an, der kann wieder aufstehen und mir für meinen Wagen auf einer öffentlichen Landstraße ein Minimum an Platz einräumen. Auf, Junge.«

Tiger rührte sich nicht. Die Fogartys hatten gutes, eigensinniges Blut. Die feine Dame sagte: »Aber Herr Major, schauen Sie doch, seine armen Knie. Und den Schnitt am Kopf. Das arme Kind hat bestimmt Gehirnerschütterung. Ich habe versucht, den Leuten zuzureden, Dr. Murphy zu holen, aber sie sagen, sie wollen ihn selbst verarzten. Ich nehme an«, sagte die feine Dame und sah dabei irgendwie seelenvoll aus, »solche an das freie Nomadenleben gewöhnte Menschen fürchten, in ein Krankenhaus gesperrt zu werden.«

Der alte Major stieß wieder ein schnarchendes Lachen aus, und das konnte Mike ihm ehrlich nicht mal übelnehmen.

»Ich kenne Mr. Murphys Ansichten, wenn er unnötig gerufen wird, und ich meine, die Leutchen waren recht gescheit, sich nicht von Ihnen überreden zu lassen.«

Die Hunde konnten den alten Kerl genausowenig leiden wie Mike. Der Major hob den Fuß, um der Bastardhündin einen Tritt zu versetzen, die an seinen Fersen kläffte, aber vielleicht – wenn man glauben wollte, er besäße soviel Anstand – weil sie so deutlich trächtig war, hielt er an sich und trat statt dessen nach dem Terrier. Mike mußte es ihm lassen: Er hielt ohne mit der Wimper zu zucken dem großen Schäferhund stand, der doch alle Zähne bleckte. »Halten Sie Ihre Hunde unter Kontrolle.« Er schien der Meinung, er sei der Allmächtige selbst, dieser Major. Mike platzte fast, so sehr drängte es ihn, dem ins Gesicht zu sagen, wofür er ihn hielt, besonders weil der alte Kerl ihn anstarrte, als wartete er genau darauf. »Heben Sie augenblicklich das Kind auf, und fahren Sie weiter, wenn Sie keinen Ärger kriegen wollen.«

»Sie fahren ja schon«, sagte Miss Sinclair, »aber ich habe ihnen – ach, könnten Sie mir vielleicht fünf Schilling leihen?«

Der unmanierliche alte Bursche sagte: »Seien Sie doch nicht so dumm«, als spräche er immer noch mit einem Tinker und nicht mit jemand von seiner Sorte.

Aus dem Tor kam eine alte Dame. Sie war schon sehr alt.

Konnte achtzig sein oder darüber. Sie ging etwas vorgebeugt und stützte sich auf einen Stock, aber groß war sie immer noch. Sie trug Schwarz und hatte einen schwarzen Schal über ihrem weißen Haar. Ihr Gesicht war ganz runzlig, aber es hing nicht lose herunter wie andere runzlige Gesichter. Es war gemeißelt wie die Vögel auf den Torpfosten. Wie ein Adler. Sie sagte: »Wer ist denn schon wieder dumm, Major Bradley?« Sie hatte eine hohe, helle Stimme, die irgendwie steinern klang. So würden die steinernen Vögel reden, wenn sie reden könnten.

Diese Miss Sinclair fing an, ihr von Tiger zu erzählen, der noch immer simulierte wie ein guter Tinker, und fragte, ob sie Geld bei sich hätte. Die alte Dame antwortete nicht, streckte vielmehr den Stock aus und berührte Tiger damit. »Hör auf mit dem Blödsinn, mein Junge, und steh auf.« Mike fielen beinahe die Augen heraus, als Tiger aufstand, sanft wie ein Lamm, die alte Dame anglotzte und sich die Nase mit dem Handrücken wischte. »Geh und laß dir die Knie waschen.« Und ohne einen Piepser ging Tiger mit Moll Casey davon. Die alte Dame aber sagte mit ihrer steinernen Adlerstimme zu dem alten Kerl: »Ich gehe wohl nicht fehl in der Annahme, Major, daß Sie soeben mit meiner Großnichte gesprochen haben?«

Um dem Kerl gerecht zu werden: Er sah aus, als schämte er sich. Steif wie ein Ladstock, aber doch irgendwie höflich, sagte er zu der blonden Dame: »Miss Sinclair, ich muß mich entschuldigen. Ich gestehe, ich war verärgert darüber, Sie Ihre Teilnahme verschwenden zu sehen, wo sie unverdient ist.«

Es war wohl wenig wahrscheinlich, in Gegenwart dieses alten Grantlers etwas Bargeld herauszukitzeln, deshalb hatte Grannie Fogarty, die wie üblich ihre fünf Sinne beisammen hatte, von Lar Flynn und ein paar der Kinder die Tiere zusammentreiben lassen und sagte zu dem Alten – so honigsüß, als ob Mike nicht genau wüßte, daß es sie juckte, ihm eins auf die Schnauze zu geben: »Der Weg ist frei, Euer Ehren.«

»Es ist in der Tat ärgerlich«, sagte die alte Dame und tat, als rede sie zu niemand Besonderem, »durch eine Verkehrsstockung in Cloona behindert zu werden.«

Sie lächelte. Sie tat höflich, das wohl, aber man sah deutlich, daß keiner der beiden Vornehmtuer innerlich höflich war. Die hatten eine Stinkwut aufeinander, wie fahrende Leute zuweilen auch, nur eben ein geschliffeneres Mundwerk. Die alte Dame stützte sich mit beiden Händen auf den Stock, und die Blonde scharrte mit den Füßen, und beide warteten darauf, daß der alte Knilch in seinen verdammten Wagen stieg und sich davonmachte. Doch er stand noch immer da, stotterte und sagte schließlich: »Ich habe es ziemlich eilig, Mrs. Moore, aber ich werde hierbleiben, bis diese Leute in sicherer Entfernung sind.«

Die alte Dame – Mrs. Moore – lächelte wieder.

»Das ist sehr ritterlich von Ihnen, aber ich glaube, ich spreche sowohl für Rose wie für mich, wenn ich Ihnen versichere, daß wir uns nicht schrecklich gefährdet vorkommen.«

Mit bläulichem Kehlsack wie ein kollernder Puter sagte der alte Major: »Gut denn. Aber Sie sind sich hoffentlich darüber im klaren, daß es freundlicher wäre, diese Leute nicht zu ermutigen, ihre üblichen Tricks in Cloona anzuwenden.« Er stolzierte davon, blieb stehen, drehte sich noch einmal um und sah jeden einzelnen an, als sei er der letzte Dreck. »Ihr Leute könnt mir glauben, daß Cloona für Tinker kein bekömmlicher Ort ist, und je eher ihr aus Cloona heraus seid, desto besser für euch.«

Er bekam beim dritten Versuch seinen Wagen in Gang, und nach ein paar Metern hörten sie ihn die Gänge wild reinhauen. Bei all seiner Angeberei konnte der nicht einmal fahren!

Grannie Fogarty verlagerte ihr Gewicht von der schlimmen Hüfte auf die andere. Sie wollte wieder zurück in den Wohnwagen und sich hinsetzen.

»Wir fahren lieber weiter, eh uns die Dunkelheit erwischt, Missus, aber wir wär'n dankbar für die milde Gabe, die uns die junge Lady versprochen hat.«

Die Gelbhaarige – Miss Sinclair – stotterte etwas, aber dann sagte die alte Dame etwas zu ihr, und die Sinclair verstummte und war irgendwie verlegen. Die alte Dame schaute Grannie Fogarty an und sagte: »Sie sind müde?«

»Ja, bin ich«, sagte Grannie Fogarty.

An der alten Dame war nichts sanft oder weich, und man sah deutlich, daß sie sich nichts gefallen lassen würde, aber sonderbar, als sie einander so unverwandt ansahen, dachte

Grannie Fogarty, daß kein so großer Unterschied zwischen Oben und Unten sei. Zwei müde alte Frauen waren sie, die sich dem Ende ihrer Tage näherten, in denen sie es wohl beide nicht gerade leicht gehabt hatten.

Langsam wandte die alte Dame den Blick von Grannie Fogarty und sagte: »Die Stute ist total erschöpft.« Der Kopf der Roten hing herunter, das stimmte. Sogar die Hunde hatten sich jetzt flach auf den Boden gestreckt. »Es wäre grausam, sie zum Weiterziehen zu zwingen.«

»Kann schon sein, meine Dame, aber es ist nicht unsere Schuld«, sagte Mike griesgrämig.

Mike hatte sich die ganze Zeit brav beherrscht, und obwohl es so gut wie sicher war, daß die alte Dame das mit den Schillingen von der Gelbhaarigen verhindern würde, wollte Grannie Fogarty doch ganz und gar nicht, daß der seltsame Kontakt zwischen der alten Dame und ihr durch einen unfreundlichen Abschied zerstört würde. Ehe Mike weiterreden konnte, sagte sie rasch: »Da hat er recht. Wir fallen schon fast um, aber wir wissen, wie es in Cloona ist. Der Herr hat's ja auch gesagt. Wir sind hier nicht willkommen.« Und sie sagte es rundheraus, woran man sich nie gewöhnte, auch wenn man es von klein auf eingetrichtert bekam: »Wir wissen, daß wir nirgends willkommen sind, am allerwenigsten in Cloona. Ihnen viel Glück, Lady.«

Sie wandte sich den Wohnwagen zu. Es war schon zuviel Zeit hier verschwendet worden, für nichts und wieder nichts, und sie hatten einen langen Weg vor sich, und die Nacht sank herab. Die anderen waren schneller auf ihren Plätzen als sie, und Mike saß schon wieder pfeifend auf dem Pritschenwagen und machte sich bereit, dem Schecken eins überzuziehen. Sie hatte gerade einen Fuß auf dem Tritt des Wohnwagens, da hörte sie die alte Dame rufen: »Halt! Warten Sie, Mrs. – ich weiß Ihren Namen nicht.« Grannie Fogarty wandte den Kopf. Die alte Dame zeigte mit dem Stock auf sie und sagte: »Sie dürfen heute auf meinem Grund übernachten.«

Grannie Fogarty warf Lar einen zweifelnden Blick zu, und er erwiderte ihn ebenso. Die alte Dame fuhr fort: »Ich biete Ihnen keine offene, ungeschützte Wiese als Campingplatz, verstehen Sie. Ich lade Sie ein, hier hereinzukommen.« Sie zeigte mit dem Stock auf die Torflügel hinter ihr. Lar riß vor

Staunen den Mund auf. Wieder flog ein Blick zwischen ihm und Grannie Fogarty hin und her. Er ließ absichtsvoll ihre Hand los, mit der er ihr hatte hinaufhelfen wollen, und sie stellte den Fuß zurück auf den Boden. Ihre Gedanken flogen hierhin und dorthin. Die alte Dame verzog sonderbar das Gesicht, es sah nicht direkt aus wie ein Lächeln, eher so, als amüsiere sie sich insgeheim über einen gelungenen Witz.

»Sie sehen, die Mauern sind hoch. Auch die Tore. Dies ist mein Privatbesitz. Kein Mensch in Cloona kann mir verbieten, mir meine Gäste auszusuchen, und kein Mensch in Cloona wird es wagen, Sie zu belästigen. Sie können sich hier ungefährdet ausruhen.«

Zehn Minuten später wurden die Torflügel weit geöffnet, und die Fahrenden rollten zwischen den steinernen Adlern hinein nach Moore Park.

Zweites Kapitel

Die Tinker hatten sich nahe der den Park begrenzenden Mauer niedergelassen, wo man gegen den Wind vom Meer geschützt war. Ihre Tiere streiften frei herum. In Moore Park gab es keine Rasenflächen, die man schonen mußte, Rasen und Ziergärten waren verwildert, und die Zufahrt, die von den steinernen Adlern zum freien Platz vor dem säulengeschmückten Eingang des Gebäudes aus dem 18. Jahrhundert führte, war eine ausgetretene Grasspur durch einen Tunnel aus Buchen und buschigem Unterholz. Hinter dem ungepflegten Kiesplatz trennte eine rauhe Betonmauer – niedriger als die ursprüngliche Steinmauer, die in erbärmlicher Plackerei während der großen Hungersnot errichtet worden war – Moore Park von dem Ackerland, das früher dazugehört hatte. Bis auf zwei Wiesen hinter der Mauer, wo der Erbauer John Moore für seine Nachkommen Eichen gepflanzt hatte, gehörte der Besitz jetzt den örtlichen Bauern. Durch einen Spalt in den nachlässig zugezogenen Vorhängen des Bibliotheksfensters an der Seitenfront warf Mrs. Moore gelegentlich einen Blick auf die erleuchteten Quadrate der Wohnwagenfenster, die in einiger Entfernung ganz ungewohnt im Dunkeln leuchteten, aber meist schaute sie ins Feuer, versuchte ihre Füße zu wärmen und dachte nach.

In diesem Winter fiel es ihr von Tag zu Tag schwerer, sich warm zu halten, und leichter, müßig dazusitzen und nachzudenken. Jetzt gab sie sich innerlich einen Ruck, lockerte die Schultern und setzte sich aufrecht, wie man es ihr beigebracht hatte. Eleanor, sitz gerade! Es war nur natürlich, daß man geistig und körperlich nachließ, wenn man dreiundachtzig war, aber noch konnte man das hoffentlich vor anderen verbergen.

Sie stand auf und ging, ihre Arthritis nicht beachtend, im Zimmer umher. Vor dem Porträt von William blieb sie stehen, der in seinem roten Jagdrock auf Salaam wie auf einem Weihnachtskalender aussah. Das Bild hing über seinem Schreibtisch, an dem er sich angeblich mit der Verwaltung des Besitzes beschäftigt hatte. Jeder wußte, daß er das niemals tat, aber die Bibliothek des Herrn war außer für das Dienstmädchen am Morgen für alle tabu gewesen. Jetzt war sie das Winterwohnzimmer, weil es nur hier gemütlich warm wurde. Der liebe William. In ihrem Erwachsenenleben hatte Mrs. Moore außer sich selbst nie jemanden gehabt, auf den sie sich mit Bestimmtheit verlassen konnte. Sie hatte einen charmanten, verantwortungslosen und nur mäßig treuen Mann geheiratet und einen charmanten, leichtfertigen Tunichtgut von Sohn gehabt. Beide gab es nicht mehr, sowenig wie die fetten Äcker, die früher einmal genügend abgeworfen hatten, um so manche Extravaganz zu finanzieren. Mrs. Moore hatte eine Rebellion durchlebt, einen Bürgerkrieg, der sie zur Untertanin einer neuen Republik machte, und mit der sie sich philosophisch abgefunden hatte, alle Aufs und Abs in ihrem Leben hatte sie im Vertrauen auf die eigene, selbständige Kraft hinter sich gebracht. Doch jetzt hätte sie William gerne für ein paar Minuten zurückgerufen, damit er neben ihr stand, statt aus dem ziemlich schlecht gemalten Porträt über dem Kamin zu starren, um zu ihm sagen zu können: »William, ich fürchte mich.« Und er würde lachen: »Schon wieder Ohrwürmer, was?« und sie einmal mehr mit ihrer Angst vor den gräßlichen kleinen Insekten aufziehen. Und sie würde sagen: »Nein, keine Ohrwürmer. Diesmal habe ich wirklich Angst.« Er würde überrascht dreinschauen und sagen: »Du, Eleanor? Unsinn!«, und sie würde sagen: »William, ich fürchte mich vor dem Sterben.« Das würde ihn zwar wundern, doch er würde sie nicht wegen ihrer Feigheit verachten, denn William war freundlich und hatte sie sehr gern. Er würde sagen: »Meine liebe Eleanor, nimm dich zusammen. So etwas schafft man anstandslos. Ich bin gestorben. Toby ist gestorben. Das kann doch jeder.« Und dann würde sie es ihm erklären. »Es ist ja nicht der Tod selbst, vor dem ich Angst habe. Es ist das langsame, unerfreuliche Hingeschleppe vorher.« Und William würde sagen – was würde er sagen, ach ja: »Hm, na ja, du wolltest ja unbedingt dreiundachtzig werden! Du kannst nicht beides haben, meine Liebe. Man hätte dich wirklich vorher einschläfern sollen.« Und dann würden sie beide lachen, und für kurze Zeit würde sie kein Feigling mehr sein.

Sie trat von Williams Porträt zurück, aber nicht rasch genug, denn in diesem Augenblick kam Rose herein. Sie sagte:

»Ich habe Katie mit dem Abendessen ein bißchen geholfen, Tante Eleanor. Es ist gleich soweit.« Rose hatte sie natürlich dabei ertappt, wie sie auf das Porträt schaute, und Mrs. Moore staunte, wie sie eine so triviale Bemerkung mit der gedämpften Ehrfurcht tränken konnte, deren sie sich im Zusammenhang mit Trauerfällen ausnahmslos bediente, auch wenn sie weit zurücklagen. Arme, törichte, sentimentale Rose! Mrs. Moore wandte William den Rücken, der, wenn er von Salaam hätte herabsteigen und zu ihr treten können, in der alten Vettel, zu der sie geworden war, kaum seine Frau erkannt hätte, und sagte energisch: »Es wird heute sehr spät gegessen. Wenn Katie schlechte Laune hat, darf man sie nicht unterstützen, das bestärkt sie nur noch.«

Das Abendessen bestand aus Speckstreifen, Eiern und Kartoffelbrei. Katie Roche kam mit dem Tablett, stellte alles klappernd auf den Tisch und ging wortlos wieder hinaus. Sie war eine stämmige Frauensperson mit einem unschönen, für die Gegend typischen Gesicht, und jeder Zoll an ihr drückte Ablehnung aus. Der Speck und die Eier waren zu scharf gebraten und der Kartoffelbrei wäßrig. Einige Speckstreifen rutschten Mrs. Moore unter dem Messer weg und landeten auf dem Tischtuch. Sie sagte: »Ich hab mir schon gedacht, daß Katie ernstlich verstimmt ist. Offenbar hatte ich recht.«

Katie kam wieder herein mit einem Flammeri und einer Kanne Tee. Sie stellte beides unsanft hin.

»Also ich geh jetzt. Ich bleib nicht zum Abspülen.« Mrs. Moore schwieg. Katie sagte kampflustig: »Und ich bin froh, wenn ich aus dem Tor und heil auf der Straße bin, kann ich Ihnen sagen. Eine von dem Gesindel war vorhin an der Hintertür und hat gefragt, ob ich ein Scheibchen Butter entbehren könnte. Schieb ab, sag ich, hier kriegst du nichts. Die kenn ich. Gibt man denen was, dann kommt: Hätten Sie nicht ein paar Krümchen Zucker, und hätten Sie nicht vielleicht einen alten Mantel über meine Lumpen anzuziehen. Ich kann nur sagen, ich hoffe, die sind weg, ehe ich morgen früh wieder da bin. Mir ist noch ganz schlecht vor Schreck, als ich sie auf dem Hof herumschleichen hörte.«

Mrs. Moore sagte milde: »Ich habe ihnen erlaubt, dort an den Wasserhahn zu gehen.«

»Solche wie die darf man nicht an Wasserhähne lassen. Für die reicht es, wenn sie sich's aus dem Fluß holen, wie sie's gewöhnt sind.« Katie ging ans Fenster und begann die schweren Holzläden vorzulegen. Als sie sie zusammenzwang und die Eisenstange vorlegte, quietschten die Angeln, sie waren lange nicht benutzt worden. »So. Das wär's. Das übrige Haus ist gut verriegelt bis auf einen Riegel in der Bibliothek, den hab ich nicht zugekriegt. Will's Gott, merken sie's nicht.« In der Tür wandte sie sich nochmals um. »Und wie ich im Dorf angeschaut werde, wenn die Neuigkeit schon vor mir dort ist, weiß ich auch nicht!«

»Gute Nacht, Katie. Das ist alles, danke.«

»Ich hoffe nur, daß Sie nicht alle beide im Bett ermordet worden sind, wenn ich Sie morgen wiederseh.«

Als sich die Tür geschlossen hatte, sagte Rose mit einer ihrer drolligen Grimassen: »Sie ist schon ein Original.« Mrs. Moore goß sich schweigend von dem zu starken Tee ein. »Eigentlich, Tante Eleanor, war ich auch ein bißchen erstaunt, daß du die Tinker hereingelassen hast.« Sie lachte mädchenhaft fröhlich. »Wäre es möglich, daß du es getan hast, um Major Bradley eins auszuwischen?«

»Du liebe Zeit, bin ich denn so kleinkariert? Ja, ich glaube, das bin ich. Aber wenn es ums Schikanieren geht, bin ich lieber Hammer als Amboß.«

»Ehrlich, Tante Eleanor, es ist eine richtige irische Verrücktheit. Pongo und Bongo werden sich kaputtlachen, wenn ich ihnen erzähle, daß Moore Park für eine Nacht eine Art Zigeunerlager war.«

Pongo und Bongo waren die einzigen aus Roses Mädchenzeit, zu denen sie noch Kontakt hielt. Sie waren jetzt ein Ehepaar mittleren Alters, das gesetzt in Kensington lebte. Rose hatte sie einmal nach ihrem Unfall besucht, und einmal waren sie auch nach Moore Park gekommen. Keiner der Besuche war ein Erfolg gewesen. Mrs. Moore hatte sich viel von der Rückkehr ihrer Großnichte in die Gesellschaft versprochen, die sie einmal so sehr genossen hatte, aber Rose war aus London verschlossener denn je zurückgekehrt. Sie hatte mehrere Jahre vergehen lassen, ehe sie Pongo und Bongo nach Irland einlud. Und ihre Großtante wußte: Sie hatte sie nicht in die rauhe Realität eines verarmten, baufälligen alten Herrenhauses eingeladen, in dem zwei Frauen herumklapperten wie trockene Erbsen in einer welken Schote. Nein, sie hatte sie eingeladen in ein ganz und gar himmlisches Charles-Leverish-Irland, in dem das Leben ein amüsanter Notbehelf für eine verarmte Oberschicht war, mit der Begleitmusik unfreiwilligen Humors einer drolligen Bauernschaft. Es hatte fast pausenlos geregnet, aber Rose war von hektischer Fröhlichkeit gewesen. Sie hatte Pongo und Bongo in ihrem verbeulten kleinen Morris im ganzen Land herumgefahren oder aber in Moore Park unter Lachsalven über Gin und Sherry aus dem Gemischtwarenladen Erinnerungen mit ihnen ausgetauscht. Wißt ihr noch, wie Bill in die Themse fiel? Wißt ihr noch, wie die Schatzsuche in den Old Stairs in Wapping endete? Wißt ihr noch – ach, wißt ihr noch? Rose war noch Wochen nach ihrer Abreise fröhlich geblieben. Doch weder die Betten noch das Essen (Katie Roche, deren verdrießliche Anmerkungen den Gästen jedesmal von Rose als Perlen des Humors berichtet wurden, war besonders schlechter Laune wegen der zusätzlichen Arbeit gewesen), noch – naturgemäß – das Klima waren das, was Pongo und Bongo gewöhnt waren, und so waren sie denn nie wiedergekommen. Von da an wurde die Freundschaft zwischen ihnen durch Briefe aufrechterhalten, was – wie Mrs. Moore annahm – für beide Teile weit befriedigender war.

»Wenn Pongo und Bongo hier wären«, sagte Rose jetzt, »wären sie bestimmt zu den Tinkern hinüber und hätten eine Sangesrunde am Lagerfeuer abgehalten.«

Dies bezweifelte Mrs. Moore stark, auch wenn Pongo und Bongo ihren jugendlichen Elan behalten hatten, den ihnen Rose weiterhin unterstellte, und selbst wenn die Tinker ein Lagerfeuer entzündet hätten, was sie nicht taten. Diese besondere Sorte von Nichtseßhaften war so wenig attraktiv wie alle anderen der Gattung. Für eine flüchtige Sekunde hatte sie so etwas wie ein Gefühl der Verbundenheit mit der müden alten Tinkerfrau empfunden, aber kaum mehr als mit der abgetriebenen alten Fuchsstute. Die Alte hatte alle Merkmale ihrer Gattung: den verschlagenen Blick, die offenkundige Hinterlist, das einschmeichelnde Gewinsel. Sogar Rose fiel es schwer, die Tinker zu romantisieren, und ihr Schwatzen verstummte bald.

Plötzlich fühlte sich Mrs. Moore ein bißchen schwindlig. Sie rührte sich nicht. Wenn sie sich nicht rührte, würde es vorübergehen. Und es ging vorüber. Sie holte tief Luft. Dann erhob sie sich ganz gelassen.

»Ich glaube, ich geh jetzt ins Bett, liebes Kind. Ich bin reichlich müde.«

Sie stieg so langsam die breite Holztreppe hinauf, daß sie, noch ehe sie den Treppenabsatz erreichte, die Einleitungsmelodie einer Fernsehserie hörte, die sie nicht ausstehen konnte. Sie war froh, ihr zu entgehen. Eigentlich gab es wenige Programme, die sie gern über sich ergehen ließ, aber sie hatte den Fernseher sowieso nur für Rose gemietet. Das schuldete sie Rose, und noch weit mehr. Fünfundzwanzig Jahre lang hatte sie sich unabdingbar in der Schuld ihrer Großnichte gefühlt. Sie war bereit, alles zu tun, was Rose von ihr verlangte – doch Rose verlangte nur eines: sie gegen die Realität abzuschirmen.

Und wenn ich nicht mehr bin, dachte Mrs. Moore beim Schließen ihrer Schlafzimmertür, was dann? Was ich Rose hinterlassen kann, reicht nur, um irgendwo in einem möblierten Zimmer zu leben. Und wie soll sie das Leben ertragen, wenn sie nicht mehr Miss Sinclair von Moore Park ist, die sich für eine alternde Großtante aufopfert? Sie wird eine beschäftigungslose Frau in den Vierzigern sein – allein. Sie wird gar nichts sein. Wird sie sich in diesem möblierten Zimmer ihr bißchen gesunden Menschenverstand erhalten können?

Mrs. Moore merkte, daß sie ihre Gedanken laut vor sich hinsprach, und preßte die Lippen zusammen. William, du siehst doch, warum ich nicht anders kann als Angst haben. Sie schauderte. Rose oder Katie hatten den kleinen tragbaren Ölofen angezündet, aber das riesige Schlafzimmer war eisig. Es wäre vernünftiger gewesen, schon längst in eines der kleinen Schlafzimmer im Personaltrakt zu ziehen, aber Mrs. Moore konnte nicht auf die Aussicht verzichten, die sie entzückt hatte, seit sie zum ersten Mal als Braut in dieses Zimmer getreten war. Selbst wenn die Wiesen, die sich bis zum Absturz der Felsen hinzogen, nicht mehr zu Moore Park gehörten, waren sie doch noch so grün wie eh und je, und hinter ihnen lag die lebendige, wogende See.

Einen Augenblick stand sie da und schaute hinaus in die sternenlose Nacht. Dann fing sie an, sich auszuziehen. Es gab Tage – und dies war einer davon –, da schien jedes Tun eine ungeheure Anstrengung zu erfordern. Sie war sehr müde, als sie endlich in dem großen Bett lag. Zwischen den Laken war eine Wärmflasche, und sie schob sie hinunter an die Füße und versuchte sich auf der kleinen warmen Fläche, die sie hinterlassen hatte, zusammenzurollen. Manchmal hatte sie die Füße gegen Williams Rücken gestemmt, und er hatte gesagt: »Na, Eleanor, hältst du mich etwa für eine Bettpfanne?« und ihr gezeigt, daß er es nicht war. William und sie hatten so manche gute Nacht in diesem Bett verbracht. Und wenn er auch noch andere Betten genoß, tat er es jedenfalls so diskret, daß es sie nie beschämte und sie ihn gern wieder in das ihre heimkehren ließ.

Schon wurde ihr behaglicher und schläfriger, da wurde sie plötzlich durch ein Geräusch draußen hellwach. Salaam hatte sich, überfüttert und verzogen, wie er war, wieder mal losgerissen und rupfte auf dem Rasen das verbotene Gras – aus purem Übermut. Er würde zu aufgebläht sein für die morgige Treibjagd. Man wollte sich mit den Hunden bei Harvey's Cross treffen, und man würde zunächst im Wald von Kilfane treiben, dort würden sie fast mit Sicherheit Erfolg haben. Worauf würde Toby morgen reiten? Nein, Toby war ja tot. Toby und Roses Eltern waren im brennenden Wagen eingeschlossen gewesen, und nur ihre hübsche Großnichte war bei dem Unfall gerettet worden. Ihre hübsche Großnichte! Ach, Toby! Aber das ist vorbei. »William, Salaam macht wieder Dummheiten!« Was für ein törichter Traum. Auch William lag unter der Erde. Alles war vorüber. Draußen graste ein Tinkerpony.

Mrs. Moore knipste die Lampe an und setzte sich im Bett auf. Sie nahm ein Schlafmittel aus der Schachtel, die für solche Fälle auf ihrem Nachttisch bereitlag, und goß sich aus dem Krug ein Glas Wasser ein. Aus dem Spiegel des riesigen Schrankes am anderen Ende des Zimmers starrte ihr eine alte, im Bett sitzende Frau entgegen. Mrs. Moore schluckte die Kapsel, und dann hoben die beiden alten Frauen ihre Gläser und tranken einander zu.

»Im großen und ganzen hattest du ein gutes Leben, meine Liebe. Du gehörst zu den Glücklichen, und wir wollen hoffen, daß du aufrecht stirbst und nicht auf den Knien.«

Mrs. Moores Zimmer lag wieder im Dunkeln, als Rose die Treppe heraufkam. Sie suchte beim Vorübergehen an der Tür der Großtante nach dem dünnen Lichtspalt, der sich möglicherweise darunter zeigte. Hätte sie ihn gesehen, wäre sie hineingegangen, um ein letztes fröhliches Gutenacht zu sagen. Solche Kleinigkeiten bedeuteten einem alten Menschen viel. Sie ging in ihr Zimmer und setzte sich an ihren Toilettentisch vor den Spiegel. Sie teilte ein paar Haarsträhnen, zog sie straff von der Kopfhaut in die Höhe und untersuchte sie besorgt. Ja, an den Wurzeln zeigte sich bereits Weiß. Das war verdammt lästig. Es bedeutete, daß sie nächste Woche wieder zum Friseur in Waterford mußte. Vielleicht konnte sie es aber auch noch zwei Wochen aufschieben. Im Winter war es nicht so schlimm, da konnte sie ein Kopftuch tragen, auch wehte der Wind dann das Haar nicht weg und legte alles bloß.

Sie schob es wieder zurück, und jetzt sah es recht ordentlich aus. Das Beste an blondem Haar war, daß kein Mensch drauf kam, es könnte gefärbt sein. Sie studierte ihr Gesicht mit der kalten Gleichgültigkeit, die Schönheitsmagazine empfahlen. Ganz objektiv: Keiner hätte geglaubt, daß sie schon –

»Dreiundvierzig, dreiundvierzig, dreiundvierzig«, sagte sie laut in einem Anfall von Selbstquälerei und zerrte alles Haar aus ihrem Gesicht nach hinten. Eine Frau von dreiundvierzig, die ein Stück von ihrem Oberschenkel auf der Wange trug! Sie berührte diese Wange. Noch heute faßte man sie nur widerwillig an. Dieser verdammte Trottel von einem Gesichtschirurgen. Dieser verdammte Trottel von Onkel Toby, der rücksichtslose Autonarr. Nicht doch, man mußte seine Kümmernisse sublimieren durch Dienst am Nächsten, dann drückte sich der Charakter im Gesicht aus, und eine leichte Entstellung zählte kaum noch. Wie etwa bei diesem Mädchen mit der Hasenscharte. Außerdem hatte sie schöne Augen, und wenn sie sich den seidigen Haarvorhang über die Wange rutschen ließ ... Sie lachte, als sie merkte, wie böse sie immer noch in den Spiegel starrte. Hör auf, alles aufzuzählen, womit du gestraft bist, Rose Sinclair. Freiwillig hatte sie ihr Leben Tante Eleanor gewidmet. Tante Eleanor war ein Schatz. Nicht sie, sondern die eigene Herzensgüte hatte sie daran gehindert – was zu werden? Oh, sie hatte viele unentdeckte Talente. Vielleicht eine berühmte Modeschöpferin. Oder eine Schriftstellerin. Verheiratet natürlich. »Liebling, du siehst heute so reizend aus.« Er stand hinter ihr. Er schob die Hände unter ihren Pullover, ließ sie über ihre glatten Schultern gleiten, ließ sie – sie zog die Hände von ihrer Brust.

Im Bett, in der Dunkelheit, war es besser. Nichts konnte diese Momente verderben, bis man in den Schlaf hinüberglitt, die beste Zeit in den ganzen vierundzwanzig Stunden. Heute nacht war er sehr zärtlich und leidenschaftlich – dieser Andrew Hogan. »Rose, ich liebe dich.« – »Ich liebe dich auch.« – »Ich kann dich nicht bitten, mich zu heiraten. Ich bin nur ein Dorfschulmeister, und du bist Miss Sinclair von Moore Park.« – »Was spielt das für eine Rolle? Aber ich bin älter als du, Andrew.« Die Tinker hatten sie »die junge Lady« genannt. Sie sah natürlich noch mädchenhaft aus, auf sie mußte sie gewirkt haben wie ein Engel der Barmherzigkeit da draußen auf der Straße. Wie sie so mit ihnen sprach, als sähe sie keinen Unterschied zwischen sich und ihnen. »Ach, der arme Kleine!« Miss Sinclair von Moore Park, so schlicht und freundlich, die Dorfbewohner vergötterten sie. »Rose, du bist so alterslos wie Helena von Troja. Ich will kein Mädchen. Ich will eine reife Frau.« – »Andrew, hör auf. Das dürfen wir nicht.« Doch er hatte jede Beherrschung verloren. Er kannte keine Rücksicht mehr. Jetzt war sie hilflos. Aaah.

Wie war es wohl wirklich? Wenn schon dies so sein konnte, wie war es dann wirklich?

Ein Geräusch riß sie aus diesen wenigen köstlichen, flüchtigen Augenblicken sinnlicher Begierden. Eine Ratte? Manchmal rannten sie durchs Haus wie die Hunde. Nein, keine Ratte. Das Geräusch kam von draußen. Katie hatte den einen Laden in der Bibliothek nicht befestigen können. Vielleicht strichen die Tinker draußen herum. Tinker machten manchmal krumme Finger, aber gefährlich waren sie nicht. Sie würden es nicht wagen, gefährlich zu sein. Aber es wäre vielleicht doch gut, ihnen zu zeigen, daß man auf der Hut war. Wäre vielleicht doch gut, ins Wohnzimmer zu gehen und den Laden, wenn möglich, zu schließen. Sie stand auf und zog ihren guten blauen Samtmorgenrock an – ein Geburtstagsgeschenk von Tante Eleanor. Sie kämmte sich und puderte sich ein bißchen das Gesicht. Sie sah hübsch aus. Sie ging die Treppe hinunter, furchtlos.

Im Wohnzimmer knipste sie alle Lichter an dem geschliffenen Glaslüster an. Der lockere Laden klapperte im Zugwind durch eine fehlende Scheibe hoch oben in der Verandatür. Sie zog die Läden zurück und stand so, daß jeder sie von draußen sehen konnte. Das Licht strömte hinaus auf den überwachsenen Kiesweg. Eines der Tinkerponys graste unweit des Fensters, und neben ihm stand ein Mann. Er kam herüber zum Fenster. Es war der junge Bursche, der den Pritschenwagen gefahren hatte. Er sagte etwas, so leise, daß sie es durch die Scheibe nicht hören konnte. Sie öffnete das Fenster. Sie fragte herrisch: »Was machen Sie da?«

Er berührte grüßend seine rotblonde Stirnlocke.

»'tschuldigen Sie, Miss. Wie gesagt, ich wollte das Pony weiter weg vom Haus anpflocken. Ich dachte, wenn's so nah beim Kiesweg ist, stört's vielleicht die alte Dame beim Schlafen.«

»Ich verstehe. Danke.«

»Wir wollen ja nicht lästig fallen, Miss, wo doch die alte Dame so gut zu uns war und so.« Er lächelte, eigentlich ziemlich schüchtern. »Wenn ich's sagen darf, Miss, mir kam die Idee: Sie waren's, die sie drauf gebracht hat, weil Sie sich wegen Tiger aufgeregt haben und so.«

»Tiger? Oh, ist das der kleine Junge? Was für ein sonderbarer Name!«

»Den hat er sich selbst gegeben, weil er so großartig klingt. Der hat den Kopf voll Räuber und Gendarm und Indianer und so 'n Spielkram, und wir haben mitgemacht. Getauft ist er Thomas, Thomas Fogarty.«

Er sah sie unverwandt an. Vermutlich hatte er noch nie eine Frau im Morgenrock gesehen. Zweifellos war Bewunderung in seinem Blick. Dieser Morgenrock war sehr hübsch, sehr anliegend und von sehr schmeichelndem Blau. Trotz seines schüchternen Lächelns war er im Grunde ein reichlich frech dreinschauender junger Mann und auch nicht schön, aber er war groß und schlank und hatte prachtvolle Schultern. Es mußte ein neuartiges Erlebnis für ihn sein, daß eine Frau wie sie ohne Herablassung mit ihm sprach – ja, daß sie überhaupt mit ihm sprach. Die meisten Menschen behandelten die Kesselflicker, als seien sie Untermenschen. Aber Miss Sinclair von Moore Park war so schlicht und freundlich, daß man merkte, sie würde nie hochfahrend mit jemand reden. Sie lächelte diesen Tinker, der sie immer noch fast ehrfürchtig angaffte, huldvoll an. Genau wie sie jeden anderen Mann angelächelt hätte.

»Armer kleiner Tiger! Ich muß morgen früh nachsehen,

ob ich nicht noch ein paar Süßigkeiten für ihn finde.« Sie nieste, der Morgenrock war nicht besonders warm, nickte dem jungen Tinker ein »Gutenacht!« zu und begann das Fenster zu schließen.

Er ging nicht, und ehe das Fenster ihm ganz vor der Nase geschlossen wurde, sagte er: »'tschuldigen Sie, Miss, aber ich hab gemerkt, daß einer von den Läden klappert, der ist nicht richtig festgemacht. War 'n Riesenkrach, ehrlich. Wenn da was zu reparier'n ist, mach ich das gern, eh wir morgen früh weiterfahren.«

Sie zögerte. Was schadete es schließlich, wenn er merkte, daß der eine Laden nicht zu schließen war. Trotz Katie Roches Besorgnis: Kein Tinker würde es wagen, durch ein Fenster von Moore Park einzubrechen. Sie sagte: »Die Halterung ist verrostet. Wir machen ihn sonst auch nie –«

Zum Glück schien er die Anspielung in ihrer unvollendeten Bemerkung nicht verstanden zu haben, denn er sagte gleichmütig: »Vielleicht krieg ich das für Sie hin, Miss. Ich meine, für jetzt. Und morgen früh könnt ich's dann richtig befestigen.«

Es sprach für ihn, daß er so darauf aus war, sich ein paar Pennies zu verdienen. Sie sagte: »Das ist sehr freundlich von Ihnen.« Sie öffnete das bodenlange Fenster, und er kam herein.

Sie stand hinter ihm, während er es schloß, die Läden auseinanderklappte und die Eisenstange zurechtbog. Er war sehr stark. Er hatte eine schlanke Taille. Er hatte schmale Hüften. Sie beobachtete ihn, während er brummte und zerrte und stieß. Schade, daß er kein attraktiveres Gesicht hatte. Abgesehen von der Stupsnase und den fuchsroten Wimpern und Brauen hatte er das undefinierbare Etwas, das nur Tinker hatten. Schade auch, daß er den ungewaschenen süßlichen Tinkergeruch ausströmte.

»Das wär's, Miss. Ein Tropfen Öl, und es ist wieder pikobello.«

»Vielen Dank.«

Sie waren miteinander eingeschlossen in dem Zimmer, sie und dieser Mann. Sie konnte sich nicht erinnern, wann sie zuletzt mit einem Mann allein in einem Zimmer gewesen war, außer mit dem alten Dr. Murphy, als sie Grippe hatte. Für kleinliche Geister wäre die Situation unkonventionell, ja sogar etwas riskant gewesen. Pongo und Bongo wären höchst amüsiert. »Meine Lieben, da stand ich nun im Morgenrock und vor mir dieser Tinker, der aussah, als könne er mich bei der kleinsten Ermutigung vergewaltigen.« Sie würden sich biegen vor Lachen. »Rose, er hat sich doch hoffentlich beherrscht?« – »Ich versichere euch, ich beließ es dabei. Auch ich hielt mich zurück. So ein gutaussehender Bursche.« Nein, so nicht. »Meine Lieben, da stand dieser Zigeuner –« Ja, das war der entscheidende Unterschied! Hinaus mit dem lausiglumpigen Zigeuner! Pongo und Bongo würden nicht einmal wissen, daß es in Irland gar keine Zigeuner gab.

»Ein prächtiges Zimmer das, Miss.«

Das Zimmer war wirklich schön. Die Wände mit blaßgrüner chinesischer Seide bezogen, die drei Fenster weiß gerahmt und jedes gekrönt mit einem zierlich in Gips geformten Hirschkopf. Der Marmorkamin war vermutlich von Adams. Die Brokatvorhänge waren löcherig geworden, der Aubussonteppich verkauft, ebenso die Sheratonmöbel, so daß nur noch ein paar wertlose Stücke auf den nackten Dielen herumstanden. Aber dank seiner erlesenen Proportionen und der Vollkommenheit seiner ursprünglichen Verzierungen konnte nichts dem Raum seine Atmosphäre von Würde und anmutigem Leben rauben.

»Für uns ist es zu groß. Wir benutzen es jetzt selten.« Auch ein Tinker vermochte wahrscheinlich zu erkennen, daß nackter Holzboden in einem Wohnzimmer nach Armut roch. »Außer wenn getanzt wird.«

Der Küchenjunge schlidderte stundenlang in Strümpfen auf dem kreidebestreuten Boden, um ihn für die Tänzer zu glätten. Und sie stand neben Tante Eleanor und empfing die Gäste. »Guten Tag, wie geht's.« – »Ich freue mich, daß Sie kommen konnten.« – »Tut mir leid, für den ersten bin ich vergeben, aber den dritten habe ich noch frei, o pardon, den vierten.« Die Musik setzte ein. Ein Mond war da, ein orangefarbener Erntemond. »Rose, komm, wir machen einen kleinen Spaziergang.« Komm in den Garten, Maud, denn siehe, schon flog die schwarze Fledermaus, die Nacht. Komm in –

»Hier passen eine Masse Menschen rein«, sagte der Tinker.

Sie setzte sich aufs Sofa und stützte graziös den Ellbogen auf die Seitenlehne. Der blausamtene Morgenrock hing bis auf den Boden. »Meine Lieben, eine solche Gelegenheit konnte ich doch nicht vorübergehen lassen. Ich meine, man hat ja keine Ahnung, wie solche Leute leben. Sie könnten ebensogut aus dem schwärzesten Afrika stammen.«

Der Tinker stand verlegen am Fenster. Er warf einen Blick auf die Tür. Sie lachte leise, um ihm die Befangenheit zu nehmen.

»Macht es Ihnen etwas aus, wenn ich Sie bitte, sich ein paar Minuten zu setzen und mir etwas über Sie alle zu erzählen? Ich wollte schon immer wissen, was für eine Art Leben Nichtseßhafte führen, aber ich hatte nie die Gelegenheit, mit einem zu sprechen. Ich meine, es muß doch absolut faszinierend sein, so frei und ungebunden – verglichen mit uns Festgefahrenen.«

Wieder warf er einen Blick zur Tür. Diese Leute waren argwöhnisch und mißtrauisch, aber das konnte man ihnen natürlich nicht verdenken. Sie waren nicht gewöhnt, wie andere Menschen akzeptiert zu werden. Wieder lachte sie leise. Jetzt schien er zu begreifen, daß sie über den üblichen spießigen Respektspersonen stand. Er setzte sich in einen Armstuhl. Er war ein ganzes Stück weit weg, aber sie konnte ihn immer noch riechen.

»Na ja, Miss, wir leben halt so irgendwie, verstehn Sie. Wir handeln mit Ponys und Altwaren, und was wir sonst so erwischen.« Er grinste. »Ich glaub nicht, daß Ihnen das so sehr gefallen würde, oder?«

Sie hob das Gesicht zur Decke, hielt es sorgfältig schräg, damit der liebliche seidene Haarvorhang fiel wie gewünscht.

»Der Wind über der Heide –«

»Jawohl, Miss. Übrigens, ob wohl hier vielleicht noch 'ne Matratze oder so was rumliegt, die Sie gern los wären? Oder alte Stücke Kupferrohr oder so was?«

»Auf dem Speicher gibt es sicherlich noch Dinge, die Sie brauchen könnten. Ich werde mich morgen früh mal umsehen. Wollen Sie schon zeitig aufbrechen?«

»Wir werden warten, bis Sie allen Plunder gefunden haben, den Sie gern los wären.« Er war jetzt viel ungezwungener. »Um diese Jahreszeit pressiert's uns nicht. Das ist unsere flaue Zeit, ja. Es genügt, wenn wir morgen weit genug von Cloona wegkommen. Die Ponys hatten heut 'nen schweren Tag, für 'ne Weile können wir die nicht zu sehr antreiben.«

»Wenigstens wissen Sie jetzt, daß nicht alle Leute in Cloona so schlecht sind, wie Sie befürchteten.«

»Ja, das stimmt, Miss, danke ergebenst. Von hier aus schaffen wir's sicher ganz gut. Außerhalb dieser Gegend hört man nichts von irgendwelchem Ärger. Aber was wir suchen, ist ein Ort, an dem wir die Wintermonate bleiben können. Und das haben wir jetzt im Sinn. Viel solche Orte gibt's nämlich nicht. Im allgemeinen hat keiner was dagegen, wenn wir ein, zwei Tage in der Nähe lagern, aber dann möchten sie, daß wir weiterziehen. Und es gibt auch Orte, da haben die Polizisten nichts Besseres zu tun, als unsere Tiere einzupferchen, als ob das Grasen an den Straßenrändern nicht gratis wär, sondern pures Gold. Auf so was müssen wir auch immer aufpassen. In Tipperary kennen wir 'n richtig guten Ort, aber da haben sich heuer schon die Connors breitgemacht. Wir und die Connors vertragen uns nicht.«

Während er sprach, betrachtete er sie so sonderbar. Auch wenn er ein Tinker war, war er ganz unverkennbar ein Mann wie jeder andere. Sie rückte auf dem Sofa beiseite – jede Bewegung, die sie vor ihm machte, bereitete ihr ein sonderbar köstliches Vergnügen, und der blaue Samt wogte verführerisch.

»Ich kann mir vorstellen, daß es manchmal schwierig für Sie sein muß.« Sie lächelte. »Aber ich denke, ein Mann wie Sie wird mit jeder Schwierigkeit fertig.«

Er rückte in seinem Sessel. Sein Blick glitt von ihr fort durch den Raum und kehrte zu ihr zurück.

»Jawohl, Miss.« Jetzt grinste er wieder, ein seltsam hinterhältiges Grinsen, ein wenig unangenehm. Aber da alle Welt diese Menschen ablehnte, konnte man wohl von ihnen kaum freimütige Mienen erwarten. »Ich denk, ja, das werd ich, Miss, wenn's dazu kommt.«

»Hoffentlich bringt die Regierung es zuwege, daß endlich Dauerbehausungen für Sie geschaffen werden.« Sie lachte ermutigend. »Wissen Sie, daß eine Kommission eingesetzt ist, um das Problem der Nichtseßhaften zu studieren? Sie sehen, man nimmt Sie sehr ernst.«

Er lachte auch. Es war ein ziemlich lautes, heiseres Lachen. Aber sehr männlich.

»Da war mal droben in Dublin ein Haufen Leute, lauter

Maria-und-Jesus-Leute. Cloona hätt nicht schlimmer sein können. Doktors und Priester und Lehrer und weiß der Teufel was, die uns von morgens bis abends ausquetschten und herumbohrten. Und eine ganz gräßliche Frau, die sich über die verdammten Ponys aufgeregt hat. Als wären wir Schwarze oder so was. Den Magen konnt es einem umdrehen.«

Es war unbestreitbar ein Fortschritt, seine abwehrende Haltung durchbrochen zu haben.

»Und irgendso ein verdammter Geck quatschte was von –«, er hob die Stimme zu affektiertem Falsett – »uns in die Gemeinschaft integrieren. So hörte sich das an.« Jetzt lachte er, sehr laut. »Sie hätten mal sehen sollen, wie die gottverdammte Gemeinschaft um uns rumstolziert ist, Nase in der Luft, als wären wir Dreck. Na, dem hab ich gesagt, wo er sich seine Gemeinschaft hinklatschen kann.«

Das war grob ausgedrückt, aber in Wahrheit weit weniger anstößig als manche schleimige Andeutung. Und es bewies einen ungebundenen Geist. Doch obwohl er jetzt deutlich unbefangen war, sich sogar im Stuhl zurücklehnte und alles, was er sagte, faszinierend war – »Meine Lieben, ich glaube wirklich, der hätte mir noch die ganze Nacht sein Herz ausgeschüttet« –, spürte sie plötzlich die modrige feuchte Kälte des nie benutzten Raumes in sich eindringen und mußte einen Schauder unterdrücken. Sie stand auf.

»Es war mir interessant, Ihnen zuzuhören. Aber ich darf Sie nicht länger aufhalten.«

Mit der Geschmeidigkeit eines Panthers war er aus dem Stuhl. Er ging hinter ihr her bis zur Tür. Sie wußte, ihr Gang war graziös, Bauch rein, allen Schwung aus der Hüfte. Der blaue Samt lag eng an und wogte beim Gehen. Sie spürte, wie er sie unaufhörlich beobachtete, während sie ihn bis zur Haustür begleitete und aufschloß. Sie sah ihn an, und er sah sie an. Sie sagte: »Gute Nacht.« Er trat ins Freie. Die Nacht war dunkel und geheimnisvoll. Sie rief leise: »Ich habe Sie gar nicht nach Ihrem Namen gefragt.«

Er wandte sich um. Seine Miene war undeutbar. Sie erschauerte, aber nicht vor Kälte. Diesen einen Augenblick lang wußte sie, daß sie im Grunde nur eines waren: ein Mann und eine Frau.

»Mike. Mike Casey.«

»Ich bin –«, nein, sie würde nicht »Miss« sagen. Diese Nacht mußte ein wundervolles Erlebnis für ihn gewesen sein, und sie wollte ihn mit der Erinnerung an eine anmutige Schlußgeste entlassen. »Ich bin Rose Sinclair.« Ganz langsam, ganz sanft, fast mit einem Anflug von Wehmut sagte sie: »Gute Nacht, Mike.«

Als sie dann wieder im Bett lag, verbrachte sie zehn Minuten damit, seine feurigen Annäherungsversuche abzuweisen, ehe sie einschlief. Seine Gesichtszüge waren nun verschwommen, und er roch nicht. Sie wies ihn fest, aber freundlich zurück, denn schließlich durfte man keinem Mann – und sei er noch so primitiv – übelnehmen, daß seine Leidenschaft geweckt war, und es wäre grausam gewesen, Mike Caseys Selbstachtung zu untergraben. Ihre eigene war ein wenig untergraben, als sie morgens aufwachte. Im hellen Tageslicht war es unbehaglich, daran zu denken, man habe auch nur entfernt erwogen, sich in eine Lage zu begeben, in der man einen Kesselflicker abwehren mußte. Hin und wieder war es ihr auch unbehaglich, morgens als erstes Tante Eleanor zu begegnen, ja sogar Katie Roche, doch das ging schnell vorbei. Heute dauerte es etwas länger.

Mrs. Moore stellte dankbar fest, daß dies einer jener geruhsamen Morgen war, an denen Rose nicht ganz so entschlossen schien wie sonst, schon beim Frühstück das Sonnenscheinchen ihrer armen alten Großtante zu sein. Das Schlafmittel hatte Mrs. Moore zwar einen tiefen Nachtschlaf beschert, aber die Nachwirkungen machten sie noch benommen, und sie verließ ihr Bett nur widerstrebend. Sie hatte sich zum Aufstehen zwingen müssen. Die Zeit kam noch bald genug, in der man im Bett bleiben mußte.

Katie Roche brachte zwei gekochte Eier und Toastscheiben, von denen sie gewissenhaft das Verbrannte abgekratzt hatte. »Also ich kann nur sagen, ich bin erleichtert, Sie beide wohlauf zu finden. Ich hab weiß Gott die ganze Nacht vor Sorge um Sie kein Auge zugetan. Wie ich sehe, haben Sie den Laden zugekriegt, Miss Rose.«

»Der brauchte nur geölt zu werden.«

»Dann braucht er aber noch mehr Öl, so wie der heut früh noch klemmte. Na schön, heute nacht brauchen Sie sich ja nicht mehr zu verbarrikadieren.« Katie trat ans Fenster und stand dort mit verschränkten Armen. »Höchste Zeit für das

Gesindel, sich von hier fortzumachen, aber ich sehe noch nichts davon.«

Rose sagte: »Einer von ihnen hat angefragt, ob wir nicht irgendwelchen Schrott haben, Matratzen oder Eisen oder so etwas. Ich dachte, das wäre eine gute Gelegenheit, etwas von dem Speicherkram loszuwerden, Tante Eleanor. Ich meine, wenn es diesen armen Wesen etwas nützt, können sie es doch haben. Vielleicht warten sie deshalb noch.«

»Also das war richtig dumm«, meinte Katie, mehr mitleidig als zornig. »Sie wissen sehr gut, daß wir nicht zulassen dürfen, daß die hier die Treppe rauf- und runterlatschen und heimlich alles Brauchbare mitgehen heißen, das sie erwischen. Also wirklich, Miss Rose, manchmal haben Sie überhaupt keinen Verstand.« Sie wandte sich verächtlich von Rose ab. »Ich geh jetzt wohl besser raus, Madam, und sag denen Bescheid, daß es keinen Sinn hat, hier noch länger rumzulungern.«

Rose machte keine Einwände. Aber Mrs. Moore, die hinausblickte auf die Wohnwagen vor der Grenzmauer und die Kinder und die Ponys, die im Gras und Stallhof herumschlenderten, sagte: »Laß sie erst mal in Ruhe, Katie. Ich möchte selbst mit ihnen reden, ehe sie abfahren.« Sie lächelte Katie ins mürrische Gesicht. »Es ist die pure Höflichkeit meinen Gästen gegenüber.«

Katie sagte vernichtend: »Gäste!« und ging.

Die Kinder schienen glücklich. Sie riefen einander zu. Ein kleiner Junge versuchte, auf einen Baum zu klettern. Eines der Ponys, das mit Sicherheit Araberblut hatte, war beinahe ausstellungsreif.

»Es ist wohltuend«, sagte Mrs. Moore und sprach dabei eher zu sich selbst als zu Rose, »in Moore Park wieder einmal Leben zu sehen. Irgendwelches Leben. Es ist wohltuend, Stimmen rufen zu hören. Irgendwelche Stimmen. Es ist sehr einsam hier.«

Rose, die arme, freundliche Rose, sagte sofort: »Heute nachmittag wollen wir eine schöne weite Ausfahrt machen, Tante Eleanor.«

Ohne Rose und ihren Wagen wäre Mrs. Moore nicht über die Grenzen des Parks hinausgekommen, doch heute war die Aussicht auf eine ziellose Fahrt in dem engen alten Morris seltsamerweise wenig verlockend. Es gab keine Nachbarn mehr, die man hätte besuchen können, ihre Altersgenossen waren tot oder fortgezogen, ihre Häuser von Fremden bewohnt oder verlassene Ruinen und geschwärzte Skelette durch Brandstiftungen im Bürgerkrieg. Sogar die kleine protestantische Kirche in Cloona war leer und öde, das Glas ihrer Fenster durch Betonplatten ersetzt, der Kirchhof, auf dem sie eines Tages neben William liegen würde, überwuchert von Unkraut und Brombeerranken. Sie sagte: »Vielleicht, Liebes.«

Heute machte ihre Arthritis ihr zu schaffen. Es war richtig mühsam, zu Fuß bis zu den Wohnwagen zu gehen, obwohl sie sonderbarerweise gar nicht das Gefühl hatte, mit den Füßen den Boden zu berühren. Sie blieb bei dem Pony stehen, das ihr schon vorhin aufgefallen war. Sie schätzte es auf etwa dreizehn Handbreit hoch, und es hatte ganz bestimmt einen Araber im Stammbaum. In einem der Wohnwagen versuchte eine Frau, einem Kind mit dem Kamm durch die Haare zu fahren. Die alte Frau, mit der sie gestern gesprochen hatte, schaute aus der Türöffnung des anderen Wohnwagens und stieg dann zu ihr herunter. Heute morgen sah die Alte weniger abgezehrt aus. Mrs. Moore sagte: »Sie haben hoffentlich eine gute Nachtruhe gehabt?«

»Ja, wahrhaftig, Missus, segne Sie Gott dafür. Wir nehmen jetzt das Gerümpel mit, das Sie aus'm Weg haben wollen, wenn Sie uns sagen, wo wir's finden.«

»Wir haben beschlossen, es wäre die Mühe nicht wert, das Nutzlose aus dem Brauchbaren herauszusortieren.«

Die alte Frau begann eigensinnig zu quengeln: »Aber die junge Lady braucht doch nur dabeistehn und uns zeigen –«

»Nein. Aber hier sind zehn Schilling.«

Die wurden ohne Zögern von einer schmutzigen Hand entgegengenommen. »Mögen alle Heiligen des Himmels Sie gnädig –«

Unerträglich gereizt von der Verlogenheit in dieser Stimme und einem gleichzeitigen reißenden Schmerz ihrer Arthritis, sagte Mrs. Moore: »Wenn Sie Dankeschön meinen, dann sagen Sie es bitte.« Gleich bereute sie, ihre Ungeduld an diesem harmlosen alten Wesen ausgelassen zu haben. Der alten Frau sank der Unterkiefer herunter. Plötzlich lächelte sie. Es war ein Lächeln echter Amüsiertheit, ohne eine Spur ihrer früheren professionellen Liebedienerei. Mrs. Moore hatte den Eindruck, sie sähe die alte Frau zum ersten Mal. Eigentlich hatte sie ein edles Gesicht.

»Ja, das meinte ich: Dankeschön, Missus.« Sie stieß ein krächzendes Gelächter aus. »Es klang mir nur zu mager.«

»Es klingt besser. Hoffentlich treibt ihr die Fuchsstute heute nicht zu weit.«

»Wenn wir irgendwo hinkommen, wo wir bis zum Frühjahr unterkriechen können, kann sie sich mal richtig ausruhen, Missus.«

»Im Winter ziehen Sie also nicht durch die Gegend?«

»Wenn's nicht sein muß, nicht. Das Wetter ist dann nicht danach, und unsere Art von Geschäft geht dann auch nicht besonders.«

Mrs. Moore machte eine Bewegung und fuhr unwillkürlich zusammen. Die alte Frau sagte: »Ich seh, Sie haben auch das Rheumatische, wie ich, Missus.«

»Ja, es ist sehr lästig. Aber in unserem Alter muß man mit allerlei Beschwerden rechnen.«

»*Asha*. Recht haben Sie. Helf uns Gott. Ich werde nächsten März fünfundsechzig.«

»Nicht mehr?« Überrascht studierte Mrs. Moore das Gesicht, das von Strapazen gezeichnet war. »Ich bin viel älter als Sie.«

»Bei Ihnen ist das was andres, Missus. Wir fahrenden Leute werden nicht alt.«

»Damit sind Sie vielleicht sogar gut dran.«

In der Nähe rannte ein kleiner Junge herum, beide Knie mit schmutzigen Lappen verbunden.

»Ist das der Kleine, der von der Deichsel gefallen ist?«

»Ist er, ist er, Missus. Komm her und sag der Dame Guten Tag, Tiger.«

Tiger wurde Mrs. Moore vorgestellt. Sie erfuhr, wie der Sturz passiert war und wie der Junge zu dem grimmigen Namen kam. Toby war oft gefallen und hatte sich die Knie aufgeschlagen. Die alte Tinkerfrau – mittlerweile wußte Mrs. Moore, daß sie Grannie Fogarty hieß – sagte: »Sie haben wohl auch Enkel, Missus?«

Mrs. Moore sagte, sie habe weder Kinder noch Enkel. Weitere Tinker, junge und ältere, wurden ihr vorgestellt. Mrs. Fogarty ließ sie sich bei der Dame bedanken. Mrs. Moore saß auf einem Schemel, den jemand aus einem Wohnwagen gebracht hatte. Es war sehr lange her, daß sie so vielen Menschen begegnet war. Es war sehr lange her, daß sie so viel geredet hatte.

»Sie sind aber viele«, sagte sie zu Mrs. Fogarty, erstaunt darüber, daß zwei Wohnwagen sie alle fassen konnten.

»Ach«, sagte Mrs. Fogarty, »'s gibt Zeiten, wo ich 'n bißchen Ruhe brauchen könnte, ehrlich.«

»Ruhe«, sagte Mrs. Moore, »davon habe ich in Hülle und Fülle gewissermaßen.« Aus jedem Winkel von Moore Park wartete die Ruhe gierig darauf, sich wieder auszubreiten, wenn all diese Menschen, all diese Stimmen fort waren. Um sie herum war alles in Aufruhr, denn die Tinker machten sich zur Abfahrt bereit, doch das schien nur wie ein Traum in die Stille einzubrechen, und sie fühlte sich inmitten des Tumults unwirklich und wie träumend. Das kam natürlich vom Schlafmittel. Seltsamerweise war ihr Geist dabei außergewöhnlich aktiv. Mrs. Fogarty und sie blieben mitten im Gewühl ganz sich selbst überlassen und waren so versunken ins Gespräch – worüber? – über alles und nichts, wie sich alte Freunde in einem Traum unterhalten mochten, so daß sie gar nicht bemerkte, daß Major Bradley sich näherte, bis er neben ihr stand.

Er betrachtete sie mit einer grimmigen Befriedigung, die er gar nicht zu verbergen suchte.

»Katie Roche war bei mir: Sie hätten offenbar Schwierigkeiten, Ihre Tinker wieder loszuwerden.«

Mrs. Fogarty wich zurück. Sie duckte sich. Wie, Sie wagen es, diese alte Frau zu beleidigen, mit der ich mich unterhalte? Sie wagen es, mein Vergnügen zu stören und meinen Gast zu beleidigen? Steh aufrecht, alte Frau. Wer ist dieser Mann, daß er dich – oder mich belästigen darf?

Der Major wartete darauf, daß sie ihn aufforderte, die Eindringlinge hinauszuwerfen. Sein Lächeln verkündete: Hab ich es Ihnen nicht gesagt? Ruhe, tödliche Ruhe setzte zum Sprung an. Und mit einem Schlag kam Mrs. Moore die triumphierende Erkenntnis, daß sie die äußerste Einsamkeit, aber zugleich die äußerste Freiheit erreicht hatte und nun keines Menschen Meinung ihr mehr das geringste bedeutete. Steh aufrecht, Eleanor Moore!

Mrs. Moore von Moore Park sah sich in ihrem Herrschaftsbereich um, sah die alte Tinkerfrau an, sah den Major an und lächelte.

»Im Gegenteil. Ich habe soeben beschlossen, diesen Fahrenden zu sagen, daß sie auf meinem Besitz bleiben dürfen, bis es ihnen beliebt, weiterzuziehen.«

Drittes Kapitel

Sicherlich hatten fahrende Leute in ganz Irland noch nie einen solchen Lagerplatz gehabt. Innerhalb der Parkmauern mußte er fast dreißig Morgen groß sein, und jeder Zoll davon stand zu ihrer Verfügung. Und nicht nur das, sie hatten auch noch einen Stallhof mit sauberem Wasser aus einem Hahn und einen Unterstand für die Tiere, falls nötig, und – o bitte sehr – eine Toilette zu ihrem Privatgebrauch. Eine Toilette, wo man sich hinsetzte wie eine Königin und an einer Kette zog, wenn man fertig war.

Es war die Toilette, die bei Grannie Fogarty zu dem Entschluß geführt hatte, daß sie bleiben sollten. Die einzige Gelegenheit für dergleichen boten die Kneipen, und sie hatte schon seit längerer Zeit das Gefühl, daß das Zweitschönste nach dem Zusichnehmen von Bier war, es in Ruhe und Behagen wieder von sich zu geben. Kurios, wie sehr die Forderungen der Natur mit zunehmendem Alter zu Vergnügungen wurden – vielleicht, weil einem so wenig Vergnügungen geblieben waren –, und wenn man erst einmal ausprobiert hatte, wie es war, sicher und anständig hinter verschlossener Tür zu sitzen, wußte man auch, was man versäumte, wenn man sich schnell mal in Hecken und Gräben hinhocken mußte, denn nur so hatte man es gelernt. Die Stalltoilette und Grannie Fogartys Angst vor Cloona hatten miteinander gekämpft, und die Toilette hatte den Sieg davongetragen.

Die anderen zu überreden war kein großes Problem, denn Moore Park hatte nur einen Fehler – obwohl Grannie Fogarty ihn weiß Gott nicht herunterspielte –, seine Lage. Moll Casey meinte, besonders angenehm würde es wohl nicht, im Dorf Cloona einzukaufen, und Thady meinte, in den Kneipen wären sie wohl auch kaum sehr *cead mile failte,* nämlich willkommen. Letzteres gab Grannie Fogarty zwar zu denken, doch Mike Casey widersprach seinem Pa und meinte hitzig und großspurig, ihr Geld sei ebenso gut wie das jedes anderen, und es gäbe wohl wenig Läden und Kneipen, die nicht einsteckten, was sie kriegen konnten, und das mit Freuden. Große Sprüche zu reißen sah Mike wieder ähnlich, aber diesmal teilte Grannie Fogarty ausnahmsweise seine

Ansicht. Wenn sie sich Mühe gaben, sich in Läden und Kneipen anständig zu benehmen, sagte sie, und die Bettelei vorläufig einstellten – mit Ausnahme vielleicht des einen oder anderen *childeen*, das unbeschadet um einen Penny für Süßigkeiten bitten mochte –, konnte es sein, daß sie in Cloona nicht schlechter zurechtkamen als anderswo. Und Lar Flynn war auch dieser Meinung. Hier wie überall, sagte Lar, wären es eigentlich nur diese elenden Bauern, die eisern gegen Fahrende waren und eine Menge Blödsinn tönten, ihre Gatter würden nicht zugemacht, ihr Korn zertrampelt und ihre vermaledeiten Hühner abgemurkst, doch jetzt, wo sie ganz für sich grasen konnten und nach außen abgeschirmt waren, bestand keine Notwendigkeit, mit diesen Bauern irgendwie aneinanderzugeraten. Er war unten im Dorf gewesen und hatte erfahren, daß die alte Dame – man nannte sie die Madam – bei allen als untadelige Persönlichkeit hoch angesehen war und daß sich – wie sie ihnen schon selbst versichert hatte – keine Hand gegen sie erheben würde, solange sie ruhig blieben und unter ihrem Schutz. Sie wären ausgemachte Idioten, sagte er, sich ohne Grund von etwas verscheuchen zu lassen, was sie in hundert Jahren so nicht mehr finden würden. Thady Casey nickte und sah zum Haus hinüber und sagte, daß obendrein aus einem baufälligen alten Herrensitz dieser Größe noch einiges zu holen sein würde.

So beschlossen sie denn zu bleiben. Grannie Fogarty war glücklich. Abgesehen von der herrlichen Lage, ja, abgesehen sogar von der Toilette, hier war die alte Madam. Es wäre nett, bei Gelegenheit wieder mit ihr zu reden. Grannie Fogarty sah sich um, sah den Park, die großen Bäume, das gewaltige Haus und hatte das gleiche sonderbare Gefühl wie gestern draußen auf der Straße, und das war das allersonderbarste Gefühl für jemanden, der zu den Fahrenden gehörte: Sie meinte heimgekommen zu sein.

Mike Casey machte den Karren fertig, damit seine Ma und Grannie Fogarty ins Dorf fahren und dies und das besorgen konnten, was sie brauchten. Zwei kleine Flynns und Mikes jüngster Bruder und seine Schwester sollten mitfahren. Aber erst mußte man ihnen die Gesichter waschen. Mike lachte schallend, als die vier Wichte bei der Abfahrt aussahen, als könnten sie kein Wässerchen trüben.

»Richtige Herrchen und Dämchen, was?« sagte er zu Sibby Fogarty. »Das kommt vom Umgang mit den feinen Leuten.« – »Ja«, sagte Sibby in ihrer verträumten Art. Sie schaute auf das große Haus. Er schaute auch hinüber und wurde plötzlich so wütend, daß er es am liebsten kurz und klein geschlagen hätte. All diese Fenster, all diese Zimmer, und eine Halle mit Säulen, die allein schon als Haus genügt hätte! Welches Recht hatten eine alte Frau und diese blonde Hure auf so viel Platz, wenn andere sich mit dreiundzwanzig Leuten in zwei Wohnwagen teilen mußten? Er unternahm einen Rundgang durch den Park, und der machte ihn noch wütender. Fruchtbares Land, das ungenutzt dalag, Land, aus dem ein Mann seinen Lebensunterhalt bestreiten konnte, wenn er jung und kräftig und entschlossen war. Er beherrschte sich und spuckte nur wie nebenbei auf den Boden. »Teufel auch, ein mieser Kasten, diese verdammte Ruine, was?«

»Mir gefällt er«, sagte Sibby. Sie unterdrückte ein Lachen. »Mir gefällt alles, was nicht auf Rädern ist.«

»So ist das also mit dir, Sibby, Mädchen. Also ich will dir mal was sagen: Vielleicht kommt der Tag schneller, als du denkst, wo ich dir 'n eigenes Häuschen schenken kann, nur für dich und mich.«

Diesmal lachte sie anders, warf ihm einen kurzen Blick aus ihren dunkelbraunen Augen zu – sie waren beinahe schwarz – und ging davon, um mit Bessie Flynn unter den Bäumen Reisig zu suchen. Er war ihr gegenüber so weich, daß er ihr beinahe dabei geholfen hätte, aber damit hätte er denn doch zu sehr wie ein Idiot ausgesehen. Er zündete sich einen Glimmstengel an, lehnte sich an die Grenzmauer, wechselte ein paar Worte mit Lar Flynn und beobachtete Sibby. Sie hatte eine wunderhübsche Art, sich vorwärts zu schieben und dabei auf und nieder zu schwingen, um die Äste in die Schürze zu sammeln, die sie an zwei Zipfeln vor sich hielt.

»Ich hab gemeint, den Ollen mit dem Garten da drüben trifft der Schlag, als die alte Dame drauf bestand, daß wir seine Nachbarn werden«, sagte er, nur um etwas zu sagen, denn eigentlich hätte er lieber geschwiegen und Sibby zugeschaut.

»Alles wegen 'nem Busch, den er zu 'nem Pfau getrimmt hat«, sagte Lar. Lar bekam immer die richtigen Auskünfte heraus. »Anscheinend hat er wer weiß was gehalten von diesem Pfau. Im Dorf erzählen sie, daß die vor'm halben Jahr nur wegen dem abgefressenen Schwanz von dem Pfau verjagt worden sind. Eins von den Ponys ist gekommen, hat den Kopf über die Hecke gestreckt und sich 'n prima Frühstück draus gemacht.« Er trat hin und her, um sich den Rücken an der Mauer zu scheuern. »Der Major, erzählen sie, war eigentlich immer ganz groß für Ordnung und Gesetz, aber wegen dem Pfau hat er über diese Elendsbauern und ihren Schießprügel nur gesagt, wenn die Polizei nicht ihre Pflicht tut, muß man eben manchmal das Gesetz selber in die Hand nehmen.« Er grinste. »Das Beste, was er mit seinem Pfau noch machen konnte, war, ihn zum Huhn zu trimmen.«

Jetzt war Sibby mit ihrem Anfeuerholz wieder da. Sie und Bessie Flynn gingen mit Eimern zum Stallhof.

»Dem würd's nur recht geschehen, wenn ihm das ganze Zeug in seinem verdammten Garten aufgefressen würde.«

»Komm schon, Mike, das Schlimme bei dir ist, du bist manchmal zu fix vornweg. Die im Dorf waren gar nicht so unfreundlich. Wir haben's doch ganz nett hier, und wenn wir die in Ruh lassen, lassen die uns auch in Ruh.«

»Kann sein.« Mike zündete sich am Stummel seiner ersten Zigarette eine neue an und kniff die Augen gegen den Rauch zusammen. Als er wieder aufsah, kam doch glatt das blonde Reff aus dem Haus. Sie blieb kurz stehen und ging dann wieder hinein. Er spürte ein Lachen aus dem Bauch aufsteigen und gab Lar einen Rippenstoß. »Die da ist eine, die *uns* vielleicht nicht in Ruh läßt. Tut vornehm und ziert sich, dabei ist sie scharf auf jede Hose. Ich weiß Bescheid.«

»Na, na«, sagte Lar und tat entrüstet. »Du hast 'ne recht hohe Meinung von dir.«

»Wenn ich dir sag, ich weiß Bescheid.«

»Siehst du, das mein ich – immer machst du uns Ärger«, sagte Lar. »Wenn dir nicht die Fäuste durchgehen, dann das Mundwerk. Grannie Fogarty läßt du das besser nicht hören, verstanden?«

Mike fand es nicht der Mühe wert, darauf einzugehen. Er lachte nur und warf den Zigarettenstummel in Richtung Haus.

Als sie um die Ecke verschwunden waren, sagte Bessie Flynn zu Sibby: »Der wird dich weiß Gott noch mal mit den Augen auffressen, der.«

»Ja«, sagte Sibby.

»Und wann sagst du ihm das wichtige Wort?«

»Weiß ich nicht. Hat noch Zeit.«

»Das bißchen, was an Mike Casey verkehrt ist, ist in 'n paar Jahren ausgebügelt. Das wär 'n guter Mann für dich, Sibby. Jetzt sagst du mir gleich, daß es mich nichts angeht, aber ich weiß genau, daß deine Grannie dich gern versorgt sehen würde.«

»Ja. Zeit genug.«

Alle Gebäude im großen Hof waren leer bis auf ein kleines Auto in einem der wenigen, deren Dach noch dicht war. Doch überall waren massenhaft Maschinenteile, Pflüge und so was, das gut verwendbar war. Sibby stellte ihren Eimer am Wasserhahn ab und wartete, bis Bessie den ihren gefüllt hatte. Der Hof war nach der einen Seite begrenzt durch die Rückseite des Hauses, und darin war eine Tür. Unweit der Tür war ein Fenster mit roten Vorhängen, vermutlich das Küchenfenster, und durch das beobachtete eine Frau sie beide. Als sie sich von Sibby ertappt sah, schaute sie sofort anderswohin. Es war nur das Dienstmädchen, Katie Roche. Ein unfreundliches Gesicht, das nicht zu verbergen suchte, was Katie Roche von Tinkern hielt. Als ob es darauf ankam, was so eine von jemand hielt. Das Wasser planschte schon aus Bessies zweitem Eimer, und Sibby lächelte, als sie einen von ihren unter den Hahn schob. Bessie fragte: »Warum lachst du?« Sibby wußte es selbst nicht. Da kam allerlei zusammen. Daß sie sie war und nicht Katie Roche. Die Art, wie das Wasser in dem Sonnenstrahl funkelte, der eben zwischen den Wolken hervorbrach. Daß sie schwarzes Haar hatte und nicht rotes oder blondes. Daß sie achtzehn war und ihr eine Menge Zeit blieb, sich zu verschaffen, was sie sich wünschte, selbst wenn man den Winter über hier festsaß. Sie blickte über das Küchenfenster hinauf zum Dachfirst und sagte: »Mike hat davon geredet, daß er 'n Haus sucht.«

»Ja, das geht ihm schon 'ne Weile im Kopf rum, wie er bloß drauf kommt? Und 'ne Landwirtschaft wünscht er sich auch noch. *Asha*, helf ihm Gott«, sagte Bessie kopfschüttelnd, »er ist ein anständiger, fleißiger Junge, aber auch wenn er das Geld zusammenkriegt, was hat er für Hoffnung, je eine Landwirtschaft zu betreiben? Kein Mensch will's so mit seinen Nachbarn verderben, daß er Land an einen Tinker verkauft. Selbst wenn, könnt er bestimmt nicht davon leben. Die würden ihn im Handumdrehn fertigmachen. Aber trotz allem ist es nicht nett von dir, Sibby, daß du über ihn lachst.«

»Ich lach doch nicht über ihn. Mir ist es gleich, ob er seine Farm kriegt oder nicht. Ich will sowieso keine Farm.« Sibby blickte wieder hinauf zum Dachfirst. »Gegen ein Haus hätt ich nichts. Aber nicht auf dem Land.«

»Ach ja?« sagte Bessie so richtig sarkastisch. »Du sehnst dich nach dem Stadtleben, ja? Ihr paßt zusammen, du und Mike Casey, beide nichts als Unsinn im Kopf.« Sie hob ihre Eimer auf. »Jetzt laß das mal, wir können hier nicht die Zeit vertrödeln bei dem Berg Wäsche, die wir waschen müssen, solang Trockenwetter ist.«

Sie ging davon und überließ es Sibby, ihr zu folgen. Sibby hielt den zweiten Eimer unter den Hahn. Sie hatte es nicht eilig. Bessie war immer drauf aus, die Wäsche trocken zu kriegen, eh es wieder regnete. Na ja, sie hatte auch eine Horde schmutziger Kinder, für die sie waschen mußte. Es wäre schön, wirklich sauber zu sein. Es wäre schön, eine Badewanne voll heißem Wasser aus dem Hahn zu haben, statt sich mit einem Topf auf der Feuerstelle behelfen zu müssen. Man warf Badesalz hinein, und wenn man herausstieg, wickelte man sich in ein großes, flauschiges Badetuch. Und dann zog man saubere, seidene Sachen an, so gut wie ladenneue, und dann zog man ein seidenes Kleid an – oder vielleicht im Winter ein weiches, wollenes. So rot wie Klatschmohn.

Eine laute Stimme riß sie aus ihren Träumen. Diese Katie Roche stand in der Tür und schrie sie an, weil sie das Wasser laufen ließ. Es floß aus dem Eimer auf den Hof. Es schimmerte schön in der Sonne. Sibby drehte den Hahn zu.

Soeben trat die Blonde mit dem sonderbaren Gesicht neben Katie Roche. Sie sagte: »Was ist denn, Katie?«, und obwohl sie die Herrin war, sah man, daß sie sich vor Katie Roche fürchtete. Wer wollte es ihr übelnehmen, wo die so ein Drachen war. Katie Roche sagte: »Die setzt ja den ganzen Hof unter Wasser, Miss Rose. Ich hab Ihnen doch gesagt, Hähne sind die nicht gewöhnt.«

Sibby wußte, daß sie höflich zu diesen Leuten sein mußte, auch zu Katie Roche, sonst war Grannie Fogarty böse. Es war ihr nie schwergefallen, höflich zu sein, auch wenn die Leute grob zu ihr waren, und wenn sie sich noch so wichtig nahmen, waren sie ihr nie wichtig genug gewesen, um es ihnen mit Unhöflichkeit zu vergelten. Sie sagte: »Ich hatt's vergessen. Ich habe über was nachgedacht.«

Miss Rose sagte etwas zu Katie Roche, die daraufhin ins Haus zurückging. Miss Rose kam zu ihr heraus. Sie war eine von den Betulichen und wieder so wie gestern auf der Straße. Sie lachte.

»Du mußt ja sehr tief nachgedacht haben!«

Sibby blickte auf das schöne Wasser, das funkelnd durch den Hof lief, und lachte auch. Die Art, wie Miss Rose sie anredete, zeigte, daß sie mit jemand ein nettes Schwätzchen halten wollte. Sibby war jederzeit zu einem Schwätzchen bereit und sah auch nie einen Grund, mit etwas zurückzuhalten, außer mit den ganz heimlichen Sachen, von denen sie niemand erzählte.

»Ich hab grade an Badesalz gedacht, das in der Wanne hochschäumt. Wie man's im Fernsehen sieht oder im Kino.«

»Habt ihr denn kein –, nein, ich kann es mir denken –«

»Manchmal geh ich in einen Gumpen im Fluß, wenn ich kann, aber das ist nicht dasselbe. Und es geht auch nur im Sommer.«

»Du meinst, außer im Sommer kannst du nie –, nein, ich verstehe. Natürlich nicht.«

Miss Rose redete schrecklich sprunghaft. Bessie würde toben, weil Sibby nicht kam und ihr half, aber Miss Rose stand immer noch da und zeigte beim Lächeln alle Zähne, und Sibby tat ihr Äußerstes, ihr zuliebe weiterzureden, denn das wollte Miss Rose offenbar. Und doch schien Miss Rose fürchterlich unwissend, und man mußte ihr vieles erklären. Sibby mußte gleich damit anfangen, daß sie kein Fernsehen hätten, und es war schwer, nicht darüber zu lachen, daß Miss Rose das angenommen hatte.

»Nur mal zwischendurch in 'ner Kneipe seh ich fern, Miss. Es ist aber nie besonders schön, weil das ganze Lokal quatscht und man das Fernsehn nicht richtig hört.« Und dann erzählte sie Miss Rose von den Kinobesuchen, wenn sie in der Nähe einer Stadt lagerten. »Kino lieb ich. Sind Filme nicht wunderbar, Miss? Ohne die wüßte so jemand wie ich überhaupt nicht, wie die Welt ist. Ich finde, selbst wenn man selber lesen könnte, wäre das beste Buch nicht annähernd wie Kino.«

Miss Rose sagte, leider gäbe es kein Kino in Cloona, und Sibby meinte munter und fröhlich, sie landeten meist irgendwo, wo kein Kino in Reichweite war. Dann stellte Miss Rose – fast so was wie schuldbewußt – noch ein paar Fragen. Es war glatt nicht zu glauben, aber sie war ganz erstaunt zu hören, daß Sibby weder lesen noch schreiben konnte. Miss Rose hatte so wenig Ahnung wie ein neugeborener Säugling, wie es bei fahrendem Volk war.

»Das kann keiner von uns, Miss, wir haben keine Gelegenheit, in die Schule zu gehn. Einmal in der Nähe von Dublin ist 'n Lehrer gekommen und wollte den Kindern Bildung beibringen, aber das war nicht für lang, und jetzt haben sie's wieder vergessen. Aber ihren Katechismus können sie gut genug, um zur Heiligen Kommunion zu gehn, und Tiger kann sogar das ABC. Tiger hat viel Verstand mitgekriegt.«

Miss Rose fragte nach Tiger, und Sibby erzählte ihr, er sei ihr Bruder, und sie sei Sibby Fogarty. Und dann sagte Miss Rose was Schreckliches. Sie sagte: »Du siehst ganz anders aus als alle anderen, Sibby. Du könntest Zigeunerblut haben.« Sibby sagte prompt: »Verzeih Ihnen Gott, Miss, auch wenn wir fahrende Leute sind, über *dem* Gesindel stehn wir denn doch.« Prompt, aber nicht wütend, denn man wußte ja, daß Miss Rose nur aus purer Unwissenheit so was Beleidigendes sagte, aber Miss Rose schien ihren Fehler gleich zu merken, denn sie sagte ebenso rasch: »Verzeih, ich meine ja nicht – was ich wirklich meinte, war, daß du dunkelhaarig und spanisch aussiehst. Wie eine spanische Señorita. Du bist ein sehr hübsches Mädchen, Sibby.« Na, das war doch wirklich nett von Miss Rose, besonders weil sie doch selber ein so kaputtes Gesicht hatte, die arme Person – und Sibby lächelte ihr zu, um zu zeigen, daß sie nicht verletzt war. Miss Rose sagte in ihrer sprunghaften Art: »Ja, also, es war sehr interessant, mit dir zu sprechen. Ich glaube, ich habe viel – nun ja, über vieles nachzudenken. Ja. Na ja. Wir werden sehen. Ich darf dich nicht länger aufhalten, Sibby.« Und Sibby wußte, nun war es richtig zu sagen: »Auf Wiedersehn, Miss« und wieder nach hinten zu Bessie zu gehen.

Versteckt auf einem Heuboden über ihnen sah Tiger sie fortgehen. Er wartete, bis Miss Rose weg war, kroch dann über die lückenhaften Dielenbretter und stieg vorsichtig die Leiter hinunter, von der das meiste weggefault war. Als er aus der Stalltür kam, glotzte ihn Katie Roche durchs Fenster an. Tiger streckte ihr die Zunge heraus und verschwand schnell aus dem Hof.

An einer Stelle stand eine dichte Tannengruppe, und wenn man sich genau in die Mitte stellte, sah man nichts als Bäume. Man war im Wald. Tiger hieb sich einen Weg durch den gefährlichen Forst, ganz allein. Rings rückten die Feinde aus Cloona heran, aber Tiger Fogarty wußte, wie man mit denen fertig wurde. Er legte sich bäuchlings auf den braunen Tannennadelboden und schlängelte sich vorwärts, bereit zu töten.

Als der Pritschenwagen wieder zwischen den steinernen Adlern hindurchfuhr, winkte Grannie Fogarty ihnen zu. Es waren schöne Vögel. Im Dorf war alles gutgegangen. Auch wenn man kein Wort an sie verschwendete, waren sie in den Läden ganz höflich bedient worden, wenn sie an der Reihe waren, und anschließend hatten sie und Moll Casey in einer der Kneipen jede ein großes Guinness getrunken. Auch dort waren sie höflich bedient worden, und wenn sie vorsichtig waren und beim regelmäßigen Besuch der Kneipen abwechselten, so daß keine fürchten mußte, als Tinkerkneipe verschrien zu werden, gab es keinen Grund, warum sie hier nicht ihr Gläschen so gut bekommen sollten wie anderswo.

Der Schecke trottete den Weg hinauf, als habe er es eilig, heimzukommen. Und da waren die Wohnwagen und ihre Leute, die schon darauf warteten, etwas über Cloona zu hören, und auf den Büschen hing die Wäsche, und Sibby würde bestimmt den Kessel aufsetzen, damit ihre Grannie einen Schluck Tee bekam. Und ganz in der Nähe lag das große Haus, und da drin war die Madam. Es war schön, zu Hause zu sein.

Viertes Kapitel

Bei Einbruch der Nacht war sich der größte Teil Cloonas bei aller Nachsicht darüber einig: Die einzig mögliche Erklärung für die verrückten Zustände droben in Moore Park sei, daß die Madam anfing, senil zu werden.

Es war bekannt, daß Katie Roche gekündigt hatte, um die Madam zur Vernunft zu bringen. Im Großen Laden äußerte sie, es bräche ihr das Herz, nach so vielen Jahren die arme Madam und Miss Rose im Stich zu lassen, doch selbst um dieser beiden willen könne man nicht von ihr verlangen, daß sie sich herabwürdigte und Seite an Seite mit Nichtseßhaften lebte. Sie wimmelten überall herum, erzählte sie, und das sei vielleicht erst der Anfang. Ehe man sich's versah, könnten sie bis ins Haus vordringen. Ihre Zuhörer hielten es für unwahrscheinlich, daß die Dinge sich je so zuspitzten, waren aber einhellig der Meinung, daß man um der Madam willen etwas unternehmen müsse.

Im Kleinen Laden erzählte Katie Roche, sie bliebe noch ein, zwei Wochen, aber nicht länger, um der Madam Gelegenheit zu geben, sich nach jemand anderem umzusehen. Aber auch wenn der Lohn doppelt so hoch gewesen wäre, wußte jeder, daß kein anständiges Mädchen jetzt mehr in Moore Park arbeiten würde. Auch hier sagten die Leute, es müsse etwas geschehen.

Das wurde abends in den Kneipen wiederholt. Alle drei Kneipen waren an diesem Dienstag so voll, als sei Sonnabend, wobei die von O'Leary am beliebtesten war, weil sich herumgesprochen hatte, dort hätten zwei der Tinkerfrauen schon einen gehoben, und eine Horde Tinkerbälger hätte je eine halbe Flasche Limo bekommen.

»Ordentlich aufgeführt haben sie sich ja«, räumte Pat O'Leary ein. Er polierte ein Glas und stellte es langsam und nachdrücklich auf die Theke. »Aber wenn einer von denen anfangen sollte, das kleinste bißchen Stunk zu machen, fliegt er raus, und dann setzt mir kein Tinker je wieder einen Fuß über die Schwelle.«

Zustimmendes Gemurmel erhob sich. Jer Condon sagte: »Bei allem schuldigen Respekt vor der Madam, es war nicht recht von ihr, wieder Tinker nach Cloona reinzuziehen, geschweige denn sie auch noch mitten unter uns für den Winter unterzubringen. Sie weiß so gut wie jeder, wie man hierzulande denkt, und was schon mal nötig war, um sie loszuwerden.« Jer Condon war einer der eifrigsten, als es vor sechs Monaten darum ging, Cloona von Tinkern zu befreien. Jetzt hob er die Hand, weil Pat O'Leary etwas sagen wollte. »Ich bin der letzte, der ein Wort gegen die Madam sagt, aber wir sollten auch ehrlich sein: Diesmal ist sie zu weit gegangen.«

Die Moores waren seinerzeit eine gute Herrschaft gewesen und wurden in Cloona respektiert und geschätzt. Als schlechte Zeiten für die Familie gekommen waren, hatte Mrs. Moores unerschrockenes Hinnehmen des Mißgeschicks allgemein Bewunderung erregt, und die Tatsache, daß ihre ruhige autokratische Haltung niemals nachgelassen hatte, wurde mit amüsierter Rührung zur Kenntnis genommen. Doch jetzt widersprach Jer Condon keiner. Nach einer Pause sagte Pat O'Leary: »Sie muß hoch über achtzig sein. Und sie hat keinen, der sie berät.«

Jemand sagte: »Außer Miss Rose.« Bei der Erwähnung der armen Miss Rose wurde gekichert.

»So ist es«, sagte Jer Condon. »Jemand wird mit der Madam offen reden müssen.«

Andrew Hogan saß abseits an einem Tisch mit Jim Cullen, lauschte aber mit gespitztem Ohr den Gesprächen an der Theke. Nun schwang er sich herum mit dem spitzbübischen Grinsen, das ihn eher wie einen Schuljungen als einen Schulmeister aussehen ließ, und fragte: »Aber wer?«

Einen Moment herrschte Schweigen.

»Sie haben leicht grinsen«, sagte Pat O'Leary. »Das ist die Frage: wer?«

Er nahm ein anderes Glas, polierte es und überlegte. Für alle außer einem Protestanten wäre der Gemeindegeistliche, der sechs Meilen entfernt in Ballydurkin wohnte, das Nächstliegende gewesen. Doch die Madam hatte sich seit vielen Jahren weder in der Kirche noch in der Kapelle, noch in Betversammlungen sehen lassen, und niemand glaubte, daß der evangelische Pfarrer, der noch zehn Meilen weiter entfernt wohnte, den geringsten Einfluß auf dieses nur nominelle Mitglied seiner Herde haben würde, selbst wenn man ihn dazu brächte, einen solchen Einfluß geltend zu machen. Und wenn man den Papst aus Rom und den Erzbischof von Canterbury gemeinsam zur Madam brächte, es wäre reine Zeitverschwendung. Pat O'Leary setzte das Glas ab, das so glänzte, wie außer einem ladenneuen noch nie ein Glas in seiner Kneipe geglänzt hatte.

»Sie könnten vielleicht bei der Madam ein passendes Wort anbringen, Andrew, wenn Sie das nächste Mal in Moore Park sind und sie und Miss Rose neue Bücher eintauschen. Ist nicht der Bibliothekswagen beim Schulhaus wieder mal fällig?«

»Könnte dir so passen, Pat«, sagte der alte Tim Doonican.

»Wer wär besser geeignet für den Job als der Liebling von der Madam? Wär doch die einfachste Sache von der Welt, Schulmeister, wenn Sie mitten in einem von euren langen literarischen Gesprächen mal 'n Satz einfließen ließen, damit die Madam weiß, wie man im Dorf denkt!«

»Ich bin ein mutiger Mann«, sagte Andrew Hogan, »aber nicht tollkühn.«

Jer Condon verzog abschätzig den Mund und spuckte empört aus. Ein Mann in der Ecke schlug dann gänzlich hirnlos vor, vielleicht könne der Major einigen Einfluß auf die Madam haben, weil er doch zu ihrer Schicht gehöre.

Das war in jeder Hinsicht Unsinn. Der Major war in Cloona nicht beliebt, obwohl man seine Frau, ein armes, stilles, harmloses Wesen, duldete. Und wenn der Major auch die Gewohnheit hatte, im Dorf herumzustolzieren und jedem zu sagen, was er zu tun habe, als befehlige er noch immer sein Regiment in Indien, war es erst knapp sechs Jahre her, daß die Bradleys Elm Cottage gekauft und sich in Cloona niedergelassen hatten. Die waren hier fremd und würden es bleiben bis zu ihrem Tod, und der Major hatte nicht das Recht, jemandem ins Gewissen zu reden.

»Aber das letzte Mal hat er doch ganz schön in unser Horn geblasen«, meinte Jer Condon nachdenklich.

»Ja, ja. Aber wegen seinem Pfau!«

Brüllendes Gelächter erhob sich. Der Garten des Majors war ein Standardwitz. Gärten waren schön und gut, und Frauen zogen im allgemeinen gern ein paar Blumen, aber Cloona konnte nie begreifen, wie ein normaler Mann sich derart mit Leib und Seele dem Aufdonnern eines Lustgartens widmen konnte wie der Major in den letzten Jahren. Bei heißem Wetter schwitzte er dort, bei nassem war er im Ölzeug draußen. Gärtnerzeitschriften und Samenkataloge für ihn kamen zu Dutzenden per Post. Der Schuppen hinter Elm Cottage war bestückt mit jeder nur denkbaren Art von Gartengerät. Er fuhr nach Waterford, ja, sogar nach Dublin, um sich Pflanzen und Büsche zu holen, und alle wußten, daß er bis zu einem Kiesstrand weit hinter Tramore gefahren war, um einen einzigen Stein für seinen Steingarten zu suchen. Die ersten Jahre in Cloona hatte er darauf verwendet, Elm Cottage zu renovieren, und das mit der gleichen wilden Energie in Angriff genommen – hatte das Haus praktisch zerlegt und mit eigenen Händen wieder zusammengebaut. Dieser Mann kannte kein Maßhalten.

»Aber schließlich und endlich ist sein Garten doch eine Sehenswürdigkeit, zugegeben«, sagte der Mann in der Ecke.

Selbst im Winter verlangsamten Wagen, die Cloona passierten, die Fahrt, wenn sie am Garten des Majors vorüberkamen, im Sommer blieben Touristen stehen und gafften. Dies waren die einzigen Gelegenheiten, bei denen das Dorf den Major gesellig sah. Er unterbrach seine Arbeit und beobachtete, wie man seinen Garten bewunderte, lehnte sich sogar an den Zaun und nannte auf Befragen die englischen und lateinischen Namen seiner Pflanzen. Pat O'Leary wischte Bier von der Theke.

Den Garten des Majors rühmen zu hören ging ihm gegen den Strich. In einem Ort wie Cloona, mit der nächsten Polizeistation sechs Meilen entfernt in Ballydurkin, nahm man es natürlich mit den Öffnungszeiten nicht so genau. Die Gastwirte hatten den dringenden Verdacht, daß der Major der Polizei in Ballydurkin einen Tip bezüglich Einhaltung der Sperrstunden gegeben hatte, denn bald nach seinem Zuzug war in allen drei Kneipen unerwartet kontrolliert worden. Seitdem mußten die Kneipenwirte von Cloona, wenn ein ernsthaftes Trinkgelage im Gange war, wie etwa nach einem Hurling- oder Fußballspiel, Warnposten aufstellen. Pat O'Leary sagte: »Damals hatte er eine Wut wegen seinem Busch, aber sonst würde ich mich so wenig drauf verlassen, daß der Major sich auf meine Seite schlägt, wie ich mich drauf verlaß, daß ich fliegen kann.« Höhnisch setzte er hinzu: »Wenn also einer von euch dran denkt, mit dem Gewehr im Anschlag nach Moore Park zu marschieren, überlegt's euch noch mal!«

»Dann wär'n nämlich wir die Eindringlinge und nicht die Tinker, ti-hi-hi!« sagte der alte Tim Doonican.

Pat O'Leary ignorierte ihn. Nicht, weil der alte Tim jeden Abend hinter einem einzigen Bier saß, das durfte man einem Rentner nicht übelnehmen, nein, weil Tim nie ein gutes Wort für jemand hatte und seine scharfe Zunge manchmal schwer zu ertragen war.

»Außerdem – wenn's dazu käme«, sagte der Mann in der Ecke, »könnt euch die Madam bei dem Geschäft übertreffen. Sie war seinerzeit die beste Schützin beim Schnepfenschießen, und ich glaub, das Geschick hat sie nicht verloren.«

»Du meine Güte«, sagte der Schulmeister. »Allmählich klingt es aber reichlich blutdürstig.«

Der junge Mann hatte leicht scherzen, ihn bedrohten die Tinker nicht. Für Jim Cullen, der neben ihm saß, lag der Fall schon anders. Jims Besitz grenzte an Moore Park, und es war nicht verwunderlich, daß Jim jetzt kein Lächeln übrig hatte.

»Um wieder auf den Major zu kommen«, sagte Pat O'Leary. »Katie Roche meint fast, er hätte die Madam zu dem getrieben, was sie tat.«

»Ah«, sagte der alte Tim Doonican. »Die zwei können sich nicht ausstehen – ti-hi-hi.«

»Wichtig ist«, sagte Jer Condon, »kann jemand uns sagen, ob's überhaupt erlaubt ist, daß die Madam diese Tinker in Moore Park bleiben läßt? Gibt's für so was kein Gesetz?«

Er war zu wütend auf den Schulmeister, um ihn direkt anzusehen, die Frage war dennoch an ihn gerichtet. Andrew mochte ja bei seiner ewigen Bücherleserei eine Menge ausgefallener Ideen angenommen haben, aber bei unerwarteten Dingen war er so gut unterrichtet wie ein Lexikon.

»Nun, Andrew«, sagte Pat O'Leary taktvoll, »was meinen Sie dazu?«

»Meiner Meinung nach ist es vollkommen legal. Solange die Tinker auf Mrs. Moores Privatgrund bleiben, kann man ihnen schwerlich vorwerfen, daß sie öffentliches Ärgernis erregen.«

Jer sagte verbissen: »Ja, aber trotzdem, wenn einem so ein Haufen gegen den Strich geht, kann das Dorf doch noch was anderes geltend machen, oder? Könnte nicht die Grafschaftsverwaltung einschreiten? Wir sind schließlich keine Wilden. Da gibt's doch Vorschriften vom Gesundheitsamt und so. Sanitäre Einrichtungen zum Beispiel.«

»Katie Roche sagt, im Stallhof hat's allen modernen Komfort.« Pat O'Leary grinste unwillkürlich über den feierlichen Ernst, den der Schulmeister noch immer an den Tag legte. Nur ein winziges Zucken der Mundwinkel verriet ihn. Die lange versprochene Kanalisation hatte Cloona noch nicht erreicht, und abgesehen von den wenigen, die eine eigene Klärgrube installiert hatten, konnte sich keineswegs jedes Haus der Gegend auch nur eines Trockenklos rühmen. »Und das ist mehr, als viele von uns haben.«

Jer fragte grob: »Sind Sie eigentlich für oder gegen uns, Andrew Hogan?«

»Ich glaube, ihr könnt mich als neutral bezeichnen«, sagte der Schulmeister. »Ihr braucht so was wie mich als Ringrichter.«

»Vielleicht sind Sie nicht mehr so neutral«, sagte der alte Tim Doonican, »wenn Sie plötzlich den jungen Tinkern das ABC beibringen müssen.«

»Wenn ich dafür bezahlt werde, lehre ich wen auch immer«, sagte der junge Andrew, und man sah deutlich, daß es ihm einen Riesenspaß machte, heute abend Jer Condon in Harnisch zu bringen. »Ein Urteil steht mir nicht zu.«

»Sie würden sich womöglich einwickeln lassen, Tinkern was beizubringen«, sagte Jer boshaft, »aber das kommt so und so nicht in Frage. Keiner von uns im Dorf würde zulassen, daß unsere Kinder zusammen mit solchem Gesindel in die Schule gehn.«

Pat O'Leary fand es an der Zeit, etwas Beschwichtigendes einzuwerfen.

»Es ist schlicht Tatsache, daß die Madam allmählich sehr alt wird.« Jemand wandte ein, bis jetzt habe die Madam noch keine Anzeichen von Senilität gezeigt. »Das vielleicht noch nicht«, pflichtete Pat bei, »aber wer Augen im Kopf hat, sieht doch, daß sie neuerdings abbaut.«

Jer Condon nickte und sagte, obwohl er ärgerlich war: »Bei all den Wunderlichkeiten der Madam wird Cloona mal nicht mehr dasselbe sein, wenn sie nicht mehr oben in Moore Park ist.«

Er machte eine lange Pause und kratzte sich das Kinn. »Es könnt nicht schaden, Dr. Murphy zu bitten, daß er in Moore Park vorbeischaut, ganz zufällig, wißt ihr, und uns sagt, wie die Madam geistig beisammen ist. Ich meine, auch für ihren eigenen Schutz und so, jetzt, wo sie angefangen hat, sich komisch aufzuführen.«

»Um Gottes willen«, sagte Pat O'Leary angewidert, und Jer Condon schaute beschämt, daß er solchen Unsinn von sich gegeben hatte, und das war auch angebracht. Dr. Murphy stand vor der Pensionierung und verlangte nichts mehr vom Leben, als daß man ihm erlaubte, sich ungestört daheim zu Tode zu trinken. »Weißt du denn nicht, daß sie Dr. Murphy nicht über die Schwelle läßt, wenn sie nicht muß, wie damals, als Miss Rose die schwere Grippe kriegte?«

Mit einer Bemerkung zu Jim Cullen erhob sich Andrew Hogan. »Na, nun sieht es ja allmählich so aus, als müßtet ihr den Himmel schultern, meine Lieben, und euer Bier austrinken.«

Sicher zitierte der mal wieder, wie so oft, wenn das, was er sagte, weder Sinn noch Verstand hatte. Der war richtig unverschämt heute abend, dieser Andrew.

Jer Condon prustete.

»Heben Sie sich Ihre geistreichen Sprüche für 'n andermal auf! Und merken Sie sich, für ein paar von uns ist das 'ne ernsthafte Sache!«

»Großer Gott«, sagte Andrew, der allmählich die Geduld verlor, »was können diese elenden Tinker euch schon anhaben, wenn sie weit abseits in Moore Park sind? Sie haben doch das gleiche Recht zu leben wie ihr auch.«

Im Hinausgehen hörte er Tim Doonican so laut, daß jeder es hören mußte, äußern: »Unserm Schulmeister paßt auch der Hut nicht mehr, seit er's bei der Hannigan-Erbin geschafft hat.« Der Hohn des boshaften alten Kerls störte Andrew so wenig wie jeden anderen in Cloona, auch wenn heute abend einige in der Hitze des Gefechts so taten, als seien sie der gleichen Meinung. Er wußte, heute abend hatte er sich über die Vorurteile einer kleinen Gemeinde ungehörig lustig gemacht. *Seiner* kleinen Gemeinde.

Die Straßenlaternen leuchteten noch, doch die meisten Häuser waren dunkel. Die einzige lange Straße durch das Dorf war verlassen, bis auf die streunende Tigerkatze aus dem Großen Laden. Andrew ging die Straße entlang zu seiner Wohnung. Weiter voraus murmelten unsichtbare Wellen durch die Stille.

Cloona im Winter. Er wäre fast über die Katze gestolpert, die ihm gefolgt war und ihm um die Füße strich. Er blieb stehen und kraute sie am Kopf.

»Miez, Miez.«

Die Katze machte einen Buckel und schnurrte dankbar. Sie hatte ihn gern. Wunderbarerweise hatte auch ihre Herrin ihn gern.

Cloona im Winter. Die See rauschte heran und zog sich zurück vom Sandstrand Cloonas. Andrew richtete sich auf und lauschte. Die See brach sich gelangweilt am Ufer Cloonas, tat einen kleinen, langweiligen Teil ihrer Pflicht, jenseits aber vereinigte sie sich mit anderen Meeren, breitete sich weit aus, bespülte andere Ufer dieser Erde. Dabei amüsierte sie sich bestimmt. Andrew lachte. Mochten für ihn die herrlichen fernen Ufer unbekannt bleiben, denn an ihnen war keine Doreen. Doreen war hier, und hier würde auch er sein, alle künftigen Winter und Sommer, und nur das Meer würde murren und schäumen. Er klatschte in die Hände und rief: »Heim mit dir, Miez!« Die Katze machte sich eilends davon, zurück zu Doreen, und Andrew ging pfeifend weiter.

Als er den Schlüssel ins Schloß steckte, öffnete ihm seine Wirtin die Tür. Sie betrachtete ihn prüfend und sagte erleichtert: »Sie sind stocknüchtern, wie ich sehe. Als ich Sie pfeifen hörte, dachte ich einen Moment, Sie hätten einen Bierrausch. Sonst war das immer ein Zeichen.«

»Heute abend gelingt es mir, auch mit Tomatensaft fröhlich zu sein, Mrs. Sullivan.«

»Und warum auch nicht? Nur wenn Sie unzufrieden waren, haben Sie zum Dampfablassen mal eine Nacht getrunken. Wie alle jungen Männer.« Sie lachte gluckernd. »Bewahr uns Gott, und wie wild Sie dann immer daherredeten über all die merkwürdigen Orte, zu denen Sie reisen würden, und was Sie dann dort täten. Cloona war nicht groß genug für Sie.« Ernster werdend, sagte sie: »Ich freue mich, daß Sie dem Mädchen begegnet sind, das Sie anderen Sinnes gemacht hat.«

Vorwurfsvoll schüttelte Andrew den Kopf.

»Aber Mrs. Sullivan, Sie dürfen nicht jeden Klatsch glauben.«

»Ach, gehen Sie mir doch!« Sie war eine fette, fröhliche Person und hatte ein fettes, fröhliches Lachen. »Und um Himmels willen, stellen Sie endlich die entscheidende Frage, weil wir im Dorf uns doch schon auf einen guten Schwof freuen, wenn das mal unter Dach und Fach ist.«

Sie gab ihm einen Rippenstoß und ließ ihn ein. In der Küche saß Katie Roche am Tisch, auf dem zwei Tassen Kakao und eine aufgerissene Packung Ingwerplätzchen standen. Es war leicht zu erraten, daß die Witwe Sullivan und ihre Schwester länger als sonst aufgeblieben waren, um über die Ereignisse in Moore Park zu schwatzen. Andrew gesellte sich zu ihnen und hörte aus erster Hand weitere Einzelheiten über die fürchterliche Bande in Moore Park. Als Katie ihren Schreckensbericht beendet hatte, sagte er, daß die Tinker in gewissem Sinn für eine erfreuliche Abwechslung in Cloona sorgten.

»Wie das?« fragte die Witwe Sullivan.

»Sie geben uns neuen Gesprächsstoff«, sagte Andrew und flüchtete.

Er lag im Bett und las, das heißt, er hielt das Buch vor die Augen und dachte an Doreen, da hörte er den alten Tim Doonican aus dem Pub heimkehren. Tim brummte draußen vor sich hin, wie gewöhnlich.

Alle waren schon zu Bett, aber Tim schaute auf dem Weg in den ersten Stock kurz in die Küche. Er bemerkte die drei ineinandergestellten Tassen in der Spüle. Der Schulmeister wurde mal wieder verwöhnt, wie immer. Natürlich dachte kein Mensch daran, auch für ihn eine Tasse Kakao bereitzustellen, mit einer Untertasse zugedeckt, damit er warm blieb. In Hogans Zimmer brannte noch Licht. Zu dem verdammten Schulmeister würde sie nie gehen und schimpfen, weil er Strom verschwendete, darauf konnte man seinen Kopf verwetten!

Tim ging in sein Zimmer. Es war das kleinste im Hause. Eigentlich war es recht gemütlich, aber es war das kleinste. Der verdammte Schulmeister mußte natürlich das große Vorderzimmer haben, er war ja der Star-Mieter, der Liebling. Ein mieses olles Loch war genug für Tim Doonican, den armen Altersrentner.

Tim setzte sich aufs Bett und starrte verbittert auf einen sauberen Flicken auf der Decke. Mit geschürzten Lippen und gezierter, quiekender Stimme sagte er: »Der Himmel lohn's Ihnen, Mrs. Sullivan, daß Sie diesen armen alten Mann vor dem Bezirksaltersheim bewahrt haben!« Er zog den einen Stiefel aus, ließ ihn auf den Boden fallen und kümmerte sich einen Dreck darum, ob er jemanden damit weckte. Zum Teufel mit der Wohltäterei! Er gab ihr fünfundzwanzig Schilling die Woche, und so viel aß er wirklich nicht, es blieb ihm wenig genug für das Bier und das Krümelchen Tabak und um sich anständig anzuziehen. Und vielleicht hin und wieder ein übriger Schilling oder zwei, um sie auf ein Pferd zu verwetten. Wohltätigkeit, meiner Treu! Er wußte ganz genau, warum sie ihn vor dem Heim bewahrte. »So ein gutes Herz, diese Mrs. Sullivan, und Sie müssen nun den Alten pflegen, statt ihn zu denen abzuschieben, die dafür bezahlt werden!« Jawohl, und jedesmal, wenn sie ihn pflegte, trotz all ihrem Getue mit gerührtem Eigelb und Fleischbrühe und weiß der Teufel was, hoffte sie, es sei das letzte Mal. Beim allmächtigen Gott, man konnte drauf schwören, daß sie ihn nicht wegen des Lohnes im Himmel in ihr Haus aufgenommen hatte!

Nach einem Leben als Hafenarbeiter in Liverpool, der Ehe mit einer irischen Liverpooler Schlampe und einer Herde undankbarer Kinder – die jetzt alle irgendwo verstreut oder tot waren – kannte Tim Doonican die menschliche Natur von Grund auf. Das eine war sicher: Man bekam nie etwas umsonst. Als seine Gesundheit nachließ, war er zurück nach Irland gegangen, um Cloona ein letztes Mal vor seinem Tode wiederzusehen. Er verstand selber nicht so recht, warum. Vielleicht, weil ihm die Welt damals vor langer Zeit, in seiner Jugend in Cloona, besser vorgekommen war. Vielleicht bedeuteten einem Menschen und Orte, die man als junger Mensch gekannt hatte, mehr als alles, was später kam. Was für eine verrückte Weichheit ihn damals auch überfallen hatte, jedenfalls hatte er sich gewünscht, in Cloona zu sterben, wo er hingehörte. Aber obwohl er aus Cloona stammte, gab es für ihn im Dorf keinen Platz in irgendeinem Winkel. Endlich brach er aus Schwäche auf der Straße zusammen, vollständig erschöpft von der aussichtslosen Suche und der Hitze des Tages, und Mrs. Sullivan hatte ein leerstehendes Zimmer und ließ ihn dort hineintragen zum Sterben. Und gestorben war er keineswegs, doch das hatte er nicht ihr zu verdanken, sondern der guten Luft von Cloona.

»So ein gutes Herz, diese Mrs. Sullivan!« Sie hatte ihn aufgenommen, weil die Leute zwar hart und egoistisch waren, es aber trotzdem einfach zu weit ging, einen Mann auf der Straße liegen zu lassen wie einen Hund, wenn jeder wußte, daß man ein übriges Zimmer hatte. Und sie behielt ihn, weil sie hoffte, seine hundertfünfzig Pfündchen an sich zu bringen, wenn er erst mal hin war.

Wie jeden Abend holte Tim auch heute die beiden Schlüssel heraus, die er an einer Kette um den Hals trug, und zerrte seinen Holzkoffer unterm Bett hervor. Er öffnete ihn mit dem einen Schlüssel und tastete unter seinen paar Kleidern – das eine mußte man ihr lassen, sie stopfte und flickte verdammt viel besser für ihn, als seine Trine von Ehefrau es je getan hatte – nach der Blechschachtel. Er öffnete sie mit dem zweiten Schlüssel. Darin lag, sicher verwahrt, sein gutes Geld.

Er betastete es liebevoll. Hin und wieder, um Mrs. Sullivan bei der Stange zu halten, öffnete er die Schachtel in ihrer Gegenwart und sagte: »Das gehört alles Ihnen, wenn ich hinüber bin.«

Und sie, scheinheilig wie sie war, sagte dann wohl: »Aber, aber, das ist ja sehr nett von Ihnen, Tim, aber woher wollen Sie wissen, daß Sie als erster abtreten.« Und dabei war sie ein kerngesunder Brocken Anfang sechzig. »Und wenn ich Sie wäre, würde ich das eine oder andere Pfund ruhig für mich selber ausgeben, ja, das würde ich.« Sie sagte auch: »Sie könnten übrigens ein paar neue Wollhemden und Hosen brauchen gegen die Kälte«, oder ähnlichen Unsinn. Und bei anderen Gelegenheiten sprach sie davon, das Geld lage doch wohl besser auf der Postsparkasse und brächte etwas ein.

Für was für einen Idioten hielt sie ihn? Wenn es keine hundertsiebenundfünfzig Pfündlein gegeben hätte, an deren Anblick sie sich weiden konnte – und sie auf der Postsparkasse lagen, wie konnte sie dann sicher sein, daß sie nicht auf rätselhafte Weise schrumpften? Er wußte sehr wohl, wo er gleich darauf wäre: im Altersheim oben in Dungarvan!

Tim Doonican besah sich das von einem Gummiring zusammengehaltene Bündel Scheine, die Gott weiß wie viele

Pfund Knaster und literweise Bier bedeuteten, und spürte nicht das geringste Verlangen, es auch nur um einen Heller zu vermindern. Denn so ordentlich und unangebrochen bedeutete es Cloona. Es bedeutete den Ort, an dem einen jeder kannte, wo jeder sagte: »Einen guten Tag auch, Tim!« und man seinen festen Platz im Pub hatte, wo man sich mit alt und jung unterhalten konnte. Es bedeutete, so unabhängig zu sein wie jeder andere. Es bedeutete Sicherheit. Ohne dieses mühsam Zusammengesparte wäre man jetzt eingesperrt in einem Saal mit einem Haufen alter Kerle, wie man selbst einer war. Tim fröstelte. Hogan hatte natürlich einen Heizofen, aber ihm erlaubte »sie« keinen mehr, nur weil er mal darüber gestolpert war. »Ich würde es mir nie verzeihen, wenn Sie sich verbrannt hätten«, sagte sie. Yeh! Er fröstelte erneut. Die Bude war eisig, eine Dogge würde drin eingehen. Man wäre eingesperrt mit einem Haufen alter Wracks und vielleicht die Hälfte von ihnen schon nicht mehr klar im Kopf, und die Nonnen würden einen umschleichen in ihren schwarzen Gewändern, als hätten sie keine Körper zwischen ihren heiligen Gesichtern und weichen Schuhen, mit ihren sanften zischelnden Stimmen, mit denen sie über einem beteten. Sie meinten es gut, zweifellos, und gegen Nonnen als solche hatte er nichts, aber wenn man der nächsten Welt schon so nah war wie er, wollte man doch nicht jede Stunde des Tages dran erinnert werden. Und ebensowenig wollte man gepflegt werden von solchen, die insgeheim dachten, es sei besser, einen alten Mann zu ermutigen, sich einen guten Eintritt in die nächste Welt zu verschaffen, als ihm beizustehen, in dieser Welt zu bleiben.

Tim Doonican schloß sein Geld weg und ging zu Bett. Tim Doonican, ein vermögender Mann, der in Cloona geboren und aufgewachsen war und dank seiner hundertsiebenundfünfzig Pfund unbedingt dorthin gehörte.

Jim Cullen hatte Tim bis zur Haustür begleitet – der arme Alte schien heute abend wackliger denn je und war sehr langsam gegangen –, und als er die Straße wieder hinaufging, waren nur noch wenige Kneipenbesucher auf dem Heimweg. Kaum hatte er das Dorf hinter sich, war niemand außer ihm mehr unterwegs. Als er sich dem Anger näherte, rasselte der Ziegenbock der Dwans, der dort seit ein paar Tagen angepflockt war, mit der Kette, als wolle er ihn angreifen. Im

Vorübergehen an Elm Cottage sah er im Wohnzimmer der Bradleys noch Licht. Er lachte leise in sich hinein. Heute würde der Major es wohl nicht eilig haben, ins Bett zu kommen, auf einer Seite belagert vom drohenden Ziegenbock der Dwans und auf der anderen von den Tinkern. Als er die Gartenmauer erreichte, ging er rascher. Gleichgültig, wie oft man dieses Stück Weg entlangging, bei Tag oder Nacht, es war finster, mit der hohen Mauer, die an manchen Stellen zusammengebrochen war und den Blick auf den verwilderten Park und das riesige, einsame alte Haus freigab. Jetzt lag es im Dunkeln, doch als er an das geschlossene Gittertor des Parks kam, sah er von der östlichen Grenzmauer her ein schwaches Licht aus den Wohnwagen der Tinker dringen. Heute nacht ging kein Wind, aber manchmal, wenn er hier vorbeikam, besonders solange die Bäume dicht belaubt waren, rauschte der Wind durch sie hindurch, daß man meinte, das Meer käme geflossen und wolle Moore Park ertränken, und ein andermal ächzten die kahlen Zweige wie Verwundete.

Am Ende der den Weg begleitenden Mauer wandte er sich nach rechts in einen Heckenweg. Die Mauer, nunmehr die westliche Begrenzung von Moore Park, folgte weiter dem Heckenweg, und ihr gegenüber lagen die Felder, die er jetzt bearbeitete. Dann kam er zu der Stelle, wo diese Grenzmauer erneut abbog, zur nördlichen Grenze wurde und das fast perfekte Rechteck abschloß, das Moore Park bildete. Von hier an hatte das freie Land beidseits des Heckenweges einmal der Familie Moore gehört, und jetzt hatte er es unterm Pflug. Ein paar Meter weiter wandte er sich von Moore Park ab und bog über das Viehgatter zu seinem Hof ein.

Die nackte Birne über der Tür des langen, einstöckigen, strohgedeckten Hauses brannte, um ihm zu leuchten. Der milde rosige Schein aus dem rosa verhängten Fenster deutete darauf hin, daß Eileen zu Bett gegangen war. Auch in der Küche war Licht, die Vorhänge waren nicht zugezogen, und er konnte seine Schwiegermutter am Kamin stricken sehen. Er blieb einen Augenblick stehen, ehe er hineinging. Er sah auf das Silogebäude, das riesig über dem Farmhaus aufragte, und dann auf den vorigen Monat fertiggestellten Schweinestall. Mit der gewohnten Mischung aus Genugtuung und Frust trat er ein.

Seine Schwiegermutter legte ihr Strickzeug hin und sagte freundlich: »Guten Abend, Jim. Ich hab Eileen nicht aufbleiben lassen, um auf dich zu warten.«

»Geht es ihr gut?«

Im ersten Jahr ihrer Ehe hatte Eileen eine Fehlgeburt gehabt. Jetzt erwartete sie wieder ein Kind.

»Sie kam mir ein bißchen müde vor, das ist alles. Soll ich dir eine Tasse Tee machen?«

»Nein, danke.«

Jim Cullen lebte nun schon zwei Jahre im Hause seiner Schwiegermutter und wußte noch immer nicht, wie er sie anreden sollte. »Mutter« wäre das Nächstliegende gewesen, doch dazu konnte er sich nicht durchringen. »Bridget« war zu formlos, und über »Mrs. Quinlan« (die Form, in der er an sie dachte) wäre Eileen entsetzt gewesen. So hatte er denn keinen Namen für sie. Das war manchmal peinlich, weil man ja nicht brüllen konnte: »He, du!«, wenn man seine Schwiegermutter auf sich aufmerksam machen wollte. Jedenfalls freute er sich, daß in sieben Monaten das Problem gelöst sein würde, weil er sie dann »Granny« rufen konnte.

Sie stand auf. Ihr Haar, das immer noch mehr Braun als Grau enthielt, war fast in gleicher Höhe mit dem seinen. Er war ein großer Mann, aber neben ihr wirkte er kleiner. Ihr Gesicht zeigte ihr Alter genauer als ihr Haar. Es konnte einmal schön gewesen sein. Sie sagte: »Dann geh ich jetzt auch schlafen.«

Es lag kein Vorwurf in der gleichmütigen Bemerkung, aber er sagte rasch: »Heute abend gab's bei O'Leary eine lange Diskussion über die Tinker. Deswegen komm ich so spät.«

»Ah ja.« Sie runzelte die Stirn. »Ich kann nicht verstehen, was für eine verrückte Idee der Madam da gekommen ist, so was zu tun.«

»Das Schlimme ist, die Madam schert sich keinen Deut drum, was irgend jemand von ihr denkt.«

Wider Willen bewundernd sagte sie: »Hat sie nie getan. Aber wie kann eine Frau mit klarem Verstand freiwillig so ein Pack nach Moore Park hereinlassen? Es muß stimmen, was man sagt – sie baut ab.« Sie preßte mit grimmigem Humor die Lippen zusammen. »Na, hoffentlich hat sie noch genügend Verstand übrig, um ihre Tinker für sich zu behalten.«

»Platz hätten sie ja mehr als genug auf Moore Park, weiß Gott.«

»An sich ja. Aber Tinker sind eben immer eine Pest.«

Einen Moment lang waren sie sich schweigend einig. Jim Cullen hatte nicht zu denen gehört, vor denen vorigen Mai die Tinker hatten hastig ausreißen müssen. Nicht, daß er sich ein Gewissen daraus gemacht hätte, männliche oder weibliche Tinker zu bedrohen, denn die waren beide gleich robust und unverschämt, aber er hätte mit den Eltern auch die Kinder geängstigt, obwohl es solch schmutzige, winselnde Plagegeister waren. Doch wenn er auch mit den angewandten Methoden nicht einverstanden war, was die Notwendigkeit der Maßnahme betraf, stimmte er völlig mit allen anderen überein. Auch er hatte, wie jedermann, Schäden erlitten: Eines Nachts waren Ponys über seine junge grüne Gerste geraten, und was nicht abgegrast wurde, war zertreten worden.

Seine Schwiegermutter nahm ihr Strickzeug zusammen, um es in der Buffetschublade zu verstauen. Er sagte: »Wenn was dran ist an dem Gerücht, daß es mit der Madam nicht mehr zum Besten steht, sprech ich gleich noch mal mit ihr wegen der beiden Felder.«

Es klang nicht so beiläufig, wie er beabsichtigt hatte, aber nun war es wenigstens heraus. »Ich hab lieber mit ihr zu tun als später mit Anwälten, und überhaupt lassen diese Burschen sich bei Erbschaftsgeschichten endlos viel Zeit. Morgen geh ich noch mal kurz nach Moore Park.«

Sie sagte nichts, bis sie die Schublade über dem Strickzeug geschlossen hatte. Es sah aus wie der Anfang eines blauen Strickjäckchens. Wieder ein Geschenk für einen lieben kleinen Jungen!

»Ich dachte, die Madam wäre fest entschlossen, die letzten beiden Felder nicht herzugeben?«

»Ich hab dir ja gesagt, nur weil sie die verdrehte Idee hat, daß die Eichen nicht gefällt werden dürfen. Das Geld könnte sie gut brauchen, soviel ist sicher. Schön, die Bäume werden mir im Weg sein, stimmt, aber wenn es sie beruhigt, bin ich jetzt bereit, ihr zu versprechen, die verdammten Dinger stehen zu lassen, bis sie unter der Erde ist. Man könnte es ja in den Vertrag aufnehmen.« Nie erriet man, was in Mrs. Quinlan vorging. Ebensogut konnte man eine Statue anschauen. »Wenn wir nächstes Jahr den neuen Melkstall bauen, brauchen wir diese zusätzlichen zwanzig Morgen, damit er sich schneller amortisiert.«

»Jim«, sagte sie, »ich finde, wir sollten uns vorläufig nicht mit noch mehr Schulden belasten.«

O Gott, mußte er es ihr denn ständig von neuem erklären? Mußte er immer weiter darum betteln, ihm zu erlauben, zu arbeiten und zu planen, um aus dieser Farm die fortschrittlichste und erfolgreichste ihrer Größe in der ganzen Grafschaft zu machen? Ja, das mußte er, denn solange sie lebte, war es ihre Farm.

Natürlich hatte er geahnt, was für eine Frau sie war, ehe er in die Farm einheiratete, aber er hätte alles getan, um Eileen zu bekommen. Bridget Lonergan war schon als harte Frau bekannt gewesen, ehe der kaltblütige Heiratshandel zwischen ihr und dem alten Johnny Quinlan zustande kam. Er war ein verkrusteter, geiziger alter Junggeselle gewesen, aber Bridget hatte ihren Ehemann vollständig beherrscht. Der alte Johnny war kurz nach Eileens Geburt gestorben – und kein Wunder, sagten die Leute, nach so einer Höchstleistung, in seinem Alter noch ein Kind zu zeugen. Die Farm hatte er auf Lebenszeit seiner Frau vermacht und danach der Tochter.

Bridget Quinlan beherrschte auch ihre Tochter vollständig. Jim hatte sogar Zweifel, ob Eileen ihn genommen hätte, wenn ihre Mutter dagegen gewesen wäre. Obwohl er aus einer soliden Bauernfamilie stammte, hatte er als fünfter Sohn nichts zu erwarten und wußte, daß die Leute ihn wegen seiner Hoffnung auslachten, auf der Quinlan-Farm ein Bein auf den Boden zu kriegen. Das war das Ärgste, was er hatte hinnehmen müssen, um Eileen zu kriegen: daß man seine Motive verspottete. Doch zu seiner nicht geringen Überraschung hatte Bridget Quinlan nichts gegen die Ehe einzuwenden gehabt. Sie schien sogar erfreut.

Bald wurde ihm klar, warum er ihr der ideale Gatte für die Tochter dünkte, unendlich viel besser als der reichste Mann mit eigenem Hof: Mit ihm als Schwiegersohn konnte sie Tochter und Farm fest in der Hand behalten, und er war nur der Mann, dem sie erlaubte, mit der einen zu schlafen und für die andere zu arbeiten.

Ihm gegenüber war sie durchaus großzügig, doch das Wissen, daß jeder Penny, für den er sich abrackerte, von Rechts wegen ihr gehörte, verdroß ihn ständig. Trotzdem setzte er Verstand und Energie ein, um Haus und Hof in die Höhe zu bringen. Abgesehen von der zwingenden Notwendigkeit, sich in seiner Stellung zu bewähren, hätte er das ohnehin getan, wie er nun einmal veranlagt war: aus purer Freude und Befriedigung. Der alte Johnny Quinlan, der typische konservative irische Farmer seiner Zeit, hatte sein Geld auf einem Bankkonto gehortet, statt es wieder in die Farm einzupflügen. Das Land hatte er verkommen lassen, aber jetzt ging es in großen Sprüngen aufwärts. Dennoch mußte man um jeden Schritt mit der Schwiegermutter kämpfen, die ebenfalls zur konservativen Generation gehörte.

Geduldig begann er: »Um das Darlehen von der Landwirtschaftlichen Kreditgenossenschaft zurückzuzahlen, das wir für den Melkstall brauchen –«

»Denen schulden wir sowieso schon so viel«, warf sie ein. »Wenn wir uns noch ein Darlehen aufhalsen, um der Madam den Grund abzukaufen, kommen wir nie von den Schulden herunter.«

Er war immer noch geduldig.

»Je mehr Kühe wir melken, desto größer wird unser Einkommen, um rasch die Zinsen und das Kapital zurückzuzahlen. Aber um mehr Kühe zu halten, brauchen wir mehr Land. Das einzige Land, das hier in der Gegend auf lange Sicht zu haben sein wird, sind die beiden Felder von der Madam. Die dürfen wir uns nicht entgehen lassen.«

»Ich weiß, daß du aus dem hier ein Mustergut machen wirst, Jim, aber könntest du dir nicht etwas mehr Zeit dazu lassen? Es geht uns doch auch jetzt gut – dank dir. Ist es denn nötig, daß wir uns so beeilen und so viel dabei riskieren?«

»Schau«, sagte er. »Du weißt doch, daß ich mit dem Landwirtschaftsberater alle Kostenvoranschläge sorgfältig durchgerechnet habe. Warte, ich hol die Zahlen und zeig sie dir.«

»Heute abend ist es schon zu spät, das noch mal durchzugehen.«

»Wenn uns aber zufällig die Madam vorher wegstirbt –«

»Wir besprechen es ein andermal.« Sie lächelte. »Sonderbar, daß die Jungen es immer so eilig haben, wo man doch meinen könnte, sie hätten den wenigsten Grund dazu.«

Hitzig war er schon immer gewesen, doch seit er hierher gekommen war, lernte er sich zurückzuhalten. Die wenigen Male, bei denen er aufgebraust war, war sie kalt und höflich geblieben, und es war nichts dabei herausgekommen, als daß Eileen verwirrt und unglücklich wurde. Ganz gleich, was man von diesem Weib hielt, es lohnte sich, höflich zu ihr zu sein, damit Eileen zufrieden blieb.

»Wenn wir morgen früh überhaupt wieder aufstehen wollen, gehen wir wohl jetzt besser schlafen, denke ich.«

»Ich bleib noch etwas auf.«

Er hatte es gleichmütig sagen wollen, doch es kam heraus wie bei einem schmollenden Kind. Sie wußte einen immer ins Unrecht zu setzen.

»An deiner Stelle täte ich das nicht. Später störst du dann Eileen, und die ist gerade im Einschlafen.«

Heiliger Bimbam, jetzt bestimmte sie auch noch, wann er ins Bett zu gehen hatte, oder? Doch als er ins Schlafzimmer kam und sah, daß Eileen auf ihn wartete, vergaß er dieses Weib für kurz Zeit. Komisch, selbst nach zwei Ehejahren war Eileen immer noch so aufregend wie damals, als er ihr den Hof machte.

»Grüß dich, du schlimmer Saufaus«, sagte sie.

Sie saß aufrecht, ans Kopfkissen gelehnt, schläfrig und mit roten Wangen. Ihr helles Haar, am Tage so sauber gekämmt, hing ihr wirr um den Kopf.

»Grüß dich, alte Nörgelliese«, sagte er.

Er beugte sich vor und küßte sie. Sie zog ihn neben sich, und sie schlossen einander fest in die Arme.

»Mammy wollte mich nicht auf dich warten lassen. Sie hat gesagt, wenn du kämst, hätte sie Tee für dich.« Sie zog mit dem Finger eine Falte auf seiner Stirn nach. »Du liebe Zeit, warum denn so finster? Ist die Milchmenge zurückgegangen?«

Der einzige Anteil, den Eileen an der Landwirtschaft nahm, war das Halten von ein paar Legehennen – um ein Taschengeld zu haben. Das Geflügelzeug fraß mehr, als es einbrachte, doch das behielt Jim für sich und schrieb die unökonomischen Tiere unter »Unterhaltung« ab. Zwar war Bridget Quinlan eine harte Frau, hatte aber ihre Tochter sehr verwöhnt und aus Eileen eine solche Lady gemacht, daß die Leute sich wunderten, daß sie nicht unerträglich geworden war, sondern eines der nettesten Mädchen, das man auf Meilen im Umkreis finden konnte.

»Hast wohl Angst, daß wir demnächst am Bettelstab sind, was? Hör zu, Liebes. Morgen wird der Wagen geliefert.« Nach dem bekannten mühseligen Zureden hatte seine Schwiegermutter endlich akzeptiert, daß ein Wagen und ein Telefon für den Betrieb eines Hofes unbedingt erforderlich waren. »Und morgen nehme ich mir eine Stunde frei und geb dir deine erste Fahrstunde.«

»Du kannst mich ausfahren und mir zeigen, wie es funktioniert, aber Mammy meint, ich sollte vorläufig nicht fahren lernen.« Eileen tätschelte ihren Bauch. »Wegen Klein-James, verstehst du.«

Hatte sie Liebe und Schutz von ihm überhaupt nötig, wo sie doch ihre Mutter hatte? In einem seiner unbeherrschten Zornausbrüche sagte er: »Na wenigstens hab ich dir ein Kind geschenkt. Doch immerhin etwas, was deine Mutter dir nicht schenken kann – obwohl sie wahrscheinlich der Meinung ist, daß jeder andere Mann im Kirchspiel es genauso könnte.« Sofort hätte er sich am liebsten die Zunge abgebissen. Er zwang sich zu einem Lachen und fuhr ihr durch die Haare, ihre seidigen, süßduftenden Haare. »War ja nur Spaß, Liebes.«

Sie sah ihn groß an. Ihre Augen waren von ganz dunklem Blau. Ihre Augen konnten die Farbe wechseln, wie das Meer.

»Jim, Liebster, wenn Mammy manchmal herrschsüchtig wirkt –«

»Ach, vergiß es. Das sauer gewordene Bier hat aus mir geredet.«

Wieder legte er die Arme um sie, doch sie schob ihn weg.

»Nein, bitte nicht, Jim. Ich hab das schon lang sagen wollen. Auch wenn sie manchmal so klingt, weißt du doch, daß sie's nicht so meint. Es ist nur – für sie bist du eben immer noch fast ein Junge. Aber du weißt doch, daß sie dich sehr gern hat und sehr stolz ist auf alles, was du tust?«

Er konnte ihr nicht sagen: »Du mußt wählen, ob du meine Frau oder die Tochter deiner Mutter sein willst«, denn welche Wahl auch immer sie traf, es würde ihr das Herz brechen. Er konnte ihr auch nicht sagen: »Ich bin jung und stark und könnte dir auch ganz unabhängig einen Lebensunterhalt zusammenverdienen, überall auf der Welt«, denn was für ein Leben wäre das, verglichen mit der Quinlan-Farm? All das, was er in Gedanken schrie, konnte er ihr nicht sagen, dazu liebte er sie zu sehr.

»Jim, Liebster, eigentlich ist doch alles in Ordnung, nicht wahr?«

Selbstverständlich war vieles, und zwar das Wichtigste, in Ordnung, so daß er in überzeugtem Ton, der sie wieder glücklich machte, erwiderte: »Gleich komm ich und zeig dir, daß alles noch besser ist als nur in Ordnung, mein Mädchen.«

Es war zwei Uhr morgens, als das letzte Licht in Cloona erlosch. Als nämlich Major Bradley plötzlich müde wurde und sagte: »Also ich glaube wenigstens sagen zu können, daß es mir gelungen ist, Mrs. Moore klarzumachen, daß ich mir von ihren Schützlingen nichts gefallen lassen werde. Gute Nacht, Elizabeth.«

Mrs. Bradley sagte: »Gute Nacht, mein Lieber« und schloß dankbar die Augen in der schönen, friedlichen Dunkelheit. Es war ihr schon eine ganze Weile schwergefallen, wach zu bleiben und aufmerksam auszusehen.

»Und wenn sie Schwierigkeiten kriegt – und ich bezweifele nicht, daß diese Leute frech werden, sobald sie merken, daß sie es nur mit zwei schutzlosen Frauen zu tun haben –, also falls, dann braucht sie bei mir nicht um Hilfe zu betteln.«

Mrs. Bradley konnte sich nicht vorstellen, daß Mrs. Moore bei jemand um Hilfe bettelte. Doch trotz allem, was Arthur gesagt hatte, wußte sie, daß er als Offizier und Gentleman sofort auf die Bitte einer Dame reagieren würde, gleichgültig, ob sie dessen würdig war oder nicht. Sie murmelte: »M–m.« Es war ein Laut, den sie oft nützlich fand.

Sie hörte Arthur knurren und sich auf die Seite drehen. Er würde noch ein paar Minuten murren und sich herumwerfen, ehe er einschlief. Noch durfte sie sich nicht völlig entspannen.

»Zu denken, daß dieses Gesindel jenseits meiner Gartenmauer lagert.«

»M–m«, sagte Mrs. Bradley.

Wenn man bedachte, was mit seinem schönen Pfau passiert war, mußte sich Arthur über das unerhörte Vorgehen von Mrs. Moore natürlich ärgern. Ja, Mrs. Bradley fürchtete sogar, daß Mrs. Moore es in eben dieser Absicht getan hatte, weil kein anderer Grund denkbar war. Andererseits war es schwer vorstellbar, daß Mrs. Moore so weit gehen würde, nur um Arthur eins auszuwischen. Mrs. Bradley seufzte und gab auf.

»Schläfst du schon, Elizabeth?«

»Ich döse gerade ein, Liebster.«

Mrs. Bradley unterdrückte wieder einen leisen Seufzer. Es wäre nett gewesen, mit Mrs. Moore und dem übrigen Cloona freundschaftlich zu stehen. Manchmal kam ihr der Gedanke, der Militärdienst mache untauglich fürs zivile Leben. Lebenslang Befehle geben machte es schwer, diese Gewohnheit abzulegen. Sie hatte festgestellt, daß auch Mediziner oft diese diktatorische Art entwickelten.

Arthur schnaufte schwer und brummte. Mrs. Bradley lauschte, erfüllt von Liebe, Mitgefühl und schlimmer Vorahnung. Erst seit Arthurs Pensionierung hatte sie die letzteren beiden Gefühle entwickelt und hielt sie vor ihrem Ehemann gut verborgen. Als die Britische Armee Indien verließ, war Arthur auf einen Verwaltungsposten in Deutschland geschickt worden. Dort war er geblieben, über das Pensionsalter hinaus. Aber der Tag der Pensionierung mußte einmal kommen, und bald wußte Mrs. Bradley mit Bestimmtheit, daß Arthur sterben würde, wenn er nichts mehr zu tun hatte.

Die Armee war sein Leben gewesen. Außer ihr hatte er keine geistigen Interessen. Er hatte keine Hobbys. Die Bradleys hatten schreckliche sechs Monate in einem Familienhotel in Bournemouth verbracht. Mrs. Bradley hatte entdeckt, daß sie einander nichts zu sagen hatten, obschon sie taktvoll ihr Bestes taten, um Konversation zu machen. Dann begann Arthur andauernd über das Hotel zu schimpfen und sagte, sie wären in einem eigenen Heim besser aufgehoben. Mrs. Bradley fürchtete insgeheim, daß es in einem Haus nur für sie beide schlimmer sein würde, sich nichts zu sagen zu haben, als im Hotel, wo noch andere Leute waren, mit denen man reden konnte, war jedoch bereit, alles Denkbare zu probieren. Es war leichter, ein Haus in Irland zu kaufen als in England, daher beschloß Arthur, mit ihr in seine Heimat zurückzukehren. Sie waren ihr so lange ferngeblieben, und sie hatte sich so sehr verändert, daß Mrs. Bradley sich hier fremder fühlte als in England.

Sie kauften ein Haus in Howth Head. Es war ein recht schäbiges Haus, aber Arthur schien es zu gefallen. Zu Mrs. Bradleys Erstaunen begann er, der noch nie einen Pinsel in der Hand gehabt hatte, es sofort nach dem Einzug eigenhändig zu renovieren. Jetzt hatte er von früh bis spät zu tun, und jede Kleinigkeit des Planens mußte endlos besprochen werden.

Als das Haus fertig war, legte Arthur in dem Viertelmorgen verwilderten Gestrüpps ringsherum einen gepflegten Garten an. Und als Mrs. Bradley nun ein perfektes Häuschen und einen Garten hatte, wie ihn sich eine Frau nur wünschen konnte, sagte Arthur, er wolle lieber in den Westen Irlands ziehen. So ohne Bedauern, wie sie seinem Regiment von Calcutta nach Pindi gefolgt wäre, zog Mrs. Bradley von Howth nach Connemara. Sie begriff jetzt: Arthur war wieder einmal kreativ. Wie er früher Brigaden hingetrimmt hatte, trimmte er jetzt Wohnstätten.

Wieder arbeitete er angestrengt nach präzisem Fahrplan an dem vernachlässigten Haus und Grundstück, das sie außerhalb von Clifden gekauft hatten. Als ihr Heim sich der Vollendung näherte, bereitete Mrs. Bradley sich vor, wieder umzuziehen. Diesmal nach Cloona.

Insgeheim war sie entzückt gewesen über den heruntergekommenen Zustand von Elm Cottage. Es würde Arthur beschäftigen und bei guter Laune halten, solange man in seinem Alter vernünftigerweise noch vorausplanen konnte. Doch das war nun sechs Jahre her, und Arthur war immer noch ein tatkräftiger alter Herr, und jetzt war selbst dem so raffinierten Garten wenig mehr hinzuzufügen, wovon er sich einreden konnte, es sei nötig.

»Diese Frau scheint durchzudrehen, Elizabeth.«

»Was? Ach so, Mrs. Moore. Ach, ich glaube nicht, ich meine, sie war doch immer schon recht wunderlich.«

Wenn der letzte Steingarten fertig war – und er war fast fertig – was dann? Die zwei vorigen Häuser waren infolge von Arthurs Ungeduld mit Verlust abgestoßen worden. An einem Ort wie Cloona konnte man nicht hoffen, für Elm Cottage auch nur einen geringen Preis zu bekommen – falls sich überhaupt ein Käufer fand. Arthurs Pension wurde, realistisch gesehen, von Jahr zu Jahr ungenügender. Es sah so aus, als könnten sie sich niemals leisten, dieses Haus zu verlassen und ein anderes zu kaufen. Es sah so aus, als wären sie in eine Sackgasse geraten.

Ich bin gern in Cloona, dachte Mrs. Bradley. Ich wünschte, wir könnten hierbleiben und für den Rest unseres Lebens hier glücklich sein. Zwar sieht es so aus, als könnten wir gar nichts anderes tun, als hierzubleiben – aber ich wollte, wir könnten zufrieden hierbleiben.

Arthur stieß ein lautes Knurren aus.

»Wunderlich scheint mir ein zu schwacher Ausdruck für das Verhalten von Mrs. Moore. Warum um Himmels willen schläfst du heute nicht, Elizabeth? Geht es dir nicht gut?«

Mrs. Bradley lächelte verstohlen. Arthurs Schwester hatte einmal geäußert, man müsse Arthur lieben, um ihn gernhaben zu können. Diese Bemerkung hatte Mrs. Bradley damals geärgert – sie war eine junge Braut gewesen –, doch später war sie oft froh, daß sie Arthur liebte. Geduldig sagte sie: »Ich bin gerade im Einschlafen, Liebes.«

»Das hast du schon vor einer Weile gesagt und redest immer noch. Du bleibst morgen besser länger liegen. Ich bring dir das Frühstück.«

»Aber nein, Liebling.« Arthur war oft schlechter Laune, ehe er die erste Zigarette geraucht hatte. Womöglich würde es einer der vielen fürchterlichen Morgen werden, an denen er beschloß, das Rauchen ganz aufzugeben, und schlechter Laune war, bis er seinem Entschluß untreu wurde – gegen Mittag. In jedem Fall würde das Frühstück von einem finsteren Ehemann serviert werden, der wegen eines eben entdeckten Mangels in der Haushaltsführung mit einem schalt – dabei fiel Mrs. Bradley siedendheiß ein, daß sie Tee und Dessertlöffel ins gleiche Besteckfach getan hatte –, während man im Bett gefangen lag. »Ich wache bestimmt zur gewohnten Zeit auf.«

»Den Märtyrerinnenquatsch wollen wir doch bitte lassen, Elizabeth. Es ist keine Mühe, Brot zu toasten und ein Ei zu kochen. Der Grund, warum Frauen die Unentbehrlichen spielen, ist das Kompensierenwollen ihrer trivialen Arbeit.«

»M-m. Also gut. Danke.«

Arthurs Bettfedern knarrten, als wühle er sich endlich zum Schlafen ein. Im wohligen Versinken wiederholte Mrs. Bradley ihr allabendliches Stoßgebet: Lieber Gott, laß mich nicht vor Arthur sterben, denn ohne mich kommt er nicht zurecht.

Eine halbe Stunde später erwachte sie aus einem Alptraum. Arthur hatte eben den letzten sorgfältig ausgesuchten Stein im Steingarten plaziert, und sie stand daneben, gelähmt, sprachlos, unfähig, ihn daran zu hindern. Sie wußte, dieser letzte Stein des Steingartens würde sofort und schrekkenerregend zu Arthurs Grabstein werden.

Fünftes Kapitel

Sie hatten sich eingerichtet, als wären sie immer schon hier gewesen. Grannie Fogarty hätte jeden ausgelacht, der ihr früher gesagt hätte, es würde einmal die Zeit kommen, wo sie sich vor wieder länger werdenden Tagen und besserem Wetter fürchtete. Doch jetzt war Anfang Dezember, und das Gescheiteste war, sich den Gedanken, im Frühjahr weiterziehen zu müssen, aus dem Kopf zu schlagen und Gott zu danken für das, was man hatte, solange es dauerte.

Hier waren sie wirklich einmal auf die Füße gefallen. Und nicht nur wegen der behaglichen, komfortablen Unterbringung, sondern weil ihnen so vieles andere dabei gedieh. Die Tiere kamen prima in Form, wenn man bedachte, daß bald Winter war, und die Madam hatte dem Vater eines ihr bekannten Kindes geschrieben, das sich ein Pony fürs Schaureiten wünschte, dadurch hatten sie den kleinen Braunen gut verkaufen können. Außerdem hatte sich die Madam wegen des Schrotts anders besonnen, und in dem Gerümpel im und ums Haus steckte ein Vermögen. Lar Flynn hatte einen Schrotthändler in Waterford aufgetan, der recht anständig war und alles nahm, was er bekommen konnte, und Mike Casey oder Lar fuhr ein-, zweimal die Woche mit dem hochbeladenen Karren zur Stadt. Nächstes Frühjahr würden sie einen netten Sparpfennig beisammen haben.

Das Allerwichtigste für Grannie Fogarty aber war die Madam selbst. So etwas wie sie fand man wohl nirgends. Kerzengerade aufgerichtet, bei jedem Wetter draußen, mit angenehmen Manieren gegen jeden und doch ohne sich was gefallen zu lassen, mit messerscharfem Verstand, interessiert an allem, bis zu dem Preis, der für alte Kupferleitungen zu erzielen war. War um sie besorgt wie eine Königin um ihr Volk, ganz im Ernst, und dabei auch stolz wie eine Königin, das spürte man hinter all ihrer Höflichkeit. Sie hatte etwas an sich, daß sogar Mike Casey, der gegen Höherstehende immer das Maul aufriß, nur Gutes über die Madam zu sagen wußte. Das Wunder aller Wunder aber war, daß die Madam und Grannie Fogarty sich richtig angefreundet hatten. Das erste Mal, damals auf der Straße, hatte es so ausgesehen, als könne es so werden, und nun war es so geworden.

Kein Tag verging, an dem sie nicht einen langen Schwatz miteinander hielten, entweder in Grannie Fogartys Wohnwagen oder vor dem Kamin im Bibliothekszimmer von der Madam, so vertraut waren sie jetzt schon miteinander. Sie redeten viel von Vergangenem, denn wenn man alt wurde, schien einem die Vergangenheit wichtiger als die Gegenwart, und man gab sich große Mühe, sie festzuhalten und dadurch wieder lebendig zu machen, daß man jemand fand, der einem zuhörte. Grannie Fogarty wußte, daß der Ehemann von der Madam – William hatte er geheißen – tot und ihr Sohn Toby bei einem Autounfall ums Leben gekommen war. Grannie Fogarty hatte es damals draußen auf der Straße gespürt, daß die Madam es auch nicht immer leicht gehabt hatte, aber wer hatte das schon? Und sie hatte der Madam von ihrem Mann, Mossy, erzählt, der sie hin und wieder verprügelt hatte, aber deswegen kein schlechter Ehemann gewesen war, und von ihrem Sohn und ihrer Schwiegertochter, die bei der Influh-Änza gestorben waren, und ihrer Zwölfjährigen, die eine Lungenentzündung dahingerafft hatte wie so viele Fahrensleute. Doch es war keineswegs nur Trauriges, worüber sie redeten, sondern auch Heiteres, wenn sie einander von dem und jenem berichteten, das ihrer beider Leben ausmachte.

Grannie Fogarty hielt den Wohnwagen jetzt immer sehr sauber, lüftete ihn auch jeden Morgen, um den Nachtgestank der vielen Menschen zu vertreiben, denn man wußte nie, wann die Madam mal schnell hereinschauen würde. Die Madam war so auf Reinlichkeit bedacht, daß sie ihnen das Badezimmer neben der Küche überlassen hatte. Man benützte die Hintertür, brauchte nicht an den feinen Leuten vorbei und konnte so nach Belieben kommen und gehen (wenn man von dieser Katie Roche absah, die die Nase rümpfte, wenn man an ihrer Küche vorbeikam, widerwärtige alte Hexe). Es gab da einen alten Boiler zum Wasserwärmen, den die Männer mit Holz beheizten, und die Jüngeren fingen an, sich regelmäßig zu waschen. Doch die riesige, rostige Badewanne war groß genug, um drin zu ertrinken, und Grannie Fogarty konnte, obwohl das heiße Wasser so schön aus dem Hahn floß, nicht einsehen, daß es gesund sein sollte, sich einzuweichen wie ein Stück gesalzenen Speck. Aber sie hielt sich ordentlich, indem sie sich überall mit einem feuchten Waschlappen abrieb, und da es selbstverständlich kein Problem mehr war, frische Kleider anzuziehen, blieb man selbst und der Wohnwagen immer bereit für einen Besuch der Madam.

Sonderbar, wie die Madam einen dazu brachte, sich ihr angenehm zu zeigen. Ohne es je auszusprechen, denn sie war zu sehr Dame, um einen durch Kritik zu verletzen. Als sie das erste Mal den Wohnwagen betreten hatte, war das Unterste zuoberst gewesen, aber sie nahm es so gelassen hin, als sei es der großartigste Salon. Sie bewunderte alle praktischen Vorrichtungen und schien besonders beeindruckt von den Heiligenbildern an den Wänden. Sie sah lange auf das Allerheiligste Herz Jesu. Es war ja auch wirklich schön, das Herz ein Seidenpolster, aus dem Blut und Flammen wie echt rauskamen, mit Dornen drumherum, und das Ganze in weißem Spitzenrahmen und an einem roten Band aufgehängt.

Die Madam fragte: »Sie sind Kirchgänger?«

Die Madam war natürlich protestantisch, helf ihr Gott, darum drückte sie sich so aus. Grannie Fogarty sagte: »Klar doch, wir gehn regelmäßig zur Messe und zum Abendmahl, wenn wir nah bei 'ner Kirche sind. Sie können das nicht wissen, Madam, weil Sie nicht katholisch sind, aber viele, die's besser wissen müßten, verzeih ihnen Gott, behaupten, daß Fahrende so was wie Heiden sind.« Es konnte auch nichts schaden zu zeigen, wie stolz sie auf das Allerheiligste Herz Jesu war, denn ein schöneres gab es wohl nicht. »Das hab ich zu meiner Hochzeit bekommen. Von allem hier im Wagen ist es mir am wertesten.«

Dann sah sich die Madam noch das Bild vom Papst an und die kleine Wundermedaille und den Rosenkranz am Nagel und das Jesuskindlein von Prag, bei dem an der Seite von der Krone ein Stückchen fehlte und das deshalb ein Glücksbringer war, und sagte dann – irgendwie wehmütig –: »Sie haben da eine Menge Schätze.«

Grannie Fogarty wußte, daß die Protestanten keine Heiligenbilder oder -figuren oder Rosenkränze hatten, die ihnen halfen, und war nicht einmal sicher, ob sie zur Heiligen Jungfrau beten durften, aber Gott kannten sie wenigstens, das wußte sie gewiß. Sie glaubte die Madam trösten und daran erinnern zu müssen, daß zwar einige Wege besser wären als andere, daß aber alle Christen ihre Chance auf das Himmelreich hätten, und sagte: »Ach, manchmal kann man doch das Leben nur aushalten, weil man weiß, daß 'n besseres nachkommt, nicht wahr?«

»Ja«, sagte die Madam. »Mit diesem Glauben kann man alles aushalten. Sie sind eine glückliche Frau, Mrs. Fogarty.«

Von Anfang an redete die Madam so mit einem und stellte einen auf die gleiche Stufe. Daher war es auch bald das Allernatürlichste, daß die beiden sich gemeinsam die Beine am Feuer wärmten und wie zwei alte Bekannte miteinander plauderten, mal scherzend, mal ernsthaft, je nachdem.

Alle, auch Mike Casey, waren erstaunt gewesen, wie rasch sich die noble Madam an Grannie Fogarty angeschlossen hatte, aber nach längerem Überlegen fand Mike es gar nicht so sonderbar. Die Madam war so durch und durch stolz, daß ihr nie, wie geringeren Leuten, in den Sinn gekommen wäre, die Freundschaft mit einer Tinkerfrau könne sie irgendwie herabsetzen. Denn wenn man sich's recht besah, war sie auch nur eine alte Frau und wie jede andere versessen auf ein Schwätzchen. Da anscheinend keiner ihrer Art sie besuchte und sie nirgendwo hinfuhr und nur die Gesellschaft von Miss Rose und diesem Sauertopf Katie Roche als Zeitvertreib hatte, war es nicht so abwegig, daß sie sich an Grannie Fogarty anschloß. Denn es war nicht zu leugnen: Grannie Fogarty hatte eine Menge Verständnis und konnte sich, wenn sie wollte, sehr manierlich aufführen und unterhalten. Jedenfalls war es ein richtiges Glück, daß die Sache zwischen ihr und der Madam so gut lief, denn das bedeutete, daß Grannie Fogarty zu gegebener Zeit ein gutes Wort für ihn einlegen konnte. Bis dieses gute Wort fällig war, behielt Mike besser seine Pläne für sich, man wußte nie, wieviel Staub es aufwirbeln würde, wenn er sie zu früh bekanntgab.

Es waren die beiden Felder von Madam – er hatte ein Auge auf sie geworfen und wünschte sie sich so dringend, daß er sonderbarerweise das Gefühl hatte, sie gehörten ihm bereits. Er kannte sie nun schon Zoll für Zoll. Wenn es dämmerte, schlich er sich fort und wanderte über das brachliegende Land. Ein Mann, der sich vor harter Arbeit nicht fürchtete und tüchtig dranblieb, konnte ganz anständig davon leben.

Und ein solcher Mann konnte, wenn er sich vor den Nachbarn beharrlich und fleißig zeigte, vielleicht sogar die Vorurteile gegen seine Herkunft niederleben, so daß sie seinen Kindern in späteren Jahren nicht mehr vorgehalten wurde. Ein solcher Mann konnte womöglich sogar erreichen, daß er im Laufe der Jahre behandelt wurde wie jeder andere.

Der Madam nutzten ihre Felder nichts, außer daß sie die Bäume darauf anschaute, und die konnte sie genauso anschauen, wenn sie nicht mehr ihr, sondern ihm gehörten, denn er würde einen Eid leisten, sie nicht zu fällen, solange sie lebte. Unterdessen tat er sein Bestes, sich der Madam als junger Bursche zu präsentieren, der eine Chance verdiente, etwas aus sich zu machen.

Die Flasche mied er eisern – nicht, daß er fürs Trinken je viel von dem schwerverdienten Bargeld verschwendet hätte, das man für Wichtigeres benötigte –, und er bemühte sich um eine anständige Sprechweise. Immer suchte er nach Möglichkeiten, sich der Madam gefällig zu erweisen, etwa dadurch, daß er die Zufahrt und den Kiesplatz unkrautfrei hielt.

Es gab natürlich Zeiten, da konnte man mit dem besten Willen der Welt einen Ausrutscher nicht vermeiden, doch wegen der Zukunft nahm er sich zusammen. Auch hatte die Madam ihn gewarnt. Nachdem sie ihm sehr freundlich für das Jäten gedankt hatte, sagte sie: »Ich höre zu meinem Bedauern, daß es gestern im Dorf Unstimmigkeiten zwischen Ihnen und Major Bradley gegeben hat, Mike.«

Das sah dem alten Hund ähnlich, bei der Madam zu klatschen! Oder vielleicht hatte auch diese Kuh Katie Roche geklatscht. Er sagte sofort, denn diesmal war er im Recht: »Ich hab dem Major noch kein böses Wort gegeben, Madam, bis er in den Großen Laden kam und sich vor mich an den Ladentisch gedrängt hat, als wär ich überhaupt nicht da. Und ich hab nichts getan, als ihm gradheraus gesagt, daß das nicht sehr nobel von ihm ist, und das war's auch nicht.« Die Madam stand da mit dem gewissen abwartenden Ausdruck, den sie manchmal hatte, als ob sie einem auf den Grund schauen wollte. »Na ja, vielleicht hab ich auch 'n paarmal geflucht. Um ehrlich zu sein, ich kann's nicht vertragen, behandelt zu werden wie Dreck, Madam. Da ist mir eben die Zunge durchgegangen.«

»Ja, das hörte ich«, sagte die Madam. »Unflätige Reden werden dir kaum zu einer fairen Behandlung in den Dorfläden verhelfen.«

Selbst die Madam schien nicht ganz zu begreifen, wie das bei Nichtseßhaften lief.

»Meist können wir Tinker machen, was wir wollen, fair behandelt werden wir nicht.«

»Hast du mal daran gedacht«, sagte die Madam, »daß jeder jemand braucht, auf den er herabsehen kann? Vielleicht blikken sogar die Seraphim auf die Cherubim herab (wer auch immer die sein mögen) und so die ganze Stufenleiter herunter. Das kommt vermutlich von dem Bedürfnis, ein grundlegendes Unterlegenheitsgefühl aufzubessern, Mike, und muß, fürchte ich, akzeptiert werden wie jedes andere Naturphänomen.«

Trotz ihrer ausgefallenen großen Worte kriegte man immer mit, worauf die Madam hinauswollte. Mike grinste.

»Stimmt schon, uns're Leute haben auch keine hohe Meinung von den Landstreichern.«

Die Madam faltete die Hände auf ihrem Stock.

»Jetzt, Mike, werde ich dir eine kleine Predigt halten. Du bist noch ein junger Mann. Major Bradley ist ein alter Mann. Damit will ich nicht sagen, daß sein Benehmen ganz zu entschuldigen ist, aber etwas doch. Und ich bin altmodisch genug zu glauben, daß die Jugend dem Alter Respekt schuldet. Kurz und gut: Ganz gleich wie sehr dich Major Bradley provoziert, du wirst es hinnehmen müssen, wenn du hierbleiben willst.«

Mike schluckte. »Ich will's versuchen, Madam.«

»Sorg dafür, daß es dir gelingt.« Jetzt hatte die Madam das Grimmig-Steinerne von einem ihrer Adler. »Ich habe euch gern auf meinem Grundstück, und es ist mein Recht. Aber wenn einer von euch in Cloona Ärger macht, müßt ihr weiter. Es wäre sehr ungezogen von mir, meinen Launen so weit nachzugeben, daß ich jemanden beherberge, der eine Verdrußquelle für meine Nachbarn ist.«

Die Erinnerung an diese Rede der Madam half Mike ein paar Tage später, diesem Cullen gegenüber Ruhe zu bewahren, dessen Besitz an die zwei Felder der Madam stieß. Er wanderte auf den Feldern herum und stellte sich vor, wie es wohl sein würde: hier vielleicht Runkelrüben und dort Hafer und für den Anfang vielleicht ein paar Schweine und eine Kuh, und wie man aus irgendwelchem herumliegenden Blech einen Unterstand für das Viehzeug aufschmettern konnte, wenn man es geschickt anfing. An der großen Eiche, dem Vater aller Bäume, blieb er stehen. Hier würde er sein Haus für Sibby bauen. Ein Mann konnte durchaus eigenhändig ein kleines Haus bauen. Sibby würde es sauberhalten, denn sie hielt sich selber immer sauberer als die meisten anderen, und so würde sie auch die Kinder halten, die da kamen, so daß die Familie Casey in Cloona es mit jedem im Kirchspiel aufnehmen konnte. Er lehnte sich mit dem Rükken an die Eiche und überließ sich den dummen, weichherzigen Träumen, die ihn manchmal beim Gedanken an Sibby überkamen. Er sah ihr gemeinsames Haus, und wie sie ihm aus der Tür entgegentrat, da riß ihn ein Zuruf von jenseits der Dornenhecke aus seinen Albernheiten.

»Pack dich samt deinem verdammten Köter und verschwinde!«

Jetzt erst merkte Mike, daß Wolf ihm nachgeschlichen war. Der drehte sich zu diesem Cullen um und knurrte mit gesträubtem Fell. Kein Wunder, daß der brüllte. Mike packte das Ende vom Strick um den Hundehals, den Wolf durchgebissen hatte, und sagte: »Kusch dich, verdammt noch mal.« Wolf murrte zwar weiter, legte sich aber hin. »Der Hund tut nichts«, rief Mike höflich und freundlich hinüber.

Cullen trat ganz dicht an die Hecke.

»Ein netter Spielkamerad für meine trächtigen Schafe, was? Wenn ihr Leute noch nicht gelernt habt, für euch zu bleiben und eure Köter in Moore Park so einzusperren, daß man sie nicht zu Gesicht kriegt, gibt's genügend von uns, die euch gern noch was beibringen.«

Das konnte Mike nicht hinnehmen von einem, der fast ohne einen Pfennig in einen fetten Hof eingeheiratet hatte und dem trotz seiner großen Töne weder das Land gehörte, auf dem er stand, noch die Schafe, die darauf grasten. Er setzte sich Richtung Hecke in Bewegung.

»Ich steh hier auf dem Grund der Madam und hab dazu genausoviel Recht wie jeder andere.« Es war schrecklich anzusehen, wie in diesem Cullen die Wut aufstieg wie Feuer und seine Augen rot wurden wie bei einem Stier. Die Hecke zwischen sich, standen sie einander mit Kopf und Schultern gegenüber, und so wie Mike zumute war, würde die sie nicht lange trennen. Und gerade als in ihm die gleiche Wut hochstieg, fiel ihm noch rechtzeitig die Warnung der Madam ein. Er trat von der Hecke zurück, und es war wohl das härteste Stück Arbeit, das er je leisten mußte, um sich und Sibby die zwanzig Morgen Land zu erringen: »Wirklich, der Hund ist kein bißchen böse, und ich kann verstehen, daß Sie, weil Sie das nicht wissen, ihn nicht gern in der Nähe Ihrer Schafe haben wollen. Ich bring ihn gleich zurück.«

Der schreckliche Zorn Cullens sank in sich zusammen wie ein ersterbendes Feuer, er wurde aschfarben. Dadurch war er zwar auch nicht freundlicher, aber Mike war plötzlich nicht mehr wütend. Er war schon öfter jemand wie diesem Cullen begegnet: grundlos aufbrausend und hinterher blaß und mitgenommen. Bei solchen Menschen war das wie eine Krankheit, sie konnten nichts dafür. Im Geist sah sich Mike mit Cullen über die Dornenhecke hinweg schwatzen, aber dann würde er nicht mehr auf den Feldern der Madam stehen, sondern auf seinen eigenen, und es wäre kein Gespräch zwischen Farmer und Tinker, sondern zwischen Farmer und Farmer, und vielleicht würde er Cullen um Rat fragen. Denn so sehr man sich im Dorf das Maul darüber zerriß, wie Cullen sich in die Quinlan-Farm hineingedrängt hatte, war man sich doch einig, daß er seine Sache prachtvoll machte. Da würden denn Cullen und er fachsimpeln und möglicherweise sogar manchmal abends gemeinsam zum Pub hinunterwandern, denn sie waren ungefähr im gleichen Alter, und der Bursche hatte etwas an sich, was man gern haben mußte.

Weil das alles ihm im Kopf herumging, konnte Mike ganz ungezwungen und höflich »Alsdann, alles Gute« sagen. Cullen nickte kurz und wartete, daß er ginge. Und mit der Vorstellung, wie anders es künftig sein könnte, vermochte sich Mike samt Wolf friedlich und zufrieden zu trollen.

An diesem Abend lag schon der erste Frost in der Luft, und es machte noch mehr Vergnügen, mit den Stiefeln auf das kurze, knisternde Gras zu treten und zu fühlen, wie es nachgab, und mit kurzem Blick die Fußspuren darin zu sehen. So auf den zwei Feldern eine Spur zu hinterlassen gab einem das schöne Gefühl, es könne ein gutes Omen sein, doch dann mußte Mike lachen, weil auch Wolf eine Spur hinterließ, also galt das Omen auch für ihn, und es war wenig wahrscheinlich, daß Wolf auf die Felder der Madam scharf war. Mike versetzte dem Gras einen scharrenden Tritt: Was brauchte er nach Omen zu suchen wie ein dummes Mädchen, das sein Geld zur Wahrsagerin trug, damit die ihm einen dunkeläugigen Lebensgefährten prophezeite? Er hatte das nötige Bargeld beisammen, oder doch so gut wie, wenn die Madam nicht zu habgierig war, und das würde sie wohl nicht sein, wo er doch – er müßte sich denn sehr irren – bei ihr gut angeschrieben war und Grannie Fogartys Unterstützung hatte. Und noch jemand würde ihn unterstützen, wenn er es richtig anfing, jemand, der mit Sicherheit das Ohr der Madam besaß und ihm mit dem rechten Wort seine Felder todsicher zuschanzen konnte. Schlimm war nur, daß er nicht wußte, wie zum Kuckuck er es anfangen sollte, wie zum Kuckuck er mit Miss Rose umgehen mußte.

Zwar schämte er sich zuzugeben, daß sie ihn schockiert hatte, aber es war so. Das lag natürlich daran, daß er das Verhalten von Frauen ihrer Schicht nicht gewohnt war. Fahrensleute waren in den meisten Dingen sehr frei, in dieser Beziehung aber nicht. Vielleicht weil sie in engen Quartieren so dicht beieinander leben mußten. Es würde Mord und Totschlag geben, wären Männer und Frauen nicht übereingekommen, auf den Segen der Kirche zu warten, ehe sie es miteinander trieben, und sich eisern zurückzuhalten, im Jagdgebiet anderer zu wildern. Hätte eine Frau seiner Gattung sich ihm derart angeboten wie Miss Rose, hätte er sie sofort als Schlampe erkannt, sich genommen, was da angeboten wurde, und die Spielregeln in den Wind geschlagen. Aber er hatte keinen blassen Schimmer, was Miss Rose vorhatte, und wenn er weiter ging, als sie wünschte, wäre bei so einem feinen Dämchen der Teufel los. Manchmal glaubte er mit Bestimmtheit, daß sie eine Hure war. Sie rief ihn zu einer Besorgung ins Haus, manchmal mit dem unverfrorenen Vorwand, ein schweres Möbelstück ein paar Zentimeter nach rechts oder links zu schieben. Wenn sie ihn ins Haus rief, war es immer schon dunkel und Katie Roche für die Nacht heimgegangen und die Madam mit Grannie Fogarty in irgendeinem stillen Kämmerlein. Sie hatten also das Haus so gut wie für sich. Und während er den Unsinn erledigte, den sie sich ausgedacht hatte, schlängelte sie sich um ihn herum in ihrem blauen Morgenrock oder sonst was eng Anliegendem, oder sie lehnte sich zurück in einem Riesensessel oder auf dem Sofa oder auf der nackten Matratze in einem der unbenutzten Gästezimmer, wie um ihn herauszufordern, und blinzelte ihm dabei die ganze Zeit aus einem geschminkten Auge zu, mit schräggehaltenem Kopf, so daß das andere und die schlimme Gesichtshälfte von der gelben Haargardine verdeckt waren, das arme Luder. Und wie sie redete!

»Du bist aber stark, Mike.«

Etwa nachdem er einen Brocken von Kommode in ein Zimmer gewuchtet hatte, das seit langem nicht benutzt und dick voll Staub war.

»Du hast so geschickte Hände, Mike.«

Nachdem er eine Waschmaschine gerichtet hatte, bei der angeblich die Wasserzufuhr kaputt war, was gar nicht stimmte.

Und immer so weiter. Mike, du hast so prachtvolle Schultern. Du bist prima in Form, Mike. Und einmal auch: Hast du ein Liebchen, Mike? (Darauf hatte er vorsichtshalber »Nein, Miss Rose« geantwortet.) Und die ganze Zeit stellte sie sich zur Schau, als wollte sie sagen: Schau, was ich alles hab, Mike. Dies – und dies – und dies – und noch viel mehr, Mike. Gehört alles dir, greif zu, mein Junge. Er wollte weiß Gott nichts davon, weil er wußte, was da unter dem Haarvorhang verborgen war, und es ihn abstieß, aber um der zwei Felder willen war er bereit, ihr jederzeit zu Willen zu sein. Aber wenn er nach den halb gesenkten Lidern und halb geöffneten Lippen und ihrem ganzen hungrigen Aussehen sicher sein konnte, daß sie keine Minute länger warten wollte, und er endlich genügend Mumm beisammen hatte, dann – ja dann wurden ihre Augen groß und dunkel wie vor Entsetzen, und sie wurde wieder die piekfeine Miss Rose Sinclair, hochnäsig und vornehm, die von oben herab mit einem Tinker sprach.

»Ich darf dich nicht länger aufhalten, Mike. Du hast es – was immer es war – wunderbar gemacht. Vielen Dank.«

Wenn es nicht um die zwei Felder gegangen wäre, er hätte schon lange so oder so ein Ende mit diesem Theater gemacht, bei dem sie abwechselnd die Königin von Saba und die Äbtissin eines Nonnenklosters spielte. So aber sagte er nur: »Nicht doch, war ja keine Mühe, Miss Rose.« Und hielt sich respektvoll auf Distanz.

Weil er wußte, daß sie das so wollte, nahm er sich keinerlei Freiheiten heraus, wenn sie sich draußen trafen, und sie bemühte sich, ihn zu behandeln wie alle anderen, so daß niemand ahnte, was sich zwischen ihnen abspielte, wenn sie im Haus mit ihm allein war. Zwar drängte es ihn oft, mit Lar Flynn darüber zu witzeln, wie nah er dran war, eine vornehme Dame aufs Kreuz zu legen – und dabei war sie alt genug, um seine Mutter zu sein, und nicht mal eine Schönheit –, es stand zu viel auf dem Spiel, um sich jetzt zum Angeben verleiten zu lassen. Außerdem wollte er – egal wie es ausging – nicht riskieren, daß Sibby erfuhr, wie das mit Miss Rose stand. Die Felder waren ebenso für Sibby bestimmt wie für ihn, doch sie sollte nicht erfahren, was er zu tun bereit war, um sie zu kriegen. Wenn er Sibby sah, flogen ohnehin all seine Gedanken davon, und es blieb nur die Sehnsucht nach dem Tag, an dem er endlich freiweg zu ihr sagen konnte: »Sibby, mein Mädchen, ich hab 'ne große Überraschung für dich. Mir gehört jetzt 'n Hof, und du und ich brauchen nicht mehr auf den Straßen herumzuziehen.«

Manchmal lachte Sibby im stillen, wenn sie sah, wie Mike fast platzte in dem Bemühen, seinen Plan für sich zu behalten. Er war nicht schwer zu erraten gewesen: Jedesmal, wenn sie miteinander allein waren, machte er irgendeine Bemerkung, die ihn stärker verriet, als er ahnte. Zweifellos verschwand er abends in der Dämmerung dorthin, und sie machte sich nie die Mühe, ihm nachzugehen, um sich zu vergewissern. Sibby war gut im Erraten der geheimen Wünsche anderer, sprach aber nie darüber, denn sie interessierte sich nur für das, was sie selbst betraf. Und die zwei dummen Felder voller Disteln gingen sie überhaupt nichts an.

Solange es sie nichts anging, sah sie gern alle Menschen glücklich, und daher hoffte sie, Mike würde seine Felder bekommen. Wie der vor der Madam und Miss Rose katzbuckelte, als wäre er bei ihnen für alle anfallenden Arbeiten fest angestellt, und wie fabelhaft er sich immer benahm, so daß man ihn kaum wiedererkannte: Er würde es womöglich sogar schaffen. Und was Bessie Flynn behauptet hatte, daß nämlich keiner wagen würde, seine Nachbarn dadurch zu verärgern, daß er einem Tinker Land verkaufte, traf bestimmt nicht auf die Madam zu. Die hatte ihren eigenen Kopf und verkaufte Grund und Boden an jeden, der ihr in den Kram paßte. Wenn Mike sich weiter so angenehm machte, würde die Madam ihn möglicherweise gern als ständigen Nachbarn haben. Mike schien fest damit zu rechnen, auf seinem Gütchen Sibby neben sich zu haben, doch das würde er nicht. Für immer dort festzusitzen wie einer der Bäume wäre noch schlimmer, als dauernd über die Straßen ins Nirgendwo zu fahren.

Sibby wollte es zu etwas bringen und glaubte zumindest die richtige Richtung eingeschlagen zu haben. Sie hatte etwas zu verkaufen und mußte nur darauf achten, einen angemessenen Preis dafür zu bekommen. Nie hatte sie begreifen können, warum Männer und Frauen *davon* soviel redeten und soviel Theater machten, und die Männer sogar noch dafür bezahlten. Sie fühlte so oder so nichts, die ersten paar Mal war es nur ein bißchen unbehaglich gewesen, aber das war Gott sei Dank jetzt vorbei – und zu ihrem Glück war das, was sie zu verkaufen hatte, anscheinend besonders gut. Das Beste, was sie bisher erzielt hatte, waren die zwei Pfund von dem Seemann in Dunmore East, und das war ihr damals großartig vorgekommen, und für ein ganz gewöhnliches Mädchen war es das auch. Doch sie hoffte mehr herauszuholen, wenn sie sich Mühe gab. Und Mühe gab sie sich wirklich.

Seltsam, wie dieses für den Winter in einem Loch wie Cloona Stranden sich schließlich als das Beste erwiesen hatte, was ihr passieren konnte. Es verschaffte ihr, was sie sonst nie bekommen hätte: die Chance, mehr aus sich zu machen als eine Tinkerfrau. Wenn sie sich das mit aller Kraft vornahm, ehe sie von hier wieder weiterzogen, käme sie einer Dame so nahe, daß man keinen Unterschied mehr sah. Und die Damen waren die, die das große Geld bekamen und die Pelzmäntel und den Schmuck und die Autos und alles Hübsche, was es auf der Welt gab.

Oh, sie würde es schaffen! Sie lernte rasch. Sie achtete sorgfältig darauf, wie die Madam und Miss Rose sprachen, und konnte es schon fast ebensogut. Keine unanständigen Ausdrücke mehr, keine Flüche (obwohl man manchmal schwer begriff, wieso man »O Gott« sagen durfte, aber »du mein Jeesus« gewöhnlich war). Und sie konnte in einer warmen Wanne liegen, wie sie es sich erträumt hatte, und sogar mit Badesalz im Wasser, das Miss Rose ihr geschenkt hatte, und darin weiter träumen und Pläne schmieden.

Miss Rose war überhaupt eine große Hilfe. Sibby hatte ihr Umschlagtuch weggelegt, denn das war das unverwechselbare Zeichen einer Tinkerfrau, und sich im Großen Laden für die zwei Pfundnoten des Seemanns einen Hut und ein Kopftuch gekauft, außerdem noch Strümpfe. Miss Rose und sie hatten ungefähr die gleiche Größe, und Miss Rose hatte ihr ein Paar Schuhe und einen ihrer Mäntel geschenkt. Die Schuhe waren dunkelbraun und zum Schnüren, und sie drückten ein bißchen, und der Mantel war aus einer Art bräunlichem Tweed. Keines von beidem war wirklich hübsch, aber natürlich sehr damenhaft, so daß sie bei der Sonntagsmesse genauso ehrbar aussah wie alle anderen.

Auch ein Kleid hatte ihr Miss Rose geschenkt, so daß sie sich in einiger Entfernung von den Wohnwagen durchaus so vorkommen konnte, als sei sie keine Tinkerfrau mehr. Bei Miss Rose hatte sie einen Stein im Brett, die Madam sprach freundlich mit ihr, und selbst der alte Drachen Katie Roche hatte schließlich so etwas wie Sympathie für sie.

Sibby war es gewöhnt, daß man sie mochte; sie hatte es immer töricht gefunden, sich nicht beliebt zu machen, wo es so wenig Mühe kostete. Hier nun hatte Katie Roche am meisten Mühe gekostet. Sie war grob und mißtrauisch, als wüßte sie, was man wirklich dachte. Aber das wußte sie natürlich nicht. Sie hatte Sibbys Hilfsangebote wieder und wieder abgelehnt, bis sie eines Tages sagte: »Na, wenn du so scharf darauf bist, dich nützlich zu machen, kannst du ja auf die Knie gehen und den Küchenboden für mich scheuern.«

Sibby tat es. Am nächsten Tag durfte sie ein Tablett ins Wohnzimmer tragen. Miss Rose staunte. Die Madam schenkte ihr ein Lächeln und sagte: »Sieht so aus, als ob du Katie endlich erobert hättest, Sibby. Ich habe gemerkt, daß du dich sehr darum bemüht hast.«

»Nur weil Miss Roche der Rücken so weh tut, Madam, sonst hätt sie mir das Puzzelan nicht anvertraut, sie hat nämlich Angst, daß ich was zerbrech.«

»Du liebe Zeit. Hoffentlich wird es nicht wieder einer ihrer Hexenschüsse.«

Genau das wurde es, und zwar ein ganz schwerer. Die folgenden Tage konnte sie nur verkrümmt in einem Sessel sitzen oder lahm durch die Küche humpeln und Sibby herumkommandieren.

Fürchterlicher Laune war sie mit ihrem Hexenschuß, aber Sibby gab kein einziges Mal ein Widerwort. Süß oder sauer, auch Katie Roche war für Sibby nur ein Mittel zum Zweck. In diesen Tagen lernte sie, wie man einen Tisch deckte, wie die feinen Leute aßen, wie man Betten machte und Zimmer aufräumte und noch eine Menge anderes Nützliches. Hinterher erfuhr sie, daß sie im Haus Fuß gefaßt hatte, als sie sich nämlich anschlich und an der geschlossenen Wohnzimmertür horchte, was Katie drin redete.

»Hätt nicht geglaubt, daß sie anstellig ist, Madam, wo sie doch zu den Tinkern gehört. Wenn man sie von den übrigen trennt und richtig ausbildet, hat sie möglicherweise das Zeug zu 'nem guten Zimmermädchen.«

Sibby lächelte. Die Madam sagte: »Von Ihnen ist das ein hohes Lob, Katie.«

»Nicht, daß ich meine Meinung über Tinker geändert hätte, Madam. Ich sag kein Wort gegen die alte Mrs. Fogarty, weil ich weiß, daß wir darin nicht einer Meinung sind, aber schau'n Sie sich bloß mal die zwei anderen Weiber an.« Sibby lächelte wieder. Moll Casey und Bessie Flynn waren richtig eifersüchtig auf sie, weil sie freien Zutritt zum Haus hatte, aber wer würde solche wie die zwei weiter vorlassen als bis zum Hintereingang, unwissende grobe Tinkerweiber, die sie waren! »Aber wenn's stimmt, daß Ausnahmen die Regel bestätigen, würde ich mich sagen trauen, daß das Mädel sich möglicherweise als die Ausnahme erweist. Wohlgemerkt: möglicherweise!«

Miss Rose sagte: »Sie ist wirklich ganz und gar anders als die übrigen. Ein liebes, sanftes Dingelchen.«

Die Madam sagte: »Ja, lieb und sanft ist sie.« Manchmal sagte die Madam etwas auf eine Art, daß man sich fragte, ob sie nicht Hintergedanken hätte. So freundlich sie mit ihr sprach, Sibby war nie ganz sicher, was die Madam von ihr hielt. Aber schließlich konnte einem die Madam so wenig ins Herz sehen wie Katie Roche. »Sie ist zweifellos bestrebt, sich nützlich zu machen. Also wäre es vielleicht für beide Teile von Vorteil, wenn Sie sich das weiterhin zunutze machten, Katie.«

»Das Schlimme bei solchen Leuten ist nur das, Madam, gibt man ihnen den kleinen Finger, nehmen sie die ganze Hand. Aber ich durchschau ihre Schliche und bin gerüstet.

Ich laß mir von dem Mädel eine Weile helfen und schau mir an, wie sie sich macht. Jedenfalls solang, bis mein Rücken wieder in Ordnung ist. Die Gefahr ist nur, daß sie vielleicht lange Finger macht, wie ihr ganzer Stamm.«

Erschreckt sagte Miss Rose: »Aber Katie, das ist wirklich ungerecht. Nichts hat bis jetzt gefehlt.«

»Soweit wir wissen, Miss Rose. Aber ich werde bei dem Fräulein Sibby trotzdem die Augen offenhalten!«

Gott verzeih ihr, was für eine schlechte Meinung sie von ihr hatte. In der Küche hielt Sibby ein Kissen für Katie Roches Rücken bereit, als die wieder hereinkam.

Ohne die Angst, Katie Roche könne etwas dagegen haben, konnte Miss Rose viel freier mit Sibby umgehen. Jetzt durfte Sibby mit Miss Rose fernsehen. Sie lernte furchtbar viel durch das Fernsehen und Miss Rose.

»Das ist Paris, Sibby. Die Champs-Élysées. Und das ist der Arc de Triomphe.«

»Das ist hübsch, Miss. Aber die reden Französisch. Ich würd lieber nach London gehn. Da komm ich leichter rum.«

London war *der* Ort. Es war nah und leicht zu erreichen. Und da gab es einfach alles.

»Wer sinnen die, Miss? Ich meine, wer sind die da?«

»Das? Ich glaube, das sind Nachtclub-Hostessen.«

»Und was ist die da? Die ist aber mal schön.«

Miss Rose lachte.

»Das ist, wie man so sagt, ein leichtes Mädchen, Sibby.«

Das leichte Mädchen amüsierte sich großartig. Im Fernsehen gab es viele wunderbare Geschichten. Und immer war Miss Rose da und erklärte einem, was man nicht verstand. Miss Rose erzählte ihr auch viele feine Geschichten, manche aus Romanen und manche, die sie sich wahrscheinlich selber ausgedacht hatte. Miss Roses selbstgemachte Geschichten waren genauso aufregend und spannend wie die anderen. Miss Rose schien sich gern mit ihr zu unterhalten.

»Sibby, hast du je an ein anderes Leben gedacht, bei dem du nicht in einem Wohnwagen herumreist?«

»Weiß nicht, Miss Rose. Ein schweres Leben ist es schon.«

»Du könntest etwas anderes aus dir machen, wenn du wolltest, weißt du.«

»Meinen Sie, Miss?«

»Katie Roche glaubt das. Hättest du nicht gerne eine feste

Stellung, zum Beispiel als Zimmermädchen, mit gutem Gehalt? Dann könntest du dir was sparen und –«, Miss Rose lächelte sie sehr freundlich an, »– vielleicht einen netten jungen Mann heiraten.«

Um rasch an gutes Geld zu kommen, gab es bessere Möglichkeiten, als feine Leute zu bedienen oder auch Mann und Kinder. Sibby sagte: »Ja, das wär schon schön, Miss.«

Bei dieser Gelegenheit sprach Miss Rose auch wieder einmal davon, wie schade es doch sei, daß Fahrensleute keine Möglichkeit hätten, die Schule zu besuchen, und meinte: »Vielleicht könnte ich –« Übrigens war das auch eine der Gelegenheiten, bei denen sie nicht an ihr Gesicht dachte, den Kopf aufrecht trug und dann plötzlich den Haarvorhang wieder darüberschüttelte, als sei es ihr eingefallen. »Nun, es war nur so eine Idee. Ich muß mir das noch mal überlegen.«

Sibby kümmerte Miss Roses Gesicht überhaupt nicht. Sie hatte sich mittlerweile daran gewöhnt. Nur beim ersten Anblick war man irgendwie überrascht. Sie hätte die arme Miss Rose gern getröstet, indem sie ihr das sagte, doch sie wußte, daß sie vorsichtig sein mußte, um nicht zu verletzen. Es wäre schrecklich, einen Fehler zu machen, wo jetzt alles so großartig lief.

Selbst im Dorf kam sie großartig vorwärts. Nach einer Weile schickte Katie Roche sie manchmal mit einer Bestellung in die Läden, und dort behandelte man sie allmählich fast so, als sei sie Angestellte im großen Haus und nicht eine von den Tinkern. Und eines Abends hatte Katie Roche sie sogar mit nach Hause genommen, um ein Rosinenbrot abzuholen, das ihre Schwester eigens für die Madam gebakken hatte, und da hatte sie diese Schwester, Mrs. Sullivan, kennengelernt und den Schulmeister und den alten Mann, die dort in Untermiete wohnten.

Der Schulmeister hieß Andrew Hogan. Er war jung. Er verschwendete keinen zweiten Blick an sie. Das ärgerte Sibby so sehr, wie sie sich überhaupt ärgern konnte, und das war nicht viel. Es war unfein, daß jemand, der aussah, als könne er ein guter Kunde für Sibbys Artikel sein, wenn man ihn ließ, zu hochnäsig war, sie auch nur zu bemerken. Hochnäsiger Herr Schulmeister! Aber der alte Kerl – Tim Doonican hieß er – glich das mehr als aus. Wie die meisten alten Männer war er verrückt auf junge Mädchen, selbst wenn sie zu den Tinkern gehörten. Als sie ging, wartete er draußen vor der Tür, um mit ihr ins Gespräch zu kommen.

»Wie heißt du noch? Sibby. Ein hübscher Name. Und du bist ein sehr hübsches Mädel. Das weißt du auch, was? Ti-hi-hi.«

Dachte wohl, er könnte sich sonstwas erlauben, wie alle alten Kerle. Sie sagte: »Ich bin mir schon recht.«

Er wollte sie am Arm packen.

»Wie wär's mit 'm Küßchen? Sieht doch keiner. 'n Gutenachtküßchen für 'n armen alten Mann, der dein Opa sein könnte.«

Alte Männer waren eine Pest. Alte Männer, die arm waren. Sie lächelte verträumt zu einem Stückchen Mond hinauf, das gerade unter einer Wolke über dem Meer hervorglitt. Der Mond hatte ein verbeultes Gesicht wie Tim Doonican. Sie überlegte, daß es mit reichen alten Männern sehr leicht sein mußte – wenn man sie fand. Tim Doonicans altes Sabbergesicht kam ganz nah.

»Nur 'n winziges Küßchen.« Sie riß sich los und schüttelte den Kopf. »Na, komm schon, dem alten Tim Doonican machst du nichts vor, ich seh doch, daß du so heiß bist wie Pfeffer. In Liverpool, da hab ich mal 'n Mädel gekannt, dem siehst du runtergerissen ähnlich, und weißt du, was das Mädel immer bei mir gemacht hat?«

Er sagte es ihr. Es war dumm und ekelhaft. Sie fragte sich, ob die reichen alten Männer das wohl von ihr verlangen würden. Dann hörte sie Mrs. Sullivans Stimme, die laut sagte: »Was steht denn der alte Trottel da draußen in der Kälte und holt sich den Tod?«

»Ti-hi-hi. Hör dir das an! Du weißt, wie warm mir ist, was, Sibby?« Er wollte ihr einen Kuß aufdrücken, verfehlte sie aber. Bestrebt, keinen Menschen im Dorf zu beleidigen, nicht einmal diesen alten Quälgeist, sagte sie sanft und freundlich: »Ich muß heim. Gute Nacht, Mr. Doonican« und lächelte ihm zum Abschied zu.

Als sie mit dem Rosinenkuchen die Allee hinauflief, begegnete ihr Tiger. Man roch den frischen Hefeteig meilenweit. Heißhungrig sagte er: »Gib mir was ab davon.«

»Verschwind«, sagte Sibby. »Der ist für die Madam.« Sie trug die Nase hoch und ging weiter, wurde dann aber doch schwach, wie immer, und rief ihm nach: »Morgen geb ich dir 'n Penny – ganz für dich allein.«

Eben wollte Tiger ihr – nicht schimpfend, sondern ganz beiläufig – sagen, wohin sie sich den Penny stecken konnte, da fiel ihm ein, daß Grannie Fogarty vielleicht in Hörweite war. Grannie Fogarty würde ihn windelweich prügeln, wenn er hier in der Allee unflätige Reden führte. Sie mußten ja jetzt alle so manierlich sein, daß Tiger manchmal glaubte, er würde platzen.

Aber bis auf die Manieren war das ein prima Ort. Außer Sand und Meer hatte man den ganzen Park zum Spielen, und die Frau vom Major steckte einem mit Sicherheit ein paar Pennies zu, wenn man lang genug beharrlich auf die Bonbongläser im Schaufenster glotzte. Und das Allerbeste war der Wald, und was er dort hatte.

Er war auch auf dem Weg in diesen Wald gewesen, als er Sibby traf, und eben dorthin ging er jetzt, die Hände in den Taschen. In der einen Tasche hatte er eine kleine Taschenlampe, die er von den gesparten Pennies im Kleinen Laden gekauft hatte, und einen alten Lappen, in der anderen eine goldene Uhr mit Kette. Der Wald sah finster und geisterhaft aus im Mondlicht, und jeder andere außer Tiger Fogarty hätte vielleicht Angst gehabt hineinzugehen. Tiger Fogarty aber ging furchtlos mitten hinein, dorthin, wo man zwischen Bäumen nicht mehr durchschauen konnte. Er holte die Taschenlampe heraus und leuchtete damit vorsichtig durch den Lappen auf den Boden. Sein Versteck war unberührt, wie er es verlassen hatte.

Er kratzte Zweige und Tannennadeln beiseite, die es bedeckten, damit es aussah wie jeder andere Fleck unter den Bäumen – so was nannte man Tarnung –, und hob das Stück Segeltuch und die Sackleinwand darunter heraus. Es war ein echt schlaues Versteck, er hatte lang dafür graben müssen und es mit einem weiteren Stück Plane ausgekleidet, damit Erde und Feuchtigkeit seine Beute nicht beschädigten. Er legte Uhr und Kette zu den anderen Schätzen. Die Uhr ging nicht und hatte nur einen Zeiger, aber vielleicht würde man sie irgendwann reparieren. Jedenfalls war sie aus Gold und sah hübsch aus.

Nirgends gab es einen Burschen in seinem Alter, der soviel fabelhafte Sachen besaß. Eigentlich hatte er sich jetzt nicht aufhalten wollen, nur die Uhr hineinschieben und dann zum Wohnwagen zurück, aber er mußte doch noch einen Blick auf das Allergroßartigste von allem werfen, das prachtvolle, glänzende Ding, auch wenn der Teufel los war, falls man ihn erwischte. Als die Madam erlaubte, sie könnten überall den Schrott zusammensuchen, auch in den Speicherräumen, hatte Grannie Fogarty ihnen ganz streng gesagt, wenn auch nur eine Stecknadel verschwände, die nicht dazugehörte, würde sie persönlich dafür sorgen, daß sie allesamt sofort aus Moore Park hinausflögen. Thady Casey hatte sie aufgefordert, die Klappe zu halten, und ob sie denn wirklich glaubte, sie wären so verdreht, daß sie sich was beibiegen würden, was sie nicht dürften, wo es doch mehr als genug gab, um ehrlich bleiben zu können? Und tatsächlich hatte keiner was Unerlaubtes mitgehen heißen, nicht mal Bessie Flynn, der fast die Augen aus dem Kopf getreten waren vor Gier nach einem edelsteinbesetzten Kamm, den man sich ins Haar steckte. Keiner, außer ihm.

Mit dem Vergrößerungsglas hatte es bei ihm angefangen. Die Bodenräume waren gesteckt voller Kram, und wenn sie dort hinaufgingen, standen immer Katie Roche oder Miss Rose oder manchmal sogar die Madam selber da und sagten ihnen, was sie mitnehmen durften oder nicht. Als er das Vergrößerungsglas fand, während Mike und Lar sich abquälten, eine verrostete Bettstatt herauszuzerren, war Katie Roche mit oben gewesen. Das Glas war etwas Wundervolles. Er hatte es über einen Käfer gehalten, der auf dem Boden kroch, und es wurde ein fürchterliches Ungeheuer draus. Ganz höflich hatte er Katie Roche gefragt: »Kann ich dies alte Ding haben?«

Und die mürrische alte Hexe hatte geantwortet: »Laß das liegen, hörst du!«

Was schon ein anderer damit anfing, das hätte er gern gewußt! Wetten, daß sie nicht mal gewußt hatte, daß es überhaupt da war, bis er sie so idiotisch darauf aufmerksam machte? Beim nächsten Mal nahm er es mit. Es war ganz einfach. Später nahm er noch eine Pistolentasche mit. Sie war leer, paßte aber zu dem Cowboyhut, den er auf einer Müllhalde in Wexford gefunden hatte. Und möglicherweise bekam man ja kommendes Weihnachten eine Spielzeugpistole. Danach klaute er alles, was er dringend haben wollte – bis auf das Schaukelpferd. Das war zu groß zum Rausschmuggeln.

Es war phantastisch. Sie waren drauf gestoßen, als Lar Flynn zwei verbogene alte Drahtgitter verschob, die an der Wand lehnten. Das war ein Pferd, mit dem man fertig wurde, nicht wie die verdammten undressierten Ponys oder die kurzatmige, verdammte alte Mähre, die sich sofort mit einem am Boden wälzte, wenn man sie nur ansah. Einmal war er auf das Schaukelpferd gesprungen und hatte die Füße in die Steigbügel gestellt und war davongeprescht. Bessie Flynn sagte: »Komm da runter, verdammt noch mal.«

Sie hatte ihn kräftig geknufft. Er war ausgewichen und nicht abgestiegen. Damals war Miss Rose dabei. Ganz schnell, bevor Bessie noch mal zuhauen konnte, sagte er: »Nicht wahr, Miss Rose, das hier braucht niemand?« Es konnte ja keiner haben wollen, wo doch keine Kinder im Haus waren. »Nicht wahr, das steht nur rum? Soll ich es aus dem Weg räumen?«

Und Miss Rose sagte: »Ach, Saladin! Er sieht noch immer genauso aus.« Tiger stieg ab, hielt Saladin am Zügel und wartete. Ein feuriges Tier das, aber es würde seinen Meister finden. »Tja, Tiger, ich – also ich weiß nicht. Da wirst du meine Tante fragen müssen.«

Als die Madam das nächste Mal mit auf dem Speicher war, zeigte er also auf Saladin und sagte: »Miss Rose hat gesagt, ich soll Sie fragen, ehe ich ihn mitnehm.«

Auch die Madam sagte: »Saladin!« Sie und Miss Rose taten, als sei das Schaukelpferd ein alter Freund. Trotzdem sah die Madam dabei nicht gerade fröhlich aus. Erst sagte sie nichts mehr und starrte Saladin nur an, und dann sagte sie: »Es ist lange her, seit ich Saladin gesehen habe. Sehr, sehr lange.« Dann schwieg sie wieder und starrte weiter. »Nun ich ihm wieder begegnet bin, glaube ich, daß ich mich noch eine Weile nicht von ihm trennen möchte, Tiger. Aber du darfst jedesmal darauf reiten, wenn du heraufkommst.«

Was das schon für Sinn hatte, hier oben auf dem Speicher, wo lauter Leute um einen herum waren und man genau wußte, daß man nur wie 'n Beebi mit'm alten Schaukelpferd spielte! Draußen wär das was ganz andres gewesen, auf dem feurigen Tier querfeldein zu reiten oder auch im Wald. Ein paar Tage war er ganz sauer über die Gemeinheit der Madam, doch dann stieß er auf das Allerherrlichste von allem, etwas Echtes, kein Spielzeug, und besser als ein altes Schaukelpferd, und nahm das herrliche Ding mit und versteckte es im Wald und kam sich fabelhaft vor.

Er hob die kleine Marmorfigur einer nackten Dame heraus, das kleine schwarzrote Kästchen, die blaue Vase mit dem aufgemalten Bild von einem Hirsch in einem Fluß. Darunter lag das Herrliche, in einen zerfetzten grünen Vorhang gewickelt. So hatte er es aus dem Speicher geschmuggelt, ganz schlau, und die anderen hatten nichts gemerkt. Und als sie wieder im Wohnwagen waren, hatte er zu Grannie Fogarty gesagt: »Kann ich den alten Vorhang da zum Spielen haben? Er ist ganz voll Löcher, aber für 'n Zelt geht er noch.«

Moll Casey hatte gesagt: »Löcher hat er, aber ich könnt noch Scheuertücher für uns draus machen.« Aber Sibby sagte: »Ach, der ist bestimmt so kaputt, daß er zerfällt, wenn Wasser drankommt.« Und so konnte er sich mit seinem herrlichen Ding unbemerkt davonmachen.

Er nahm das Bündel heraus und entrollte es. Und da lag er, sein herrlicher Säbel in seiner herrlichen Scheide. Er richtete die verhüllte Taschenlampe auf das lederne Futteral und den Griff, packte dann den Griff und zog den Säbel heraus. Hoch aufgerichtet stand er da, groß und mächtig, in der Hand das Schwert. Es war ebenso lang wie er. Das war kein Kinkerlitzchen! Das war nichts zum Spielen! Das war echt.

Er ließ kühn den Lappen fallen, der das Licht der Taschenlampe dämpfte, und richtete ihren Strahl auf das blanke Schwert. Und die blanke Waffe funkelte ihn an, schrecklicher und schöner als alles, was er je gesehen hatte.

Es hatte Zeiten gegeben, da hatte dieses Schwert nicht gefunkelt, weil es voller Blut gewesen war. Ein sonderbares Gefühl, wenn man an die Male dachte, wo es nicht gefunkelt hatte. Das großartigste, seltsamste, beängstigendste Gefühl der Welt war es, eine Waffe in Händen zu halten, die getötet hatte und wieder töten konnte.

Sechstes Kapitel

Die Gemeinde Cloona hatte sich damit abgefunden, mit einem Tinkerlager in ihrer Mitte zu leben, wie man sich mit Naturkatastrophen abfindet, etwa lang anhaltenden Regenfällen und Ostwind, so etwas mußte eben ertragen werden. Es ging vorüber, und auch dies würde vorübergehen. Einstweilen gab man widerstrebend zu, daß diese Horde dafür, daß es Tinker waren, recht harmlos schien.

»Also ich muß sagen«, meinte Mrs. Bradley eines Morgens beim Frühstück, »diese Nichtseßhaften sind auch nicht alle gleich.«

Arthur meinte: »Sie sind allesamt nichts wert. Sonst wären es keine Tinker.«

»Aber sie können doch nichts dafür, wenn sie es von Geburt an sind, mein Lieber.«

Arthur griff nach dem Marmeladeglas.

»Niemand hält sie davon ab, ordentliche, nützliche Mitbürger zu werden, wenn sie wollen. Heutzutage wird weiß Gott mehr Geld darauf verschwendet, irgendwelches Gesindel umzuerziehen, als anständigen Leuten zu helfen.«

Arthur hatte heute morgen eine Einkommenssteuernachforderung bekommen und fand es naheliegenderweise empörend, daß sein Geld von der Regierung an Gesindel verschwendet wurde. Aber Mrs. Bradley fürchtete trotz seiner Worte, daß Tinkerkinder sich weiterhin an den eigenen Haaren würden aus dem Sumpf ziehen müssen. Es gab da einen kleinen Tinkerjungen, ein besonders charmantes Kerlchen. Er hieß Tiger. Wie schön wäre es, wenn man hoffen könnte, daß er anders würde als die anderen. Es war nicht einmal ein hübsches Kind, hatte aber ein gewinnendes, nachdenkliches Gesichtchen. Schade, daß ihm immer das Näschen lief. Er stellte sich vors Schaufenster und starrte mit großen, sehnsüchtigen Augen hinein, aber er bettelte nie um Pennies, wenn sie stehenblieb und ihn ansprach. Mrs. Bradley hatte nicht viele Pennies von ihrem Haushaltsgeld übrig, ließ aber jedesmal ein paar in Tigers Händchen gleiten. Es war rührend zu sehen, wie das kleine Gesicht überrascht und dankbar aufleuchtete. Vielleicht könnte sie ihm eine Schachtel

Taschentücher zu Weihnachten schenken, Kindertaschentücher mit Häschen und Mickymäusen drauf, und ihn taktvoll dazu überreden, sie zu benutzen.

Mit Arthur hatte sie noch nie ein Wort über Tiger gesprochen, der erstaunt und entsetzt gewesen wäre, daß sie sich zu einem der Tinkerkinder hingezogen fühlte. Allein der Gedanke an Tiger verursachte ihr ein schlechtes Gewissen.

Entrüstet sagte Arthur: »Aber das ist ja Gelee, Elizabeth.«

»Ja, mein Lieber.« Arthur hatte seine erste Beruhigungszigarette noch nicht geraucht. »Es war die einzige Marmelade, die sie hatten.«

»Wenn man bedenkt, daß wir ausschließlich grobgeschnittene Orangenmarmelade gekauft haben, seit wir herkamen –«

»Nächste Woche kriegen sie wieder welche herein.«

Arthur strich das Gelee auf seinen Toast, betrachtete es angewidert und ließ, weil er noch nicht geraucht hatte, eine Tirade gegen die Unzulänglichkeiten des Großen und Kleinen Ladens und die Schwächen seiner Frau als Kundin vom Stapel.

»Du bist selbst schuld, Elizabeth, daß man dir zweitklassigen Schund andreht.«

»Tut mir leid, das mit der Marmelade, Liebster«, sagte Mrs. Bradley unterwürfig und nur mit halbem Ohr dabei.

Es entstand ein Schweigen, während dessen Arthur verdrießlich kaute. Heute wollen wir uns mal mit diesem goldigen Häschen die Nase putzen, nicht wahr, Tiger? Schau nur, was für einen Puschelschwanz es hat! Und morgen ist dann die Mickymaus dran. Oder der Teddybär. Und deine Mutter wäscht dir das Häschen. Oder nicht? Vielleicht wären Papiertaschentücher besser. Aber die waren so häßlich. Wenn man buntbedruckte kaufen könnte ... Arthur schob den Teller fort und zündete sich eine Zigarette an. Mrs. Bradley entspannte sich.

»Gestern abend habe ich wieder diesen jungen Schurken getroffen.«

Das war dieser rotblonde junge Mann, Mike Casey. Mike nahm es mit zehn Polizisten gleichzeitig auf, konnte den wildesten Hengst zähmen, konnte fünfundsiebzig Kilometer hintereinander zu Fuß gehen. Es gab anscheinend nichts, was Mike Casey nicht besser konnte als jeder andere. Er war

Tigers Halbgott. Alle Tinker, ob Kinder oder Erwachsene – mit Ausnahme von Tiger –, hatten etwas Rauhes, Grobes, Gesetzloses, das Mrs. Bradley Angst einjagte, und am schlimmsten fand sie den Rotblonden.

»Sanft wie ein Lamm«, sagte Arthur, »offenbar hatte die Standpauke, die ich ihm gehalten habe, eine heilsame Wirkung.«

»Gewiß, Liebster«, sagte Mrs. Bradley unruhig, »aber ich an deiner Stelle würde es dabei bewenden lassen.«

Doch ob es sich nun um Stammesangehörige der Nordwestfront oder um Tinker in Cloona handelte, es hatte natürlich wenig Sinn, Arthur zur Vorsicht zu ermahnen. Plötzlich lächelte er das schelmische Lächeln, das ihr altes Herz noch immer schneller schlagen ließ. »Du findest, ich bin ein tyrannischer alter Querkopf, nicht wahr, Elizabeth?«

»Nicht direkt«, sagte Mrs. Bradley zurückhaltend. »Hast du diese Woche viel zu tun, Liebster?« Sein Blick wurde leer. Oh, gewiß, der Steingarten war noch nicht annähernd fertig. »Wenn nämlich nicht«, sagte Mrs. Bradley infolge eines glänzenden Einfalls, »da war eine Abbildung von einer Küche in ›Welt der Frau‹, einfach entzückend! Die Wände waren gekachelt. So eine Art honig-primelgelb, wenn du verstehst, was ich meine. Warte! Ich zeige es dir.« Sie stand vom Tisch auf und wühlte im Zeitschriftenständer – lieber Gott, hoffentlich hab ich nicht gestern das Feuer damit angezündet! – fand es, schlug es bei der honigprimelfarbenen Küche auf und legte es vor ihn hin. »Schau mal, Arthur, mit einer Küche in dieser Farbe wäre es doch, als hätten wir immer Sonnenschein im Haus!«

»Hm«, meinte Arthur stirnrunzelnd. »Mein liebes Kind, willst du mir vielleicht schonend beibringen, daß du wünschst, ich soll –«

»Nein, nein, nicht direkt«, sagte Mrs. Bradley diplomatisch. »Unsere Küche ist sehr hübsch, so wie sie ist. Es war nur – als ich die Abbildung sah –« Sie tat einen kleinen Seufzer.

»Frauen sind merkwürdig. Ich habe mir endlose Mühe gemacht, genau die Nuance Pfirsichfarben zusammenzumischen, die wir beide wollten –«

»Gewiß, die Küche ist wunderschön, Liebster. Und sie

ist ja auch abwaschbar. Fast so leicht sauberzuhalten wie Kacheln – fast.«

Mrs. Bradley griff nach der ›Welt der Frau‹, wobei es ihr sehr geschickt gelang, durch resigniertes Hängenlassen der Schultern Enttäuschung auszudrücken. Arthur legte die flache Hand auf die Zeitschrift.

»Wenn du die Küche gekachelt haben willst, rede nicht drumherum, sondern sag es frei heraus.«

Mit einem winzigen schmerzhaften Stich im Inneren opferte Mrs. Bradley ihre reizende pfirsichfarbene Küche, um – so fürchtete sie – künftig in etwas zu kochen, was mit Sicherheit an eine öffentliche Toilette erinnern würde.

»Aber es wäre doch eine Wahnsinnsarbeit. Man müßte alles passend neu streichen. Du würdest ja ewig dafür brauchen. Nein, es war dumm von mir.«

Arthur lächelte das großmütige Lächeln aller Männer, die bereit sind, dem törichten Frauchen den Willen zu tun.

»Du hast für dich nie viel verlangt, Elizabeth, du sollst also deine honigbutterfarbene Küche kriegen.«

Wieviel Zeit hatte sie für Arthur dadurch gewonnen? Drei Wochen? Vier? Und was dann? dachte Mrs. Bradley, leicht berauscht vom Erfolg ihrer genialen Idee. Soll ich dann um ein vergoldetes Schlafzimmer betteln? Oder eine kohlschwarze Decke im Wohnzimmer? Ach nein! Wir wissen beide, daß das Haus so perfekt ist, wie wir es geplant hatten. Ein zweites Mal kann ich Arthur nichts weismachen.

Nach dem Frühstück beschloß er nach Waterford zu fahren, um Marmelade zu holen. Schließlich konnte man nicht die ganze Woche Gelee essen. Mrs. Bradley begleitete ihn bis ans Tor.

»Dieser Steingarten dürfte im Frühling sehenswert sein«, sagte er.

Mrs. Bradley, die innen am Gartentor stand, umgriff mit beiden Händen das oberste Querholz. Sie sagte: »Im Frühling. O ja. Aber bis dahin ist noch viel dran zu tun, nicht wahr, Arthur?«

»Gewiß, eine Menge.«

Er stieg in den Wagen. Es war ein grauer, windstiller Tag. Mrs. Bradley sah die Straße hinunter, wo jenseits des Dorfes das Meer still und kalt unter einem stillen, kalten Himmel lag. Mit einem Mal ängstigte sie dieser triste Tag und machte sie hilflos. Sie sah sich um mit dem irren Wunsch, es möchten Tausende von Unkräutern aus dem Boden schießen, Ziegel vom Dach fallen und die Farbe von den Fensterrahmen und der Tür abblättern. Sie bückte sich nach einem verirrten Grashalm auf dem Kiesweg und trat auf die Straße hinaus.

Eben kam Tiger von Moore Park her auf das Dorf zu. Er war in Begleitung dieses unsympathischen jungen Mannes. Arthur suchte nach seinem Feuerzeug, er hatte es – für ihn ganz ungewöhnlich – in die Brusttasche gesteckt – und fand es erst, als Tiger und der rothaarige junge Mann auf gleicher Höhe mit dem Wagen waren. Der junge Mann – Mike Casey – sagte: »Guten Morgen, Missus.« Er bückte sich zum Wagenfenster, was praktisch einem tiefen Diener glich, und sagte: »Morgen.« Mit spöttischer Betonung fügte er hinzu: »Sir!«

Arthur sagte barsch: »Morgen!«

»Schönes Wetter heute, nicht wahr – Sir! Großartiger Tag für Gartenarbeit – Sir.«

»Geh ins Haus, Elizabeth, und sorge dafür, daß das Gartentor richtig zu ist«, sagte Arthur und fuhr so rasch an, daß Mike Casey ein wenig wankte, ehe er sich wieder aufrichten konnte. Er lächelte. Mrs. Bradley sagte: »Hallo, Tiger!« Tiger sah finster drein und kickte einen Stein hinter dem Wagen her. Mike Casey sagte: »Kannst du nicht reden, du Wicht? Kannst du der netten Dame nicht guten Tag sagen?«

Tigers Miene wurde noch finsterer. Er war so winzig, daß es Mrs. Bradley schwerfiel, über dieses Häufchen Ingrimm nicht zu lachen. Er sagte: »Konnte ja auch nicht reden, der verdammte Alte, oder? Gibt nicht mal Antwort, wenn man was zu ihm sagt.«

Mrs. Bradley kniff die Lippen zusammen. Bestimmt würde sie das Gartentor richtig schließen. Mike Casey sagte: »Keine Ahnung, wo der diesen Ton herhat, Missus, ehrlich. Entschuldige dich bei der Frau des netten Herrn, Tiger!«

Tiger murmelte etwas, was man – vermutlich zum Glück – nicht verstand. Mrs. Bradley blickte von dem unschuldigen Kind zu dem unsympathischen, unverschämten jungen Mann und machte sich bittere Vorwürfe, Tiger auch nur vorübergehend angelastet zu haben, was seine Familie aus ihm machte. Fröhlich sagte sie: »Ist schon gut. Wir sind doch immer gute Freunde gewesen, nicht wahr, Tiger?«

Er hob sein liebes Gesichtchen – heute morgen lief ihm die Nase überhaupt nicht – und kehrte zu seiner gewinnenden Vertraulichkeit zurück.

»Aber er war doch grob, dieser alte Major, oder nicht? Immer ist er grob zu Mike, und dabei ist Mike immer furchtbar höflich zu ihm, statt ihm eine zu langen, wie er's verdient.«

»So darfst du nicht reden über den netten Herrn«, sagte Mike Casey. »Sonst wird die Dame sehr böse auf dich.«

Mrs. Bradley errötete bei seinem maliziösen Lächeln.

»Tiger ist ein loyaler Fürsprecher. Vielleicht brauchten Sie keinen, wenn Sie sich anders betrügen.«

Noch immer lächelnd grüßte der junge Mann, indem er mit den Knöcheln seine Stirn berührte, und stolzierte mit Tiger davon.

Tim Doonican, der gerade vom Strand heimbummelte, wo er gesundheitshalber ein wenig Salzluft geatmet hatte, sah die beiden Tinker die Straße herunterkommen und den Großen Laden betreten. Ein paar Minuten wartete er voller Hoffnung vor der Tür von Mrs. Sullivan – denn manchmal kamen die Tinker gruppenweise –, aber seine kleine Schönheit zeigte sich nicht. Er trat ins Haus, setzte sich neben den Küchenherd und entfaltete die Zeitung.

Er fühlte sich glänzend nach seinem Spaziergang, und das Feuer und der Sessel taten gut, aber es war schon sehr lästig, daß diese Frau dauernd in der Küche herumfuhrwerkte wie eine Henne. Als sie sagte: »Möchten Sie nicht gütigst Ihre Beine wegziehen, oder soll ich drüberspringen, wenn ich an den Herd will?«, legte er würdevoll die Zeitung beiseite.

»Es ist schon hart, wenn ein alter Mann nicht in Frieden seine Zeitung lesen darf.«

»Und noch härter, wenn eine Frau am Kochen gehindert wird.«

»Müssen Sie denn schon jetzt anfangen zu kochen? Was gibt es denn?«

»Irish-Stew.«

»Um das Knorpelzeug weich zu kriegen, das Sie sich andrehen lassen, hätten Sie schon im Morgengrauen anfangen müssen zu kochen, das ist mal sicher.«

Er rückte etwas beiseite und nahm die Zeitung wieder auf.

»Soll ich Ihnen eine Tasse Tee machen, oder ein bißchen

Milch wärmen nach dem Spaziergang?« Widerliches Weibsstück. Soll ich Ihnen einen Arseniktrunk mischen, damit es schneller geht mit Ihnen? Das wär's schon eher!

»Sie haben nicht zufällig eine Flasche im Haus?«

»Nein.«

»Na, dann eben Tee.«

Sie reichte ihm seinen Spezialbecher Tee, schön stark und gut gezuckert, zugegeben, und sagte: »Vielleicht stimmt Sie das liebenswürdiger. Manchmal sind Sie so giftig, daß ich mich frage, wie ich es überhaupt mit Ihnen aushalte.«

»Aber wir wissen doch warum, was, Mrs. Sullivan?«

Sie lachte und setzte sich ihm mit einer Tasse Tee gegenüber. Man konnte sagen, was man wollte, äußerlich war sie eine prächtige, nett aussehende Frau.

»Ach, richtig, ich hab vergessen, daß ich einem Millionär schöntun muß, was, Tim?«

Mit hundertsiebenundfünfzig Pfund war er Millionär genug, um solche wie sie bei der Stange zu halten. Er nahm einen Schluck Tee und musterte sie über den Becherrand hinweg. Dann grinste er sie an.

»Gott sei Dank, Sie werden schon besserer Laune!« sagte sie.

»Bin ich auch.«

Er konnte das Geldkästchen in ihrer Gegenwart erst wieder öffnen, wenn wieder hundertsiebenundfünfzig drin waren. Aber seine kleine Schönheit war es wert, oh, die war jeden Penny der zehn Piepen wert, aber er durfte nicht zu weit gehen. Er stellte den Becher ab, setzte die Brille auf die Nase und schlug die Seite mit den Rennberichten auf.

»Schon wieder studieren, was geboten wird, was?« fragte sie. »Sie werden aber auch nie gescheit.«

»Studieren, was geboten wird, das werd ich bis zu meinem letzten Atemzug tun«, sagte er und mußte über diesen versteckten Scherz wieder heimlich grinsen. Doch dann war es genug mit dem Spaß, und er wandte sich dem Geschäftlichen zu. Er würde sich nun bald einen Sieger heraussuchen müssen, jawohl, um zurücklegen zu können, was er entnommen hatte, und wenn möglich noch etwas dazu, denn er würde wohl, das walte Gott, noch ein paarmal zur Geldschachtel greifen müssen. Aber wenn er an das dachte, was er gestern abend in der Höhle bei den Felsen gekriegt hatte – ah, nichts als ein bißchen harmloses Schmusen, beim Himmel, und verdammt teuer für zehn Piepen, wo die Kleine doch nur eine von den Tinkern war, aber was konnte man als alter Mann schon erwarten? –, konnte er sich nicht auf die Pferde konzentrieren. Er legte die Zeitung weg, um sich erst einmal abzukühlen.

»Und ich sage noch zu Ihrer Schwester, wie sie heut morgen weggeht, daß es Regen geben wird, aber sie wollte ja nicht auf mich hören. Vermutlich schickt sie jetzt das Tinkermädel nach ihrem Schirm, bevor es dunkel wird.«

Mrs. Sullivan sagte heftig: »Es ist nicht nötig, Sibby Fogarty anders zu nennen als bei ihrem Namen. Sie ist ein anständiges, williges Mädchen.«

Willig schon, ja – jedesmal für zehn Piepen.

»Ti-hi-hi. Hat sich doch vieles geändert, seit wir vor einem Tinker auf die andre Straßenseite gegangen sind, was? Vieles geändert, seit Miss Katie Roche rumging und jedem erzählte, sie hätte bei der Madam gekündigt, weil sie neben solchem Abschaum nicht leben kann.«

»Sie wissen so gut wie ich, daß das nur Gerede war. Katie kann sagen, was sie will, sie würde die Madam nie im Stich lassen.«

»Na ja, die weiß auch, wo ihr Weizen blüht. Und sitzt jetzt rum, macht sich's bequem und läßt das Tinkermädel hin und her rennen und die Arbeit machen, für die Miss Katie Roche bezahlt wird.«

»Großer Gott, gib mir Geduld!« Sie stand auf, wandte ihm den Rücken und fing an, mit klirrendem Steingut auf der Anrichte herumzuwirtschaften. »Können Sie nicht ausnahmsweise mal handeln wie ein Christ und anerkennen – wie alle andern im Dorf –, daß Katie Roche einem jungen Ding helfen will, über das Gesindel in Moore Park hinauszuwachsen?« Sie drehte sich zu ihm um. »Übrigens fällt mir auf, Mr. Timothy Doonican, daß Sie gar nicht so ungern mal ein Wort wechseln mit dem Tinkermädel, wie Sie es nennen, wenn es sich ergibt. Und ihr auch noch Hundeaugen machen, Sie alter Narr, Sie.«

Ihr entging kaum je etwas. Es war eine Warnung, daß er künftig vorsichtiger sein mußte. Sie hatte ihn erschreckt, aber er tat empört.

»Hüten Sie Ihre Zunge, Ma'am.« Er war wirklich empört.

Kein Hund würde mehr ein Stück Brot von ihm nehmen in Cloona, wenn man glaubte, er habe etwas mit einer Tinkerfrau. »Ich bin höflich zu ihr, wenn Sie das meinen, genau wie Sie, aber ist das ein Grund zu unterstellen, ich wäre so tief gesunken, daß ich eine von den Tinkern auch nur mit der Feuerzange anfasse, und wenn sie die Venus in Person wäre?«

Sie sah etwas beunruhigt aus, und das durfte sie auch sein nach den schrecklichen Dingen, die sie gesagt hatte.

»Aber Tim, ich hab doch nur Spaß gemacht.«

»Solche Späße mag ich nicht.« Er lachte ein bißchen, aus Angst, es könnte ihren Argwohn wecken, wenn er ihre Worte zu ernst nahm. »Also reden wir nicht mehr darüber. Vielleicht bin ich auch selbst schuld, weil ich Sie wegen Katie in Harnisch gebracht hab. Und wenn es Sie beruhigt: Ich geb zu, daß die Kleine ein angenehmes Dingelchen ist, wenn man bedenkt, wo sie herkommt, und ich wäre der letzte, der es Katie übelnimmt, daß sie in dem Riesenkasten ein paar zusätzliche hilfreiche Hände braucht.«

So, das würde ihr wohl genügen. Er stopfte seine Pfeife, und dann kam der Schulmeister herein. Mr. Andrew Hogan! Total erschöpft am Samstag nach fünf Tagen Arbeit von neune bis drei, und eben erst aufgestanden!

»Ich bin heute morgen schändlich faul, Mrs. Sullivan.«

Oh, was für eine sanfte Stimme er doch hatte! Dieser kleine Niemand aus der Grafschaft Mayo mit seiner Gelehrsamkeit – tat wie ein Gentleman!

»Ist schon recht, Mr. Hogan. Ich hab Sie nicht aufstehen hören, sonst hätte ich Ihren Speck schon in der Pfanne.«

Für den armen alten Tim Doonican war ein gekochtes Ei genug gewesen, aber dieser verdammte Schulmeister, der sich an seinen freien Sonnabenden an die Hannigan-Erbin heranmachte, der mußte natürlich eine Pfanne voll Gebratenem haben, damit ihm die Schneid nicht ausging. Im Hals sollte es ihm steckenbleiben!

»Nur Tee, danke«, sagte Andrew und blieb gelassen, während Tims Gesicht langsam seinen haßerfüllten Ausdruck verlor. »Ich trink gleich den Elfuhrtee mit Ihnen und Tim.«

Er trank rasch aus. Mit Doreen sollte er sich erst nachmittags treffen, aber er konnte nicht stillsitzen. Von Mrs. Sullivan mit Staublappen versehen, ging er seinen Wagen polieren.

Der Wagen war schon fünf Jahre alt gewesen, als er ihn kaufte, und die Salzluft von Cloona hatte seinem Aussehen sicher nicht gutgetan. Er hätte eigentlich neu lackiert und nicht nur poliert werden müssen, und im Grunde war es ein zu gräßlich schäbiges Ding, um darin ein Mädchen spazierenzufahren. Aber Doreen schien es nichts auszumachen, lieb von ihr. Andrew machte sich mit Mrs. Sullivans schönen neuen gelben Staubtüchern an die Arbeit, damit die alte Rostlaube etwas angemessener für Doreen würde. Es war ein trockener kalter Tag, genau richtig für dieses Vorhaben. Es gab einem ein befriedigendes Gefühl, wenn man so am Wochenende seinen Wagen polierte.

Weiter oben an der Straße kamen zwei von den Tinkern, ein Mann und ein kleiner Junge, aus dem Großen Laden. Der Mann ging zurück in Richtung Moore Park, der Junge kam mitten auf der Straße dahergeschlendert, die Hände in den Taschen, laut singend.

»Ein feines Bauernmädchen hab ich mir angelacht ...«

Die Stimme war erstaunlich voll und wohlklingend. Andrew rief ihn zu sich heran.

»Hallo, junger Mann. Du hast eine gute Stimme.«

»Ich heiße Tiger. Tiger Fogarty. Ich kann noch lauter singen.«

»Tatsächlich?«

»Ich sing überall, wo Kirmes ist. Die Leute finden mich prima. Ich tu meine Mütze auf'n Boden – manchmal hält sie auch einer von den andern für mich –, und die wird dann voll Geld. Grannie Fogarty erlaubt mir nicht, daß ich das hier auch mach. Sie sagt, das sind widerliche Geizkrägen hier, und für Musik hätten die nix übrig.«

»Einige vielleicht doch. Kennst du noch andere Lieder?«

»Das ist eins von meinen besten, aber ich kenn noch jede Menge.«

»Ich würde sie gern hören. Nein, nicht hier«, sagte Andrew hastig, weil Tiger tief Luft holte und den Mund aufriß. »Wolltest du an den Strand? Ja? Dann geh ich mit, und wir machen eine Privatvorstellung.«

»Sie meinen für Sie allein? Hab nix dagegen. Sie werden mir doch was geben fürs Singen?«

»Ja, Sixpence.«

»Ist recht.« Sie gingen miteinander an den Strand. Tiger

war sehr gesprächig. »Sie sind der Lehrer, was? Dafür sehn Sie aber furchtbar jung aus. Fast so wie Mike. Mike ist der, der mit mir im Großen Laden war. Der ist prima, der Mike. Mir hat mal 'n Lehrer was gelernt. War eine Frau. Die war alt. Sie meinte, ich wär schrecklich gescheit. Ich kann lesen. Na ja – so einigermaßen. Es war keine richtige Schule, weil wir überhaupt keine Ohrfeigen kriegten. Ich bin froh, daß ich nicht in die Schule muß, da geben sie einem fürchterliche Ohrfeigen. Sind Sie böse? Sie sehn nicht böse aus.«

»Manchmal bin ich schon böse. Aber natürlich nicht mit gescheiten Jungen.«

Es war Ebbe. Die siebenhundert Meter flacher Sandstrand lagen verlassen da. Andrew führte seine Entdeckung ans äußerste Ende, setzte sich auf einen Stein, stellte Tiger vor sich hin und sagte: »Na, nun mal los!«

Tiger sang. Er sang das Lied vom Bauernmädchen noch einmal aus vollem Hals, und eine Schar Möwen, die über den feuchten Sandstreifen direkt am Wasser trippelten, flog protestierend auf. Die hohen, reinen Töne stiegen wie die Vögel in die Luft. Es folgte: ›Sag mir, wo die Blumen sind‹ und dann ›Frankie und Johnnie‹. Mit erstaunlicher Kraft entstieg die Melodie der vergleichsweise schwachen kindlichen Kehle, wechselte, wie das stupsnasige Gesicht, vom Pathetischen zum Unflätigen oder wieder zu patriotischem Eifer, wenn ein vaterländisches Lied im Repertoire auftauchte, und Andrew saß still da, hörte zu und beglückwünschte sich vergnügt. Schließlich, mitten in ›Die grüne Fahne, Jungens!‹ verstummte Tiger.

»Jetzt werd ich heiser. Langt das nicht?«

»O ja, für einen ganzen Schilling.« Mit breitem Lächeln nahm Tiger den Schilling und setzte sich zum Ausruhen neben Andrew.

»Würdest du gern mal in einem Konzert singen, Tiger?«

»Meinen Sie im Theater oder so was?«

»Na ja, in einem großen Saal. Jedenfalls auf einer Bühne.«

»Ich oben auf'm Podium, und viele Leute müssen stillsitzen und mir zuhören?«

»Ja, so dachte ich es mir.«

»Das würde mir prima gefallen. Ich könnte der singende Cowboy sein. Ich hab einen Cowboyhut und – na ja, ich hab einen Cowboyhut.«

»Vielleicht brauchen wir das mit dem Cowboy gar nicht. Das ist was für Leute, die nicht so gut singen wie du – die sich mit Schnickschnack aufdonnern wollen. Du hättest mehr Erfolg, wenn du einfach du selber bist. Tiger Fogarty, der singende –« Andrew stockte. »Jetzt lauf und kauf dir was gegen die Heiserkeit.«

»Am besten sind saure Drops.« Tiger stand auf, trödelte aber noch etwas herum, statt sich die Drops zu holen. »Was Sie da gesagt haben wegen singen auf'm Podium und so – ich mein, war das nur so Gerede? Ich mein, klar, mir macht's nichts, auf'm ollen Podium zu stehn, bloß –« Um seine völlige Gleichgültigkeit zu beweisen, warf er einen Kieselstein ins Wasser. »– ich mein, haben Sie das ernst gemeint oder nur so gesagt?«

»Das hab ich ernst gemeint. Aber Konzertaufführungen brauchen eine Menge Vorbereitungen, weißt du. Und jetzt ab mit dir. Wir sehen uns wieder.«

Auf Tigers Gesicht breitete sich zufriedenes Grinsen aus, als er mit wildem Jubelgebrüll davonlief. Andrew jubelte nur innerlich, während er ein paarmal den ganzen Strand entlangging. Die Weihnachtsfeier voriges Jahr war – mit Ausnahme der vernarrten Eltern – für alle eine heillose Quälerei gewesen. Diesmal würde wenigstens ein ganz besonderer Star dabeisein.

Als er am Nachmittag am Privateingang zum Großen Laden klopfte, summte er Tiger Fogartys Glanznummer. Eine kleine ehemalige Schülerin öffnete ihm die Tür. »Miss Doreen ist im Salon, Sir«, sagte sie und führte ihn feierlich die Treppe hinauf, sichtlich bemüht, sich der Schürze und des Häubchens würdig zu erweisen, die Mrs. Hannigan ihr verpaßt hatte. Doreen und ihre Mutter waren in der guten Stube. Andrew hatte es zu seinem Bedauern aufgegeben, nach etwas Gemeinsamem mit Doreens Eltern zu suchen, worauf sich ein geistiger Kontakt gründen ließ. Mrs. Hannigan war eine geschäftige kleine Frau mit spitzer und offenbar knochenloser Nase, die zuckte wie bei einem Frettchen und in Andrew manchmal Mitgefühl mit Karnickeln auslöste. Ihr Mann – der vermutlich gerade entweder den Laden überwachte oder sogar selbst bediente, denn trotz seines Wohlstandes ging ihm das Geschäft über alles und er überließ die gesellschaftlichen Ambitionen seiner Frau – war ein rotgesichtiger Dicker mit jovialer Miene, die irgendwie nie bis zu den kleinen grauen Augen hinaufreichte, sie waren so scharf wie die Nase seiner Frau. Andrew wünschte aufrichtig, Mr. und Mrs. Hannigan wären ihm sympathischer gewesen. Sie waren gastfreundlich, ihm wohlwollend gesonnen, und vor allem schienen sie ihn als Bewerber ihres einzigen zärtlich geliebten Kindes zu akzeptieren. Mehr war nicht zu erwarten, und zumindest würde er ihnen ewig dankbar dafür sein, Doreen hervorgebracht zu haben.

Sie trat jetzt auf ihn zu und sagte: »Hallo, Andrew!« Niemand auf der Welt hatte je seinen Namen so ausgesprochen wie sie. Immer wenn er sie sah, konnte er es nicht fassen, daß das Schicksal es so gefügt hatte, daß dieses Mädchen in Cloona auf ihn wartete. Sie hatte blondes Haar wie ihre Mutter, aber von sanftem Blond, nicht ausgeblichen, und die einzige schwache Ähnlichkeit mit der Mutter lag in ihren feingemeißelten Zügen. Doch was bei Mrs. Hannigan scharf war, war bei Doreen zart gedämpft. Ihre einzige Ähnlichkeit mit ihrem Vater bestand darin, daß auch ihre Augen grau waren. Wieder einmal entzückte ihn ihr Lächeln.

»Das nächste Mal wirst du mich bestimmt wiedererkennen«, sagte sie.

»Das macht deine neue Frisur«, sagte Mrs. Hannigan. »Er überlegt gerade, ob sie ihm gefällt oder nicht.«

Andrew sagte ehrlich: »Sie ist mir gar nicht aufgefallen.«

»Typisch Mann! Jetzt hast du dir umsonst solche Mühe gemacht, Doreen.«

Seine kleine Doreen sah kindlich enttäuscht aus. Er sagte: »Weil sie eben immer perfekt ist«, und da lächelte sie wieder.

»Wenn ihr die erste Vorstellung in Waterford noch erwischen wollt, müßt ihr jetzt los«, sagte Mrs. Hannigan. »Bei diesem Film gibt es bestimmt großen Andrang.«

Als sie aus dem Dorf waren, sagte Andrew: »Hättest du was dagegen, wenn wir den Film streichen würden, Doreen?«

»Aber es soll doch so ein fabelhaftes Musical sein. Du hättest bestimmt deinen Spaß. Was möchtest du denn statt dessen?«

»An einen ruhigen Ort fahren, wo wir allein sind. Und dann möchte ich dich etwas fragen, was ich unmöglich länger aufschieben kann.«

»Oh.« Sie warf ihm einen Blick zu. »Also gut.«

Gewöhnlich schwatzte sie lebhaft, doch jetzt verstummte sie. Auch ihm war das Schweigen recht, er wußte sie neben sich, berührte sie manchmal und begehrte sie so heftig, daß es wieder einmal eine körperliche Tortur war, die er nur aushielt, weil sie künftiges Entzücken versprach. Ein paar Meilen weiter bog er in einen Heckenweg ein, der zu einer kleinen, einsamen Bucht führte. Hohe Felsen umschlossen einen halbmondförmigen gelben Sandstrand. Der Wolkenhimmel hatte sich zum Dunstschleier verdünnt, und die untergehende Sonne war eine mattgoldene Scheibe über dem Horizont. Eine immer breiter werdende goldene Straße erstreckte sich über das Wasser vom Sand bis zur Sonne. Er sagte: »Wie du siehst, habe ich mir den Schauplatz wohl überlegt.«

»Es ist hübsch hier.«

»Sollen wir aussteigen und den Strand entlangwandern? Über den goldenen Sand neben der goldenen See? Eigentlich müßte der Mond scheinen, aber die kluge alte Sonne tut ihr Bestes, um ebenso auszusehen.«

»Hübsch ist es schon, aber windig. Ich möchte nicht, daß meine Frisur durcheinanderkommt.«

»Nur eine kleine Brise. Die Felsen schützen uns. Und ich werde dich schützen.«

»O Andrew! Ich kann auf dem Sand wirklich nicht laufen. Ich meine, du hattest doch gesagt, wir gehen ins Kino, und da hab ich Schuhe mit hohen Absätzen angezogen. Außerdem würden sie vollkommen ruiniert.«

»Ich werde dich über den ruinierenden Sand tragen.«

»Du bist albern. Hier im Wagen ist es doch nett und gemütlich. Können wir nicht hier reden?«

»Wir können reden, wo du willst. Und jetzt, Miss Doreen Hannigan, paß genau auf, denn jetzt werde ich Sie etwas fragen – ach Liebling, du weißt ja schon, was ich dich fragen werde.«

»Vielleicht. Vielleicht auch nicht, Mr. Andrew Hogan.«

»Du willst es bis aufs I-Tüpfelchen genau, junge Frau? Also gut. Hier kommt es: Willst du mich heiraten?«

»Du weißt doch, daß ich das will. Ich liebe dich. Ich liebe dich wirklich.«

»Und jetzt«, sagte Andrew, »werde ich deine Frisur gründlich durcheinanderbringen, mein Liebling.«

Nach einer Weile sagte sie: »Nein, Andrew, das dürfen wir nicht.«

»Miss Doreen Hannigan, du scheinst zu vergessen, daß wir jetzt ein altes Brautpaar sind.«

»Und du scheinst zu vergessen, daß wir noch kein altes Ehepaar sind.«

»Ich werde brav sein. Aber zwing mich nicht zu lange zum Bravsein. Es gibt doch keinen Grund, warum wir nicht sofort heiraten sollten, oder? Vielleicht in den Weihnachtsferien. Da habe ich fast drei Wochen frei – drei Wochen für nichts anderes als für dich allein.«

»Andrew, sei nicht kindisch. So schnell können wir unmöglich heiraten. Vorher müssen tausend Dinge überlegt werden. Wir haben ja nicht mal ein Haus zum darin Wohnen, du Dummbart.«

Langsam sagte er: »Nein, natürlich haben wir das nicht. Ich wollte, Heiraten wäre nicht so kompliziert. Ich fürchte, an die Details habe ich nicht genügend gedacht. Ich habe nur an dich und mich gedacht.«

»Darauf kommt es auch am meisten an, aber trotzdem müssen wir Pläne machen.«

»Ich hab's! Ich werde Mrs. Sullivan bitten, ein Doppelbett in mein Zimmer zu stellen.«

»Andrew, Schluß mit dem Unsinn. Und hör auf – wenigstens für ein Weilchen –, mich zu küssen.«

Andrew sah in die klaren grauen Augen seiner Liebsten und fühlte sich – es war fast ein Sakrileg – an die pfiffigen Äuglein von Mr. Hannigan erinnert. Er kam langsam aus dem Paradies wieder auf die Erde herab.

»Weißt du, ich hab doch nur mein Gehalt, ich hatte noch keine Zeit, etwas zusammenzusparen. Um ehrlich zu sein, Liebling, bisher war mein Standpunkt eigentlich: Heut ist heut, und Gott läßt immer wieder Sonntag werden.«

»Ja, ich weiß. Bei dem Haus wird Daddy uns helfen.«

»Mr. Hannigan, darf ich Sie um die Hand Ihrer Tochter bitten und außerdem um ein beträchtliches Darlehen? Klingt mir nicht besonders gut, und für ihn wird es noch weniger gut klingen, möchte ich wetten. Nein, Liebling, da ist es besser, ich überfall eine Bank oder so was.«

»Bitte, Andrew, bleib ernst. Natürlich wird Daddy uns unterstützen. Schließlich bin ich seine Einzige. Und er mag dich gern und Mammy auch.«

»Mehr und mehr«, sagte Andrew fröhlich, »wird mir klar, was für ein unverschämter Kerl ich bin, mir die einzige Tochter der Hannigans schnappen zu wollen. Meine einzige Entschuldigung ist, daß ich dich abgöttisch liebe.«

»Du bist der, den ich will«, sagte Doreen, »und Daddy und Mammy wissen das. Sie wollen, daß ich glücklich werde. Und auch wenn dein Gehalt im Moment noch nicht so fabelhaft ist, wird es doch steigen. Ein Schulmeister kann durchaus etwas darstellen, das kommt allein auf seine Persönlichkeit an. Ich meine, dein Vorgänger verkehrte mit jedem, sogar mit Hilfsarbeitern. Und sprach einen fürchterlichen Dialekt. Er war kein Gentleman.« Andrew zog die Brauen hoch. Doreen wußte genau, daß er aus einer kinderreichen Familie auf einem Gütchen mit zehn Morgen Land stammte. Sie errötete und sagte trotzig: »Du bist mit der Madam befreundet, das beweist doch deine Vornehmheit. Und Daddy bewundert es, wenn einer sich auf der Welt allein durchbeißt, wie du mit deiner Intelligenz es getan hast.«

»Ich sehe schon, ich war im Irrtum. Ich bin eine fabelhafte Partie, und du hast großes Glück.«

Sie wehrte ihn lachend ab. »Wir werden uns ein neues Haus bauen, das genau so ist, wie wir es haben wollen. Gleich draußen vor dem Dorf. Irgendwo mit schöner Aussicht aufs Meer.«

Nur noch ein Splitter der goldenen Scheibe lag auf dem Horizont. Die goldene Straße war verschwunden. Er sagte: »Ich habe dir das noch nie gesagt, aber wenn es das Meer bei Cloona nicht gegeben hätte, wäre ich wohl nie lange genug hiergeblieben, um dich kennenzulernen. In dem öden Dörfchen bei meinem ersten Job in Meath bin ich fast wahnsinnig geworden. Fast hätte ich den Gedanken ans Lehrersein überhaupt aufgegeben. Aber ich dachte, die Regierung hat immerhin Geld in meine Ausbildung investiert, da will ich es doch versuchen. Ein Fünkchen Staatsbürgersinn hab ich wohl noch. So kam ich nach Cloona, und obwohl ich auch hier oft fast verrückt geworden wäre – bis ich dir begegnet bin, mein Liebling! –, konnte ich es doch aushalten, weil mein Fluchtweg immer so nahe war.« Er lächelte. »Unbewußt muß ich wohl immer gedacht haben, daß ich jederzeit ein Ruderboot mieten und vom Strand von Cloona aus wegfahren könnte. Wir wollen unbedingt eine schöne Aussicht aufs Meer haben, weil es mich hier festgehalten hat – für dich.«

»Wir wollen es ganz modern und arbeitssparend.«

»Vielleicht haben wir irgendwann den Wunsch, miteinander fortzugehen, wäre das nicht wundervoll, Liebling? Die ganze Welt durchwandern und uns an neuen Orten ein neues Leben aufbauen. Gemeinsam!«

»Denk daran, daß du eigentlich schon erwachsen sein solltest.«

Der goldene Splitter tauchte unter. Meer und Himmel begannen sich zu verwischen und ineinander überzugehen. Das ganze Universum, auf das es ankam, war hier im Wagen.

»Du hast so feine Knochen. Man könnte sie leicht zerdrücken. Du bist überhaupt kein ›feines Bauernmädchen‹ wie in dem Lied.«

»Du zerdrückst mich ja schon. Wenn dir ein Mädchen mit starken Knochen lieber ist, geh hin und such dir eines.«

»In der Not nehme ich auch mit dir vorlieb. Das mit der Starkknochigen, das erfährst du dann zu Weihnachten. Als Überraschung. Das ist noch ein Geheimnis.«

»Du gemeiner Kerl!«

»Gemein und hungrig. Das bin ich. O Gott, ich liebe dich so sehr.«

Die Abenddämmerung wurde zur Nacht. Hoch über ihnen schrien unsichtbar die Brachvögel.

»Andrew, warst du vorher schon mal verliebt?«

»Ungefähr von meinem sechzehnten Jahr an war ich ein regelrechter Casanova. O Gott ... Nein, Liebling. Ich hätte auch nie gedacht, daß es so fürchterlich ist. Mein Gott, Doreen.«

»Nein, nein. Hör auf, Andrew. Wäre es nicht hübsch, Andrew, wenn wir die Madam zu unserer Hochzeit einlüden? Ich meine, sie ist so nett zu dir, ich glaube nicht, daß es irgendwie aufdringlich wäre, oder?«

»Tja, obwohl ich ein so feiner Herr bin, dafür stehe ich ihr doch nicht nah genug, Liebling. Sie ist eine ganz große Dame, weißt du.«

»Ja. Aber – oh, sie würde bestimmt kommen, wenn du es dringlich genug machst. Es wäre wundervoll, wenn die Madam zu unserer Hochzeit käme. Mammy wäre ganz begeistert, das weiß ich.«

»Was hast du gesagt? Sei mal einen Moment still, Plappermäulchen!«

Als er den Mund wieder von ihrem löste, sagte sie: »Aber du wirst es doch bei der Madam erwähnen, Andrew, nicht wahr? So ganz nebenbei, verstehst du. Sie wird schon wissen, daß wir ihr später noch eine offizielle gedruckte Einladung schicken.«

»Wie du willst, Liebling.« Er rieb sein Kinn in ihrem Haar hin und her. »Morgen, wenn überhaupt. Miss Rose möchte mich sprechen, wegen irgendwelcher Unterrichtsstunden für ihre Tinkerkinder.«

»Du meinst doch nicht, daß sie denen was durch dich beibringen lassen möchte? Damit würde sie dich aber herabsetzen.«

»Ein gewaltiger Abstieg für einen gelernten Professor, was? Du weißt ja, sie ist sehr unbestimmt, ich hab eigentlich gedacht, sie würde den Job gern selbst übernehmen, wenn ihr jemand zuredet. Aber wenn sie sich das nicht zutraut, bleibt mir bestimmt nichts anderes übrig, als nach dem Unterricht für diese armen Würmer eine Stunde abzuzweigen.«

Sie entspannte sich wieder.

»Auf so eine dumme Idee kann auch nur Miss Rose kommen: Tinker unterrichten!« Sie lachte gluckernd. Sie hatte ein liebes, drolliges Lachen, wie ein Kind. Sie schmiegte sich in seine Arme, als sei sie genau dazu erschaffen, und murmelte: »Aber ich erlaube nicht, daß du so viel von deiner freien Zeit an Tinker verschwendest, Liebling. Die gehört ganz mir.«

Als sie umkehrten, um heimzufahren, war es Nacht geworden. Dann mußte noch das übliche Ritual bei Doreens Eltern in der guten Stube über dem Laden abgewickelt werden, während er noch schwach und zittrig war vor ungestillter Begierde nach ihrer Tochter. Aber der Salon und Mr. und Mrs. Hannigan hatten eine ernüchternde Wirkung. In diesem Wohnzimmer war die Ehe nicht etwas, was Mann und Frau vollzogen. Hier ging es um das neu zu bauende Haus. Und als verheirateter Mann, lieber Andrew, wirst du sofort mehr Gehalt bekommen, sagte Mrs. Hannigan, und die Hochzeitsreise vielleicht nach Paris, und Mr. Hannigan fügte hinzu, die Stadt der Liebe, hahaha. Die Heirat war ein ganzes im voraus festgelegtes Leben hier in Cloona, in guten und bösen Tagen, und man will ja den Dingen nicht zu weit vorauseilen, aber wenn wir mal nicht mehr sind, gehört dir und Doreen auch das Geschäft hier, und vielleicht habt ihr bis dahin schon selbst jemand, dem ihr es vererben könnt, hahaha! Und da saß nun sein ganzes Leben und lächelte ihm zu. Sein Leben, seine Liebe.

Und dann gab es Port für die Damen und Whisky für die Herren, und der künftige Schwiegervater streckte einem die Hand hin und sagte von Mann zu Mann: »Andrew, du hast es nicht leicht gehabt, und obwohl so mancher auf Doreen spekuliert, der ein fettes Bankkonto im Hintergrund hat, sie hat nun mal ihr Herz an dich gehängt, und das ist schließlich für uns das Entscheidende.«

Und endlich war es überstanden. Es gehörte eben dazu, wenn man Doreen haben wollte, also benahm man sich hochanständig. Und danach – ach, welch kompliziertes Kunstwerk ist doch der Mensch! Anstatt heimzugehen, nachdem er sie an der Dielentür verlassen hatte, und von Doreen zu träumen, wie er es vorgehabt hatte, trugen ihn seine Füße eigenmächtig das Dorf hinauf zu O'Learys, und es gelang ihm, geschwind noch vier Brandys zu kippen, ehe dort geschlossen wurde. Warum? Weiß der Himmel! Vielleicht, um zu feiern! Pfeifend ging er die Straße zum Meer hinunter.

Die alte See murrte mal wieder vor sich hin. Wumm – grrr – wumm – grrr! Murmelte in der Dunkelheit vor sich hin. Andrew Hogan pfiff gegen die alte See an. Er pfiff sie nieder, dieses alte H_2O plus Natriumchlorid.

»Sie haben Ihren Schlüssel vergessen, Sie Schlimmer!« sagte Mrs. Sullivan. Er packte sie um die Taille und gab ihr einen dicken Schmatz. »Jawohl! Und beim Tomatensaft sind Sie heute abend auch nicht geblieben«, sagte sie.

»Jawohl, genau so ist es, Ma'am«, sagte er. »Aber keine Angst, ich werde Sie nicht damit wach halten, daß ich Ihnen von all den wunderbaren Orten erzähle, in die ich reisen, und von den wundervollen Dingen, die ich dort tun werde. Ich bleibe ganz einfach hier an diesem wundervollen Ort,

Ma'am, und das für immer. Kommen Sie mit, und ich werde Sie damit wach halten, Ihnen zu erzählen, warum ich heute abend der glücklichste Mensch auf der Welt bin!«

Siebentes Kapitel

Es mußte das beste Kaufhaus in Waterford sein, denn dies war nicht der Moment , um an die Kosten zu denken. Miss Rose fuhr sie hin, und Grannie Fogarty ließ Tiger vorn auf dem Beifahrersitz sitzen, denn dies war Tigers großer Tag. Miss Rose kam freundlicherweise mit ihnen ins Geschäft, und Grannie Fogarty war direkt froh darüber. Auch wenn man das nötige Geld in der Faust hatte, eine Dame wie sie dabeizuhaben, konnte viel ausmachen bei der Behandlung, die man erfuhr.

Miss Rose ging voraus und führte sie ganz durch bis zur Herrenabteilung und wartete, bis man sie bediente. Ein grauhaariger Knilch trat zu ihnen und sagte ganz reserviert: »Ja?«

»Wir hätten gern Anzüge für den Jungen«, sagte Miss Rose, und es war fabelhaft, wie der Alte sich veränderte bei ihrer feinen Aussprache, wie er höflich wurde und abzischte. Die Begleitung, in der sich Miss Rose befand, hatte ihn anfangs auf die falsche Fährte gebracht. Sibby hatte dafür gesorgt, daß ihre Oma das Umschlagtuch wegließ, ihr einen Hut aufgesetzt und sie in einen alten Mantel gesteckt, den Bessie Flynn irgendwann mal gekriegt hatte, und Tiger war sauber gewaschen, und doch waren Ladeninhaber darauf getrimmt, einen mit einem Blick zu durchschauen.

»Setzen Sie sich, Mrs. Fogarty«, sagte Miss Rose, aber es gab nur einen Stuhl. Miss Rose zwang sie, sich zu setzen, und der Ladenmensch brachte noch einen und ging die Anzüge holen. Tiger stand lammfromm da und glotzte sein Bild in dem hohen Spiegel an. Er war ziemlich überwältigt von all dieser Vornehmheit.

Der Ladenmensch kam wieder, ein Kleiderbündel über dem Arm. Es waren gute, strapazierfähige Tweedanzüge, aber Grannie Fogarty war enttäuscht. Doch sie blieb stumm. Der Ladenmensch zog Tiger einen davon an. Er ging fast darin unter.

»Wenn man bedenkt, daß er noch hineinwächst, wäre das ungefähr seine Größe.«

Tiger sah wie eine Vogelscheuche aus. Grannie Fogarty faßte Mut und äußerte sich.

»Daß er hineinwächst, ist uns egal. Wir möchten, daß er ein einziges Mal perfekt sitzt.«

»Ist es für die Kommunion des Kleinen?«

»Die hatt ich vor Jahren«, sagte Tiger leicht beleidigt und wurde ebenfalls mutig. »Ich bin neun.«

Der Ladenmensch holte einen anderen Anzug von der gleichen Sorte, nur kleiner. »Und überhaupt wollen wir was Besseres«, sagte Grannie Fogarty, immer mutiger werdend. Es war nicht zu sagen, was für ein Selbstvertrauen man entwickelte, wenn man an einem solchen Ort eine Miss Rose neben sich wußte. »Irgendwie eleganter. Nicht wahr, Miss Rose?«

»Das liegt ganz bei Ihnen, Mrs. Fogarty. Und natürlich bei Tiger.«

»Dieses Kind«, erklärte Grannie Fogarty dem Ladenmenschen ganz lässig, »soll in einem Konzert singen. Einem richtigen Konzert.« Da wurde er aufmerksamer, doch mehr wollte sie nicht sagen, denn man wußte ja nie, wie schnell ein Gerücht aus Waterford nach Cloona dringen und Mr. Hogan seine große Überraschung verderben konnte. Daher wandte sie sich – wieder ganz lässig – an Tiger. »Du putzt dir gefälligst die Nase und machst uns keine Schande! Hast ja den Lappen dazu in der Tasche.«

Und siehe da, als Tiger schließlich von Kopf bis Fuß ausgestattet war, durfte man restlos zufrieden sein. Er hatte einen marineblauen Anzug, ein weißes Hemd und eine rote Krawatte. Ein richtiger kleiner Herr. Er hatte lange graue Kniestrümpfe mit rotem Rautenmuster in den Aufschlägen und schwarze Lackschuhe mit Spangen. Grannie Fogarty konnte nicht aufhören, ihn zu bewundern, und Tiger auch nicht, er drehte sich vor dem Spiegel wie ein Mädchen. Es war eine Heidenarbeit, ihm die neuen Sachen wieder auszuziehen. »Kann ich sie nicht anbehalten bis nach Hause?« jaulte er. »Du bist doch ein rechter Dummkopf«, sagte Grannie Fogarty geringschätzig. »Damit wäre doch alles verraten, und wo doch Mr. Hogan dich zu Weihnachten wie eine Bombe loslassen will. Und außerdem«, sagte sie, »wenn du diese Pracht auch nur mit'm Finger anrührst, bis es soweit ist, schlag ich dich krumm und lahm.«

»Ich fürchte«, meinte Miss Rose besorgt, »daß Tigers Eleganz Sie ziemlich viel Geld kosten wird, Mrs. Fogarty.«

Die Madam und Miss Rose hatten sich an Tigers Ausrüstung beteiligt, und auch Mr. Hogan – sehr nobel von ihm – aber wenn man nur das Allerbeste wollte, mußte man selbst noch ein hübsches Sümmchen herausrücken. Doch mein Gott, war es nicht jeden Penny wert, denen in Cloona die Augen dafür zu öffnen, daß einer von den Landfahrern genauso begabt sein konnte wie alle anderen? War es nicht überhaupt alles wert, ihn jetzt zu sehen, wo sein kleines Herz vor Stolz und Glück beinahe zersprang! O heilige Gottesmutter!

»Macht nichts, wenn er nur nett aussieht«, sagte Grannie Fogarty. Doch auf dem Heimweg überlegte sie, daß diese Fahrt nicht das Ende sein würde. Sie würden noch tiefer in den Sparstrumpf greifen müssen. Sie mußten doch alle anständig aussehen, um Tiger keine Schande zu machen. Sie wollten alle dabeisein und Tiger singen hören. Mr. Hogan hatte das so bestimmt.

Er und die Madam waren gemeinsam zum Wohnwagen gekommen, um ihr das mit Tiger zu erzählen. Mr. Hogan war ebenso aufgeregt wie der Junge. Er fing an zu erzählen, wie gräßlich sein erstes Schulkonzert letztes Weihnachten gewesen war, und daß er sich schrecklich geschämt hatte, bis er erfuhr, daß es nicht schlimmer gewesen war als sonst.

»Cloona«, sagte Mr. Hogan auf seine scherzhafte Art, »verdient eine Belohnung für die Geduld, mit der es jedes Jahr so etwas aushält, und die bekommt es, wenn ich Tiger auf Cloona loslasse.«

Stirnrunzelnd fragte die Madam: »Loslasse?«

»Ganz recht, loslasse«, sagte Mr. Hogan energisch. Tiger sollte die große Überraschung werden. Mr. Hogan sagte, er wünsche nicht, daß sein Gesangsstar schon vorher den Schmelz verlöre, und das würde nicht ausbleiben, wenn er schon überall gewesen sei, wozu man ihn nach Bekanntwerden sicherlich nötigte. Selbst Vater Feeney, der Schuldirektor, durfte nichts von Tiger wissen, bis dieser das Podium betrat, sagte Mr. Hogan.

»Ich freu mich schon darauf zu sehen, daß der Herr Pastor so begeistert ist wie alle anderen.«

Noch immer leicht stirnrunzelnd sagte die Madam: »Na, hoffentlich –«, verstummte und vollendete dann – »hoffentlich ist er das auch.«

»Liebe Zeit«, sagte Mr. Hogan ganz hingerissen, »dieser kleine Satansbraten mit der Stimme eines sixtinischen Chorknaben ist die ulkigste und rührendste Kombination, der ich je begegnet bin. Ich denke mir, ich heb ihn bis zum Schluß auf, damit die Zuhörer guter Laune heimgehen. Oder vielleicht, ja vielleicht setzen wir ihn auch noch vor der Pause ein. Tiger schafft das.«

Grannie wäre fast vor Stolz geplatzt, wie Tiger neulich im Kaufhaus. Doch sie tat gleichgültig, wie sich das gehörte.

»Er singt nicht schlecht, aber ich weiß nicht, ob er vor soviel Publikum nicht steckenbleibt. Wenn er Sie nun im Stich läßt und ganz verschüchtert tut?«

»Tiger?« sagte Mr. Hogan. »Daß ich nicht lache, Mrs. Fogarty!«

Bei dieser Gelegenheit erfuhr sie, daß sie und alle übrigen dabeisein und Tiger singen hören durften. Sie hatte nicht geahnt, daß sie alle so freiweg in den großen Schulhaussaal marschieren konnten. Doch, jeder dürfe kommen, der eine Eintrittskarte kaufte, sagte Mr. Hogan, und je mehr desto besser, denn das Konzert fände zugunsten der Reparatur der Pfarrkirche statt. Es bereitete Grannie Fogarty eine kleine zusätzliche Freude zu wissen, daß Tiger nicht nur zu Ehren seiner Familie singen würde, sondern auch zur Ehre Gottes, doch das behielt sie für sich.

Mr. Hogan redete dann noch davon, wie er mit Tiger ganz im geheimen in Moore Park üben konnte – nicht, daß er viel Übung nötig hätte –, und dann sagte er noch, der einzige Haken an der Geheimnistuerei mit Tiger wäre, daß er an dem Abend ohne Begleitung singen müßte.

»Unsere Klavierspielerin tut ihr Bestes, die Ärmste, aber es hieße sie total überfordern, sollte sie Tiger aus dem Stegreif begleiten.«

In der Hoffnung auf einen Ausweg mischte Grannie Fogarty sich ein und sagte, Mike Casey hätte Tigers Lieder so hübsch auf der Quetsche begleitet, ehe die kaputtging, und wirklich wurde Mr. Hogan gleich vergnügter und sagte, wenn Mikes Quetsche nicht zu reparieren sei, würde er irgendwo eine erbetteln, borgen oder stehlen, und die Madam war auch der Ansicht, daß ein Akkordeon genau die richtige Begleitmusik für Tiger wäre. So war denn alles arrangiert, sie blieben noch beisammen und unterhielten sich, und Grannie

Fogarty wußte vor lauter Vorfreude nicht, ob sie auf Kopf oder Füßen stand. Da war nur ein kleines, nagendes Unbehagen, wie Mike es wohl aufnahm, wenn man ihn aufforderte, zur Unterhaltung Cloonas die Quetsche zu spielen. Obwohl er in letzter Zeit Ruhe bewahrte, wußte Grannie Fogarty doch, daß er innerlich immer noch genauso wütend war auf alle, die auf ihn herabblickten. Und genau das – sie wußte es und er auch – tat Cloona, auch wenn es ebenfalls Ruhe bewahrte. Wie sie gefürchtet hatte, bedurfte es keiner geringen Überredung, aber in letzter Minute war er dann doch nicht so gemein, sich den Wünschen aller zu widersetzen, besonders denen des armen kleinen Tiger, dessen Halbgott er war. Anfangs war Mike erbittert gegen die ganze Geschichte und überzeugt, Hogan hätte nur eins im Sinn: Tiger diesen Schweinehunden in Cloona als eine Art Clown vorzuführen, damit sie über ihn lachten. Die anderen Blödmänner sahen das ja nicht, aufgeregt wie sie waren bei der Vorstellung, als Gruppe ins Schulhaus zu ziehen, damit von Tigers Ruhm was auf sie abfärbte. Grannie Fogarty war total durchgedreht vor Stolz, natürlich, die alte Närrin. Doch nicht sie war es, nicht einmal sein süßer Liebling Sibby, die ihm Augen machte auf ihre hübsche, sanfte Art zugunsten ihres kleinen Bruders, nicht einmal der Junge selber, der wie ein Berserker fluchte, um seine Begleitmusik zu kriegen, was Mikes Meinung änderte. Er willigte ein, weil er erfaßte, daß der Schulmeister wörtlich meinte, was er sagte: Er hielt Tiger für einen prachtvollen Sänger und nichts anderes. Und genauso dachte die Madam und Miss Rose auch.

Da wurde Mike nun selbst stolz! Bei Jeesus, Tiger würde es denen zeigen, jawohl, würde er! Und überhaupt, einem Mann, der hoffte, auf den beiden Feldern der Madam einmal seinen Unterhalt zu verdienen, schadete es möglicherweise nicht, diesem Cloona eine Ahnung zu vermitteln, daß die Landfahrer keine so verkommenen Subjekte waren, wie man immer glaubte. Ein Tinker konnte beim Singen und Musizieren genauso gut sein wie die Herrchen und Dämchen, die ins College gingen, und nach Ansicht des Schulmeisters sogar verdammt viel besser als die Hiesigen.

Tiger und Mike waren überglücklich und konnten Weihnachten kaum noch erwarten. Mike war, als hätte er den Topf voll Gold am Ende des Regenbogens gefunden. Er war dem Schulmeister richtig dankbar, daß er das für Tiger tat. Den verdammten kleinen Tiger mußte man eben gern haben.

So ließ denn Hogan die Quetsche reparieren, und Mike ging mit aller Kraft ans Werk und hatte auch noch Spaß daran. Hogan ließ Tiger und ihn wie verrückt üben, im großen, halbleeren Zimmer, in dem er am ersten Abend in Moore Park mit Miss Rose gewesen war, und des öfteren kamen die Madam und Miss Rose zuhören.

»Mike, du ersetzt wirklich ein ganzes Orchester«, pflegte Hogan zu sagen.

Miss Rose warf ihm aus dem einen Auge manchmal den gewissen Blick zu. Den teilte sie jetzt zwischen Hogan und ihm, das arme Luder, obwohl sie sich, wenn sie ihn mal allein erwischte, schlimmer aufführte als je, eben noch wie verrückt drauf und gleich danach wieder ein Rührmichnichtan. Wenn es nicht um die beiden Felder gegangen wäre, er hätte sich nicht mehr beherrschen können, es ihr mal so richtig zu besorgen oder aber ihr rundheraus zu sagen, was sie für eine war. Aber ob zudringliche Blicke oder nicht, hier konnte sie ihn nicht belästigen, also grinste er ihr freundlich zu und bearbeitete weiter die Quetschkommode. Und dieser Tiger, der brüllte sich die Kehle wund, als ob er sich für einen zweiten John McCormack hielt.

»Frankie und Johnnie wa'n ein Liebespaar, mein Gott, wie sie sich liebten ...« Manchmal konnte man sich kaputtlachen über Tiger. Einmal aber vergaß er sich und sang weiter: »Da sagt Frankie zu Johnnie, Junge, wenn du ...«

»Den Vers lassen wir aus, Tiger«, unterbrach der Schulmeister hastig. Und als die Madam ihn fragend ansah: »Der Witz bei Tiger ist ja gerade, daß er keine Kinderliedchen singt, aber irgendwo muß man die Grenze ziehen.«

»Auch bei gezogener Grenze«, sagte die Madam lächelnd, »ist es ganz sicher, daß Tiger einen großartigen Erfolg haben wird.«

Das Grinsen von Tiger mußte man gesehen haben!

Manchmal schlüpfte auch Sibby herein, die Katie Roche in der Küche geholfen hatte, und setzte sich gleich neben die Tür. Im großen Haus betrug sie sich immer sehr ehrerbietig, saß still und brav da und blickte auf die gefalteten Hände in ihrem Schoß. Mike spielte dann extra laute Akkorde, damit sie vielleicht die Wimpern hob und ihm aus ihren dunklen

Augen einen kurzen Blick zuwarf. Gut spielte er immer, aber wenn Sibby zuhörte, holte es das Beste aus ihm heraus.

Sibby kam nur deswegen manchmal für einige Minuten in den Salon, weil die Madam es ihr erlaubt hatte, offenbar in der Annahme, es würde sie freuen. Sibby hatte nichts dagegen, ein Weilchen dabeizusitzen. Es war hübsch, wie Mike die Quetsche für Tiger spielte, und offensichtlich tat ihm das gut. Neuerdings hatte er nicht entfernt mehr ein so mürrisches Gesicht wie sonst. Und es war auch hübsch, Tiger und Grannie Fogarty und alle anderen so glücklich zu sehen. Daß es für ihre Sippe großartig war, wenn Tiger und Mike im Konzert auftraten, war leicht zu verstehen, daß aber Miss Rose oder Mr. Hogan auch so dachten, war unbegreiflich. Besonders Mr. Hogan. Er hatte etwas an sich – sie hätte nicht genau sagen können was –, als wäre er für ganz andere Orte als Cloona geschaffen. Das sagte sie ihm eines Tages, als sie miteinander den Weg hinaufgingen, nachdem sie sich zufällig am Tor getroffen hatten. Seit sie Tigers wegen zusammengekommen waren, hatte sie gemerkt, daß Mr. Hogan gar nicht hochnäsig war, sondern natürlich und freundlich, und daß man mit ihm offen reden konnte.

»Bloß weil Tiger singt, führen sich alle auf, als ob er vor der Königin von England auftritt«, sagte sie.

»Na ja, mit irgendwas muß man anfangen«, sagte Mr. Hogan.

»Cloona kann nie für jemand der Anfang sein. Cloona ist ein Garnichts.«

Er lachte.

»Es kommt ganz darauf an, Sibby, was man vom Leben erwartet. Für manche Leute könnte Cloona Anfang und Ende sein.«

Durch seine nette Art vergaß sie sekundenlang, vorsichtig zu sein, und es entfuhr ihr: »Vielleicht. Aber nicht für solche wie Sie und mich!«

Er sah sie überrascht an.

»Ich wüßte gern, was, wie du meinst, an uns so Besonderes ist, Sibby.«

Er war richtig nett. Damals, als sie sich bei Mrs. Sullivan zum ersten Mal begegneten, hatte sie ihn ganz falsch eingeschätzt. Es hatte sie irgendwie beunruhigt, warum ein netter junger Mann wie er gar kein Interesse zeigte an allem, was sie zu bieten hatte. Sie war in ihrem Selbstgefühl erschüttert gewesen, aber das war natürlich dumm, denn gerade deswegen fühlte sie sich ja so wohl mit ihm. Gewiß, es wäre übel für sie, wenn jeder Mann wäre wie Mr. Hogan, aber manchmal war es doch erholsam, mit einem Mann zu reden und zu wissen, daß er nicht heimlich nur an das eine dachte. Eigentlich sprach er mit ihr wie mit Tiger, als wäre sie ein Kind. Das konnte der Schulmeister in ihm sein. Doch jetzt sprach er mit ihr ganz wie mit einer Erwachsenen. Das war schön. Schade, daß sie keine besseren Worte fand, um ihre Gedanken auszudrücken, aber sie gab sich große Mühe.

»Da gibt's Leute, die sind zufrieden, wenn sie immer am gleichen Ort leben, und so wie schon immer. Schön, die sitzen fest und die haben genug. Die sind zufrieden mit 'nem kleinen Stück von der Welt. Aber andere wollen das Ganze.«

Er sah so traurig aus, als müsse er ein Kind seiner Schule enttäuschen und es täte ihm leid.

»Und du bist eine von denen, die das Ganze wollen, Sibby?«

Er war also überzeugt, daß eine Tinkerfrau nie etwas anderes bekam, als was das Leben übrigließ. Nett von ihm, Mitleid mit ihr zu haben. Sie hätte ihm gern gesagt, daß er keins zu haben brauchte. Aber sie hatte sich einmal verleiten lassen, vorschnell zu sein, und wurde jetzt wieder vorsichtig und zurückhaltend.

»Es gibt viele hübsche Dinge auf der Welt, die man sich wünscht. Ich dachte, bei Ihnen wär's vielleicht auch so.«

»Ja, vielleicht. Aber verstehst du, es hat sich gezeigt, daß es für mich alles das hier in Cloona gibt. Darum brauche ich nicht mehr weiter zu suchen.« Sie hatte das sonderbare Gefühl, daß er es noch nötiger hatte als sie, daran zu glauben. Es lag große Freundlichkeit in dem Blick, den er ihr jetzt zuwandte. »Aber du mußt weiter auf die schönen Dinge hoffen, Sibby. Auch wenn du sie nicht alle bekommst, das Hoffen allein macht schon große Freude.«

Mr. Hogan zu begegnen war immer ein Vergnügen, und irgendwie hatte man danach den ganzen Tag ein gutes Gefühl. Genau das Gegenteil beim alten Tim Doonican. Sie konnte Mr. Doonican nicht leiden, aber da nun dummerweise die Welt ein Jammertal war, wie der Pfarrer sagte, lag eben bei ihm der Profit.

Es gab nicht viel Profit in Cloona, man mußte dankbar sein für jedes bißchen, das sich auftreiben ließ. Und war man ehrlich, mußte man zugeben, daß Mr. Doonican bei all seinem Geiz bisher nicht viel Gegenwert für sein Geld bekommen hatte. Einen Zehner hatte sie dafür verlangt, daß er sie in der Höhle beim Felsen ein bißchen betatschen durfte. Eine verdammt feuchte Höhle war das, deswegen würde sie beim nächsten Mal das Doppelte fordern. »Nun komm schon, Süße, sei doch nicht so zu 'nem Mann, der dich so gern hat.« Er hatte immer weiter gemeckert, aber schließlich doch einen Schein lockergemacht. Und dann kam: »Und für zwei solche Scheinchen, was würde der Tim Doonican mit dir tun dürfen, Süße? Was, Liebchen?«

Sie überhörte das und dachte bei sich, sie bekäme wohl schon alles, was der alte Trottel von seiner Rente abzwacken konnte, doch dann erfuhr sie durch Katie Roche von dem Koffer unter seinem Bett.

»Er sagt, er hat ihn meiner Schwester vermacht, als wäre es weiß Gott was, aber auch wenn er die ganze Bank von Irland da drin hätte, wär's für sie kein Entgelt für all die Mühe und Arbeit, die er ihr macht.«

»Hat er denn wirklich Geld in dem Koffer?« fragte Sibby.

Katie war an diesem Morgen wegen etwas, was Mr. Doonican gesagt hatte, mit sehr schlechter Laune erschienen, deswegen hatte sie das mit dem Koffer ausgeplaudert. Aber man sah ihrem Gesicht an, daß es ihr jetzt leid tat. Sie sagte: »Ach wo, keine Spur! Nur ein bißchen alten Kram, mit dem er angeben wollte.«

Es konnte aber Geld sein. Als Mr. Doonican das nächste Mal davon anfing, was sie ihn wohl für zwei Scheinchen tun ließe, sagte sie: »Zehn« für den Fall, daß er womöglich eine solche Summe in seinem alten Koffer hatte.

Er legte die Hand hinters Ohr. Tat schwerhörig, der alte Fuchs!

»Was hast du gesagt, Liebchen?«

»Zehn Pfund hab ich gesagt.«

Er lachte keckernd.

»Glaubst du, ich bin ein Millionär oder was?«

Wieviel auch immer er hatte, sie bekam es besser gleich auf einmal heraus. Denn obwohl er keine Gelegenheit gehabt hatte, zu zeigen, was er noch alles konnte, war für ein Mädchen leicht erkennbar, daß da nicht mehr viel zu erwarten war. Er selbst wußte es offenbar nicht, der arme alte Narr. Wenn er das feststellte, würde er möglicherweise nichts mehr herausrücken.

»Zehn Pfund«, wiederholte sie. »Dafür dürfen Sie auch alles, was Sie wollen.«

Da wurde er böse und grob.

»Meiner Treu, du schätzt dich aber hoch ein, du kleines Miststück. Glaubst wohl, ich bin ein völliger Trottel?«

Es war nicht gut, wenn ein Alter so wütend wurde. Sibby bekam ein bißchen Angst, er könnte einen richtigen Schlaganfall kriegen. Sie lächelte ihn freundlich und sanft an und sagte: »Zehn Pfund ist der Preis, Mr. Doonican. Dann aber auch so lang Sie wollen.«

Das Lächeln nützte gar nichts. Er wurde rot, beinahe lila.

»Du dreckiges Tinkergör, meinst du, ich geb solche Summen aus für eine Hure, die's gratis in jedem Graben von ganz Irland gemacht hat?«

So ging es noch eine Weile weiter. Es war ermüdend, so einem alten Mann zuzuhören, aber Sibby blieb höflich. Zum Schluß beruhigte er sich und bekam den Gegenwert von einem Pfund. Er versuchte, die Nummer für zehn Pfund abzuziehen, aber Sibby gab ihm einen Stoß und rannte fort. Es wäre fein, den Zehner zu kriegen, sofern er ihn hatte. Wenn er ihn hatte, tat sie vielleicht mit. Er schien so furchtbar scharf drauf, und billiger würde ein alter Mann es nicht kriegen. Zehn Pfund wären ein schöner Anfang für ein Mädchen. Sie ging neuerdings vorsichtig um mit ihrem Geld, doch bei der jetzigen Aussicht gab sie Tiger ganze zwei Schilling für saure Drops. Tiger behauptete nämlich, er brauche jetzt viel saure Drops, um bei Stimme zu bleiben, der kleine Satan.

Tiger gab nur einen von Sibbys Schillingen für saure Drops aus, mit dem anderen lud er Eddie Flynn in O'Learys Gasthaus zu einem Coca-Cola ein. Das ganz lässig zu tun, gab einem das schöne Gefühl, ein erwachsener Mann zu sein, wie Mike, wenn er einen Kumpel auf ein Bier einlud. Eddie Flynn war fast zwei Jahre älter als Tiger, aber Tiger war jetzt der Boß aller Kinder. Seit Monaten war er durch Klugheit und Stärke zum Boß der jungen Flynns und Caseys geworden, obwohl er manchmal um diesen Rang kämpfen mußte. Aber selbst das hatte er jetzt nicht mehr nötig. Jetzt durfte man ihn nicht vermöbeln, denn sonst war sein Gesicht nicht in Ordnung fürs Konzert.

Beim Verlassen der Kneipe wischte er sich den Mund mit dem Handrücken, wie Mike sich immer den Bierschaum abwischte.

»Verdammtes Gesöff, das dieser O'Leary abfüllt, ganz schal.«

So hätte Mike gesprochen.

Eddie sage: »Ich fand, es war 'n ganz ordentliches Cola.«

»Die reine Pisse«, sagte Tiger. Er versuchte, sich die Nase mit zwei Fingern zu putzen, wie Mike, aber er hatte es noch nicht richtig heraus. So spuckte er statt dessen auf den Boden. Dann packte er einen Stein und zielte damit nach einer Möwe über ihnen. Nun, selbst Mike konnte nicht mit einem Stein eine fliegende Möwe treffen. »Ein Gewehr wenn ich hätte und so zielte, hätte ich das Vieh in tausend Stücke geschossen.«

»Den Deubel hättest du«, sagte Eddie.

Tiger blieb stehen und ging in Boxerstellung auf ihn los und reckte ihm das Gesicht entgegen.

»Willst du damit sagen, daß ich lüge?«

Eddie warf einen äußerst sehnsüchtigen Blick auf Tigers Gesicht, aber mehr konnte er nicht tun. Daher änderte er den Kurs.

»Gar nichts hab ich sagen wollen. Was machen wir jetzt?«

Tiger Fogarty zu fragen, ob ihm was einfiel? Das war doch wirklich ...

»Weiß nicht. Vielleicht finden wir irgendwo eine Katze, dann könnten wir Wolf draufhetzen. Es ist verdammt lang her, daß wir Wolf getestet haben.«

»Damit uns Grannie Fogarty aufs Dach steigt?«

Eddie hatte natürlich recht. Grannie Fogarty war in Cloona so vorsichtig, daß selbst die Katzen heilig waren.

»Na ja, mir fällt schon was ein, wenn wir erst wieder in Moore Park sind. Bergsteigen vielleicht. Ist auch schon 'ne Weile her, daß wir das gemacht haben.«

Bergsteigen wurde über die Hofdächer gespielt. Es war ein prima Spiel, sehr gefährlich und Tigers Stärke. Er war der beste Kletterer.

»Könnten wir machen«, sagte Eddie, »aber du nicht, du mußt auf dein fabelhaftes Gesicht aufpassen.«

Der Kerl wollte es ihm hinreiben. Aber recht hatte er, es war besser, das Klettern bis nach dem Konzert zu vertagen. Blöd, aber weiß Gott, die Sache war's wert! Tiger dachte an die Scheinwerfer und das Klatschen und seinen schönen Anzug, und das Coca-Cola stieg samt dem Glück in ihm hoch und hätte ihn fast erstickt, so daß er so donnernd rülpste, wie nur Mike es gekonnt hätte.

»Ich war echt bescheuert, dich zu dem Cola einzuladen, du Blödmann.«

»Verdammte Pisse«, sagte Eddie.

Eddie war schwer in Ordnung. Tiger mochte ihn nach Mike – natürlich lange danach – am liebsten. Sie gingen weiter. Die Frau des Majors stand am Gartentor von Elm Cottage. Tiger sagte: »Mach mal langsam, ja. Aus der hol ich vielleicht was raus.«

»Herrgott, das ist doch die Alte von dem verdammten Major.«

»Weiß ich. Warte.« Eddie traten die Augen aus dem Kopf, als er sah, wie Tiger am Gartentor dieses schrecklichen Menschen stehenblieb und ganz cool und einfach so sagte: »Guten Tag, Missus.«

»Oh, guten Tag, Tiger. Wie ich sehe, hast du heute einen kleinen Freund bei dir.«

Tiger winkte seinen kleinen Freund nicht näher heran, o nein. Mit Eddie gedachte er einen so netten Kontakt nicht zu teilen. Er ließ ihn aus einiger Entfernung zuschauen.

»Er und ich suchen 'nen kleinen Hund, der sich verlaufen hat. 'nen ganz, ganz jungen Hund. Wir sind schon meilenweit gegangen. Wir sind ziemlich müde.«

»Hoffentlich habt ihr ihn gefunden.«

»Nein, Missus.« Wo, o wo ist denn mein Hündchen hin, dum-dum, dumm-dom, dummdum-dii. »Wir haben ihn nicht finden können. Es war mein Lieblingshund.«

»Ach, du liebe Zeit.«

Gottverdammtes Pech, mußte doch gerade jetzt der olle Major aus dem Haus kommen.

Die Frau sagte nur rasch: »Nimm es nicht zu schwer, vielleicht findet dein Hund wieder heim«, dann wandte sie dem Gartentor den Rücken, ging hinauf zu dem ollen Major und rief mit honigsüßer Stimme: »Arthur!« Verdammter Arthur.

»Du und dein süßer Wauwau!« Eddie grinste ganz breit. »Jeder Trottel hätte gewußt, daß du bei dem Haus nur deine Zeit vertust.«

Tiger erzählte ihm nicht, wie diese Frau mit einem herumflötete, wenn man vor einem Schaufenster stand, als ob man ihr Liebling und ihr Schätzchen wäre, sonst würden sich sofort alle Flynn- und Casey-Kinder reihenweise vor den Schaufenstern aufstellen und alles kaputtmachen. Er sammelte eine Menge Speichel, spuckte aus und sagte: »Vor dem ollen Major hab ich keine Angst.«

»Trotzdem hab ich nicht gesehn, daß du mit *ihm* 'n Schwätzchen gehalten hättest.«

Tiger konnte ein Grinsen nicht unterdrücken.

»Ich muß mein prachtvolles Gesicht in acht nehmen!«

»Aber sicher«, sagte Eddie überfreundlich. »Und dieser olle Major ist genau der Richtige, um einen durchzuwalken, der nur halb so groß ist wie er. Das sind bestimmt die einzigen, mit denen der sich anlegt, sag ich dir.«

»Der Mike, der würd's ihm schon zeigen, wenn ihn nicht Grannie Fogarty andauernd bremsen würde, und da denkt dann so 'n Kerl, er kann's mit jemand wie Mike aufnehmen. Ich hasse diesen Major, so wie der zu Mike ist!«

»Kein Mensch in ganz Cloona kümmert sich drum, was der olle Major sagt.«

»Kann schon sein, aber Mike muß sich's immer vor allen Leuten gefallen lassen, und das ist gemein. Ich hasse diesen Major.«

»Wer haßt den nicht?« Eddie warf ihm einen Blick zu, als käme jetzt etwas Unanständiges. »Ich weiß nicht, Mike findet's vielleicht komisch, daß du dich mit dem seiner Frau anfreundest.«

»Sieht nur so aus. Hätt ich nicht gemacht, wenn Mike was dagegen hätt. Aber ihm ist es egal. Sie kann ich auch nicht ausstehn. Die versucht nicht mal was zu tun, damit ihr Oller nicht so unhöflich zu Mike ist, deswegen ist sie genauso schlecht wie er. Bei Gott, die hasse ich auch.« Vor Moore Park blieb Tiger stehen. Er hob die Hand zum Himmel, egal wie viele Kupferlinge die gefühlsduselige alte Ziege schon hineingelegt hatte, er hatte sie zwar genommen, hob aber trotzdem die Hand und holte einen Fluch gegen Arthur und sie vom Himmel herunter. »So wahr mir Gott helfe«, sagte er, um es so feierlich zu machen wie in den Sitzungen im Gerichtsgebäude von Wexford, »ich hasse sie alle beide.«

Als sie bei den Wohnwagen eintrafen, bekamen ein paar von den Grünhörnern gerade beigebracht, was sie zu tun hätten, wenn man erst mal von Moore Park weiterziehen würde. Tiger und Eddie blieben stehen und sahen zu. Grannie Fogarty spielte die Lady, und Cissie Casey trat an sie heran, furchtbar sanft und armselig.

»Im Namen der Muttergottes, meine Dame, hätten Sie nicht ein paar Kupferlinge übrig, nur für ein Schlückchen Milch in unseren Tee?«

»Freundlicher lächeln«, sagte Grannie Fogarty, »und wie ich schon gesagt habe: die hohle Hand hinhalten.«

Grannie Fogarty zeigte ihr wie. Cissie kam noch mal und machte es besser. Grannie Fogarty tat, als gäbe sie ihr etwas: »Hier, mein Kind!« – ganz wie eine große Dame.

»Den Segen des Herrn und der heiligen Muttergottes über Sie, meine Dame. Sie haben wohl nicht 'n altes Paar Schuh, die Sie nicht mehr anziehn? Meine Füße tun mir so schrecklich weh in den kaputten Sandalen.«

»Lauf zu, mein Kind«, sagte Grannie Fogarty mit ihrer dröhnenden Stimme, vor der man Angst bekam, und Cissie, dieser Trottel, glotzte nur. »Mach schon«, sagte Grannie mit gewohnter Stimme ungeduldig. »Hab ich dir nicht gezeigt, was du jetzt mußt?«

Tiger hatte genug gesehen. Diese Casey dort würde noch viel Übung brauchen. Er selbst hatte seinerzeit fast keine gebraucht, es war ihm, wie alles, ganz leicht gefallen. Er hörte Miss Rose rufen: »Tiger! Tiger!« und stand auf.

»Jetzt brüllt die wieder nach mir zu so 'ner verdammten Probe, denk ich. Jeesus, hab ich das alles satt.«

»Ein bißchen weniger ›verdammt‹ und ›Jeesus‹«, sagte Grannie Fogarty scharf. »Und 'n bißchen bessere Manieren, ja? Sonst sitzt du plötzlich auf dem Hintern und hast keine Proben mehr nötig.«

Tiger drückte sich aus dem Wohnwagen, rannte zum Haus hinüber, und in ihm schwoll die Glückseligkeit wie ein Ballon und trug ihn über den Erdboden. Und dann waren Mr. Hogan und Mike mit der Quetsche da, und sogar Katie

Roche kam heute zuhören. Die Lieder hoben sich hoch über die Musik und waren so gut, daß man bei den traurigen meinte, sie kämen gar nicht aus einem selber, sondern wären etwas ganz von allein Trauriges, und man hörte zu und hätte heulen können wie ein kleines Kind.

An der Art, wie die anderen heute waren, sah man, daß sie einen besonders gut gefunden hatten. Katie Roche gab ihm nachher in der Küche Milch und süßen Kuchen, und anschließend ging er allein in den Wald. Er mußte eine Weile allein sein mit seiner Größe und seinem Glück.

Er öffnete sein Versteck und holte sein Banjo heraus. Es war das letzte, was er geklaut hatte, seitdem hatte er nie wieder geklaut, weil er nichts mehr wollte. Er hatte sich seit langem nicht mehr damit abgegeben, die anderen Sachen auch nur anzuschauen, nicht einmal das alte Schwert. Das Banjo hatte nur eine Saite, aber die klang. Eines Tages würde er ein Banjo mit allen Saiten haben. Eines Tages würde er hundert Banjos haben, wenn er wollte.

Ganz leise spielte Tiger Fogarty sein Banjo und sang im Wald. Tiger Fogarty, Top of the Pops.

Achtes Kapitel

In der ersten Dezemberwoche fiel leichter Schnee, der ein paar Tage liegenblieb. Mrs. Moore ging nach den Tieren der Tinker sehen, die nun im Stallhof unter Dach waren. Sie fand die alte Rotfuchsstute und einen klapperdürren Ponyschekken ohne Streu auf dem Betonboden des Schuppens und schickte das erstbeste Tinkerkind nach Mike Casey.

»Stroh ist heuer schrecklich rar und teuer«, sagte Mike, als er im Stallhof zu ihr trat. »Es ist schwer genug zu kriegen, daß es für alle reicht. Und die beiden da sind sowieso nur noch gut für den Abdecker.«

Mrs. Moore fragte vernünftigerweise: »Und warum sie nicht gleich zum Abdecker bringen?«

Sein Blick wich ihr aus. Auf alle peinlichen Fragen reagierten ihre Gäste entweder wie jetzt, fahrig und ausweichend, oder mit unerschütterlicher, geradezu strahlender Aufrichtigkeit. Sie hatte gelernt, beiden Methoden mit Schweigen zu begegnen. Wieder einmal wartete sie amüsiert.

»Wir könnten ja vielleicht mit den beiden noch ein, zweimal fahren, hab ich mir gedacht.«

»Und bis dahin, Mike, wird man diese Stute und dieses Pony anständig halten und füttern müssen wie die anderen auch.«

Ohne zu zögern sagte er: »Okay, Madam. Keine Sorge! Ich bring das gleich in Ordnung.«

Er war ein gefälliger Bursche und nicht abgestumpfter als alle anderen seines Stammes. Man konnte Landfahrern wohl kaum vorwerfen, daß sie unempfindlich gegen das Leiden der Tiere waren, da viele von ihnen kaum besser lebten als eben diese Tiere.

Nur echte Grausamkeiten von ihnen erzürnten Mrs. Moore, wie zum Beispiel das lebendig Begraben unerwünschter Jungen der gelben Hündin. Sie war zufällig dazugekommen, als eine Gruppe Kinder mit diesem grausigen Zeitvertreib beschäftigt war, und Tiger hatte die Totenfeier geleitet. Doch sie hatte sich rechtzeitig daran erinnert, daß viele ehrbare, phantasielose Bewohner von Cloona unerwünschtes Viehzeug genauso brutal beseitigten wie diese ungebildeten kleinen Vagabunden, und es war ihr gelungen, auch dieses Vorkommnis im rechten Licht zu sehen.

Mike fuhr fröhlich pfeifend einen Schubkarren Strohballen zum Schuppen. Der Karren hatte nur noch einen Griff, und die Zinken der quer daraufliegenden Mistgabel waren bis zu halber Länge abgenützt. Wie entsetzt wäre William, dachte Mrs. Moore, über den Zustand des Arbeitsgeräts.

»Wir mußten ganz weit gehen um Futter und Streu, und Wucherpreise haben sie auch noch verlangt, Madam. Keiner hier aus der Gegend will was hergeben.«

»Jim Cullen hat heuer eine Menge Hafer geerntet. Der müßte Stroh übrig haben, wenn es nicht schon verkauft ist. Sein Gras kommt ins Silo, aber er kann dir vielleicht sagen, wo du Heu herkriegst.« Sie zögerte, weil ihr einfiel, daß die Aussichten für die Tiere der Tinker wohl recht trübe waren, wenn Heu und Stroh diesen Winter wirklich so hoch im Kurs standen. »Wenn du Jim Cullen sagst, daß ich dich schicke, berechnet er bestimmt nur den Marktpreis.«

Mike sagte rasch: »Geht schon in Ordnung, Madam. Wir kriegen das Geld schon zusammen, um sie durchzubringen.«

Sie sah ihm zu, wie er die Ballen aufriß, das Stroh auf den Boden breitete und dann noch immer pfeifend zur Scheune ging, um loses Heu zu holen. Für sie, wie für alle Außenseiter, blieben die Finanzen der Landfahrer ein undurchsichtiges Geheimnis. Da gab es welche mit Autos und Lieferwagen, die behagliche Wohnwagen begleiteten, aber am anderen Ende der Rangordnung auch solche in offenen Karren, deren einziges Obdach in einer notdürftigen Zeltplane am Straßenrand bestand. Die meinigen, überlegte sie, sind vermutlich die Bourgeoisie der Tinkerwelt. Mike kam mit dem Heu wieder und gab dem Fuchs und der Schecke reichlich. Er klopfte der Stute die Vorhand.

»Die ist mein Liebling, die da.«

Mrs. Moore sagte: »Ach, tatsächlich?«

»Die war die erste, bei der ich die Zügel genommen hab.« Mrs. Moore schwieg. »Wenn ich allein das Sagen über sie hätte, Madam, brauchten Sie sich nicht zu sorgen, ob sie Futter und Einstreu haben.«

Mrs. Moore bezweifelte das. Doch sie sagte wahrheitsgetreu: »Ich bin sicher, daß du sie von jetzt an richtig versorgst.«

Er stützte sich auf die Mistgabel und sagte ernst: »Klar, daß im Moment der Schein gegen mich ist, aber wie gesagt, wenn es hier nach mir gehen würde, hätte jedes Tier das Seinige. Hoffentlich glauben Sie mir das, Madam. Ich bin nicht gefühlsduselig bei Tieren. Das behaupte ich gar nicht. Aber mir sagt der gute Menschenverstand: Wenn man sie mit Maß und Ziel ordentlich hält, bekommt man den größten Nutzen aus ihnen.«

Mrs. Moore wurde allmählich etwas müde vom Stehen, doch wäre es unfreundlich gewesen, diese weitschweifige Rechtfertigung zu abrupt abzubrechen. Nie hätte sie gedacht, daß Mike sich den versteckten Vorwurf über die Vernachlässigung von Stute und Pony derart zu Herzen nehmen könnte.

»Ich hab viel nachgedacht über solche Sachen, Madam. Es war nicht leicht, wo ich doch keine Ausbildung hab und keine Erfahrung, aber ich hab mir angewöhnt, mich überall umzuschauen, wo ich hinkomm, und Sie würden staunen, wieviel man auf die Art lernt. Und dieser Jim Cullen – das ist ’n echt guter Landwirt, nicht wahr?«

Zerstreut sagte Mrs Moore: »Ich glaube schon.«

»Ich hab noch keinen besseren gesehn. Ich halt Augen und Ohren offen und krieg hoffentlich ’n paar Tips. All das hilft, verstehn Sie, Madam.« Endlich verstummte er. Doch nein, er fing wieder an. »Für die Zukunft, mein ich. Weil ich nämlich immer dran denk, eines Tages, will’s Gott, ’ne eigene Landwirtschaft zu haben. Nichts Großes natürlich – hat keinen Sinn, zu hoch hinauszuwollen –, aber was, von dem ein Mann und seine Familie anständig leben können. Vielleicht wird was draus, Madam. Ich hab mir ’n bißchen was gespart. Vielleicht wird was draus.«

Mrs. Moore war jetzt aufmerksam und sehr überrascht. Sie fühlte einen Anflug von verständnisvollem Respekt für diesen armen jungen Menschen mit seinem Ehrgeiz nach einem achtbareren Leben. Sie wollte, sie hätte auf das rührende Flehen um Ermutigung reagieren können, das sich auf diesem wenig einnehmenden Gesicht zeigte. »Ich hab mir ganz hübsch was weggespart, Madam.« Wie viel oder wie wenig auch immer das sein mochte, es würde ihm kein Stück Land verschaffen von denen, die ihn verachteten. »Und vor harter Arbeit fürcht ich mich nicht, Madam, das wissen Sie vielleicht.«

Wenigstens darauf konnte Mrs. Moore ehrlich antworten. »Ich bin dir sehr dankbar, daß du hier alles so sauber hältst, Mike.«

»Ist mir ein Vergnügen, Madam. Wenn's so käme, daß ich immer in der Nähe wäre, würde ich mit dem Unkraut schon fertig. Ich meine, ich könnt's ja abends tun. Ich meine –« Er rieb mit der Hand den Stiel der Mistgabel auf und ab und schulterte sie plötzlich schwungvoll. »Vielleicht ist es besser, wir reden ein andermal drüber. Ich muß die beiden jetzt tränken.«

Sie blieb etwas verwirrt zurück, vergaß ihn aber fast sofort und bahnte sich in ihren schweren Gummiüberschuhen behutsam einen Weg durch den Schnee zu den Wohnwagen, um Wolfs verletzte Pfote zu untersuchen. Wolf hatte sich an einem rostigen Stacheldraht den Ballen aufgerissen. Die Landfahrer hatten ihn mehr schlecht als recht versorgt, das Desinfektionsmittel für den Schäferhund aber doch von ihr angenommen und vor ihren Augen aufgetragen. Sie hatte den dringenden Verdacht, daß sie sich im stillen über solches Getue amüsierten, aber Moll und Thady Casey ließen dann doch – wahrscheinlich ihr zu Gefallen – den Hund auf einer alten Decke in ihrem Wagen liegen. Mrs. Moore überzeugte sich, daß die Pfote ordnungsgemäß heilte, unterhielt sich noch ein Weilchen höflich und ging zum anderen Wohnwagen hinüber, um sich zu erkundigen, ob Mrs. Fogarty heute vormittag weisungsgemäß wegen ihrer Kurzatmigkeit die Sprechstunde von Dr. Murphy aufgesucht hatte. Möglicherweise auch ihr zu Gefallen war Mrs. Fogarty dortgewesen.

»Wie ich Ihnen gesagt hab, Madam – sind nur die Bronchien. Das wird jeden Winter chronisch und braucht seine Zeit. Dr. Murphy hat mir aber eine Flasche mitgegeben.«

»Wir wollen hoffen, daß das Ihre Bronchitis im heurigen Winter abkürzt.«

Mrs. Fogarty warf ihr einen skeptischen Blick zu.

»So wie der aussieht, gäb's noch andere Flaschen, die mir besser helfen würden.«

Sie lachte glucksend und schnaufte. Mrs. Moore lächelte.

Sie schwatzte noch eine halbe Stunde mit Mrs. Fogarty. Als sie den Wohnwagen verließ, spielten Tiger und einige der anderen Kinder in der Nähe. Mrs. Moore wußte wohl, daß eine beklagenswerte Anzahl dieser Kinder schon in frühester

Kindheit starb, aber die hier, die alles überlebt hatten, schienen recht robust, obwohl sie im Wuchs zurückgeblieben waren und ihnen ewig die Nase lief. Für Schneewetter waren sie zu leicht angezogen, da sie sich jedoch in der Hauptsache gegenseitig in den Schnee schubsten, hätte mehr Kleidung nur mehr *nasse* Kleidung bedeutet. Mrs. Moore kannte jetzt jeden der kleinen Flynns und Caseys beim Namen. Im großen und ganzen waren es keine attraktiven Kinder, aber mit ihr waren sie so artig, wie sie konnten. Sie unterbrachen ihr naßkaltes Spiel, als sie stehenblieb, um mit ihnen zu reden, und nahmen Habachtstellung ein, wie eine zerlumpte kleine Armee. Nur Tiger, der Maestro, blieb lässig. Cissie Casey kratzte sich wieder auf dem Kopf. Darauf würde man achten müssen. Und es war fast sicher, daß Tommy Flynn anfing zu schielen. Auch da mußte etwas geschehen. Sonst schien es heute nichts von Belang für sie zu geben, daher ging Mrs. Moore ihrer Wege. In der Halle kam ihr Katie Roche entgegen, sichtlich erbost, ein Paar Schuhe in der Hand.

»Mr. Hogan ist drin, Madam. Sein Mädchen ist dabei. Ich wollt's nicht glauben, daß Sie bei solchem Wetter ausgegangen sind. Hab ich nicht erst heut früh zu Ihnen gesagt, Sie dürfen nicht aus dem Haus? Setzen Sie sich jetzt mal hin, damit ich Ihnen die Überschuhe ausziehen kann.« Mrs. Moore setzte sich gehorsam in den einsamen Sessel unter dem Geweih. Katie murmelte beim Abziehen der Galoschen: »Recht geschäh's Ihnen, wenn Sie Lungenentzündung kriegten.«

»Unsinn, Katie. Ich hatte einiges zu erledigen, und die Bewegung hat mir gutgetan.«

Katie kniff die Lippen zusammen. Sie rieb energisch Mrs. Moores bestrumpfte Füße und zog ihr die Schuhe über. »Diese Tinker sind ganz gut zurechtgekommen, eh sie Ihnen begegnet sind. War's nicht mehr als genug, sie unterzubringen? Müssen Sie sich auch noch um jeden Firlefanz kümmern? Entweder Sie versuchen bei den Wohlfahrtsbehörden mehr für sie rauszuschlagen, oder aber Sie behandeln ihre Hundepfoten! Ausgerechnet Hundepfoten! Ich weiß nicht, was in Sie gefahren ist! Sie waren nie in Ihrem Leben so butterweich zu Leuten, es ist schon sonderbar, daß Sie bei Tinkern damit anfangen.«

Mrs. Moore stand auf. Ihre Augen schienen sekundenlang

blicklos zu werden. Sie tastete nach der Stuhllehne und hielt sich daran fest. Zu Katie, die allmählich durch den weichenden Nebel wieder sichtbar wurde, sagte sie: »Du schmeichelst mir, Katie. Weißt du, ich kann dir versichern, daß ich so wenig wie eh und je ein Philanthrop bin.«

Im Herrenzimmer warteten Andrew Hogan und seine Braut. Mrs. Moore war neugierig, welches Mädchen ihren netten, jungen Lehrer gekapert hatte. Miss Hannigan hatte zwar etwas scharfgeschnittene Gesichtszüge, war aber ohne Zweifel hübsch. Sie hatte höchstens noch Anflüge des unangenehmen Cloona-Dialekts, doch die Hannigans waren wohlhabende Leute und hatten das Mädchen bestimmt auf eine gute Klosterschule geschickt. Sie war wirklich recht präsentabel, sowohl was Manieren als Stimme betraf, wenn auch beides vielleicht ein klein wenig gekünstelt wirkte. Aber das arme Kind versuchte sich sichtlich besonders gut zu benehmen.

Andrew sagte: »Doreen und ich wollten gerade spazierengehen, da fiel mir ein, daß ich Ihnen Ihre Bücher vorbeibringen muß.«

Er schien leicht verlegen. Demnach war es Miss Hannigan selbst gewesen, die unterwegs hereinschauen und eine Bekanntschaft anknüpfen wollte. Nun ja, warum auch nicht?

»Ich hatte ohnehin vor, Sie zu bitten, mir Miss Hannigan zu bringen, sobald Sie es ertragen, ihre Gesellschaft mit jemand zu teilen.« Sie lächelte dem Mädchen zu. »Und nun Sie da sind, liebes Kind, vergessen Sie hoffentlich den Spaziergang und bleiben ein Weilchen.«

»Nennen Sie mich doch bitte einfach nur Doreen, Mrs. Moore.«

Auf dem Tisch lagen sechs Bücher in makellosen Schutzumschlägen. Andrew brachte es immer fertig, die allerneuesten Bücher aus der Bibliothek für Moore Park zu holen. Diesmal hatte er eine ausgezeichnete Wahl getroffen.

»Er unterstellt mir schmeichelhafterweise, daß ich einen ebenso liberalen Geschmack habe wie er, Doreen.«

»Hoffentlich bringt er Ihnen nicht zu Schockierendes.«

»Mein liebes Kind, mich kann nichts Geschriebenes mehr schockieren, obwohl ich zugeben muß, daß es mich manchmal schockiert, daß man so etwas überhaupt hinschreibt.« Das Mädchen schaute verständnislos. »Verstehen Sie, ich gehöre noch zu einer Zeit, wo unaussprechliche Gedanken auch unausgesprochen blieben. Nicht, daß wir sie nicht trotzdem gedacht hätten.«

Mit dem lausbübischen Lächeln, das sie immer so sehr an Toby erinnerte, sagte Andrew: »Wenn wir alle unsere Autobiographie schrieben, wären die Verleger überschwemmt von Bestsellern.«

Miss Hannigan räusperte sich und sagte: »Es ist riesig nett von Ihnen, Mrs. Moore, daß Sie zu unserer Hochzeit kommen wollen. Ich weiß, Sie gehen nicht mehr oft aus.«

»Aus Gebrechlichkeit, nicht aus Abneigung, Doreen. Ich freue mich zu zeigen, wie wichtig mir ein Ereignis ist, das meinen Lieblingslehrer an Cloona bindet. Ich habe oft gefürchtet, daß er ganz plötzlich auf und davon zieht, ins Land Nirgendwo.«

»Die Hochzeitsreise wollen wir nach Paris machen«, sagte das Mädchen.

Sibby brachte Kaffee und Kuchen herein, sie sah sehr sauber und adrett aus. Als sie das Zimmer verlassen hatte, sagte Miss Hannigan: »Man findet es allgemein erstaunlich, was Sie aus dem Mädchen gemacht haben, Mrs. Moore. Kein Mensch würde glauben, daß sie zu den Tinkern gehört, ehrlich.«

»Das hat sie Katie Roche zu verdanken, Doreen.«

»Ja, aber Sie waren auch wunderbar zu diesen Leuten. Ich meine, alle Welt war entsetzt, sie in der Nähe zu haben, aber Sie haben es fertiggebracht, daß sie Ordnung halten.« Miss Hannigan lachte. »Daddy meint allerdings, daß es schwer sein wird für Sie, sie wieder loszuwerden, wenn es soweit ist. Die armen Wesen müssen es ja paradiesisch haben hier.«

Mrs. Moore blickte aus dem Fenster.

»Im Frühjahr werden sie weiterziehen müssen, um sich ihren Lebensunterhalt zu verdienen.« Die Kinder schienen jetzt einen Schneemann zu bauen. Sie lachten und schrien. »Es wird dann sehr still werden.«

Sie wandte den Blick von den Wohnwagen und merkte, daß das Mädchen sie aus weit aufgerissenen Augen ansah. Sie hält mich für eine wunderliche Alte, dachte Mrs. Moore, aber sie wird sich hüten, mir zu zeigen, was sie denkt, denn ich bin außerdem Mrs. Moore von Moore Park.

»Ich glaube, wenn man sie näher kennenlernt«, meinte Miss Hannigan, »sind es doch Menschen wie alle anderen.«

Die Unterhaltung war schwierig. Mrs. Moore war in ihrem Leben über so manche kritischen Stellen hinweggesegelt, aber jetzt war sie außer Übung. Und Andrew war wenig Hilfe, er war zu stark damit beschäftigt, Miss Hannigan anzubeten. Als sich ihre Besucher erhoben, um zu gehen, stellte Mrs. Moore mit einem Blick auf die Uhr zu ihrem Erstaunen fest, daß sie weniger als eine Stunde geblieben waren.

Sie ging mit ihnen bis zur Dielentür. Tiger hatte den Schneemann verlassen, er ging eigenen Geschäften nach. Er grüßte freundlich und zutraulich im Vorübergehen.

»Das dort«, sagte Andrew, »ist Tiger. Er ist fast so grimmig wie sein Name.« Wieder machte er das gleiche Gesicht wie Toby. »Sollen wir Doreen in unser großes Geheimnis einweihen, Madam? Doreen, der junge Tiger Fogarty ist mein ›starkknochiges Bauernmädchen‹.«

Miss Hannigan nahm das große Geheimnis entschieden wenig ermutigend auf.

»Er muß sehr gut sein, wenn Sie beide das sagen. Adieu, Mrs. Moore, und vielen Dank.«

Mrs. Moore blickte ihnen nach. Wenigstens hinsichtlich ihrer Jugend und ansprechenden Erscheinung paßten sie gut zusammen. Ihr schien, daß Andrew einen hohen Preis für das bezahlte, was er so offensichtlich begehrte, und das bedeutete, daß das Mädchen tugendhaft war. Mrs. Moore hoffte, daß der Preis nicht zu hoch wäre. Dann mußte sie an Toby denken, wie so oft beim Anblick dieses jungen Mannes – und lächelte. Wenn einer das Mädchen ohne Ehering ins Bett bekommen hätte, dann ganz bestimmt Toby.

Immer noch in Gedanken an Toby, und jetzt ausschließlich an Toby, zögerte sie in der Halle und ging dann die Treppe hinauf. Sie mußte sich mehrmals auf eine Stufe setzen, ehe sie oben auf dem Speicher war.

Der größte Teil des Krams war fort. »Eine Goldmine«, hatte Mrs. Fogarty dankbar geäußert. Es schien unvorstellbar, daß all dieses Gerümpel noch verkäuflich war. Der Speicherraum, in dem Saladin seinen Stall hatte, war fast leer. So lange nicht gesehen, vergessen. Mrs. Moore ging zu ihm, tippte ihn an und ließ ihn schaukeln.

Anfangs sagte Toby gar nichts, starrte das Schaukelpferd nur an. Dann kletterte er recht vorsichtig in den roten Sattel.

Toby war ein tapferer Junge, aber noch sehr klein und Saladin das größte und grimmigste Schaukelpferd von ganz Dublin. Plötzlich preschte Toby mit Triumphgeschrei auf und davon. Eleanor, was für ein verdammter Radau! Aber William, es ist Weihnachten, das mußt du aushalten. Toby, Liebling, wenn du zu toll schaukelst, wirst du Saladin umwerfen. Es war total unvorstellbar, jemals einen kleinen Tinkerjungen für immer aus Moore Park davongaloppieren zu lassen auf Tobys Reittier.

Schritte auf der Treppe. Es war Rose. Sie blickte über den noch immer schaukelnden Saladin hinweg. Roses Taktgefühl war himmelschreiend deutlich.

»Fabelhaft aufgeräumt, nicht wahr, Tante Eleanor? Ich glaube, wir haben dank deiner Tinker den ordentlichsten Speicher im ganzen Land.«

Mrs. Moore bohrte mit dem Stock in den Dielenbrettern. »Hier ist vieles vermodert. Na ja, solange wir leben, wird es wohl noch halten. Solange ich lebe sicherlich. Rose, diese unseligen Kinder haben vermutlich schon wieder Läuse. Cissie Casey kratzt sich beunruhigend oft am Kopf.«

»Du liebe Zeit. Wo sie sich die nur immer wieder holen.« Rose stockte. »Tante Eleanor, ich erzähle dir das sehr ungern, aber ich habe herausgefunden, daß deine nette Mrs. Fogarty dieses Kind zum Betteln abrichtet.«

»Ach, tatsächlich. Wie sie das wohl macht?« sagte Mrs. Moore interessiert.

Rose sah sie geduldig an.

»Jedenfalls muß das sofort aufhören. Ich hätte selbst schon mit Mrs. Fogarty gesprochen, fand dann aber, daß sie es von dir lieber hören wird.«

»Meine liebe Rose, wenn Betteln zum Lebensunterhalt dieser Menschen gehört, wäre es höchst impertinent von mir – oder auch dir –, ihnen vorzuhalten, daß sie sich darauf vorbereiten, es wieder aufzunehmen, wenn sie Moore Park verlassen.«

»Ach, Tante Eleanor! Wenn du das arme unschuldige Mädchen hättest sehen können . . .«

»So hätte es mir ebensowenig Eindruck gemacht.« Mrs. Moore seufzte. »Rose, mein liebes Kind, mittlerweile solltest du wissen, daß ich wegen dieser Tinker keinerlei sentimentale Gefühle hege. Hätte ich die Wahl, würde ich mir eine andere Gesellschaft aussuchen. Wie die Dinge liegen, gebe ich ihnen Obdach, und dafür erlauben sie mir, mich um ihr und ihrer Tiere körperliches Wohlergehen zu kümmern. Ich finde es angenehm, daß auf diese Weise mein Tag ausgefüllt ist. Mehr Einmischung dulden sie nicht. Es ist ein fairer Handel auf beiden Seiten.« Sie hielt kurz inne. »Ich gebe zu, daß Mrs. Fogarty als zusätzlicher Glücksfall anzusehen ist. Sie hat im wesentlichen die gleiche Mentalität wie der Rest der Tinker, aber ich unterhalte mich gern mit ihr, weil sie ein urwüchsiges und anregendes Frauenzimmer ist.«

Im Weggehen mit Rose gab Mrs. Moore Saladin noch einmal einen Schubs. Beim Hinuntersteigen hörte sie Saladin noch ein Weilchen weiterknarren, als ritte ihn jemand droben auf dem Speicher.

Entsetzlich, dachte Rose, dieses geisterhafte Geräusch vom Boden her. Sie schwatzte, um es zu übertönen. Tante Eleanor brauchte lange, ehe sie unten war. Das Mädchen setzte die gebrechliche alte Großtante im Herrenzimmer an den Kamin und verließ sie, friedlich vertieft in einen Stoß Bücher. Um ganz beruhigt sein zu können, blieb sie nochmals stehen und schaute kurz zurück. Mit ihrem hellen Haar, ihrer schlanken Gestalt und ihrem leichten Tritt war sie das einzig Lichte in dem düsteren alten Haus. Sie bewegte sich darin wie – oh, es war doch verdammt egal, wie sie sich darin bewegte, es war ja niemand da, der es sah!

Aber nicht doch! Schließlich hatte man freiwillig die Gefangenschaft der Pflicht erwählt. Langsam stieg Rose hinauf. Ihre Hand ruhte auf dem Geländer. Eine noble Hand, langfingrig, mit tadellosen Nägeln. Entstand da schon ein schwacher bräunlicher Fleck? Nein, es lagen noch viele Jahre Frauenleben vor ihr. Manchmal mußte sich diese Hand gegen Mike Casey erheben – es genügte schon die angedeutete Geste. Der arme Mike, ein Panther, von ihr gezähmt. Der Landstreicher und die Lady.

Sie ging in ihr Zimmer. Sie betrachtete die gertenschlanke Gestalt im großen Garderobenspiegel, das üppige Haar, das in graziöser Welle fiel, die exquisite Rundung von Kiefer und Wange, das schöne Auge. Die Dame und der Dorfschulmeister – auch das – auch für ihn war sie wohl unerreichbar. Wenn sie manchmal bei Tigers Proben anwesend war, fühlte sie die Augen beider Männer auf sich, aber wenn sie aufblickte, hatten sie immer schon weggeschaut.

Es könnte sein, daß der Tinker sie in Erinnerung behielt, für immer, wie eine Melodie. Es könnte sein, daß Andrew Hogan, der sich in späteren Jahren im Dunkeln zu seiner Frau wandte, sich in der Phantasie Rose Sinclair zuwandte, die ihm dann unerreichbar war, aber nicht unerreichbarer als eh und je. Anders als der arme unwissende Mike hatte Andrew Hogan selbstverständlich nie die Grenzen des Freundschaftlichen überschritten, doch seit dem Eintreffen der Tinker war die Anziehung zwischen ihnen gewachsen, weil sie nun öfter zusammentrafen.

Das war unausweichlich gewesen. Ihrer beider Anliegen, nach außen zu wirken, zu geben, glichen sich. Es mußte ihn gerührt haben, wie Miss Sinclair von Moore Park nachdenklich die Stirn runzelte, besorgt um die unglücklichen Tinkerkinder.

»Ich könnte mir vorstellen, daß es nicht besonders schwer ist, denen Buchstaben und Zahlen beizubringen, Andrew.«

»Ich könnte Ihnen ja ein paar Textbücher leihen.«

Aber Kinder können so grausam sein. Kinder lachen über Krüppel und Blinde.

»Ich habe gewisse Zweifel, ob ich sie zur Ordnung rufen kann. Es sind Rowdys, das muß man zugeben.«

»Wenn man es den kleinen Ungetümen interessant genug machen kann, wird man mit ihnen fertig.« Hier hatte Andrew gelacht. »Nicht, daß ich das bei meiner vergleichsweise fügsamen Horde immer fertigbrächte.«

Tiger hörte ihre Geschichten gern. Sie konnte Kinder interessieren, wenn sie ihr Gelegenheit gaben. Wenn, ja wenn. Tiger war an sie gewöhnt, aber die anderen nicht. Wie viele von ihnen waren alt genug für einen Unterricht? Zwölf? Vierzehn? Man stellte sich vor vierzehn Kinder hin und ...

Sie hob den Kopf. Der gelbe Haarvorhang sank zurück. »O mein Gott«, sagte sie.

Es wurde leise an die Tür geklopft. Es war Sibby, von Katie zum Abstauben geschickt. Rose sagte: »Nein, geh nicht weg, Sibby! Ich hab hier ein Kleid, das würde dir mit ein paar Änderungen für das Konzert passen.« Sibby war ein goldiges kleines Ding, vielleicht ein bißchen töricht, aber sehr süß und dankbar. Wenn man sie unter die Fittiche nahm, fühlte man sich reich belohnt. Das Kleid lag noch original verpackt im Wandschrank – wie viele Jahre schon? Es war aus dunkelgrüner Seide, jetzt aus der Mode natürlich, aber wunderschönes Material. Seide war etwas zu üppig für ein Dorfkonzert, aber Sibby würde es sicher gefallen. »Ich habe es mir für eine Tanzveranstaltung gekauft, Sibby, aber nie angehabt. Ich – Tante Eleanor ging es an dem bewußten Abend nicht gut, und da wollte ich sie nicht allein lassen.«

Das Kleid paßte Sibby genau. Es ließ zwar ihr schmuddeliges Leibchen und eine Art mottenzerfressenes Hemd sehen, aber unterhalb der Brust fiel der grüne Satin dicht an ihrem schlanken Körper herab und in Falten bis auf den Boden. Sibby sah sich im Spiegel an. Ihre Augen waren weit aufgerissen und dunkler als je – samtig dunkel. Ihr Mund war leicht geöffnet.

»O Miss! Das ist ja wunderbar.«

»Man wird es kürzen müssen und behält dadurch eine Menge Stoff übrig, um dir ein Oberteil zu machen. Warte mal!« Sie drapierte eine Falte des Rockes um Sibbys Schultern.

»Ja, es steht dir.«

Sibby starrte immer noch in den Spiegel. Vermutlich hatte sie noch nie in ihrem Leben ein Ballkleid gesehen. Endlich sagte sie verträumt lächelnd und als spräche sie zu ihrem Spiegelbild (bestimmt war sie geistig nicht ganz auf der Höhe, aber auf liebenswerte, kindliche Art): »Solche Kleider möchte ich immer tragen. Ich möchte gern in Schauspielhäuser und große Hotels und in Autos und den ganzen Tag solche Kleider anhaben. Nie mehr ganz gewöhnliche.«

Das Mädchen schien fast in Trance zu verfallen. Rose lachte aufmunternd, aber freundlich, um sie zu wecken.

»Ich fürchte, seidene Kleider sind tagsüber nicht recht passend, Sibby.«

»Tags könnte man einen Bikini tragen, nur so hier und hier – und in der Sonne sitzen und sich von Kellnern was bringen lassen. Und Palmen. Und Marmorterrassen. So wie gestern abend im Fernsehen.«

Sibby hatte von jeher einen starken Hang für den schönen Schein gehabt. Jetzt war sie so sonderbar abwesend, daß sich Rose voller Unbehagen überlegte, ob sie recht getan hatte, das noch zu unterstützen. Sie hatte es als einen Akt der Nächstenliebe gemeint, um Farbe in das unsäglich elende Dasein Sibbys zu bringen. Nun jedoch sagte sie: »Das Leben ist aber nicht so, weißt du. Ich meine, nicht nur für dich – für jeden von uns.«

»Sie könnten doch keine Filme und Geschichten aus was machen, was es gar nicht gibt.«

Sibby sprach zum Spiegel und lächelte ihm zu. Rose trat zu ihr, um ihr das Kleid auszuziehen und sie in die Wirklichkeit zurückzuholen. Die beiden Gesichter im Spiegel sahen sich an, das hübsche junge und ihr eigenes. Sie war es, die in die Wirklichkeit zurückstürzte. O mein Gott, erbarm dich über das, was ich bin.

Der Rest des Tages war unerträglich. So etwas kam manchmal ganz plötzlich und sehr selten, sonst würde man ja wahnsinnig werden. Wahnsinnig werden vor lauter Vernunft. Dann war alles klar umrissen, deutlich, schwarz und weiß, ohne gnädige Schatten. Da war das trostlose Haus, in dem man seine leeren Tage verbrachte. Da war der alternde Körper, den man auf schimpfliche Weise zu befriedigen suchte, weil kein Mann es je tun würde. Da fiel alle Verstellung ab, man war bloßgestellt vor sich selbst. Krank vor Scham verkroch man sich. Oder aber man lachte sich aus, mit einem verächtlichen, haßerfüllten Lachen. Und wenn das alles geschah, blieb man für sich, ging den anderen aus dem Wege. Man behauptete, man habe Migräne, oder was auch immer – was machte es schon? Man blieb auf seinem Zimmer. Man ging herum. Man schob den albernen mädchenhaften Haarschleier zurück und sah sich ins Gesicht. Man schluchzte und stöhnte, und dann spuckte man die nassen Fusseln der Decken aus, die man sich in den Mund gestopft hatte.

Man überlebte es, denn morgen würde alles anders sein. Morgen würde diese Rückkehr zur Vernunft wieder Wahnsinn sein. Eine Stimmung, wie wir sie alle mal bekommen. Man konnte es im Moment nicht glauben, doch so war es immer gewesen. Erinnere dich, versuche dich zu erinnern, dann kannst du es ertragen.

Abends war sie dann erschöpft, fast ruhig. Wenn sie wußte, daß Katie heimgegangen war, stahl sie sich in die Küche und machte sich Tee und trank ihn durstig. Sie hatte jetzt überall Schmerzen, hatte Fieber, und riesige Trommeln schlugen in ihren Schläfen. Das war der Beginn der Genesung, und danach kam die köstliche Mattigkeit der Genesung, so daß man später in der Nacht vielleicht sogar schlafen konnte.

Nach dem Tee zitterte sie, glühte und zitterte. Auf dem Weg nach oben, eine Wärmflasche an die Brust gepreßt, hörte sie die alte Mrs. Fogarty im Herrenzimmer mit Tante Eleanor schwatzen, als sie an der Tür vorüberschlich. Im Schlafzimmer warf sie die Kleider ab und ließ sie liegen, wo sie fielen. Keine Reinigungscreme, keine Nachtcreme, kein Verhätscheln dieses geschwollenen, verschmierten Gesichts heute abend! Sie zog das schwere Flanellnachthemd über, alles mit raschen, energischen Bewegungen. Schnell, nur schnell ins Bett mit der behaglichen Wärmflasche und unter die Decke in die warme Dunkelheit, jetzt bist du so müde, daß du nur noch schlafen willst. Nichts mehr sein willst bis zum Morgen.

Tante Eleanors Schritt auf dem Treppenabsatz weckte sie. O Gott, wach sein, unter den Decken auftauchen, wieder bei sich sein, nachdem man sich eben erst entronnen war! In ihrer Eile zu entrinnen hatte sie vergessen, die Nachttischlampe auszuknipsen. Tante Eleanor würde das Licht unter der Tür sehen.

Oh, komm nicht herein, um mich zu fragen, wie es mir geht! Niemand darf mich sehen, ehe ich nicht aufgehört habe, mich selbst zu sehen, sonst sieht er all das Entsetzliche, was ich sehe! Doch die Klinke bewegte sich. Tante Eleanor kam. Rose wandte das Gesicht auf dem Kissen der Tür zu. Stumm formte sie bereits die Worte: »Diesmal war es ein schlimmer Migräneanfall, Tante Eleanor. Aber jetzt habe ich nur noch einen schwachen Schmerz in der Stirn. Ich werde gut schlafen heute nacht.«

Die Tür öffnete sich. Mike Casey, der Tinker, glitt mit übertriebener Vorsicht ins Zimmer, schloß die Tür und blieb dort stehen: schwankend, und grinste sie an. Ihr erster Gedanke war: O mein Gott, daß er mich so abstoßend häßlich sieht. Der nächste: Haare herunter und die Nachttischlampe weiter wegschieben.

»Mir ist plötzlich eingefallen, Miss, Sie hätten vielleicht einen Ihrer kleinen Jobs für mich.«

Er war betrunken. Schwankend, mit schwerer Zunge, mit

verglastem Blick. Zum Glück konnte er sie gar nicht deutlich sehen. Sie richtete den rosa Lampenschirm so, daß nicht das grelle Licht auf sie fiel, setzte sich auf und griff nach dem Morgenrock auf dem Stuhl am Bett – nur dem alltäglichen Kamelhaarding, drapierte ihn sich um die Schultern – so verbarg er wenigstens das sträflingsgestreifte Nachthemd – und fuhr sich mit den Fingern durch die Haare. Der arme Mike, selbst betrunken noch immer so voll guten Willens. Natürlich mußte man ihn rügen, aber nicht zu schroff.

»Ich sollte sehr böse auf Sie sein, Mike, aber ich werde Sie erst morgen ausschelten. Wissen Sie nicht, daß es schon spät in der Nacht ist?« Sie warf einen Blick auf ihre Armbanduhr und war verblüfft. »Es ist fast ein Uhr früh.« Mrs. Fogarty mußte schon vor langer Zeit gegangen, Tante Eleanor im Bett und die Haustür verschlossen sein. »Wie sind Sie überhaupt hereingekommen?«

»Ein Speisekammerfenster war offen. Und ich hab das Fliegengitter eingedrückt. Ich hab immer gesucht nach dem Fenster. Ich wußte, daß Sie mich brauchen.«

»Also Mike, nun nehmen Sie sich mal zusammen! Um diese Zeit brauche ich Sie natürlich für gar nichts. Jetzt gehen Sie sofort, Mike, und bitte ganz leise, sonst wecken Sie Tante Eleanor, und dann wird es schlimm. Also reden wir nicht mehr darüber. Hinaus mit Ihnen.«

»Hoho, Tantchen aufwecken, das wäre nicht das Rechte, was?«

Er rührte sich nicht von der Stelle, schwankte und grinste töricht. Nun wurde sie allmählich ärgerlich.

»Mike, wenn Sie nicht sofort verschwinden, werde ich Tante Eleanor rufen müssen.«

»Hoho, was sind Sie für 'n verwöhntes Baby, die arme Alte aus dem Bett zu holen, damit sie auf Sie aufpaßt.«

Wie betrunken mußte er sein, um einen solchen Ton zu riskieren. Das bewies auch, wie falsch seine frühere Unterwürfigkeit gewesen war. Der wahre Tinker kam heraus! Miss Sinclair von Moore Park setzte sich aufrecht und redete mit ihm, wie ihre Ahnen möglicherweise mit ungehorsamen Dienern geredet hatten.

»Raus hier! Zurück in Ihren Wohnwagen! Sie sind ja betrunken!

Er begann auf das Bett zuzusteuern.

»Bißchen blau, stimmt, aber trotzdem fähig für den Job, den Sie brauchen. Ich hab jetzt genug, Sie Weibsstück, von Ihnen und von allen andern.« Unglücklicherweise blieb jetzt nichts mehr übrig, als Tante Eleanor zu rufen, aber ehe sie dazu kam, hatte er einen Sprung vorwärts getan, sie vorn am Nachthemd gepackt und die andere schmutzige Hand auf ihren Mund gelegt und sie auf die Kissen zurückgedrückt. »Jeder kann einem Tinker 'n Tritt geben, was? Dieser Jim Cullen, der behandelt mich wie 'n Hund, wenn ich auf Anweisung von der Madam um Stroh zu ihm komm. Gegen die Madam kann er nicht an, aber er schmeißt es mir hin wie Dreck. Hörst du das, du Hürchen?«

Er schüttelte sie am Nachthemd. Seine Hand sank von ihrem Mund, doch als sie schreien wollte, drückte er sie wieder darauf. »Warum soll ich nicht betrunken sein, wenn's mich dazu treibt? Ich geh hin und will mir den Gestank von diesem Cullen runterspülen, und in allen drei Pubs haben sie getan, als ob ich Luft wär. Also, wenn ich allein trinken muß, dann trink ich eben allein, und bei Gott, ich hab's geschafft.« Sie war einer Ohnmacht nahe. Die Whiskyfahne seines Atems erstickte sie fast. In ihrem Mund war ein ekelhafter Geschmack von seiner Hand. »Und du bist genauso schlecht wie alle andern, du Hure. Hast mich zum besten, als wär ich gar kein Mann.« Sie hörte, wie das Flanell zerriß. Die schreckliche Stimme verstummte. Dann sagte er in verändertem Ton: »So hast du's doch haben wollen, Mädchen, nicht wahr? Du wolltest doch die ganze Zeit, daß man's dir besorgt, und hast nur die Schneid nicht gehabt, es durchzustehn.« Die Hand sank von ihrem Mund. Die beiden Hände waren überall. »Und vielleicht besorg ich dir's am Ende gar nicht so ungern, Schätzchen.«

Es war zu spät, um nach Tante Eleanor zu schreien.

Neuntes Kapitel

Der Schnee schmolz, das Wetter wurde milder. Grannie Fogartys Brustbeklemmung hörte auf, und doch blieb die Madam bei dem allabendlichen Grog, den sie zum Wohle von Grannie Fogarty eingeführt hatte und den sie zur Gesellschaft mittrank.

»Wir werden noch ein paar alte Trinkerinnen«, sagte die Madam, »aber wenn Sie erst weg sind, werde ich es mir abgewöhnen. Zum einsamen Zecher habe ich kein Talent.«

Sie tranken immer nur ein Glas, und daß die Madam keine Gewohnheitstrinkerin war, merkte man an der Wirkung, die das einzige Gläschen auf sie hatte. Es wischte das Grau aus ihrem Gesicht und machte es wieder lebendig, so daß man sich eine Weile nicht mehr um sie sorgte. Denn Grannie Fogarty war seit kurzem an diesen Sorgen um die Madam beteiligt, obwohl die sich so gerade hielt wie immer, überall herumging und alle Welt für sich springen ließ. Irgend etwas hatte sich geändert. Nicht viel, nur dieses Grau, ein etwas schleppenderer Gang und manchmal eine plötzliche Abwesenheit. Sie war dann gleich wieder die alte, aber zu übersehen war es nicht. Doch was konnte man erwarten, dachte Grannie Fogarty betrübt. Auch bei der Madam waren es die Jahre, und dagegen war kein Kraut gewachsen.

»Ich würd mit der Gewohnheit *nicht* aufhören, Madam, wenn ich Sie wär«, sagte sie ganz ernsthaft. »Wenn ich Sie wär, nähm ich mein Tröpfchen weiterhin, als Medizin quasi.«

»Soso, für Medizin halten Sie es inzwischen«, sagte die Madam mit listig funkelnden Augen. »Ich fürchte, Sie sind bereits geheilt.«

Sie lachten miteinander, wie so oft, wenn die eine die andere bei etwas ertappte. Ein Standardscherz zwischen ihnen war, daß Grannie Fogarty anfangs vor der Madam furchtbar ehrbar und ordentlich getan, es aber nicht durchgehalten hatte. Es dauerte nicht lange, da wußte die Madam alles über den Riesenkrach, der zur Flucht aus Wexford geführt hatte, und andere Dinge, über die man seinerzeit nicht lachen konnte, die aber rückblickend recht komisch waren. In

Wahrheit gab es jetzt nicht mehr viel Witziges in Grannie Fogartys Leben, über das die Madam nicht fast alles wußte. Man brachte es einfach nicht über sich, eine gute Geschichte, auch wenn man dabei nicht gerade günstig abschnitt, vor der Madam für sich zu behalten, weil sie sie so sichtlich genoß und anscheinend deswegen nicht geringer von einem dachte. Bei Gott, sie scheute sich nicht einmal, eine Geschichte von sich draufzusetzen in dem Versuch, einen zu übertreffen, wahrhaftig!

Ein, zwei Nächte später stellte Grannie Fogarty erfreut fest, daß ihre Bemerkung über das Tröpfchen für die Gesundheit Wurzeln geschlagen hatte. Die Madam nämlich sagte: »Ich habe gestern bei meinem Besuch im Altersheim statt der üblichen Trauben Champagner eingeschmuggelt.« Dann hob sie ihr Glas zu dem Trinkspruch, den Grannie Fogarty ihr beigebracht hatte: »Mrs. Fogarty, möge Ihr Schatten nie abnehmen.«

Sibby hatte nach Katie Roches Weggang den Herd saubergemacht und ging jetzt leise durch die Halle hinaus. Sie fand es richtig nett, die beiden über ihrem Trunk so fröhlich zu hören. Es war bestimmt ganz harmlos. Sibby wußte, wie langsam der Inhalt der Flasche Whisky auf dem Buffet abnahm, aber Grannie Fogarty, die eine halbe Pulle in einem Zug austrinken konnte und so kampflustig davon wurde, daß sie sich mit jedem anlegte, der sie nur schief ansah, war anscheinend jetzt mit dem einen abendlichen Glas so zufrieden wie die Madam, zeigte auch nach den Pubs so wenig Verlangen wie nach dem einsamen Glas Guinness zu Mittag. Grannie Fogarty war fast Abstinenzlerin geworden, und der Grund dafür war sichtlich, daß ihr die Gesellschaft der Madam mehr bedeutete als alle Drinks in Irland. Seltsam, welch großen Wert Menschen auf andere Menschen legten, aber das war nun einmal Grannie Fogartys Art, und Sibby freute sich für sie, daß sie bekam, was sie am meisten brauchte.

Sie ging geduckt im Schutz der Büsche, bis sie ein gutes Stück die Straße hinunter war, denn sie wollte weder gesehen, noch von den Wohnwagen her angerufen werden. Es sah so aus, als würde Mr. Doonican die zehn Pfund sehr wohl aufbringen können, und davon würde er heute abend wieder anfangen.

Im Dorf war kaum noch eine Seele auf. Sonderbar zu

denken, daß alle, die zwischen den Vorhängen ihrer Fenster hinausschauten, nur auf einen unbehausten Tinker herabsahen und nicht wußten, daß sie es war, die herabsah auf sie, die ihr ganzes Leben in diesem Drecksnest verbringen würden. Gewiß, auch wenn sie nicht besonders nett zu Landfahrern waren, diese hochmütigen Nichtse, leid tun konnten sie einem doch, wie alle solchen Leute.

Der alte Mr. Doonican wartete im Schutz der Felswand. Der dumme alte Kerl verschwendete anfangs seine Zeit mit dem Versuch, wieder zu handeln, aber sie schwieg nur und antwortete gar nicht. Schließlich sah er ein, daß es keinen Zweck hatte, und sagte: »Meinetwegen, du Schlampe. Du kannst deine verdammten zehn Pfund haben.«

So war er immer, sehr, sehr unhöflich, wenn nicht alles nach seinem Willen ging. Sie sagte: »Danke, Mr. Doonican.«

Das schien ihn vollends wütend zu machen. Ach, manchmal verstand man diesen gräßlichen alten Mann nicht. Er sagte: »Danke, Mr. Doonican!« ganz spöttisch und dann noch eine Menge häßlicher Dinge. Es sah so aus, als würde er sich heute abend überhaupt nicht mehr beruhigen, daher gab sie auf und wollte gehen, aber da packte er sie am Arm.

»Was ist denn jetzt wieder los mit dir? Ich hab doch gesagt, in Ordnung, oder?«

»Ich dachte, weil Sie so böse wurden, Sie haben's sich anders überlegt.«

»Nein, hab ich nicht.« Er preßte ihren Arm so stark, daß es weh tat, und das sagte sie ihm auch. Er lachte ein so widerwärtiges Lachen, wie alles an ihm widerlich war, und ließ los. »Ich kann noch gröber werden mit dir, meine Schöne. Ich krieg schon den Gegenwert für mein Geld, verlaß dich drauf.«

»Ja, Mr. Doonican.« Er war dumm. Er wußte schon, was er kriegen würde und daß es ihm nichts brachte. Trotzdem: Zehn Pfund war viel Geld. Der Arme. Sie fing an, ihn zu bedauern, wie sie die Dorfbewohner bedauerte. Sie bemühte sich, nett zu sein. »Ich hätt mein grünes Kleid für Sie anziehen sollen. Ich hab ein schönes grünes Kleid.«

»Gott im Himmel«, sagte er, »ich zahl doch nicht für eine Modenschau.«

»Ich dachte nur, es wär hübscher, wenn ich hübsch ausseh.«

Er kicherte sein albernes »Ti-hi-hi«.

»Dazu brauchst du kein grünes Kleid. Geschwindelt wird nicht, Mädel, verstanden?«

»Aber nein, Mr. Doonican. Wie gesagt: was immer Sie wollen und alles ohne Eile, Sir.« Es würde öde und kalt sein in der blöden feuchten Höhle, aber schließlich zahlte er gutes Geld. Er rührte sich nicht vom Fleck. Hier draußen wurde einem beim Warten auch kalt, da konnte sie ebensogut in der Höhle sein und es hinter sich bringen. »Dann gehen wir doch in die Höhle, Mr. Doonican.«

Sie war ehrlich erstaunt, als er sagte: »Nein, das tun wir nicht.« Wieder stieß er das übliche Ti-hi-hi aus und kniff sie. »Hab ich nicht gesagt, ich will den Gegenwert für mein Geld? Keiner von uns zweien wär in Hochform auf dem feuchten Tang. Und außerdem ist es drin so finster wie im Höllenschlund.«

Er war jetzt ganz liebevoll und fuhr mit seiner alten Hand an ihrem Arm auf und ab. »Du bist ein großartiges Dingelchen, Sibby, und ich möchte wetten, du bist besonders lieb zu einem alten Kerl, der dich ganz närrisch gern hat. Kann's nicht leugnen, aber mir jetzt und hier zu nehmen, was mir zusteht, wäre rausgeschmissenes Geld.« Das Kichern klang noch sonderbarer. »Wir werden's machen wie rechte Christen, in 'nem richtigen Schlafzimmer, Schätzchen. Na, was sagst du dazu?«

Sie sagte: »Wie Sie wollen, Sir« und ließ ihn weiterschwatzen.

»Hast du überhaupt schon mal in 'nem richtigen Schlafzimmer geschlafen, du Tinkergör? Nein. Dann kann ich dir versprechen, daß du in dem, das ich ausgesucht hab, auch nicht viel zum Schlafen kommst. Hör zu, Liebchen, wie ich mir das denke.« Er trat etwas zurück, ganz geschwollen vom Ausmaß seiner Schlauheit. »Ich will, daß du am Heiligen Abend Tim Doonicans Weihnachtsgeschenk wirst.«

Anscheinend gab es heute abend die zehn Pfund noch nicht bei den verrückten Ideen, die er im Kopf hatte, aber es war ja noch Zeit genug.

»Stille Nacht«, sagte er. »Du und ich. So wird's. Nur an dem einen Abend haben wir das Haus für uns allein. Die Witwe Sullivan und Katie Roche besuchen immer ihren verheirateten Bruder in Ballydurkin. Und dieser Geck Hogan verbringt Weihnachten im Großen Laden. Vor frühmorgens am Stephanstag kommt keiner von denen heim. Ti-hi-hi! Und bis dahin sind wir vielleicht froh, daß wir's gut sein lassen können. Wie findst du das, Süße?«

»Klingt echt praktisch, Sir.«

»Wird wohl nicht schwer sein, sich von irgendwelchen Tinker-Traras wegzuschleichen, die ihr so feiert. Denk dran, diese Nacht oder nichts. Was die zehn Pfund betrifft: Wenn du's nicht schaffst, kannst du deinen zehn Pfund hinterherpfeifen.«

»Ich schaff's schon, Sir.«

»Und noch was. Ich weiß, wie ihr Tinker seid, daß ihr euch um Weihnachten 'rum sinnlos besauft. Ich warne dich. Wenn du total blau daherkommst, bist du für mich ohne Nutzen, und ich will dich dann auch nicht.«

»Ich trinke nie, Sir. Es schmeckt mir nicht.«

»Ach, du kleine Lügnerin!« Es war nicht gelogen, aber Sibby ließ es ihm durchgehen. Er hatte es ja nicht böse gesagt, und er kicherte, sehr zufrieden mit sich selbst. »Also das wär's dann. Am Heiligabend bist du auf der Straße, so ungefähr um neune, sagen wir. Ich paß auf und wink dir, wenn die Luft rein ist.«

»Ja, Sir.«

»Und bis dahin könnte doch ein anständiger, großzügiger Mann 'n bißchen Vorschuß nehmen, was, Schätzchen?«

Sie ließ sich von ihm einen langen, nassen, sabberigen Kuß geben, der ihm bis Weihnachten reichen sollte. Dann trocknete sie sich das Gesicht und verließ den Strand.

Droben auf der Straße traf sie Mr. Hogan, der aus dem Großen Laden kam. Das war nett. Sie sagte: »Guten Abend, Sir.« Sie hätte nie erwartet, daß er auf offener Straße stehenbleiben und mit ihr sprechen würde, als wären sie allein in Moore Park, aber er tat es. Das war sehr nett von ihm. Aber eigentlich hätte sie wissen müssen, daß Mr. Hogan sie nie irgendwie anders behandeln würde, ganz gleich wer oder was zuschaute. Über solche Sachen, die gewöhnliche Leute taten, war er hoch erhaben.

»Oh, guten Abend, Sibby. Ich habe dich erst gar nicht erkannt. Ich kann mich nicht erinnern, dich je mit dem Umschlagtuch gesehen zu haben.«

Sie trug immer das Umschlagtuch, wenn sie in die Höhle ging. Es war das Beste, um sich warmzuhalten oder auf einem Haufen Tang zu liegen. Doch es war schade, daß Mr. Hogan sie jetzt mit diesem typischen Tinkermerkmal sah.

»Ist ein scheußliches altes Ding, Sir, ich habe es wegen der Kälte umgenommen.«

»Es steht dir.« Es war schön, sich plötzlich wieder gut zu fühlen, wie immer, wenn man ihm begegnete. Es war schön, sich nett und hübsch vorzukommen wie alle anderen Mädchen, weil er mit einem sprach wie mit jeder anderen.

»Darin siehst du beinahe aus wie eine Madonna.«

Die Madonna konnte ein Standbild der Gottesmutter sein, aber sie war nicht sicher. Verhüt Gott, daß sie so kühn war, sich auf eine solche Stufe zu stellen, aber es war hübsch, wenn er damit meinte, daß sie einem dieser Bildstöcke glich, so blau und weiß und gold, mit schönen, heiligen Gesichtern.

»Es ist eine kalte Nacht, Sir, aber schön.«

Der Mond schien golden und rund und ohne Flecken, aus denen man den Mann im Mond hätte machen können, nur flach und rund und leuchtend wie ein Schmuckstück, um es sich an einer Kette um den Hals zu hängen.

»Hast du auf die See hinausgeschaut?« In seiner Stimme klang ein Lachen. »Hast dich der ganzen Welt entgegengesehnt, hinaus aus diesem kleinen Drecksnest?«

Wie nett von ihm, sich an die Worte zu erinnern, die sie miteinander gesprochen hatten. Auch die See leuchtete. Ohne Sinn. Eine dumme, leere See.

»Sieht hübsch aus.«

»Stimmt. Gehst du jetzt allein heim, oder sitzt in einem der Pubs einer, der zu dir gehört und dir Gesellschaft leistet?«

»Ich bin allein.« Nun war das Lachen in ihrer Stimme. »Ich hab keine Angst nachts allein auf der Straße. Die Leute haben Angst, unsereins zu treffen, aber nicht umgekehrt.«

Aus irgendeinem Grund tat er einen leisen Seufzer und sagte: »Na ja, heute nacht hast du ja den Mond, der dir heim leuchtet.«

Auf dem Heimweg meinte sie mehr zu fliegen als zu gehen, so leicht und glücklich war sie, Mr. Hogan getroffen zu haben. Bei den Wohnwagen stieß sie auf Mike Casey, der eben wieder loszog, wohl um über die zwei Felder zu gehen und dabei zu träumen, sie gehörten ihm. Mr. Hogans

Freundlichkeit wirkte noch so stark in ihr nach, daß sie Mike ohne Überlegung davon abgab und echte Probleme bekam, ihn wieder einmal abzuwehren. Er verlangte nichts Geringeres, als daß sie hier und jetzt den großen Tag bestimmte.

»Die ewige Zauderei hat doch keinen Sinn, Mädchen. Du weißt, daß wir zusammenpassen, du und ich, du weißt, daß es für mich nie 'ne andre gegeben hat als dich. Du wirst's nie bereuen, Sibby, denn ich schwör dir, ich werd dich behandeln wie 'ne Königin.« Diese Liebesworte flossen ihm vom Munde wie ein Gedicht. Armer Mike. »Und paß auf, was ich dir sag: Es könnte sein, daß wir unser Eheleben gar nicht in 'nem Wohnwagen anfangen und daß du gar nicht die Frau eines Tinkers wirst.«

Armer Mike. Wie schwer mußte es ihm fallen, ihr nichts von den beiden Feldern zu verraten. Wieder einmal ging es über ihren Verstand, wie ein Mensch so sehr nach einem anderen Menschen verlangen konnte, wie Mike nach ihr – vielleicht noch stärker als nach den beiden Feldern. Wieder freute es sie, daß sie so ganz anders war. Armer Mike! Sie wich zur Seite und betrat die Stufen zum Wohnwagen.

»Pst! Leise! Weck die Kleinen im Wagen nicht auf.«

Sie beugte sich zu ihm herab und strich ihm mit dem Handrücken über die Wange. »Wieso pressiert es dir denn so, daß du was so Wichtiges noch heute abend festmachen willst? Haben wir nicht noch endlos viel Zeit?«

Dann war sie hineingegangen. Er blieb stehen wie ein Narr und starrte auf den Wohnwagen, als könne er sie durch die geschlossene Tür noch sehen. Und dann ging er hinüber ins große Haus zu der anderen Tür, die für ihn nicht verriegelt sein würde. Noch eh er sie erreicht hatte, beschloß er, Miss Rose zu stecken, sie möge mit der Madam über die beiden Felder reden.

Als er die Seitentür zum Hause öffnete, grinste er zum Speisekammerfenster hinüber. Das Fliegengitter war wieder davor.

Jetzt brauchte ein Mike Casey keine Speisekammerfenster mehr, um ins große Haus zu gelangen.

Er hatte aber weiß Gott auch unverdientes Glück gehabt! Es war schrecklich, was er getan hatte, und es hätte für ihn ein böses Ende nehmen können. Als er in Miss Roses Bett aufgewacht war und sie zusammengesunken im Sessel hatte sitzen und ihn anstarren sehen, hatte der Schock über seine schlimme Tat ihm seinen irren Betrunkenenmut ausgetrieben. Er konnte nur liegenbleiben, schwitzen und sie anstarren.

Sie hatte mit einer ganz leblosen Stimme gesagt: »Steh auf und geh. Geh leise weg.«

Da war er aus dem Bett gestiegen. Und hatte, was die Sache noch schlimmer machte, mit Bestimmtheit gewußt, daß sie gar keine Hure war. Bei ihr war es das erste Mal gewesen. Das verdammte Luder hatte ihn irregeführt. Für so was konnte er zwanzig Jahre Gefängnis kriegen, und es gab niemand, nicht einmal unter den eigenen Leuten, der nicht fände, daß ihm ganz recht geschah. Er leckte sich die Lippen. Er konnte kaum die Zunge bewegen, so ausgetrocknet war sein Mund. Er mußte versuchen, irgend etwas zu sagen. Er sagte: »Es tut mir leid.«

Sie stieß ein kleines Lachen aus, so tot wie ihre Stimme, und wiederholte: »Geh weg. Geh leise weg!«

»Es war der Suff.«

Sie schob mit beiden Händen alles Haar aus ihrem Gesicht und hielt es fest.

»Ja, es war der Suff.«

Als er erst einmal angefangen hatte, wurde das Reden leichter. Er wollte schnell weg und sie nicht mehr anschauen müssen, aber er mußte bleiben und herauskriegen, was sie nun mit ihm machen würde.

»Die im Dorf haben mich wütend gemacht, und da hab ich's an Ihnen auslassen wollen. Ich wußte gar nicht recht, was ich tu.« Das stimmte sogar. »Ich wollt Sie irgendwie nur erschrecken. Ich weiß, es war ganz arg, aber mehr wollte ich gar nicht.« Ihre Augen waren so erloschen wie alles übrige an ihr. »Erst als ich – als Ihr Nachthemd zerriß, ist es passiert. Ich konnte nichts dafür, Sie waren so hübsch. Und ich hatte mich nicht in der Gewalt wegen dem Trinken. Da konnte ich nicht mehr aufhören. Das verstehen Sie nicht, Sie wissen ja nichts davon, wie ein Mann ist, aber ein Mann kann da nicht mehr aufhören.«

»So hübsch?«

Ihre Hände zerrten an ihrem Haar, als wollte sie sich skalpieren. Sie wandte ihm die schlimme Gesichtshälfte zu. Die war weiß Gott schrecklich genug, aber das war gar nichts gegen die Augen, mit denen sie ihn ansah. Sie quollen ihr aus dem Kopf. Er konnte nicht verstehen, was über ihn kam, wo er doch so in der Patsche saß, aber jetzt schien ihm nur noch eines wichtig: diesen Augen antworten. Er vergaß alles andere, ging zu ihr hinüber und strich mit der Hand über die entstellte Gesichtshälfte.

»Was macht das schon? Was macht das schon, wo Sie doch überall sonst so hübsch sind?«

Sie fing an, leise zu weinen, wie ein Kind, das fürchtet, Lärm zu machen, und er hielt sie in den Armen und streichelte sie, bis das Weinen aufhörte. Man spürte, wie sie lebendig wurde, und es war nicht mehr, als streichelte er ein Kind. Sie lachte leise auf und griff nach seinen Händen.

»Jetzt bist du nicht betrunken, Mike, jetzt bist du nicht betrunken!«

»Hoho, stocknüchtern bin ich.« Jetzt war es ganz einfach, zu tun, was diese Augen verlangten. »War ich grob, Süße? Darf ich's wieder gutmachen, Süße?«

Von da an waren sie freundlich und entspannt miteinander. Sie richtete im Personalflügel einen Treffpunkt für sie beide ein, weit entfernt vom Schlafzimmer der Madam, es war kaum mehr als eine große alte Matratze auf dem Boden eines leeren Zimmers. Und die meisten Nächte kam er durch die Seitentür zu ihr. Für jemand, der so in seiner Rolle erstarrt war wie Miss Rose, ging eine unverständliche Wandlung mit ihr vor. Sie wurde bei allem, was sie beide betraf, so sachlich, daß es ihn anfangs schockierte, doch dann gewöhnte er sich daran. Es gab keine zärtlichen Worte, keine Schauspielerei zwischen ihnen. Er kam, tat das Nötige und ging wieder. Bestenfalls wurden ein paar übliche Höflichkeiten getauscht, und es war nicht unangebracht, daß er sie weiter »Miss Rose« nannte, ganz gleich, was sie gerade taten. Er hätte nie gedacht, daß eine Frau zugleich so kühl und so glühend sein könnte. Sie war etwas Außergewöhnliches, und unwillkürlich bewunderte er sie. Mehr als das: Er bekam sie auf eine Weise gern, die seiner Liebe zu Sibby nichts nahm. Wenn eine Dame wie Miss Rose kein Hehl daraus machte, daß sie die ihr bereiteten Freuden genoß, und man selber auch sein Teil Freuden dabei hatte, konnte man nicht anders, als sie ein bißchen liebgewinnen.

An diesem Abend ging er nicht sofort danach, er blieb

noch und brachte die Rede auf die beiden Felder der Madam. Sie stützte sich auf einen Ellbogen und sah ihn fest an; der gelbe Haarvorhang versteckte ihr Gesicht nicht mehr, sie hielt ihn jetzt mit einer Spange zurück, als sei es ihr gleich, wieviel von ihrem Gesicht man sah. Und weil sie sich um die schlechte Hälfte nicht mehr kümmerte und in ihrem ganzen Gesicht eine Art kraftvoller Sicherheit und Ruhe war, konnte man merkwürdigerweise direkt darauf schauen und es gar nicht mehr beachten.

»Niemand in Cloona kann etwas dagegen haben, daß ich mich hier niederlasse. Wenn ich erst 'nen eigenen Hof hab, würd ich mich mit Landfahrern gar nicht mehr abgeben, ich würd sie nicht mal mehr in die Nähe lassen.« Was dann kam, hatte er sich genau zurechtgelegt: »Und nur weil ich in der Nähe bin, fall ich Ihnen nie lästig, Miss Rose, wenn's zufällig so käm, daß Sie nicht wollten, daß es so weitergeht zwischen uns. Sie kennen mich jetzt gut genug: Sie können sich drauf verlassen, daß ich nie was tu oder sag, das zeigt, daß es mal anders war.«

Sie darüber im ungewissen zu lassen, daß er und Sibby heiraten würden, sobald er seinen Hof hatte, und die Geschichte zwischen ihnen dann aus sein würde, war zwar eine Gemeinheit, aber sicherer. Wenn sie das mit Sibby erfuhr, würde es verdammt peinlich werden, aber dann war bereits alles verbrieft und amtlich, was sollte das arme Luder dann noch machen? Manchmal kam ihm ein schrecklicher Gedanke: War Miss Rose vielleicht so kalt und entschlossen, daß sie auch weiterhin erwartete, was sie brauchte, selbst wenn er eine Frau hatte? Doch dann schämte er sich, so schlecht von ihr zu denken, und schlug es sich aus dem Kopf. Sogar Miss Rose würde einsehen, daß irgendwo Schluß sein mußte. Bis dahin hatte sie, wenn Gott gnädig war, genug von der ganzen Geschichte, obwohl das unwahrscheinlich schien.

»Ein überraschender Gedanke«, sagte sie. Sie studierte ihn, wie man ein Buch studiert. »Ich glaube, du wärst ein ebenso guter Landwirt wie mancher hier aus der Gegend. Das Schlimme, Mike, ist nur, daß meine Tante ganz versessen ist auf diese beiden Felder.« Sie lächelte ihm zu. »Aber ich verspreche dir, daß ich mein möglichstes für dich tun werde.«

Er kam sich hundsgemein vor, weil sein Verrat so unvermeidlich war, und empfand in diesem Augenblick eine solche Zuneigung zu ihr, daß er sich heimlich vornahm, auch für sie sein möglichstes zu tun, solange er konnte.

Natürlich hatte nicht nur er die Veränderung von Miss Rose bemerkt. Auch Grannie Fogarty und die übrigen wunderten sich, wie bestimmt und vernünftig sie mit einem Mal war, und innerlich lachte er sie aus, weil sie nicht ahnten, daß Miss Rose eben jetzt bekam, was sie brauchte. Er war besser für sie als der beste Arzt. Dr. Mike Casey! Es war zum Lachen, Tiger prahlen zu hören, es sei *sein* Verdienst.

»Ich hab ihr nämlich gesagt, daß sie die Haare aus'm Gesicht tun soll«, sagte Tiger. »Nur wegen der Haare hat sie so blöd ausgesehn.« Anscheinend hatte Tiger am Morgen nach der furchtbaren Nacht mit Miss Rose über ihr Haar gesprochen.

»Es kann auch am Unterrichten liegen«, sagte Grannie Fogarty. »Das tut sie gern, das sieht jeder, und so wie die Kinder es schlucken, macht sie's auch geschickt.«

»He, das war auch ich«, behauptete Tiger.

Und dabei hatte ihn Miss Rose nur ins Herrenzimmer geführt und gefragt: »Möchtest du gern mit Unterrichtsstunden anfangen, Tiger? Damit du nicht mehr zu warten brauchst, bis dir andere Leute Geschichten erzählen, sondern sie selber lesen kannst? Geschichten von Cowboys und Indianern und Raumfahrern und – eben von allem.«

Schon an dem Morgen hatte sie irgendwie anders geklungen, noch bevor er ihr das mit den Haaren gesagt hatte – nicht so verkichert und so. Um sich nicht zu schnell überreden zu lassen, hatte er geantwortet: »Aber nicht wieder bei dem dämlichen ›Emil und Erich auf dem Eise‹ anfangen? Das will ich nicht noch mal.«

»Nein, kein Emil und kein Erich.«

»Dann wär's schon okay.« Aber man durfte nichts überstürzen. Bei Schulsachen gab es fürchterliche Haken. »Dann würde wohl Mr. Hogan mir was lernen? Das könnt schon klappen. Bei den Singproben wird er nie böse.« Tiger hielt inne und überlegte. »Aber beim richtigen Lernen wär's vielleicht anders?«

»Mr. Hogan hat zu viel zu tun. Ich wäre deine Lehrerin, Tiger.«

»He!« Das kam überraschend. »Hab nicht gewußt, daß Sie Lehrerin sind.«

»Bin ich auch nicht. Aber ich könnte es ja mal versuchen.«

»He. Wenn sie keine richtige Lehrerin sind, gäb's vielleicht keine Ohrfeigen?«

»Natürlich nicht. Verstehst du, ich würde lernen, dir was beizubringen, und du würdest lernen, was zu lernen. Wir würden eben miteinander lernen, und keiner könnte dem andern böse sein.«

»Na ja, versuchen kann man's ja. Wenn ich freihaben kann, wenn ich möcht, und wenn ich keine Hausaufgaben machen muß, wenn ich grad was anderes machen will.«

»Ich werde eine Lehrerin sein, die keine festen Regeln hat. Wäre es nicht schön, wenn alle anderen Kinder auch mitmachten? Dann könnten wir eine richtige Klasse bilden wie in einer richtigen Schule. Die Moore-Park-Schule. Klingt gut, wie?«

Es klang brauchbar.

»Wenn wir 'ne Klasse sind, kann jeder sehen, daß ich der Beste drin bin.«

»Ja, das natürlich auch. Vorher muß ich mal die Eltern und deine Oma fragen, aber ich glaube, die hätten nichts dagegen. Ich möchte allerdings, daß die Kinder gern kommen. Glaubst du, daß sie gern kämen, Tiger?«

Sie fragte schrecklich viel. Ulkig, daß eine Frau wie sie einen kleinen Stöpsel fragte, statt ihm was zu sagen. Sie sah auch wieder aus, als ob ihr ungemütlich wäre, ein bißchen wie früher irgendwie. Er wollte sie wegen der anderen Kinder beruhigen.

»Die kommen schon. Dafür sorg ich.«

Sie fing auch wieder an, zu zittern und zu kichern und ihr Haar herumzuschieben.

»Glaubst du, daß sie ... Seh ich aus wie eine richtige Lehrerin, Tiger?«

»Nein«, sagte er.

Sie hatte den Haarvorhang ein bißchen aus dem Gesicht geschoben und ließ ihn jetzt wieder fallen.

»Nicht? Warum nicht?« Ihre Stimme zitterte. Sie schluckte und redete dann einigermaßen normal weiter. »Warum seh ich nicht aus wie eine richtige Lehrerin, Tiger?«

Er musterte sie eingehend und überlegte.

»Es sind die Haare.« Sie fing an, die Spitzen des gelben Vorhangs um den Finger zu wickeln, und sah ihn sonderbar unruhig aus dem einen Auge an. »Weil es auf der einen Seite vom Gesicht so runterhängt, das sieht aus wie –«, wieder mußte er nachdenken, ehe er darauf kam, »wie bei 'nem Spaniel mit 'nem schlappen Ohr. Und weil man nur ein Auge sieht. Keine Lehrerin würde ihr Haar so tragen, weil sie doch beide Augen fürs Lehren braucht.«

»Die eine Hälfte von meinem Gesicht muß ich verstecken. Ich hatte einen Unfall, Tiger.«

»Ja, ja, ich hab gehört, so was könnt's gewesen sein. Wenn Sie mal nicht aufpassen, sieht man ein bißchen was von dem Unfall. Die versteckte Hälfte ist wohl schlimmer?«

Sie schob alles Haar nach hinten.

»So ist es, Tiger!«

Sie hatte wohl geglaubt, ihn zu erschrecken, aber es war einfach nur mehr von dem, was man auch sah, wenn sie mal nicht aufpaßte: ulkigfarbene Haut, runzlig und verzerrt, als ob jemand sie schlampig zusammengenäht hätte. Er war richtig enttäuscht.

»Ist das alles? Und ich hab gedacht, Sie hätten vielleicht überhaupt kein Auge, nur 'ne leere Höhle. Oder ein Glasauge, das wär was gewesen. Ich hab mal 'nen Mann mit einem Glasauge gekannt, der hat es rausgenommen und einem in die Hand getan. Das war irre.«

Sie holte eine Schachtel Spangen oder Haarnadeln aus der Tasche, und er sah sie in dem Spiegel über dem Kamin lächeln, als sie ihr Haar damit feststeckte. Als sie sich wieder zu ihm umdrehte, lächelte sie über das ganze Gesicht.

»Ist es so besser?«

»Bestimmt mehr wie 'ne Lehrerin.«

»Ist es nicht sehr häßlich, Tiger?«

»Klar ist es furchtbar häßlich, aber sonst denken die Leute, was unter dem Haar versteckt ist, ist noch häßlicher, ich meine, wie in 'nem Horrorfilm. Sind Sie mit dem Flugzeug runtergefallen? Ich hab mal 'n Bild von einem Piloten gesehn, wie er aus'm Krankenhaus kam. Der war bißchen so wie Sie, aber bei dem war das ganze Gesicht kaputt.«

»Es war ein Autounfall. Der Wagen hat Feuer gefangen.«

»Meine Güte, ist ja schrecklich. Sie müssen ja irre schnell gefahren sein. War's 'n großer Wagen?«

»Das erzähl ich dir alles ein andermal. Glaubst du, daß ich den anderen Kindern mit den Haaren nach hinten lieber bin?«

Was konnte man auf eine so dumme Frage schon sagen?

»Ach, denen wär's so oder so egal.« Sie tat ihm ein bißchen leid, weil sie so eine Riesengeschichte mit ihrem ollen Gesicht machte und es bei ihm so wenig ankam. Er sagte: »So wie jetzt ist es sehr nett, Miss Rose. Erzählen Sie mir ganz bald von dem Unfall? Sind Sie in 'nen andern Wagen reingeknallt, oder sind Sie selber wo gegengefahren?«

Sie wurde noch alberner als sonst. Sie legte die Arme um ihn und drückte ihn an sich wie ein Beebi und hätte ihm beinahe die Knochen gebrochen, und einem richtigen Beebi wären sie auch bestimmt kaputtgegangen, und sagte: »Tiger, Tiger, Glut entfacht, in den Dickichten der Nacht, welchen Gottes Griff und Schau, schuf deinen grausen Wunderbau.«

Doch damit war auch Schluß mit ihren Albernheiten. Die Veränderung, die er bei ihr zustande gebracht hatte, hielt an. Sie ließ einen Raum als Klassenzimmer einrichten, und alle Kinder kamen und wurden unterrichtet, nur war es nicht wie in einer Schule, von der man je gehört hatte, sondern mehr wie Spielen. Sie lernten, wie man Pappdeckelbuchstaben zu Wörtern zusammensetzte, und mit kleinen Zinnkühen und Schafen und Hunden und Figuren lernten sie zusammenzählen. Wer richtig blöd war wie ein paar von den Kindern, wurde in Ruhe gelassen und durfte weiterzeichnen oder malen oder Sachen basteln aus leeren Schachteln und Plastilin. Das Ulkige war aber, daß auch die Dummen irgendwie ein bißchen Wissen mitbekamen. Oh, es machte einen irren Spaß, und man sah, daß sich Miss Rose genauso amüsierte wie alle andern. Kein Kind hätte auch nur eine Minute von diesem Unterricht freiwillig verpaßt. Natürlich gab es hin und wieder eins, das Ärger machte, etwas zerbrach oder patzige Antworten gab, oder daß eins von den Kleinen auf den Boden pinkelte, aber die anderen stellten diesen Blödsinn ab, noch ehe Miss Rose dazu kam. Am Ende des Unterrichts gab es jeden Tag Milch und Plätzchen für alle, und dabei erzählte Miss Rose, wie es in anderen Ländern aussah und was darin passiert war, und das nannte sie Erdkunde und Geschichte.

Er war natürlich der Beste und lernte am schnellsten. Er

konnte jetzt schon gut seinen Namen schreiben, nur ihn richtig schnell schreiben, mußte er noch üben. Eines Tages machte er es furchtbar schnell, und Miss Rose sagte ihm, es wäre besser, wenn er es langsamer täte, und er mußte ihr erklären, daß er Autogramme geben übte.

»Autogramme?« fragte Miss Rose. Sie hatte offenbar den Kopf so voll vom Unterrichten, daß sie für einen Moment das Konzert vergessen hatte. »Ach ja, natürlich. Ich glaube aber nicht, daß die Einwohner von Cloona jemals Autogramme verlangen. Von niemand, ganz gleich, wie berühmt er ist. So ein kleiner Ort, weißt du, hier kennt man so etwas gar nicht.«

Na ja, aber man konnte es ihnen doch beibringen, oder? Mr. Hogan könnte den Leuten das mit den Autogrammen sagen. Die anderen Kinder waren solche Dummköpfe, daß sie nicht mal wußten, was ein Autogramm überhaupt war, und sie fragten Miss Rose danach, und sie erklärte es ihnen. Da wurde Eddie Flynn richtig eifersüchtig, streckte ihm die Zunge heraus und sagte: »Yeh. Tiger Fogarty, Top of the Pops, was?«

Tiger sagte ganz gelassen: »Jawohl.«

Erst am nächsten Tag, als er zu Eddie sagte, daß Miss Rose ihn am liebsten hätte, gab es die Rauferei. Und die steckte die ganze Klasse an, bis alle Kinder brüllten und prügelten. Der Radau war so groß, daß man meinte, damit könnte keiner fertig werden, man wollte es auch gar nicht, so aufregend war es, aber Miss Rose wurde damit fertig. Sie stand als einzige im Zimmer ganz still und aufrecht, und dadurch überlief es alle irgendwie kalt. Mit einem Mal herrschte Totenstille im Zimmer, und keiner wollte Miss Rose in die Augen sehen, aber das mußten sie, so wie sie sie anschaute. Tiger meinte, das wäre wohl das einzige Mal gewesen, wo Miss Rose vielleicht zugeschlagen hätte, wenn sie was zum Zuschlagen gehabt hätte. Aber sie schlug nur mit der Stimme zu.

»Seid so freundlich und bringt das Zimmer wieder in Ordnung.« Alles war wüst durcheinander und das Malwasser umgeschüttet. »Danach dürft ihr hinausgehen und worüber auch immer weiterstreiten, wenn ihr wollt, aber draußen.« Mehr sagte sie nicht, stand nur ganz kalt da und wartete. Sie räumten das Zimmer auf, und sie sagte: »Danke, ihr dürft jetzt gehen.«

Heute gab es anscheinend keine Geschichte oder so was,

und alle waren sauer und wütend. Nellie Flynn sagte: »Die mit ihrem ollen Gesicht.« Miss Rose sollte es nicht hören, aber Nellie sagte es nicht leise genug. Miss Rose fuhr sich mit der Hand zum Gesicht, faltete dann beide Hände vor sich und sah Nellie an.

»Ja, es ist arg zerstört. Damals hat es sehr weh getan, aber jetzt tut es nicht mehr weh. Tut es dir weh, hinzuschauen, Nellie?«

»He, bloß hinschaun kann doch gar nicht weh tun«, sagte Eddie, zu schlechter Laune, um artig zu sein. »Dann tät es bei der Nellie noch mehr weh, wo sie so 'n fiesen Pickel auf der Nase hat.«

»Pickel sind nichts Besonderes«, sagte Tiger, um Miss Rose zu unterstützen. »Die zählen nicht. Miss Rose hat 'nen schrecklichen Unfall gehabt. Ich weiß alles drüber. Ein Riesenwagen und bzzzz, ganz schnell. So gut wie 'n verunglückter Pilot. Na ja, fast.«

»Sie ist nicht so gut wie der Mann in Kilkenny, auf den das Pferd getreten ist, als er besoffen auf der Straße lag«, sagte Patsy Flynn.

»Wenn schon, Autos zählen mehr als so 'n olles Pferd. Das kann jeder Trottel, daß 'n Pferd auf ihn tritt. Aber in 'nem Wagen mit hundertfünfzig Sachen oder noch mehr –«

Miss Rose sah jetzt nicht mehr so kalt aus, eher so, als würde sie gleich lächeln. Sie sagte: »Kinder, Kinder!«, aber so, daß man merkte, daß sie nicht mehr böse auf sie war.

»Jetzt sind wir wieder brav«, sagte Tiger. »Erzählen Sie uns die Geschichte, wie die Eisbären leben, wie Sie's uns für heute versprochen haben?«

»Und überhaupt ist nur Tiger schuld«, sagte Eddie, dieser Schuft, »wegen ihm haben wir angefangen zu raufen, weil er gesagt hat, Sie hätten ihn am gernsten.«

Tiger hätte beinahe sein Gesicht nochmals in Gefahr gebracht, um über diesen Dreckskerl herzufallen, hätte er ihn allein erwischt.

»Stimmt doch auch, nicht wahr, mich haben Sie am gernsten, Miss Rose?«

Es war ein sehr schönes Lächeln, ein richtig glückliches, das sich jetzt ganz langsam auf Miss Roses Gesicht ausbreitete. »Ich habe euch alle gern«, sagte sie. »Ich habe euch alle sehr gern.«

Na ja, es sah so aus, als ob sie sie wirklich alle gern hätte, aber er wußte natürlich, daß sie ihn am liebsten hatte, und es vielleicht nur nicht sagte, weil sonst alles wieder von vorn anfing. Er war ja wirklich der Beste. Das würde bald jeder in Cloona merken.

Zehntes Kapitel

Eines Morgens wachte Mrs. Moore auf und hatte im linken Arm keine Kraft mehr. Sie blieb liegen, verbarg ihre Behinderung geschickt vor Rose und Katie Roche und wischte alle Vorschläge, einen Arzt kommen zu lassen, verächtlich beiseite. Katie rannte aufgebracht im Zimmer aus und ein und meinte, es sei kein Wunder, daß die Madam erschöpft sei, da sie sich wegen dieser Tinker total aufarbeitete, und sie sollte sich das künftig zur Warnung dienen lassen. Mrs. Moore ertrug diese Schelte mit ungewohnter Demut und dachte, wie gut es doch sei, daß Katie keine Ahnung vom Ausmaß dieser letzten einer ganzen Reihe von Warnungen hatte, sonst hätte ihre Herrin zwischendurch kaum noch friedliche Ruhepausen gehabt, um sich zu erholen. Wenn Erholung überhaupt möglich war.

Um die Mittagszeit wich die Taubheit, und nur ein schwaches Kribbeln im befallenen Arm und ein durchaus erträglicher Kopfschmerz waren zurückgeblieben. Es war eine große Erleichterung, den Arm wieder normal und ohne großes Versteckspiel benutzen zu können. Als Miss Rose kam, um im Schlafzimmer der Großtante zu Mittag zu essen, schmeckte es Mrs. Moore bereits wieder. Außerdem stellte sie fest, daß sie sich über Roses Gesellschaft freute. Daß Roses Gegenwart unter solchen Umständen angenehm war, bewies, wie sehr sie sich verändert hatte. Ihre verwandelte Großnichte war fröhlich und gesellig, ohne lästig zu sein. Sie schien sogar, wie Mrs. Moore amüsiert feststellte, einen besonderen Pflegerinnentakt zu entwickeln. Erst als sie sich nach dem Essen erhob, um die Tabletts in die Küche hinunterzutragen, äußerte sie sich anerkennend über den Appetit der Großtante und sagte: »Du siehst zwar schon viel besser aus, Tante Eleanor, aber Katie und ich möchten die Chance nicht verpassen, einen Arzt zu rufen, solange du noch fest im Bett liegst.«

»Meine liebe Rose, glaubst du wirklich, daß Dr. Murphy noch etwas bessern kann?«

»Es gibt auch noch andere Ärzte.«

»Nein, meine Liebe.« In einem Schubfach lagen immer

noch die einst verordneten Pillen und Diätvorschriften eines Dubliner Spezialisten. Von dieser Dosis Tod im Leben wollte Mrs. Moore nichts wissen. Das einzige Elixier, das brüchige Adern kurieren konnte, war das Elixier der Jugend. »In meinem Alter wird man doch gelegentlich ohne Genehmigung des Arztes faul sein dürfen. Aber da wir, wenn auch taktvoll, auf das Thema Sterblichkeit gekommen sind, möchte ich mit dir über die Folgen der Tatsache reden, daß ich ebenso sterblich bin wie jede andere alte Frau. Möchtest du dich bitte setzen, Rose, und mir zuhören?«

Frühere Versuche, ein solches Gespräch zu beginnen, waren ausnahmslos an Roses entschlossenem Widerstand gescheitert. Nun war sie so weit aus ihrer defensiven Traumwelt herausgetreten, in der der Tod nicht erwähnt werden durfte, daß sie sich gehorsam setzte und ruhig sagte: »Ja, Tante Eleanor?«

Mrs. Moore betrachtete sie eingehend. Roses Gesicht, voll sichtbar und ohne jede kosmetische Maskerade, war nicht mehr die groteske Karikatur, die einen noch nach jahrelanger Gewöhnung vor Mitleid und Widerwillen schaudern ließ. Rechts und links des Scheitels zeigte ihr Haar in zwei angegrauten Streifen, wie stark es seit dem letzten Färben nachgewachsen war. Sonderbar, daß die kleine blonde Großnichte nun eine grauhaarige Frau war. Mrs. Moore lächelte ihr in das entstellte Gesicht.

»Wie du weißt, wird alles, was ich habe, einmal dir gehören.« Mrs. Moore hatte ihre Angelegenheiten kürzlich mit ihrem Anwalt geordnet. Nun gab sie einen klaren Bericht über den entmutigenden Tatbestand. »Du siehst also, du wirst recht wenig bekommen, Rose. Mr. Blaney sagt, in den Parkgrund und die beiden Felder müßte man so viel investieren, damit sie sich rentieren, daß wohl niemand mehr als was *er* schätzt bezahlen würde. Daß jemand das Haus wird kaufen wollen, hält er für unwahrscheinlich. Die Rendite aus meinen Papieren ist so gering, daß ich gezwungen war, von Zeit zu Zeit etwas davon zu verkaufen, um über die Runden zu kommen. Ich glaube nicht, daß ich ein besonders schlechter Verwalter war, es ist eben alles so gekommen, aber es tut mir sehr leid, daß ich für dich nicht besser sorgen konnte, meine Liebe. Ich habe mir oft Sorgen gemacht, was aus dir werden soll, wenn ich nicht mehr bin.«

Rose sagte nüchtern: »Gräme dich nicht, Tante Eleanor. Ich werde zurechtkommen.«

»Neuerdings fühle ich mich ermutigt, das zu glauben.«

»Du hast meine Pläne vermutlich schon erraten. Sie reichen in die Zukunft, in die ferne Zukunft, von der du gesprochen hast, liebe Tante Eleanor. Ich möchte Lehrerin werden. Es klingt absurd, so spät im Leben, aber ich glaube, das ist meine Berufung. Wenn möglich, werde ich versuchen, mich richtig ausbilden zu lassen, wenn nicht, gibt es genügend freie Stellen für unausgebildete Lehrerinnen.« Sie lachte. »Es macht mir einen Riesenspaß ›Schulfräulein‹ zu spielen. Ich habe Kinder nie besonders gemocht, aber meine kleinen Tinker habe ich richtig gern, weil sie sich netterweise von mir was beibringen lassen.«

Rose in ihrem Klassenzimmer zu besuchen und sie bei der Arbeit mit ihren schwierigen, eifrigen Schülern zu sehen, war eine überraschende Entdeckung gewesen. Wieder lächelte Mrs. Moore ihr zu.

»Ja, Rose, etwas Derartiges hatte ich gehofft zu hören.«

Rose berührte leicht ihre zerstörte Wange.

»Auch hierüber möchte ich sprechen. Es ist kein schöner Anblick, aber ich habe gemerkt, daß es nicht so viel ausmacht, wie ich dachte. Verstehst du, ich kann objektiv darüber sprechen, weil mir das auf die einzig überzeugende Weise bewiesen worden ist.«

»Meine Liebe«, sagte Mrs. Moore, »es macht mich sehr glücklich, daß wir zum ersten Mal in unserem gemeinsamen Leben vollkommen offen und vernünftig miteinander reden können. Gesegnet seien die kleinen Tinker.«

»Die kleinen und auch die großen. Bist du zu müde, um weiter von Geschäftlichem zu sprechen, Tante Eleanor? Nein? Ich bin nämlich gebeten worden, den Fürsprecher für einen Käufer zu machen, der dir ein Angebot für deine beiden Felder unterbreiten möchte. Ein ganz unerwarteter Käufer: Mike Casey.«

Nun wurde nachträglich die Bedeutung der scheinbar beiläufigen Bemerkungen im Hof über seine »ganz netten Ersparnisse« klar. Mrs. Moore schüttelte bedauernd den Kopf.

»Armer Mike! So ungern ich es dir abschlage, Rose, aber ich fürchte, es bleibt dabei.«

»Ich dachte mir, daß das deine erste Reaktion sein würde.

Aber ich bin überzeugt, er meint es ernst und will wirklich ein anständiges Leben beginnen. Ich glaube sogar, er könnte es schaffen. Er ist doch hier sehr fleißig.«

Noch immer bedauernd sagte Mrs. Moore: »Armer Kerl. Trotzdem: nein.«

»Er sagt, die Bäume fällt er nicht, und selbstverständlich kannst du dich dagegen absichern. Und er hat von sich aus gesagt, daß er als Farmer keinerlei Umgang mit Landfahrern mehr pflegen wird. Es ist rührend, wie entschlossen er ist, fürchterlich ehrbar zu werden.« Rose lehnte sich lebhaft vor. »Natürlich wird es ein Weilchen dauern, ehe du dich mit dem Gedanken vertraut machst, diese Felder überhaupt zu verkaufen.« In ihrer neuen Offenheit fuhr sie fort: »Irgendwann werden sie ja doch verkauft, Tante Eleanor, wenn auch nicht von dir. Aber wer immer sie kauft, er kann sie nicht nötiger brauchen als Mike Casey jetzt. Wir wissen doch alle, wie unmöglich es für einen Tinker ist, Land zu kaufen. Deine Felder sind wahrhaftig seine einzige Chance. Bitte überdenk es noch einmal, ja?«

Mit Mühe zwang sich Mrs. Moore zu ihrer unangenehmen Aufgabe.

»Ich kann das nicht tun, Liebes. Selbst wenn ich wollte, könnte ich es nicht. Seit Generationen sind die Moores ein Teil von Cloona. Wir sind mit den Hiesigen gut ausgekommen auf der Grundlage gegenseitigen Vertrauens, weil die Familie immer wußte, daß sie nicht nur Vorrechte hatte, sondern auch Pflichten. Das Dorf hat mir für ein Weilchen gestattet, mit meinen Tinkern zu spielen, und ich habe dafür gesorgt, daß mein Spielzeug nicht lästig wurde. Aber es wäre sehr unrecht von mir, wollte ich die Gefühle – die Vorurteile, wenn du so willst – meiner Nachbarn verletzen, indem ich Land, in Cloona gelegenes Land, einem Tinker verkaufe und ihn für immer in ihrer Mitte etabliere.« Zu deiner Beerdigung, William, sind sie alle gekommen. Sie strömten auf den Friedhof, all diese Papisten von Cloona, und es kümmerte sie nicht, daß du ein schwarzer Protestant warst. Sie standen zwischen den protestantischen Gräbern, während der protestantische Geistliche den Gottesdienst hielt. Das war ein mutiger Tribut für dich, William, in jenen un-ökumenischen Tagen. »Schau, Liebes, auch ich habe Vorurteile, Vorurteile des Benehmens. Sie sind so unlogisch wie manche andere, kein Zweifel.« Sie legte sich in die Kissen zurück. Sie war jetzt sehr müde. »Ich wollte, ich könnte tun, was du verlangst, Rose. Aber ich kann es nicht. Es tut mir leid. Versuch mich zu verstehen.«

Rose stand auf und richtete ihr die Kissen. Es gelang ihr, sie etwas unbequemer zu betten, und Mrs. Moore duldete amüsiert die letzten vorhandenen Reste einstiger unnötiger Betulichkeit. Es würde noch eine Weile dauern, ehe die frühere Rose vollkommen verschwunden war. Aber es war durch und durch die neue Rose, die jetzt ganz vernünftig äußerte: »Ja, ich verstehe deinen Standpunkt, Tante Eleanor, ich kann zwar nicht versprechen, daß ich nicht versuchen werde, dich zu überreden, aber für den Moment, fürchte ich, habe ich dich schon zu viel sprechen lassen.«

Sie stellte das Geschirr und die zwei Tabletts zusammen und verließ das Zimmer. Die Frau mittleren Alters mit dem Narbengesicht und dem der Farbe entwachsenden Haar ging hinunter. Die Frau mittleren Alters ging durch das Haus wie – Rose lachte – wie jede ungeliebte ältliche Frau, die sich mit sich selbst abgefunden hat. Für Rose Sinclair, die von einem Tinker bedient wurde, drohten keine solchen erschrekkenden Augenblicke der Klarheit mehr, in denen sie vor sich zurückschaudern mußte. Eine Existenz von solch krasser Realität wie ihre jetzige zu führen hieß unverwundbar sein.

Ihre Oberklasse, vollzählig aus zwei Personen bestehend, erwartete sie im Klassenzimmer. Das war eine neuerliche Verbesserung. Mike hatte darum gebeten, und er und Sibby saßen nebeneinander, jeder mit einem Übungsbuch, einem Heft und einer Fibel. Rose begann damit, daß sie ihre Hausaufgaben überprüfte.

Sibby kam als erste an die Reihe. Sibby hätte den berufensten Lehrer entmutigt. Sie hatte nichts von den gestrigen Stunden behalten. Sie sagte: »Ich hab nicht gewußt, daß Lesenlernen so furchtbar schwer ist, Miss Rose.«

»Aber Sibby, wir haben ja eben erst angefangen.«

Schon sehr bald wurde klar, daß nur Sibbys Neigung zur Gefälligkeit sie dazu gebracht hatte, sich zusammen mit Mike unterrichten zu lassen.

»Ja, Miss Rose.« Sibby lächelte sie verträumt an. »Könnten Sie uns nicht ’ne Geschichte erzählen, wie den Kindern?«

Mike sagte ungeduldig: »Wir sind aber keine Kinder und

können nicht von Miss Rose verlangen, ihre Zeit mit Blödsinn zu verschwenden.«

Mike war sehr fürs Lernen. Doch der einzige Wissenszweig, der ihn wirklich interessierte, war einfaches Rechnen. Bisher hatte er seine Geschäfte mit seinen primitiven Methoden durchgeführt, wollte aber gern raschere und genauere lernen. Auch wollte er seinen Namen schreiben können, statt nur mit einem Kreuz zu unterzeichnen. »Es ist für meinen Hof«, erläuterte er. »Die würden mich hier bestimmt auslachen, wenn rauskommt, daß ich nicht mal meinen eigenen Namen schreiben kann. Das und Zusammenzählen würden mir schon genügen.«

Rose sagte: »Du wirst merken, Sibby, daß es mit der Zeit immer leichter wird.« Sibby sah nicht überzeugt aus. »Und schließlich« – Rose amüsierte sich selbst über ihre pedantischen Platitüden – »das meiste Wertvolle muß man erarbeiten, nicht wahr?«

»Ja, Miss Rose. Ich meine, ich weiß nicht, Miss Rose.« Mit leichtem Widerwillen betrachtete Sibby ihre Fibel. »Wenn man für was schwer arbeiten muß, kann's sein, daß das Gute schon raus ist, wenn man's kriegt. Ich meine, dann ist man zu erschossen, um's noch zu genießen. Ich glaub, am besten genießt man Sachen, die ganz leicht gehn.«

Mike runzelte die Stirn. »Solche wie du und ich wissen doch am besten, daß man was Gutes nie auf die leichte Tour kriegt.«

Sibby lächelte ihn verträumt an.

Die nächste halbe Stunde tat sie wenig mehr, als sympathisch auszusehen, bis Rose Mitleid mit ihr hatte und sie gehen ließ. Wenn man zu der romantischen Vorstellung neigte, die geborene Lehrerin zu sein, war es heilsam, schon früh in seiner Karriere einen hundertprozentigen Mißerfolg zu haben.

Mike sagte: »Ohne sie kommen wir besser vorwärts. Sie hat's nicht mit dem Lernen und gar kein Verlangen danach. Aber wozu braucht sie's auch? Ich hab gestern das Einmaleins mit fünf gelernt, Miss Rose, soll ich's mal aufsagen?« Er wiederholte es und verhedderte sich nur ein einziges Mal. Dann konzentrierte er sich auf die ihm von Rose gestellten Rechenaufgaben.

Sie saß da und beobachtete ihn. Seine Stupsnase berührte

fast das Papier, und der Bleistift, den er ungeschickt zwischen seinen dicken Fingern hielt, bohrte sich fast in das Blatt. Ihre beiden getrennten Beziehungen, die des Tages und die der Nacht stießen nie zusammen. In jeder war er so zufriedenstellend, wie er es vermochte. Wie er da in seine ernsthaften Bemühungen vertieft dasaß, betrachtete sie ihn beinahe mit Zuneigung.

»So, die hab ich, Miss Rose.«

Sie kam und lehnte sich über seine Schulter, während sie seine Fehler korrigierte. Man durfte immer wieder dankbar für das Badezimmer neben der Küche sein. Dann nahm er den Stift und übte, seinen Namen zu schreiben. Was sie jetzt an Zuneigung empfand, hätte sie jedem willigen Schüler entgegengebracht. Dem großen Mike – dem kleinen Tiger. In dem Zimmer im Personalflügel war kein Zuckerguß auf dem Lebkuchen. Aber wenn man den Lebkuchen hatte, konnte man den Zuckerguß sehr gut entbehren.

»Wie ist es, Miss Rose?«

Michael Casey, Michael Casey, sechsmal Michael Casey.

»Schon viel besser, Mike.«

Er warf ihr einen Blick zu. »Vielleicht könnte ich auch schon bald die Adresse üben, wie? Die brauch ich nämlich auch. Mr. Michael Casey, Moore Park Farm – o nein, das würde der Madam weiß Gott nicht gefallen – Caseys Farm, das stimmt eher. Mr. Michael Casey. Caseys Farm, Cloona.« Wieder warf er einen Blick auf sie. »Das wird mir zu schaffen machen, aber das lernen Sie mir auch noch, was?«

Ihn das hoffen zu lassen war legitim.

»Du wirst noch eine gute Weile üben müssen, ehe du das brauchst.«

Er sah etwas enttäuscht aus, sagte aber: »Na ja, Sie wissen bestimmt am besten, wann Sie's der Madam beibringen.« Dann begann er von seinen Plänen zu sprechen; ihm schien, er müsse unbedingt darüber reden, und sie war die einzige, der er seine Geheimnisse anvertrauen konnte. »Ich schaff's schon«, sagte er. »Sie werden sehen. Selbst ohne Geld im Rücken, wie's dieser Jim Cullen hat.« Er biß in seinen Stift. »Das ist einer, mit dem man vielleicht freund werden kann, weil wir nämlich beide das Land lieben.« Er legte den Stift weg und lachte verlegen. »Jetzt sagen Sie bestimmt, ich hab ganz närrische Ideen.«

»Sie sind möglicherweise gar nicht so närrisch.«

Doch als sie spät am Nachmittag unweit von Moore Park Jim Cullen begegnete, schienen sie ihr in der Tat närrisch. Er sagte: »'n Abend, Miss Rose« und blieb stehen. »Könnte ich Sie mal kurz sprechen? Ich möchte ja nicht ungefällig gegen die Madam sein, aber wenn sie wieder auf die Idee kommt, diese Tinker um Stroh zu mir zu schicken, könnten Sie ihr sagen, daß wir alles selber brauchen.« Er zögerte. »Das mit dem Stroh stimmt, aber um die Wahrheit zu sagen, lieber wär's mir, diese Leute hätten erst gar keinen Vorwand, zu mir rüberzukommen.«

»Haben sie Sie belästigt? Falls das passieren sollte, möchte Tante Eleanor es erfahren.«

Er lachte.

»Die Madam könnte einen ganzen Zoo im Zaum halten, und das wäre auch nicht viel anders als das, was sie jetzt tut. Nein, ich kann nicht sagen, daß sie mich belästigen, eigentlich nicht. Aber einer von ihnen, ein unverschämter Lümmel mit fuchsrotem Haar, hält sich nicht an die Grenzen wie die anderen. Abends treibt er sich immer auf den Feldern der Madam herum.«

Michael Casey. Michael Casey. Caseys Farm, Cloona. Rose sagte seelenruhig zu dem Mann, der hundertfünfzig Morgen bearbeitete: »Vielleicht hält er das für innerhalb seiner Grenzen.«

»Zwischen diesen Feldern und meinen sind nur Erdwälle mit Dornbüschen. Ich halte dort Schafe. Er hatte einen Wolfshund dabei – einmal jedenfalls.«

»Ich weiß, wen Sie meinen. Wegen des Wolfshundes werde ich mit ihm reden.«

»Danke, Miss Rose. Und wie geht es der Madam? Ich habe sie in letzter Zeit nicht mehr gesehen.«

»Es geht ihr ganz gut, Jim.«

Sie klang nicht besonders zufrieden mit der Madam, fand er. Katie Roche klang auch nicht besonders zufrieden. Er wartete bis nach dem Abendessen, als Eileen und er und dieses Weib am Kamin saßen, und sagte: »Nach allem, was man so hört, geht es der Madam nicht gut. Ich geh morgen früh besser nach Moore Park und mach ihr ein festes Angebot für ihr Land.«

Seine Schwiegermutter hatte wieder das gewisse Lächeln,

das einen rasend machen konnte und bei dem er sich vorkam wie ein ungezogener kleiner Junge. »Ich dachte, Jim, wir hätten ausgemacht, in dieser Sache vorläufig nichts zu überstürzen?«

»Du hast das beschlossen. Aber es ist riskant, es auf die lange Bank zu schieben.«

Eileen warf ihm einen beunruhigten Blick zu. Aber er war entschlossen, nicht ausfallend zu werden wegen diesem Weib. Mrs. Quinlan, die klang wie die vernünftigste Frau der Welt, statt wie das dickköpfige Biest, das sie war, sagte: »Es gibt da noch etwas, was wir nicht bedacht haben. Wenn wir noch mehr Vieh hielten, müßten wir einen weiteren Mann einstellen. Bill schafft es sowieso kaum noch. Und das würde viel von dem Profit aus den zusätzlichen zwanzig Morgen wieder verschlingen, noch ehe man ihn hat.«

Sicher, Bill Hurley konnte nicht noch mehr Arbeit übernehmen, aber er selbst konnte es. Er sagte: »Wir brauchen keinen weiteren Mann. Ich kann täglich ein paar Stunden länger arbeiten.«

Seine kleine Liebste sagte: »O Jim, du arbeitest doch sowieso schon zuviel.«

»Das sag ich ihm doch dauernd«, sagte dieses Weib.

Wenigstens konnte sie ihm nicht vorwerfen, ein Faulpelz zu sein. Innerlich triumphierend, ließ er die Sache mit den Feldern der Madam fallen und ergriff die Gelegenheit, die ihm Mrs. Quinlan jetzt auf dem Präsentierteller bot und auf die er schon eine Zeitlang gewartet hatte.

»Ich habe mir übrigens überlegt, daß ich gern Urlaub machen würde.« Eileens blaue Augen weiteten sich überrascht. »Eine Woche für Eileen und mich in Holland, wenn ihr, du und Bill, allein weitermachen könntet. Es ist ein Gruppenflug vom Landwirtschaftsverein, besonders billig und alles inklusive in der ersten Januarwoche, da bin ich zurück, ehe das Kalben und die Wurfzeit der Schafe richtig in Gang kommen.«

Eileens Augen leuchteten wie das Meer an einem Sommertag.

»Du bist mir ja vielleicht ein Geheimniskrämer, eine solche Überraschung für dich zu behalten! O Jim, es wird himmlisch!«

Das Weib sagte: »Es ist eine prächtige Gelegenheit, Jim,

und ich freue mich, daß du Vergnügen und Geschäft auf diesem Arbeitsurlaub verbindest, aber« – jetzt kam es – »ich glaube nicht, daß es im Moment das richtige für Eileen ist.«

»Aber Mammy, sei doch nicht komisch! Es kann mir unmöglich schaden.« Dieser Urlaub war in jeder Hinsicht eine Trumpfkarte. Es war großartig, wie sie ihrer Mutter widersprach. »Ich hab solche Sehnsucht, herauszukriegen, wie man sich in einem Flugzeug fühlt.«

Dieses Weib lächelte.

»Nun ja, Liebling, wir werden sehen.«

Sie fand natürlich, daß nicht der Ehemann zu entscheiden hätte, ob er mit seiner Frau verreiste. Sie mußte entscheiden, ob sie ihre Tochter auf Urlaub fahren ließ, der Teufel sollte sie holen! Aber so wie Eileen aussah, würde die Frau diesmal den kürzeren ziehen. Er wollte die Dinge nicht zu weit treiben, indem er heute abend noch einmal von den Feldern der Madam anfing. Wenn mit der Hollandreise erst einmal eine Bresche geschlagen war, konnte man das vielleicht später durchsetzen.

Sie versuchte wieder ein bißchen Boden zu gewinnen, als er aufstand, um vor dem Schlafengehen bei O'Leary noch ein Bier zu trinken.

»O Jim, ich hab vergessen dich zu fragen, wieso die Kraftfutterlieferung heute von der Molkereigenossenschaft kam, statt aus dem Großen Laden?«

»Ich habe festgestellt, daß sie durch die Coop ein paar Pennies billiger kommt.«

»Aha. Aber trotz der paar Pennies wäre es besser, sie weiterhin aus dem Großen Laden zu beziehen. Schließlich müssen wir ja hier im Dorf leben.«

»Wenn du jedesmal, wenn wir Kraftfutter kaufen, dem Großen Laden was schenken willst, soll's mir recht sein. Du bist hier der Boß.«

Er ging hinaus und stieg in den Wagen. Eileen kam ihm nachgelaufen, ein rotes Tischtuch über den Kopf geworfen. Er kurbelte das Fenster herunter.

»He, ich dachte schon, du wärst einer von Madams Tinkern, so wie du daherkommst.«

»Das hab ich nur schnell gegriffen, um uns zu wärmen.«

Sie lehnte sich ins Fenster. »Der Tinker bist du, Jim Cullen. Streit suchen wegen ein bißchen dummem Kraftfutter.«

»Hat *sie* dich zu mir rausgeschickt?«

»Nein, sie hat Angst, daß wir uns erkälten. Aber sie fürchtet, du könntest dich wegen dem Kraftfutter geärgert haben. Sie sagt, du sollst das ganz machen, wie du willst. Für die Farm einkaufen ist dein Job.«

»Soso. Vergiß das blöde Kraftfutter. Hör mal, Liebling, du wirst dich doch nicht von ihr überreden lassen, deine Meinung über die Reise zu ändern, oder?«

»Mütter sind immer Sorgenvögel. Wetten, daß ich bei James genauso sein werde?«

»Du glaubst also fest daran, daß ein James unterwegs ist, mein Mädchen?«

»Ich kann dir nur sagen, daß entweder James oder Jemima ganz versessen auf Holland ist, und es würde mich nicht wundern, wenn er oder sie von Geburt an Holländisch spräche.«

Er wäre jetzt gern bei ihr geblieben, doch es hätte so dumm ausgesehen, wenn er wieder aus dem Wagen gestiegen wäre.

An diesem Abend waren nicht viele Gäste bei O'Leary. Tim Doonican saß auf seinem Stammplatz, wo man ihn so gewöhnt war, als gehörte er zur Möblierung. Er stieß sein altbekanntes »Ti-hi-hi!« aus, als Jim hereinkam, und sang dann ›Noel! Noel!‹ mit seiner brüchigen alten Stimme.

Die Bar war weihnachtlich geschmückt. An der Decke hingen Papierschlangen, Stechpalmenzweige staken zwischen den Flaschen auf den Regalen. Am äußersten Ende der Theke stand ein winziger künstlicher Christbaum mit bunten Lämpchen und Glitzerschmuck. Jim sagte: »Na, und was bringt Santa Claus dir, Tim?« und bereute die Frage sofort. Viel Weihnachtliches würde der arme alte Kerl nicht haben, so ganz allein auf seiner Bude, weil die Kneipen überall geschlossen waren.

»Sie würden staunen«, sagte Tim. »Staunen würden Sie!« Jim ließ ihn blinzeln, nicken und ti-hi-hi kichern wie ein mechanisches Spielzeug und gesellte sich zu Andrew Hogan an die Theke. Es war ungewöhnlich, daß Andrew ganz allein trank, aber er schien heute irgendwie im Abseits. Er sprach nicht, starrte nur in sein Glas. Auch das war ungewohnt. Obwohl Andrew seit seiner Verlobung die wüsten Gelage aufgegeben hatte, gab es doch jetzt kaum einen Abend, an dem er nicht stetig und still trank. Nun, es war bekannt, daß einer sich kurz vor der Hochzeit etwas merkwürdig aufführte. Hatte er den entscheidenden Schritt erst hinter sich, renkte sich das wieder ein. »Na, heute ganz solo?« fragte Jim. Andrew sah auf, blickte sich um und lachte. Pat O'Leary stellte zwei Drinks vor sie hin. Andrews Finger schlossen sich langsam um sein Glas.

»Hab heute mehr oder weniger meine Portion schon intus.«

Seiner leicht nuschelnden Aussprache nach hatte er sie vermutlich sogar schon überschritten.

»Zeit genug zum Bravsein, wenn man's erst muß.«

»Genau. Die Ehe ist eine wunderbare Einrichtung. Bin sehr dafür. Sie doch auch, was, Jim?«

»Es wäre ein bißchen spät, mir jetzt wegen dem Für und Wider noch den Kopf zu zerbrechen, alter Junge.«

»Wunderbare Einrichtung. Ist Ihnen klar, daß ich schon im Sommer ein seriöser Ehemann sein werde, ein Mann mit Vermögen und Grundbesitz?«

»Und es wird verdammt viel besser sein, als nach Timbuktu zu pilgern oder sonst einem der verrückten Orte, zu denen Sie immer wollten.«

»Timbuktu wird ohne mich auskommen müssen. Weil nämlich – verstehen Sie – Timbuktu nichts für Doreen wäre. Wieso denn auch? Schlangen und – und Taranteln und überhaupt – wer will schon nach Timbuktu? Ja, ja, im Ernst, Jim, es geht nichts über das Heiraten. Aber die Verlobungszeit, die – die hat – also die hat entschieden ihre Nachteile, Jim.«

»Man sieht's gleich, was Ihnen fehlt.« Jim lachte. »Ja, es ist arg, mein Junge, aber wir haben es alle überstanden.«

»Das wichtige«, sagte Andrew feierlich, »das wichtige ist: Immer dran denken, daß es dann eines Abends in Ordnung kommt. Pat, noch mal das gleiche!«

Jim konnte den zweiten Drink nicht gut ablehnen, dann aber ging er. Es freute ihn, daß Andrew ihn begleitete. Verdrießlich und alleine zechen half keinem. Sie schwatzten noch ein wenig auf der Straße. Andrew war noch einigermaßen sicher auf den Beinen, lallte nur etwas. Als Jim ihm anbot, ihn zur Witwe Sullivan heimzufahren, meinte er, ein paar Schritte zu Fuß würden ihm den Kopf auslüften. Jim stieg in seinen Wagen und fuhr zurück zu Eileen und James (oder Jemima) und Holland.

Andrew blieb stehen, bis der Wagen außer Sicht war, und wandte sich dann heimwärts. Da lag er wieder in der Dunkelheit und rief nach ihm wie eh und je, der Fluchtweg, der nicht länger benötigt wurde. Heute nacht war er böse, sehr groß und grimmig. Mochte es wohl nicht, daß man ihn nur für eine Fläche Wasser hielt, Wasser voller Fische und Seetang. Ach ja, und auch Plankton – das mußte man ihm lassen. Sehr erniedrigend für einen Ozean, wenn man ihn nur als Ozean betrachtete. »Was si-ingen die wilden Wogen, o Schwester, den ga-anzen Tag . . .« Jemand hatte das mal gesungen, in Mayo.

»Also wirklich, Andrew, du kannst keinen Tinker in einem Schulkonzert singen lassen. Ich meine, du weißt doch, wie die Leute hier über Tinker denken. Das würde ja aussehen, als wolltest du jeden in ganz Cloona absichtlich beleidigen. Und auch wenn er wirklich soviel besser ist als die anderen – bestimmt übertreibst du, ich kann nicht glauben, daß er soviel besser ist –, selbst dann macht das die Sache nur schlimmer. Ich meine, ein Tinkerkind den anderen Kindern vorzuziehen, das ist doch wirklich kränkend.«

Sie war so weich und süß, lauter liebliche Kurven. Ihr Haar roch nach Blumen. Wenn man die Arme um sie legte, hatte sie eine Art, in sie hineinzuschmelzen. Doch immer hieß es: bis hierhin und nicht weiter. Den Mund in ihrem Blumenhaar vergraben, keuchte und stöhnte man.

Und selbst wenn er blind wäre, würden seine Hände jede dieser lieblichen Kurven erkennen, während ihr schrilles Grillenstimmchen ungehört weiter mahnte. Liebes Grillchen am Herd.

»Wenn Vater Feeney das wüßte, würde er der Sache sofort ein Ende machen. Versuch es, erzähl es ihm, dann wirst du schon sehen. Du weißt, daß er es nicht zulassen würde, deswegen willst du ja den unseligen kleinen Tinker heimlich auf die Bühne schmuggeln.«

»Liebling, mein kleiner Liebling, meine kleine Doreen, verschwende doch die kostbare Zeit nicht mit Reden.«

»Liebling, Liebster, Andrew, du wirst tun, worum ich dich bitte, nicht wahr? Besonders weil es dir doch so oder so egal ist. Es geschieht ja zu deinem Besten. Weil nämlich die

Hiesigen dir das jahrelang vorwerfen würden. Ich muß es doch wissen, ich habe schließlich mein Leben lang in Cloona gelebt.«

Und von jetzt an werde auch ich mein Leben lang in Cloona leben. Und nicht in Timbuktu. Oder sonstwo. Wenn sie Tiger auf der Bühne sah, würde sie begreifen. Sie würde begreifen, daß Tiger, der stolze, der große, der aufgeblasene Tiger nicht enttäuscht werden durfte, nicht einmal um ihretwillen. Später würde sie es begreifen. Aber jetzt kabbelten sich zwei Liebesleute, so jedenfalls würde ihre Mutter es ausdrücken, wüßte sie davon. Doch sie wußte nichts davon. Sie kannte nur den jugendlichen Liebesrausch.

Obwohl ich es selbst eigentlich nicht sagen sollte, Andrew, aber du bekommst einen echten Schatz. Ich sage ja von jeher, die Frau eines Schulmeisters kann so viel für ihren Mann tun wie eine Arzt- oder eine Anwaltsfrau. Sich mit den richtigen Leuten anfreunden und all das. Lieber Andrew, Josh und ich finden, daß wir nicht eine Tochter hergeben, sondern einen Sohn dazubekommen ... Mutter! Und dann dieser Josh! Von Mann zu Mann mit seinen blinzelnden kalten Augen im passenden Moment, und nun noch einen kleinen Rat, mein Junge ... Vater! Na ja, zeig mir den Mann, der von den Eltern seiner Frau begeistert ist. Wenigstens in diesem Punkt bin ich wie alle anderen.

Das Meer trommelte ihn vorwärts, Hunderte von Dschungeltrommeln, die wild durch die Nacht dröhnten. Er ging darauf zu, ging im Rhythmus dieser Musik weiter, vorbei am Haus der Witwe Sullivan, da öffnete sich die Tür, und sie streckte den Kopf heraus.

»Wo um alles in der Welt wollen Sie denn hin? Was für ein Glück, daß ich auf dem Posten war. Vater Feeney wartet drin seit mehr als einer Viertelstunde.« Er sah den Wagen des Geistlichen hinter seiner alten Mühle geparkt. »Er war auf einem Krankenbesuch und wollte kurz mal mit Ihnen sprechen. Ich sagte ihm, Sie wären nicht lange aus.«

»Ich bin zu einer christlichen Zeit zurück«, sagte Andrew, »wie es sich für einen respektablen Schulmeister gehört.«

»Hm.« Sie betrachtete ihn. »So toll respektabel kommen Sie mir heute nicht vor, aber es geht.«

»Es wird gehen müssen, Ma'am, wenn Sie aber ein paar starke Pfefferminzbonbons zur Hand hätten, kämen die mir sehr gelegen.«

»Ach was, der brave arme Mann trinkt doch gerade selbst einen Schluck, um sich aufzuwärmen.«

Vater Feeney genoß behaglich sein Glas Punsch neben einem erst vor kurzem entfachten Kaminfeuer im Wohnzimmer. Er begrüßte Andrew vergnügt. Er war ein älterer Mann, durch und durch Landbewohner, und sah eher aus wie ein Bauer als wie ein Kleriker. In Andrews Schulbelange hatte er sich nie eingemischt, und sie hatten ein herzliches Verhältnis zueinander. Sie hatten sich schon länger nicht mehr gesehen, und Vater Feeney gratulierte ihm zu seiner Verlobung.

»Ich habe mich sehr gefreut, das zu hören, Andrew, weil ich annehme, daß Sie nun in Cloona bleiben werden, oder? Ach, das ist wunderbar, wunderbar. Ihr Wirken hat ausgezeichnete Ergebnisse, ausgezeichnete. Sehr befriedigend.« Er lobte auch Doreen. »Ein großartiges Mädchen, großartig. Ihr beiden habt großes Glück miteinander.« Damit verbreitete er sich über die Verdienste beider. Andrew reagierte mit angemessener Bescheidenheit. Endlich gingen dem freundlichen, aber weitschweifigen alten Herrn anscheinend die Superlative aus, und es entstand eine wohltuende Pause. Vater Feeney setzte das Glas ab.

»Ach ja, da ist noch eine Kleinigkeit, nach der ich fragen wollte: Wie geht's mit dem Konzert vorwärts, Andrew?«

»Alles unter Kontrolle, Vater, wir haben alle prima geübt. Cloona«, sagte Andrew und vergaß seine Bescheidenheit, »wird den Lohn für die Unterstützung des Kirchenfonds heuer nicht nur im Himmel, sondern schon auf Erden bekommen.«

»Haha, gut, sehr gut. Auf Erden wie im Himmel. Es geht doch nichts über ein Lied, um die Herzen zu erheben, was? Ich freu mich selbst schon riesig darauf. Hoffentlich haben Sie ein paar übermütige Refrains arrangiert, bei denen wir alle mitsingen können. Ja, ja.« Dann machte er wieder Haha, wandte den Blick von Andrew und stieß nach einem Kohlestückchen im Kamin. »Aber was habe ich gehört, Sie hätten die ausgefallene Idee, eines der unseligen Landstreicherkinder auf die Bühne zu bringen?«

Andrew wurde plötzlich flau im Magen, als habe auch er einen Stoß der geistlichen Stiefelspitze empfangen. Er sagte: »Wer hat Ihnen das erzählt?«

»Ach, so was hört man eben, wissen Sie.«

»Offenbar. Wer hat es erzählt?«

»Also das hat nicht das geringste damit zu tun.« Vater Feeney schüttelte vorwurfsvoll den Kopf. »Ich will nur wissen: Stimmt es?«

»Ja.«

Vater Feeney legte den Kopf schief, als erwarte er, noch mehr zu hören. Andrew schwieg. Wieder schüttelte Vater Feeney den Kopf.

»Andrew, hören Sie, das wird nicht gehen. Glauben Sie mir, das wird nicht gehen.« Obwohl Andrew kein Wort äußerte, hob der Geistliche die Hand, wie um ihm Schweigen zu gebieten. »Ich weiß, Sie denken nur an den Erfolg Ihres Konzerts. Ich bin sicher, das Kind ist ein großartiger kleiner Sänger, sonst hätten Sie es nicht ausgesucht. Aber Sie sind noch jung, verstehen Sie, noch nicht so lange in Cloona, haben hier noch nicht den richtigen Durchblick. Das könnte sogar einem Bischof so gehen – haha! Aber ich bin hier seit fünfundzwanzig Jahren Pfarrer und weiß, wovon ich rede. Ich sage Ihnen rundheraus, so etwas würden die Leute sich nicht gefallen lassen.« Er nahm wieder sein Glas. »Nun denn, das wär's. Fehler machen schließlich die besten von uns mal. Noch ist ja nichts passiert. Also reden wir nicht mehr darüber. Sie haben es gemütlich hier bei der Witwe Sullivan, Andrew. Sie versteht meisterhaft Punsch zu brauen.« Er hob das Glas. »Auf die Zeit, in der Sie noch besser untergebracht sein werden. Um Ostern, nicht wahr?«

Andrew war jetzt wieder ganz nüchtern. Er sah den alten Mann an und lächelte.

»Vater, wollen Sie mir allen Ernstes sagen, daß die Bewohner von Cloona tödlich beleidigt sein werden, wenn ein kleiner Tinkerjunge sie mit ein paar Balladen unterhält?«

Vater Feeney seufzte.

»Können wir das Thema nicht ruhen lassen?«

»Ich fürchte nein. Ich kann Ihre Meinung über die Leute von Cloona nicht akzeptieren. Ich lehne es ab, sie zu akzeptieren. Ich muß mit ihnen leben.«

»Ich auch.« Vater Feeney tat erneut einen Seufzer. »Hören

Sie, Andrew, ich hätte persönlich nichts dagegen, wenn sämtliche Mitglieder von Madams Tinkerbande auf der Aulabühne stünden, aber ich kenne die Gefühle meiner Pfarrkinder. Sie müssen bedenken, wir sind keine städtische Gemeinde. Auf dem Land beginnt die Nächstenliebe zu Hause, und dort endet sie auch. Man wird Ihnen nie verzeihen, daß Sie ein Tinkerkind zwischen ihren Kindern herausstellen.« Er sah Andrew listig an. »Außerdem würde man einen Teil der Schuld mir zuschieben, weil ich es zugelassen habe.«

»Aber Vater –«, dieser viele Lärm um nichts war wirklich absurd! – »Vater, selbst wenn Sie Cloona richtig einschätzen, sind Sie tatsächlich bereit, einer Einstellung nachzugeben, die Sie nicht teilen – ja als christlicher Pfarrer nicht einmal gutheißen können?«

»Wie eigensinnig Sie sind! Natürlich kann ich sie nicht gutheißen, aber bei Unwichtigem gebe ich immer nach, dadurch kann ich mich bei Wichtigem durchsetzen. Ach, Andrew, eine Gemeinde regieren ist wie ein Land regieren, die Geistlichkeit und die Politiker haben vieles gemeinsam.«

»Aber das hier *ist* wichtig.«

»Mann, nehmen Sie doch Vernunft an. Niemand wird merken, daß Sie zurückstecken, falls das Sie juckt. Was niemand weiß, macht niemand heiß.«

»Und was ist mit dem Jungen selbst?« Jawohl, jetzt denke ich an ihn, endlich. Endlich. Wer bin ich, daß ich den ersten Stein werfen dürfte? »Sein ganzes Herz hängt an diesem Konzert.«

»Sehen Sie, es war ein Fehler, daß Sie nicht schon am ersten Tag damit zu mir gekommen sind. Ich hätte sofort verhindert, daß Sie sich in so etwas einlassen. Nun, in Zukunft sind Sie gewiß klüger. Um das Kind machen Sie sich keine Gedanken, Andrew, Tinker sind nicht so leicht zu enttäuschen. Helf Gott den armen Wesen! Geben Sie ihm ein paar Süßigkeiten, ja, für ihn allein, dann ist das für ihn ausgestanden.«

Ein feiii-nes Bauernmädchen hab ich mir ...

»Nein, das kann ich nicht machen. Dieses Kind enttäusche ich nicht. Sollen doch die verdammten Zuschauer allesamt den Saal verlassen.«

Das Gesicht des Geistlichen verlor sofort alles Wohlwollen und wurde zornig.

»Es tut mir leid, daß ich so mit Ihnen reden muß. Aber Sie scheinen entschlossen, mir keine andere Wahl zu lassen. Als Vorsteher der Schule und Ihr Arbeitgeber befehle ich Ihnen, das zu tun, was ich sage.«

In das Schweigen dröhnte die See vor dem Fenster.

Elftes Kapitel

Grannie Fogarty fand es einfach jammerschade. Tiger tobte wie ein kleiner Satan, und wer konnte es ihm übelnehmen. Es war auch sehr unrecht und unbedacht von Mr. Hogan, nicht rechtzeitig zu wissen, daß der Pfarrer niemanden – und sei es der beste Sänger auf der ganzen Welt – außer den Schulkindern selbst bei einem Schulkonzert zuließ. Doch man durfte nicht zu streng sein mit Mr. Hogan, er war genauso niedergeschlagen wie alle anderen und hatte sein Bestes getan, um seine Eselei wiedergutzumachen. Er hatte Tigers Konzertkostüm bezahlt, und als er entdeckte, daß auch Moll Casey, Bessie Flynn und sie selbst sich in Unkosten gestürzt und für das große Ereignis im Second-hand-Laden in Waterford Mäntel gekauft hatten, hatte er ihnen auch dafür den Preis ersetzt. So gesehen konnte man daher sagen, daß sie außer Tigers Kostüm drei Mäntel plus gemacht hatten, aber was nützte das, wo doch Tiger fast das Herzchen brach.

Man erkannte deutlich, daß die Madam sehr böse war, aber bei ihr war das ein kaltes Bösesein, nicht hitzig wie bei gewöhnlichen Menschen. Sie sagte nicht viel, aber man wußte trotzdem, daß sie wußte, wie einem zumute war. Das war ein echter Trost. Mit der Madam als Freundin konnte einen kein Kummer zu stark niederdrücken. Und sie hatte sich angestrengt, sie alle besserer Stimmung zu machen. Sie hatte eine ganz tolle Weihnachtsfeier für sie geplant. Sie waren alle miteinander zu einem Weihnachtsessen droben im großen Haus eingeladen.

»Putenbraten«, sagte Grannie Fogarty zu Tiger in dem Versuch, ihn aus der schlechten Laune und den Wutausbrüchen herauszulocken, »und Plumpudding und Gott weiß was noch alles. Vielleicht auch Wein. Du kriegst dann ein ganzes Glas für dich allein, Liebling, genau wie jeder erwachsene Mann, auch wenn du danach alles doppelt siehst. Ist das nicht was Feines zum Drauffreuen? Und womöglich Luftballons und solche Knallbonbons, wo man dran zieht. Und vielleicht 'n Christbaum. Alles, was die feinsten Leute haben. Und wie ich höre, kriegst du noch 'n besonderes

Geschenk, etwas, was du dir schon ganz lang gewünscht hast.«

Mit Ausdrücken, die selbst Grannie Fogarty erschreckten, äußerte Tiger, er wolle keine Geschenke von keiner Madam.

»Egal, ob du böse bist oder nicht«, sagte Grannie Fogarty, die jetzt ebenso schlechter Laune wurde wie er, »ich will nicht, daß du in solch schweinischen Ausdrücken von der Madam sprichst, und so leid du mir tust, ich versohl dich nach Strich und Faden, wenn du noch mal eine freche Bemerkung über die verehrungswürdige Madam machst.«

Tiger sah, daß es ihr ernst war. Mürrisch, aber ohne schlimme Ausdrücke murmelte er etwas wie: »Ich will überhaupt auf keine Weihnachtsparty.«

»Dann kannst du ja allein im Wohnwagen bleiben, während wir alle hingehen und uns amüsieren«, sagte Grannie Fogarty sarkastisch, doch dann tat er ihr doch leid. »Du meine Güte, *childeen*, hast du denn kein bißchen Verstand? Die Madam ist doch überhaupt nicht schuld.«

»Alle sind sie schuld«, sagte Tiger verbockt.

Grannie Fogarty seufzte. Es hatte ihn so tief getroffen, jetzt war er geladen gegen alles und jedes. Man bekam ihn nicht einmal mehr dazu, zum Unterricht bei Miss Rose zu gehen.

»Überhaupt kann man nur einem was vorwerfen, und das ist der arme Mr. Hogan, weil er sich nicht rechtzeitig erkundigt hat, wie das alles ist. Das war leichtsinnig, ja. Aber als er kam und sagte, du könntest nicht zu dem Konzert, konnte man ihm ansehn, daß sein Fehler an ihm frißt. Kein Wunder, wo er soviel Zeit mit dem Probieren mit dir vertan hat. Ach, der arme Mann.« Tiger sah keineswegs besänftigt aus. »Ha!« sagte Grannie Fogarty. »Du meinst vielleicht, ich hätt's nicht gesehn, daß er dir 'n ganzes Pfund für dich allein gegeben hat? Darüber hast du fein geschwiegen, was?«

Tiger wich zurück und hob den Ellbogen, als hätte er Angst, geschlagen zu werden.

»Es gehört mir.«

»War richtig gemein von dir, daß du das Ganze behalten willst, aber diesmal lassen wir dir's durchgehn.« Grannie Fogarty war wieder sarkastisch und nutzte ihren Vorteil aus. »Oder könnt's sein, wo du doch so beleidigt und überheblich mit allem bist, daß du 'n Streichholz drangehalten hast?

Wolltest dir nicht die Hände damit beschmutzen, was? So wenig wie mit dem Geschenk von der Madam?«

»Gegen Geld hab ich nichts. Geld ist was andres. Es ist nichts Eig'nes von jemand, es gehört jedem.«

»Ach, weiß Gott«, sagte Grannie Fogarty und seufzte wieder. »Ich wollt, so wär's. Also Liebling, unter uns, soviel hast du nicht zu klagen. Ich weiß, du warst versessen auf das Konzert, aber du wirst dich mit Leckerem vollstopfen, bis du platzt, an einem feinen Tisch, und bist ausstaffiert mit feinen Sachen wie 'n Lord und hast 'ne ganze Pfundnote in der Hosentasche. Ist dir das kein Ersatz für das blöde Konzert?«

Tigers Gesicht verzog sich, er fing an zu heulen.

»Heut abend ist das Konzert. Heut abend.«

»Pst, Liebling. Pst.«

»Ich will singen. Ich wär großartig gewesen. Ich will singen.«

Grannie Fogarty wollte ihn einfangen und trösten, aber er schrie sie an und verließ den Wohnwagen.

Lar Flynn fing ihn auf, als er auf der Stufe zum Wohnwagen stolperte und gegen ihn und Mike Casey prallte.

»Hoppla! Langsam, Junge!«

Tiger stieß einen wüsten Fluch aus, riß sich los und rannte in Richtung der fernen Baumgruppe.

»Meiner Seel«, sagte Lar. »Der nimmt sich's zu Herzen.«

»Für den wird's Zeit, daß er lernt, was es heißt, 'n Tinker sein«, sagte Mike. »Und für den verdammten Schulmeister auch. Der überlegt sich's, eh er wieder niederes Gesindel unter seine Cloonaer Rotznasen mischt.«

Und Lar, dieser Trottel, sagte: »He, he, so schlimm ist es nicht, wie du tust. Da hat's doch 'ne Vorschrift gegeben.«

»Himmel noch mal, welcher Blödmann schluckt denn diesen Blödsinn? Wie die Vorschrift ist, weiß jeder. Die gilt in ganz Irland. Wir sind Dreck und werden auch wie Dreck behandelt, das merk dir ein für allemal, Lar, mein Junge.«

Und dabei grinste er seit gestern dauernd über das ganze Gesicht. Da rannte Tiger, das arme Wurm, wie gejagt und war jetzt schon zwischen den Bäumen verschwunden. Und bei Gott, wenn Tiger Fogarty heuer an Weihnachten nicht gut genug war, um in einem Konzert in Cloona zu singen, dann eben nächstes Weihnachten, dann durfte ihn keiner hindern, denn dann war er ein regulärer Schüler wie alle anderen auch. Und wer würde ihn dann auf der Quetsche begleiten? Niemand anders als sein Schwager, Mr. Michael Casey von Caseys Farm, Cloona!

Gestern abend hatte ihn die Madam in die Bibliothek rufen lassen. Sie hatte ihr steinernes Gesicht aufgesetzt und sprach mit steinerner Stimme, doch nicht wegen ihm. Sie war wie erstarrt, seit ihr der Schulmeister das mit Tiger erzählt hatte. Gleich als er eintrat, sagte sie ohne Vorrede oder Begrüßung: »Ich höre, du willst mein Land kaufen?« Er unterdrückte die plötzlich aufsteigende Hoffnung. Nun es soweit war, hatte er Angst zu hoffen. Wie ein Kind, dem etwas vor den Augen baumelt und das weggerissen wird, sobald es danach greift.

»Ja, Madam.« Er wollte noch viel mehr sagen, aber er brauchte alle Luft, nur um zu atmen.

»Wieviel kannst du zahlen?«

O Gott. Vielleicht war doch kein Anlaß, die Hoffnung niederzuhalten. Nach ihrer Frage gelang ihm das ohnehin nicht mehr. Er unterließ alles Handeln – die Madam sah nicht aus, als könnte man mit ihr feilschen, bei Jeesus, ebensogut konnte man mit einem steinernen Adler feilschen – und nannte die Summe. Ihm war sie wie ein Vermögen vorgekommen, aber hier in der Bibliothek des großen Hauses, mit den großartigen Möbeln und ledernen Buchrücken und dem hochmütigen Gestarre von dem alten kauzigen Pferdegesicht schrumpfte sie zu einer schrecklich kleinen Summe. Es schien ihm eine Ewigkeit – als ob man starb und wieder lebendig wurde –, ehe die Madam was sagte.

»Ja, das würde genügen. Die Felder gehören dir. Nach Weihnachten gehen wir zusammen zu meinem Anwalt wegen der juristischen Details.« Er war immer stolz auf seine flinke Zunge gewesen, aber jetzt, wo er es so dringend wollte, brachte er kein Wort von den vielen heraus, die in ihm aufstiegen. Die Madam reichte ihm die Hand. »Ich möchte die erste sein, die dir dazu gratuliert, ein in Cloona ansässiger Grundbesitzer zu werden.«

Sie schüttelten sich die Hand. Er wäre vor Dankbarkeit am liebsten auf die Knie gefallen, aber alles, was er herausbrachte – er schämte sich sehr, wenn er daran dachte, aber der Madam schien es nichts auszumachen –, war: »Herrgott noch mal, Madam. Herrgott noch mal.«

Die Madam lächelte ihr steinernes Lächeln.

»Wir müssen auf unseren Abschluß trinken. Hol bitte die Karaffe und zwei Gläser vom Buffet.« Durch die Gnade des Himmels brachte er sie zum Tisch, ohne etwas zu zerbrechen. Sie goß ihm ein Viertelliterglas voll Whisky und einen kleinen Schluck für sich ein. »Ich wünsche dir alles Glück der Welt mit deiner neuen Farm, Mike Casey.« Wenn Marmor kälter war als Stein, dann war es ein marmornes Lächeln, was sie dann lächelte. »Du wirst es brauchen.«

Total betrunken war er aus dem großen Haus gekommen, doch nicht nur vom Whisky. Er ging geradewegs zu den beiden Feldern – seinen Feldern, seiner Farm – und lief jeden Quadratzoll ab – die Füße auf eigenem Grund und Boden –, bis er vor Müdigkeit fast umfiel. Dann ging er zu Sibby, führte sie auf sein Land und zeigte ihr, was er ihr zu bieten hatte, und Sibby schaute und hörte zu und war voller Staunen und Freude. Doch als er sagte, er würde keiner Menschenseele was erzählen, ehe es nicht verbrieft und versiegelt war zwischen ihm und der Madam, da verfiel sie wieder in ihre Neckerei und sagte, auch sie würde ihm erst nach Weihnachten ihr Wort geben. Sie konnte doch ihre Mätzchen nicht lassen, auch wenn ein Farmer um sie anhielt und nicht ein Tinker. Insgeheim wollte er sie gar nicht anders, so etwas gehörte eben zu ihr, und wenn sie erst einmal legal seine Frau war, durfte sie ihn jeden Tag ihres gemeinsamen Lebens necken, soviel sie nur wollte, er würde sie wenn möglich nur noch mehr dafür lieben. Alles bis nach Weihnachten zu belassen, wie es war, machte ihm nichts aus, die Art, wie sie sanft, freundlich und fröhlich war, schien ihm verheißungsvoll genug.

Es war nicht leicht gewesen, den vor Stolz und Freude ganz verdrehten Mike auf seinen zwei ollen Feldern voller Disteln abzuwehren, doch es gelang Sibby, ihn damit abzuspeisen, sich von ihm umarmen und küssen zu lassen, ohne beides zu erwidern, denn das wäre ein Betrug gewesen. Beschwindeln wollte sie Mike nicht, der arme Kerl meinte es ja nicht böse. Für ein Mädchen, das zu ihm paßte, würde er ein besserer Ehemann werden als die meisten.

Aber mein Gott, wie entsetzlich war es anzuhören, was

für ein Leben er für sie und sich plante, und auch noch für Tiger. Tiger sollte bei ihnen auf der Farm leben, in Cloona zur Schule gehen, er würde ein Musterschüler werden und ein wahres Weltwunder. Ach, der arme Mike, er hatte ein gutes Herz, und es war ihr nicht schwergefallen, so zu tun, als freue sie sich für ihn, denn das tat sie wirklich. Heilige Muttergottes, wie er prahlte und angab mit allem, was da werden sollte: ein Haus, um Kinder drin großzuziehen, Schweine hier, Kühe dort, Reihen von Kartoffeln und ein Gemüsegarten, kein Fleckchen der beiden Felder sollte ungenutzt bleiben, und für das alles würden sie schuften, schuften und nochmals schuften müssen, bis die verdammten Felder sie gekrümmt und gebückt und vertrocknet hatten wie die Zweige eines alten Baumes. Ach, so schlimm es auch gewesen wäre, mit ihm die Straßen zu befahren, dies war noch tausendmal schlimmer! Aber es war ganz klar, daß dies schreckliche Leben, das er da anstrebte, gerade ihm Befriedigung bringen würde. Sie hoffte inständig, daß er ein anständiges, kräftiges Mädchen finden würde. Denn kräftig würde es sein müssen.

Schade, daß der arme Mike seine Farm so bald bekam. Wenn es erst bekannt wurde, nach Weihnachten, würden alle ihr zureden, den Hochzeitstag festzusetzen, wo Mike sie doch so unvergleichlich versorgen konnte, und ihre Grannie, die sie so gern mochte, würde am allerärgsten sein. Weil doch keiner wußte, was für ein wundervolles, glückliches Leben sie für sich plante.

Als sie jedoch Mike auf seinen Feldern verließ – er war so verrückt damit, daß er noch nicht fortwollte –, machte sie sich keine Sorgen mehr. So war sie immer. Erst kamen ja noch die Feiertage, und ehe die Madam und Mike zum Notar gingen, war es fast noch eine Woche. In einer Woche konnte viel passieren. Jemandem wie ihr konnte sogar an einem einzigen Tag viel passieren. Auch wenn noch nie Außergewöhnliches passiert war, man hatte doch das warme, beruhigende Gefühl, es könnte ... Es war schön, zu den Menschen zu gehören, die immer glaubten, schon morgen könnte Großartiges kommen, vielleicht schon in der nächsten Stunde.

Als sie in den Wohnwagen zurückkehrte, heulte Tiger immer noch plärrend, wie schon den ganzen Tag, seit Mr.

Hogan ihm gesagt hatte, er dürfe nicht im Konzert singen. Er tobte auch gegen Mr. Hogan, und obwohl es schlimm anzuhören war, hatte es keinen Sinn, dem armen Kind böse zu sein, Tiger war noch zu jung, um zu begreifen. In der Nacht konnte keiner Ruhe finden, bis Tiger endlich einschlief, und am nächsten Tag war er wieder der reinste Teufel.

»Konzert hin, Konzert her«, sagte Grannie Fogarty abends, »wenn er mir jetzt nicht eine Weile aus dem Weg geht, rutscht mir die Hand aus. Und eben hat er unverschämt über die Madam geredet, also ich bitte euch!«

Sibby strich behutsam über ihr Schienbein, dem Tiger kurz vorher einen Tritt versetzt hatte. Das würde einen scheußlichen blauen Fleck geben.

»Es ist nur, weil er weiß, daß das Konzert heut abend ist, drum spielt er verrückt. Später kommt er dann schon drüber weg.«

»Ach, und er hätte so lieblich gesungen«, sagte Grannie Fogarty und war plötzlich nicht mehr wütend auf Tiger, sondern tieftraurig. »Er hätte uns alle mit sich nach oben gehoben in diesem Cloona.«

Ach, das war doch am allertraurigsten: zu den Hoffnungslosen zu gehören, denen es wichtig war, in einem Ort wie diesem oben oder unten zu sein! Sibby ging ins Dorf, um ein paar Besorgungen für das große Haus zu machen. Als sie Katie Roches Liste durch hatte, kaufte sie im Kleinen Laden eine Unze vom besten Schnupftabak für ihre arme alte Grannie und ein Viertelpfund Malzbrocken für den armen Tiger. Als sie wieder auf die Straße trat, traf sie Mr. Hogan. Er blieb stehen und sprach sie an, wie immer, obwohl die Straße voller Leute war, die ihre Weihnachtseinkäufe machten.

»Du hast aber schwer zu tragen, Sibby.«

Das meiste waren besondere Delikatessen fürs Weihnachtsessen, und dabei hatte Miss Rose die Hauptsachen schon in ihrem Wagen geholt. Sibby erklärte, warum sie so beladen war.

»Es soll eine ganz großartige Party werden, Sir. Katie Roche fährt zu Weihnachten immer zu ihrem verheirateten Bruder in Ballydurkin, und die Madam und Miss Rose verbringen Weihnachten meist ganz still, ohne besonderes Feiertagsessen – bis auf heuer –, deshalb müssen Miss Rose und ich alles kochen, und Bessie Flynn und Moll Casey sollen beim Tragen und Holen mit anpacken. Wir sollen am großen Tisch essen, im Eßzimmer, das seit dem letzten Jagdball nicht mehr benutzt worden ist, sagt die Madam. Und wir decken das feinste Puzzelan auf und silberne Gabeln! Und die Madam wird am einen Ende der Tafel sitzen und Grannie Fogarty am andern.«

Sibby lachte.

»Grannie Fogarty hat Angst, daß wir uns blamieren, weil wir doch nicht wissen, wie die feinen Leute essen, aber Miss Rose sagt, die Madam will nur, daß wir uns amüsieren, wie immer es uns gefällt. Und sie sagt, es ist noch gar nicht lang her, daß auch Könige und Königinnen mit den Fingern gegessen haben, so wenig käm's auf die Manieren an. Stimmt das mit den Königen und Königinnen, Mr. Hogan?«

»Ich hab schon gehört von eurem Weihnachtsessen«, sagte er, »das ganze Dorf spricht davon. Nach Lage der Dinge war das ja von der Madam zu erwarten.«

Er lächelte kein bißchen. Vielleicht weil ihn immer noch der Gedanke an Tiger bedrückte. Sie sagte: »Wir freuen uns alle schon riesig drauf. Tiger auch.«

Aber auch das schien ihn nicht zu erleichtern.

»Von der Madam ist es eine Trotzreaktion, kein Sühneopfer«, sagte er. Er sprach wohl nicht mehr zu ihr, eher zu sich selber, wenn er so lange Wörter gebrauchte. »Sie würde nie versuchen, Tiger oder einen von euch dadurch abzufinden. Sie nicht!«

Sibby verstand nicht recht, was er meinte. Er war so gut und freundlich, es sähe ihm ähnlich, sich die Enttäuschung eines kleinen Tinkerjungen zu Herzen zu nehmen, aber sicherlich war noch mehr dabei. Er sah so schrecklich trübselig und unglücklich aus. Cloona, das war es, was ihm zu schaffen machte! Was auch immer er darüber sagte, wieso er gern hier bliebe, sie war überzeugt, er war mehr von ihrer Art. Er machte einen großen Fehler, daß er sich für immer zwischen Leuten niederließ, die nur noch in ihren Sarg steigen wollten. Er hatte Kummerfalten, wie sie sie noch nie an ihm gesehen hatte, und bei denen man sich vorstellen konnte, wie er als alter Mann aussehen würde. Vielleicht wurde man, wenn man zu lange unter den Sargleuten lebte, schließlich auch so wie die. Das war ein fürchterlicher Gedanke. Sie hätte ihm gern ins Gesicht gefaßt und die Falten weggewischt, aber sie konnte nur versuchen, sie mit Worten zu glätten.

»Ach, wenn Sie sich um Tiger kränken«, sagte sie so leichthin und fröhlich, wie sie nur konnte, »das können Sie vergessen. Der ist ganz selig wegen alledem, was Weihnachten sein wird.« Es sah nicht so aus, als glaubte er ihr. »Und das olle Konzert, na ja, da wissen wir doch sowieso alle, daß Sie nix dafür können.«

Er lachte ganz sonderbar und wandte sich ab. Einfach so, ohne ihr ein frohes Fest zu wünschen oder sonstwas. Sie fürchtete schon, ihn beleidigt zu haben, wußte aber nicht wodurch, so jedenfalls konnte sie sich nicht von ihm verabschieden. Sie rief hinter ihm her: »Frohe Weihnachten, Sir.«

Er drehte sich nochmals um. Beleidigt schien er Gott sei Dank nicht, er bemühte sich um ein Lächeln, aber es war ein klägliches Lächeln, so wie wenn man Zahnweh hat.

»Jedem das Weihnachten, das er verdient, Sibby. Frohe Weihnachten allen, die guten Willens sind. Ein sehr frohes Weihnachten dir, Sibby, von ganzem Herzen.«

Es war so hübsch, wie er das gesagt hatte, daß sie erst am Tor von Moore Park spürte, wie schwer die vielen Pakete an ihrem Arm waren. Tiger und ein paar von den anderen Kindern kamen ihr entgegen. Sie setzte die Pakete ab und rief Tiger heran.

»Ich hab was Süßes für dich. Die Tüte da in der Ecke vom Korb.« Er nahm sie heraus. »Hilf mir mit dem ganzen Zeug ins große Haus, *doatie*, ja?«

Er sagte was Unanständiges, Unhöfliches und rannte mit den anderen Kindern weg. Er war noch immer beleidigt und sauer, der arme Tiger. Sie ging die Allee hinauf, es war ihr schrecklich mit anzuhören, wie Eddie Flynn ihn verhöhnte. Armer kleiner Tiger, der bekam es jetzt gründlich.

Tiger steckte sich ein Bonbon in die Backe und schlenderte dem Dorf zu, als wären da keine Kinder, die ihn umschwirrten wie die widerlichen Schmeißfliegen.

»Gib uns 'n Bonbon, Tiger. Ach, komm schon, Tiger!«

»Kauft euch eure Bonbons selber, verdammt noch mal.«

»Ach, nun komm schon, Tiger. Hab doch 'n Herz.« Verdammt noch mal, wenn dieser Eddie Flynn nicht bald aufhörte, würde es ihm leid tun. »Also wenn du uns schon kein

Bonbon gibst, sing uns was vor, Tiger! Sing uns eines von deinen wunnaschöönen Liedern, ja!«

Ganz unvermittelt fuhr Tiger wütend herum.

»Haut ab und laßt mich in Ruh!«

»Dir gehört wohl hier die Straße, was, Tiger? Tiger Fogarty, Top of the Pops. Ihm gehört die Straße.« Dieser elende Eddie fing an, zu johlen und zu tanzen, und die anderen machten mit.

»Tiger Fogarty, Top of the Pops, gehört die Straße.«

Tiger schob die Hände in die Taschen und spuckte scheinbar unbekümmert aus.

»Führen sich auf wie dämliche Beebis, kreischen und hopsen. Ich will keine blöden kreischenden Kinder um mich rum haben. Ich will allein spazierengehen.«

»Ha«, sagte Eddie. »Wer bist du schon, daß du uns rumkommandieren darfst, Mister Tiger Fogarty?«

»Ich bin hier der Boß, vergeßt das ja nicht.« Damit zog er die Hände aus den Taschen und hielt ihnen beide Fäuste hin: »Das ist Eisen und das hier Stahl, damit krieg ich dich allemal.«

»Einen Dreck bist du der Boß! Tiger Fogarty, Top of the Pops, den keiner hören will! Tiger Fogarty mit dem wunderhübschen Gesicht, das fürs Konzert nur ja keinen Kratzer haben darf. Aber jetzt kriegt's Kratzer, weil nämlich keiner in Cloona dein wunderhübsches Gesicht sehen will und deine wunderhübsche Stimme hören, Mister Tiger Fogarty!«

Damit fielen sie über ihn her und nahmen ihm die Bonbons. Diese stinkenden Dreckskerle! Bei jeder anderen Gelegenheit hätte er es ihnen natürlich gezeigt. Es machte ihm nichts aus, gegen sechs von ihnen auf einmal anzutreten, aber heute abend hatte er irgendwie nicht den richtigen Mumm. Ein paar ganz gute Püffe konnte er immerhin landen, aber dann kam ein Mann auf dem Rad daher, und die Radlampe beleuchtete sie, und die ihn hatten umbringen wollen, rannten weg. Nicht, daß Eddie Flynn überhaupt so schnell rennen konnte. Tiger sah flüchtig, daß er sich nach einem Tritt in den Bauch vornüberkrümmte.

Tiger verließ die Straße und war rasch in der Dunkelheit verschwunden. Kurze Zeit folgten sie ihm noch und riefen, aber als sie ihn weder sahen noch hörten, kriegten sie es satt und gaben auf. Tiger ging weiter in Richtung auf das Dorf.

Er hatte Schmerzen, aber meiner Treu, der Eddie Flynn hatte bestimmt noch stärkere. Das war ein Trost. Trotzdem weinte Tiger ein bißchen. Jeder hätte geweint, und im Dunkeln machte es ja nichts. Als er zu den Lichtern des Dorfes kam, hörte er auf zu weinen und wischte sich das Gesicht am Ärmel. Es waren Dreck, Rotz und Blut auf dem Ärmel. Er hatte Nasenbluten. Der Geschmack von Blut war in seinem Mund. Er schnupfte ganz fest auf, damit das Bluten aufhörte.

Die Läden hatten noch offen, weil nur noch morgen Einkaufstag war vor dem ersten Feiertag. Es gingen Leute hinein und kamen heraus, aber die meisten Leute strömten zum Schulhaus.

Tiger ging mit.

Das Schulhaus war überall erleuchtet. In den Fenstern brannten auch große, bunte Weihnachtskerzen und man sah an der Decke hängende Papierketten. Die Bühne konnte man nicht durch die Fenster sehen, die lagen zu hoch. Die Tür stand offen, und viele Leute gingen hinein. Sie unterhielten sich, und von drinnen hörte man eine Menschenmenge. Es wäre schön, jetzt auf der Bühne hinter dem Vorhang zu stehen und sie alle reden zu hören – wie Bienengesumm – und zu wissen, daß alle Leute darauf warteten, daß der Vorhang aufging und man ihnen vorsang. Es wäre hübsch gewesen. Aber hinein wollte er trotzdem.

Hinter der Tür verkaufte ein Mann an einem Tisch Eintrittskarten. Tiger drängte sich mit der Menge vorwärts, kam schließlich bis zum Tisch, patschte seine Pfundnote darauf und sagte: »Will 'n Billett.« Der Mann schaute ihn dumm an. Lauter wiederholte er: »Ich will 'n Billett.«

Hinter ihm waren Leute. Eine Frau sagte: »Hört um Gottes willen auf, mich gegen dieses dreckige Kind zu schubsen.« Ein Mann sagte: »Das ist eins von den Tinkerkindern. Sieht aus, als hätte er gerauft. Die raufen ja immer.« Wieder eine andere Frau stieß einen kleinen Schrei aus und sagte: »Vorsicht. Der hat bestimmt Läuse!« Der Mann am Tisch öffnete seinen großen blöden Mund und sagte: »Du kannst nicht rein. Es ist alles voll.«

Das war eine verdammt dämliche Lüge, wo noch so viele Leute hinter ihm sich bereit machten hineinzugehen. Tiger sagte: »Es ist gar nicht voll. Hier ist mein Geld. Ich will 'n Billett.«

Der Mann am Tisch sagte: »Für dich ist kein Platz, sag ich dir. Und jetzt verschwinde und halt nicht alle auf.«

Und dann kam doch ganz nah an seinem Ohr die Stimme von dem verdammten Major, die sagte: »Halten Sie die Pfundnote lieber erst einmal fest, McGrath! Durchaus möglich, daß sie aus einer fremden Tasche stammt.« Und dieser Major glotzte böse auf ihn herunter, und die blöde Frau vom Major sagte kein Wort und starrte ihn nur an wie ein erschrockenes Schaf, und hinter ihm waren all die Leute wie eine Mauer, und vor sich hatte er den Tisch, so daß er regelrecht umzingelt war. Nun wollten sie ihn womöglich auch noch berauben. Aber ehe dieser McGrath die Hand auf seine gute Pfundnote legen konnte, grabschte Tiger sie, bückte sich und machte sich zwischen all den Beinen davon. Der Major und noch ein paar andere versuchten ihn aufzuhalten, aber er stieß und boxte sich den Weg nach draußen frei, so daß ein paar von den Zurückbleibenden sich bei Gott hinterher leid taten – und kam durch.

Draußen im Dunkeln außer Reichweite machte er halt, um wieder zu Atem zu kommen. Dann schlich er vorsichtig an der Tür vorbei zur anderen Seite des Schulhauses. Eines der Fenster stand oben einen Spalt offen, so konnte er das Singen gut hören. Er lauschte lange. Ein Junge sang ein paar lustige Lieder, und ein Mädchen ein paar traurige. Dann kamen ein paar irische Lieder. Dann klang es so, als sängen alle Kinder gemeinsam, und das war bis jetzt das Schönste. Natürlich war nichts so gut, wie er gewesen wäre, aber doch ganz nett. Er wäre gern bis zum Schluß des Konzerts geblieben, aber er fing an schrecklich zu frieren, und außerdem war ihm übel. Daher ging er, als sie was vom Jesuskind in der Krippe sangen.

Nicht, daß er auf dem Heimweg wirklich weinte, aber das Wasser lief ihm weiter aus den Augen, vielleicht wegen dem kalten Wind. Doch so kalt es auch war und alles, er ging doch erst noch in den Wald, ehe er in die Wärme des Wohnwagens heimkehrte. Es gab etwas, das er sofort im Wald tun wollte. Er mußte etwas loswerden, was nur Platz wegnahm, und das er nicht mehr brauchte. Es war blöd, irgendwelches Gerümpel in seinem Versteck Platz wegnehmen zu lassen.

Im Wald peitschte der Wind nicht ganz so, er konnte nur noch in den Spitzen der Bäume ein Geräusch machen, als ob er nach ihm jaulte, der olle Wind. Oller Flennpeter Wind. Aus Tigers Augen kam jetzt kein Wasser mehr, hier im Windschutz nicht. Er leuchtete mit der kleinen Taschenlampe, deckte das Versteck auf, holte das blöde, überflüssige Banjo mit nur einer Saite heraus und hopste darauf herum, wieder und wieder, mit beiden Füßen zugleich, bis es in kleine Stücke zertrampelt war.

Man fühlte sich groß und mächtig, wenn man etwas zerbrach. Die Stückchen bedeckte er mit Erde und nassen Tannennadeln. Dann nahm er seinen Säbel aus der Scheide und – mein Gott, fast hätte er vergessen, wie groß und mächtig man sich fühlte, wenn man *das* tat!

Zwölftes Kapitel

Am Heiligen Abend befahl Mrs. Moore, sämtliche Lichter im ganzen Haus anzuknipsen, damit Cloona nur ja daran erinnert würde, daß Mrs. Moore von Moore Park eine Einladung gab. Sie empfing ihre Gäste ganz zeremoniell in der Halle. Unter Führung von Mrs. Fogarty trafen sie auf die Minute pünktlich ein – im Gänsemarsch von den Wohnwagen kommend. Alle, bis auf das jüngste Baby, waren vor lauter Höflichkeit so erstarrt, als hätten sie Ladstöcke verschluckt, und außerdem stumm. Mrs. Moore, die noch unter dem deprimierenden Eindruck eines Krankenbesuchs am Vormittag stand, mußte all ihre Kraft und Gedanken auf ihre Gastgeberpflichten konzentrieren. Sie führte alle in den Salon, wo der Christbaum voller Geschenke hing: Billige Spielsachen für die Kinder und Tabak und Schmuck für die Erwachsenen. Tigers Geschenk stand neben dem Baum auf einem Stück grünem Fries. Es war Saladin.

Mrs. Moores Hoffnung, daß hier das Eis zu schmelzen beginnen würde, erfüllte sich bald, dank Tiger. Es war von Anfang an klar, daß er – Party hin, Party her – mit der Welt noch immer auf Kriegsfuß stand. Er rümpfte die Nase über Saladin.

»Ich will kein blödes Spielzeug. Ich kann auf echten Pferden reiten. So was ist bloß was Dummes für Kinder.«

»Mein Sohn konnte auch auf echten Pferden reiten«, sagte Mrs. Moore. »Aber er ritt auch gern auf Saladin. Er ist noch auf Saladin geritten, als er schon ganz alt war, vielleicht zwölf. Saladin ist sehr groß, weißt du.«

»Muß ja 'n richtiger Waschlappen gewesen sein, Ihr Sohn, daß er da noch mit Spielzeug gespielt hat.«

»Nein, Toby war ein ganz harter Bursche, so wie du.«

Doch in diesem menschenfeindlichen Zustand war Tiger unempfänglich für Schmeicheleien. Die Hände so tief in die Taschen gebohrt, daß es den neuen Anzug herunterzog, seine schicke Fliege bereits verwegen unter dem einen Ohr, schlenderte er um Saladin herum und machte unter Anstrengung aller Gesichtsmuskeln eine höhnische Miene. Mrs. Moore griff eben nach oben, um ein Geschenk vom Baum zu holen, als ein ausbrechender Tumult sie zwang, sich umzudrehen.

Eines der kleinen Flynnmädchen lag schreiend neben Saladin, Tiger taumelte unter einer gewaltigen Ohrfeige von Bessie Flynn, und seine Großmutter rief, während sie ihm zu Hilfe kam, den Allmächtigen an. Die übrigen Gäste rückten entschlossen auf das Sturmzentrum vor in der unheilvollen Absicht, die eine oder andere Partei zu unterstützen. Mrs. Moore klopfte mit ihrem Stock auf den Boden.

»Kinder«, sagte sie taktvoll, »ihr dürft nicht streiten.«

Der Vormarsch kam zum Stehen. Bessie Flynn sagte: »'tschuldigen Sie, Madam, aber dieser kleine Mistkerl hat Melia vom Pferd geschubst. Er hätt sie umbringen können, hier auf den harten Brettern.«

Mrs. Fogarty verschränkte die Arme.

»Wenn die Madam nicht dabei wär, würde ich dir schnell beibringen, was ich von der giftigen Ohrfeige halte, die du meinem Enkel verpaßt hast, Bessie Flynn. Melia hat ihre Puppe, oder? Da braucht sie sich nicht noch an Tigers Pferd ranzumachen. Stimmt das nicht, Madam?«

Noch ehe sie gezwungen war, etwas zu erwidern, unterbrach der noch immer brüllende Tiger sich lange genug für die Bemerkung: »Ich will das olle Pferd gar nicht, verdammt noch mal, aber jemand anders soll's auch nicht reiten.«

Mrs. Fogarty raunte ihm zu: »Was hab ich dir gesagt: Du sollst nicht fluchen.«

So begann man aufzutauen. Bei Tisch wurden die Gäste wieder von fürchterlicher Höflichkeit erfaßt, die ihnen fast das Essen unmöglich machte, doch das legte sich rasch, als der Wein gereicht wurde. Allmählich erübrigte sich für die Gastgeberin der Zwang, ein Gespräch in Gang zu bringen, bis man sie in aller Ruhe ignorierte und es im Zimmer sehr laut wurde – stets ein Zeichen für eine gelungene Party.

Genügend zu essen und zu trinken, mein Mädchen, und laß sie sich in Ruhe bedienen! Williams Rezept hatte wieder funktioniert. Rose und Sibby hatten ein beachtliches Mahl zustande gebracht, und der Wein war trinkbar. Mrs. Moore warf einen Blick auf die Doppelreihe ihrer Gäste, an deren Ende ihr Mrs. Fogarty gegenübersaß, die in einer abgetragenen schwarzen Seidenbluse mit roter Glasperlenkette prangte. Abgesehen von den Tischmanieren und der Ausdrucksweise unterschied sich dieses Essen eigentlich nicht sehr von jeder anderen örtlichen Gasterei, die überstanden werden mußte, und schon gar nicht im Niveau der trivialen Gesprächsthemen. Mrs. Moore lauschte dankbar den rauhen Stimmen.

Als der brennende Plumpudding, mit Stechpalmenzweigen garniert, hereingetragen wurde, stand Lar Flynn auf und hob sein Glas.

»Ich glaube, jetzt ist es Zeit, daß wir auf die Madam einen Toast ausbringen.«

»He, setz dich hin, alter Trottel«, sagte seine Frau.

Er war vielleicht ein bißchen angeheitert, doch auch das war nicht viel anders als sonst. Mrs. Moore lächelte ihm zu, und Lar Flynn sagte: »Auf die Dame Madam, der keine gleicht!«

Bessie Flynn sagte verächtlich: »Womöglich fängst du noch an zu singen«, und sofort nahm er sie beim Wort.

»Zwei Färsen bracht ich zum Markt ... an einem Julimorgen ...«

Sie zerrten ihn ganz entrüstet wieder auf seinen Stuhl herunter. Irgendwer – wer doch noch? – hatte gesungen: »Nita, Juanita, sagt dir dein Herz, daß wir uns trennen müssen ...« Sehr seelenvoll. Und sehr scheußlich. Alle im Salon langweilten sich, waren aber nach dem Essen faul und duldsam. »Ich bin eine Ruine, eine Ruine aus der Zeit Cromwells ...« Das sang – wer doch noch? Er hatte einen rötlichen Schnurrbart. Er bestand immer darauf, eine komische Nummer abzuziehen. Er begleitete sich selbst – auf Tobys Banjo. Was war aus Tobys geliebtem Banjo geworden? Er hatte eine von den Adare-Töchtern geheiratet.

Das Mahl endete. Die Kinder nahmen sich faustweise Bonbons, Mandeln, Rosinen, Feigen – lauter Weihnachtsleckereien – vom Buffet und verteilten sich im Haus. Die älteren Caseys und Flynns blieben beim Wein am Tisch sitzen. Sie schienen glücklich. Kinder und Erwachsene schienen glücklich. Mehr als bei allen sonstigen Gästen ihres Lebens wünschte Mrs. Moore, daß ihre Gäste heute abend in ihrem Heim glücklich waren. Glücklich auf jede ihnen beliebige Weise. Sie selbst saß mit Mrs. Fogarty in der Bibliothek. Das Haus war jetzt voller Lärm. Selbst durch geschlossene Türen hörte man Singen und Rufen. Das Haus war durch und durch lebendig.

Vorübergehend verstummte der Gesang. In dieser Pause hörte man ein Quietschen und Rumpeln. Saladin hatte den grünen Friesteppich verlassen und wurde wild auf den Dielenbrettern geritten. Reite nur, Toby. Ach nein, Tiger. Reite ihn, Tiger. Reite Cloona nieder in den Staub!

»Bis ans Ende unserer Tage«, sagte Mrs. Fogarty, »werden wir diesen Abend nicht vergessen und die Ehre, die Sie uns erwiesen haben, liebe Madam.« Der Lärm schien sich wieder zu steigern, aber seltsamerweise war es, als höre ihn jemand anders und nicht sie. Es schien sogar, als sähe jemand anders Mrs. Fogarty. Dieser Jemand sah Mrs. Fogarty an die roten Glasperlen greifen, die sie vom Christbaum gepflückt hatte. »Ich wollte, mir wär was eingefallen als Weihnachtsgeschenk, Madam, für Sie. Aber was kann ich Ihnen schon geben, was Sie nicht schon haben?«

»Niemand kann mir geben, was ich brauche.« Eine kleine rote Weihnachtskerze in silbernem Kerzenleuchter brannte auf dem Couchtisch. Zwischen Zeigefinger und Daumen löschte Mrs. Moore – oder jemand anders – die Flamme, und die Kerze blieb schön aufrecht. Es tat fast gar nicht weh.

Es war unwahrscheinlich, daß jemand zu Tante Eleanor und ihrer Freundin in die Bibliothek vordringen würde, aber Rose vergewisserte sich doch im Vorübergehen, daß die Tür fest geschlossen war. Das Nachspiel der Party war nicht allzu erfreulich. Überall schienen ganze Horden von Kindern zu brüllen, und es gab Beweise, daß einigen schlecht geworden war. Ein kleiner Junge pinkelte in eine Ecke der Halle. Die Flynns und Caseys flegelten sich immer noch um den Tisch und bildeten eine Szene wie von Hogarth. Sibby, die im Gegensatz dazu bemerkenswert sauber und ordentlich wirkte, stand von ihrem Stuhl neben Mike Casey auf und kam zu ihr herüber. »Ich geh ein Weilchen weg, Miss Rose, wenn Sie nichts dagegen haben.« Rose sagte: »Natürlich nicht. Hat doch keinen Sinn, vor morgen aufzuräumen.« Mike rief nach Sibby, aber sie war verschwunden, ehe er sich vom Tisch gelöst hatte. Er war nicht ganz sicher auf den Beinen. Er grinste Rose an. »Komische Sache, daß dieser moderne Wein mir in die Füße gegangen ist, und oben im Kopf bin ich stocknüchtern. Ich glaub, ich mach's Sibby nach und schlendere draußen noch 'n bißchen rum, um mich auszunüchtern.« In vertraulichem Ton setzte er hinzu:

»Vielleicht geh ich noch zu meinem Grundstück runter.« Er warf ihr einen bedeutungsvollen Blick zu. »Aber keine Angst, Miss Rose, ich komm wieder.« Rose sagte: »Wenn diese Party vorbei ist, sind wir alle todmüde und wollen nur noch schlafen, Mike.« Er sagte: »Steht's so mit Ihnen? Na ja, morgen ist auch noch ein Tag.« An der Tür kehrte er noch einmal um und flüsterte: »Ich hab mir die Freiheit genommen und mir ausgemalt, wie froh und stolz ich wär, wenn ich nächsten Weihnachtstag die Madam und Sie bei mir hätte und Sie ein Glas Port und ein Stück Kuchen zu sich nehmen würden bei Mr. Michael Casey, Caseys Farm, Cloona.«

Er war ungewöhnlich reizlos mit seinem roten Gesicht und dümmlichen Grinsen, wie er da versuchte, seine Dankbarkeit zu bezeugen, sowohl für den heutigen Abend als auch für seine Zukunft. Doch die Dankbarkeit sollte fairerweise zwischen ihnen beiden aufgeteilt sein. Sie lächelte ihrem ungehobelten Liebhaber freundlich zu.

»Tante Eleanor und ich freuen uns schon darauf, Mike.«

Von den Vorderfenstern von Elm Cottage aus waren die Lichter von Moore Park nicht zu sehen, und das war ein Glück, denn sonst hätte Arthur den ganzen Abend lang von nichts anderem gesprochen als von Mrs. Moores abscheulichem Affront gegen die öffentliche Meinung. Wenn Mrs. Bradley Gelegenheit hatte, in die Küche zu gehen, sah sie flüchtig die Lichter im erleuchteten ersten Stock und freute sich, daß Tiger ein schönes Weihnachten hatte. Sie war überzeugt, daß Tiger nicht auf unlautere Weise zu der Pfundnote gekommen war, für die er eine Eintrittskarte hatte kaufen wollen, das arme Kerlchen, und sie hatte noch immer ein schlechtes Gewissen, weil sie sich nicht für ihn eingesetzt hatte. Wäre Arthur nicht dabeigewesen, sie hätte Tiger an die Hand genommen und ihn persönlich ins Konzert geführt, da hätte keiner sich getraut, ihn wegzuschicken. Selbst mit Arthur neben sich war sie drauf und dran gewesen, es zu tun, aber selbstverständlich durfte sie Arthur nicht dadurch beschämen, daß sie ihm vor aller Augen zuwiderhandelte. Aber sie hatte Tiger seine Taschentücher geschenkt. Er hatte weder gelächelt noch danke gesagt, so daß sie fast fürchtete, er sei so böse auf sie wie auf Arthur. Aber wenigstens hatte er die Schachtel mit den Taschentüchern angenommen – sie war hübsch verpackt und mit Goldband gebunden –, und wenn sie nun die Lichter von Moore Park sah, tröstete es sie, daß Tiger sein ulkiges Näschen jetzt an einem Karnickel oder Teddybär putzte und am Ende doch nicht zu schlecht von ihr dachte.

Aus dem Fenster des gottverdammten Schulmeisters hielt Tim Doonican Ausschau nach seinem kleinen Liebestäubchen, und wenn er den Kopf drehte, sah er von weit her Licht durch die Bäume von Moore Park. Das ganze verdammte Haus mußte vom Keller bis zum Dach erleuchtet sein für diese Tinker. Und wenn die Madam so blöd war, Alkohol anzubieten, wie es hieß – und die Tatsache, daß sie ein Fest für Tinker überhaupt gab, bedeutete, daß sie dazu verrückt genug war –, dann würde selbst ihre ganze überhebliche Art in dieser Nacht nicht Ordnung halten können. Er kicherte bei dem Gedanken, war aber auch etwas besorgt, ob nicht die kleine Schlampe sich mit den anderen besaufen und ihre Verpflichtungen vergessen könnte. Allmählich wurde es Zeit, daß sie kam.

Die Straße war leer. Anständige Leute waren im Haus bei ihren Familien. Mein Gott, er würde es nicht ertragen, wenn dieses kleine Luder ihn hinhielte. Ah, da war sie!

Er zitterte wie ein Jüngling vor dem ersten Mal, während er die Treppe hinunterging. Als er Sibby die Tür öffnete, war Gott sei Dank noch immer niemand in der Nähe. Er zog sie schnell herein, umarmte sie als Vorschuß auf alles Kommende und gab ihr einen scherzhaften Klaps auf den Hintern.

»Und jetzt hinauf mit dir, mein Flittchen, dann sehen wir schon, aus was du gemacht bist.«

Das Wohnzimmer des Großen Ladens ging nach hinten, auf den Garten hinaus. Stand man in einer Ecke, sah man die Lichter von Moore Park. Als sie aus dem Eßzimmer hereinkamen, waren die Vorhänge dort noch nicht zugezogen. Jemand stellte sich ans Fenster und lachte.

»Die Madam wird eine großartige Stromrechnung kriegen.«

Das Wohnzimmer war voller Leute, Verwandte und Bekannte von den Hannigans. Die Hannigans waren sehr für ein ganz altmodisches, häusliches Weihnachten. Der alte Dr. Murphy saß stumm und beschwipst in einer Ecke. Ein Studierter verlieh einer Einladung Glanz. Die Gesichter waren vom Essen und Trinken fettglänzend und gerötet. Es hatte zu viel zu essen und zu viel zu trinken gegeben. Eine Cousine aus Waterford, irgendeine alte Jungfer, bemerkte schokkiert, man käme fast auf den Gedanken, die Madam mache ihr Haus absichtlich zum Leuchtturm, um die allgemeine Aufmerksamkeit darauf zu lenken.

Andrew sagte: »Natürlich, genau das tut sie.«

»Haha!« sagte Mr. Hannigan. Andrew Hogan hatte schließlich eine geistreiche Bemerkung gemacht. »Bei der Art, wie die Ärmste abgebaut hat, würde ich ihr selbst *das* zutrauen!«

Mrs. Hannigan – Mutter! – sagte schaudernd: »Es muß der reinste Alptraum sein heute abend in Moore Park. Aber vermutlich merkt die arme Madam es gar nicht mehr.«

Einer der jüngeren Vettern mußte sein Nachahmungstalent beweisen.

»Noch eine Scheibe Pute, Mrs. Tinker! Ein bißchen Brustfleisch? Oh, seien Sie vorsichtig, Ma'am, sonst schneiden Sie sich mit dem Messer in die Lippe.«

Eine dicke Bekannte keuchte: »Hör um Gottes willen auf, ich bin so vollgegessen, ich platze, wenn du mich weiter zum Lachen bringst.«

»Wozu Messer und Gabeln!« sagte Mr. Hannigan. Josh. Vater. »Hat Gott ihnen nicht Finger gegeben?«

Die Vorhänge wurden zugezogen. Doch draußen leuchtete das Fanal weiter stetig durch die Dunkelheit.

Doreen war neben ihm und flüsterte: »Andrew, du bist so schrecklich still.« Sie trug ein Kleid, das lose aussah, wenn sie stand, sich aber jeder Kurve anschmiegte, wenn sie sich bewegte. Ein hübsches Kleid. Er sagte: »Liebling, es gibt genügend andere hier, die Leib und Seele der Party sind.«

Sie zog ein Gesicht.

»Du bist schrecklich hochnäsig und überlegen.«

»Ich und überlegen? Das, meine Liebe, ist der größte Witz, den ich heute abend gehört habe.«

Sie nahm seine Hand und spielte mit ihr.

»Ich möchte doch, daß du dich von der besten Seite zeigst. Ich meine, die meisten von denen sehen dich doch zum ersten Mal. Ich möchte, daß sie sehen, was für einen wunderbaren Mann ich kriege. Oh, gut aussehen tust du immer, aber ich möchte, daß sie merken, wie klug und amüsant du außerdem bist.«

»Würde nicht mein gutes Aussehen fürs erste genügen?«

Sie kniff ihn in die Hand.

»Du bist schlechter Laune, ja, das bist du. Du warst die ganze Zeit sauer, seit dein Tinker nicht singen durfte, und es ist ganz gemein von dir, mir für nichts und wieder nichts mein Weihnachten zu verderben. Ehrlich, Andrew, ich hätte nie gedacht, daß du so – so lächerlich sentimental sein könntest. Kannst du nicht einsehen, daß das Kind in eben diesem Moment übermütig in Moore Park feiert und das dumme Konzert total vergessen hat?«

»Das kann durchaus sein. Aber verstehst du, er hat auch weniger zu vergessen als ich.«

»Du meine Güte, was ist denn das für ein Unsinn?« Sie bewegte sich in ihrem schmeichelnden Kleid. »Reiß dich doch zusammen. Das wenigstens könntest du für mich tun.«

»Aber du weißt doch, was ich bereits für dich getan habe, Liebling. Ich hätte nicht gedacht, daß ich für irgendwen so viel tun würde, nicht einmal für dich.«

»Ach, hör auf mit dem albernen Pathos, als wärst du der Held in einem Dilettantentheater. Ich glaube im Ernst, du bist ein bißchen beschickert.«

In den vergangenen drei Tagen war er nie mehr ganz nüchtern gewesen. Das Trinken wirkte als Betäubungsmittel, hatte aber die Neigung, ganz plötzlich wirkungslos zu werden. Eben jetzt schien die Wirkung wieder nachzulassen, doch da öffnete Josh eine neue Whiskyflasche. Also nehmen wir wieder eine kleine Betäubungsdosis, vielen Dank. Und dann noch eine. Weihnachten ist ja nur einmal im Jahr und so weiter. Da, hör nur, wie gescheit und amüsant du bist, ringsum röhrendes Gelächter. Heute abend zieht dich die Familie für immer und ewig an ihren Busen. Einen so weichen, riesigen, erstickenden Busen. Weihnachten kommt nur einmal im Jahr, aber jedes Jahr wieder, immer wieder. Lieder und Spiele, klar, denn es ist ein richtiges irisches häusliches Weihnachten. (Kein Amüsement bei den Spielen, Freiheit, aber keine Freiheiten.) Die Müh-hüle im Ta-hale und dein eigener mächtiger Bariton singt den Refrain mit. Und nun Papier und Stifte. Schreibspiele. Weiß trifft weiß – wo? Er sagte. Sie sagte. Und was waren die Folgen?

»Nein.« Doreen faltete ihren Zettel. »Hör auf zu schielen. Geschwindelt wird nicht.«

»Doreen, Liebling, hör zu. Tiger tut dir doch leid, oder? Du hast es zwar nicht gesagt, aber ich weiß, daß er dir bestimmt leid tut.«

»Mein Gott, fängst du schon wieder damit an. Natürlich möchte ich nicht, daß ein Kind enttäuscht wird, wenn ich es verhindern kann. Und du, Liebling, tust mir wirklich leid, weil ich weiß, wie arg es dir ist, ihn ermutigt zu haben. Trotzdem, Liebster, allmählich wirst du langweilig mit dieser Geschichte.«

»Aber stimmt es dich nicht bedenklich? Ich meine, einen Ehemann zu kriegen, der dazu neigt, zu kneifen, wenn es darauf ankommt?«

»Andrew, hör jetzt besser mal ein bißchen mit Trinken auf.«

Die Frage, die in seinem Gehirn kreiste wie eine steckengebliebene Grammophonplatte, mußte gestellt werden. Sie würde sehr böse sein, daß diese Frage jemals bei ihm auftauchte – aber er mußte erst ihr »Nein« darauf hören. Dann würde mit der ewigen Wiederholung Schluß sein.

»Doreen! Warst du es, die Vater Feeney das mit Tiger erzählt hat?«

»Also weißt du, jetzt hab ich aber wirklich genug davon.«

Sie war nicht böse. O Gott, nicht wirklich böse, nicht entfernt böse genug.

»Ich bin ein bißchen blau, glaube ich. Ich möchte dich sagen hören, daß du es nicht warst.«

»Also schön, ich war es nicht. Bist du jetzt zufrieden? Es gab genug Leute, die von Tiger wußten, nicht? Alle Tinker und auch noch die Madam und Miss Rose. Nicht zu reden von Katie Roche, die nicht um die Welt den Mund halten kann.« Sie log zwar, aber er mußte sie berühren. Er legte die Hand aufs Knie und beobachtete, wie das seidene Kleid sich kräuselte und sich an ihre Brüste schmiegte. Sie schob seine Hand gereizt weg. »Ich hab das alles satt, du hast nicht hören wollen, als ich dir gleich zu Anfang sagte, es wäre schrecklich, einen Tinker im Konzert zuzulassen, aber ich möchte wetten, so sehr du dich auch verstellst, im Grunde bist du froh, daß Vater Feeney es rechtzeitig erfahren hat, eh du dich zum Trottel machtest.« Sie legte seine Hand wieder auf ihr Knie, lächelte verzeihend und deckte die ihre darüber. »Sei doch mal ehrlich und gib zu, daß derjenige, der es getan hat, dir einen Dienst erwiesen hat.«

»Ja, mein Liebling.« Er neigte sich vor und küßte ihren weichen Lügenmund. Es gab Gelächter und Ohs und Ahs, und jemand hielt einen Mispelzweig über sie. Wieder küßte Andrew sie. »Ich gehe einen Moment hinaus, Liebling, ein bißchen spazieren.« Stirnrunzelnd und etwas verwirrt wollte sie aufstehen. »Nein, du bleibst hier. Ich komm gleich wieder.« Sie gaben einander nichts nach. Also war es gleich, was der jeweils andere tat – außerhalb des Bettes. Und meiner Treu, das Bett würde gut sein müssen. »Oh, ich komme bestimmt wieder.«

Vom Bauernhaus der Quinlans aus sah man nur den Hof, und nach hinten gab es keine Fenster. Jim Cullen war fast eine Stunde schweigend bei Eileen und dem Weib gesessen, dann stand Mrs. Quinlan auf und ging in den Hof hinaus. Sie kam zurück mit der Bemerkung: »In Moore Park ist immer noch Licht, Jim. Die Madam wird doch um Gottes willen ihre Tinker nicht im ganzen Haus herumtoben lassen?«

Er antwortete nicht. Sie verließ das Zimmer, vergnügt summend. Eileen kam zu ihm und setzte sich auf seine Armlehne.

»Jim, Liebster, sei doch kein solcher Brummbär.« Sie fuhr ihm durchs Haar. »Ich weiß, wie enttäuscht du bist – ich bin es auch und James oder Jemima –, aber Mammy kann doch nichts dafür.«

»Hältst du mich für einen Trottel?«

Vor dem Frühstück hatte Bill Hurley endgültig die Farm verlassen. Es war unmöglich herauszukriegen, was tatsächlich passiert war. Bill hatte gesagt: »Ich laß mir von niemand gefallen, daß man mit mir redet wie die Mistress. Ich bin seit zweiundzwanzig Jahren hier auf der Farm, aber ich bleib keinen Tag länger.« Jim ließ ihn gehen. Dieser oder ein anderer Anlaß, es war abzusehen.

Eileen meinte: »Ich finde, du bist ziemlich töricht. Wetten, daß Bill morgen oder übermorgen wieder auftaucht, wenn seine schlechte Laune verflogen ist? Nach all diesen Jahren wird er doch ein paar Worte von Mammy nicht so krummnehmen.«

»Nach all diesen Jahren müssen es verdammt wohlüberlegte Worte gewesen sein, um ihn so schlau loszuwerden.

Nein, er wird nicht wiederkommen. Bist du blind, Eileen, oder siehst du nicht, daß man ihm verbieten wird, rechtzeitig für unseren Urlaub zurück zu sein?«

Dieses Weib stand schweigend in der Tür. Mit ihrem Talent, immer ruhig und vernünftig zu klingen, auch wenn sie noch so sehr im Unrecht war, sagte sie: »Es tut mir leid, euch euren Urlaub zu vermasseln. Ich hätte mich von Bill nicht provozieren lassen dürfen. Ich wollte, ich könnte allein weitermachen, während ihr weg seid, aber das geht, fürchte ich, beim besten Willen nicht. Aber es wird noch andere Urlaube für euch geben.«

Er trat zu ihr und lachte ihr in das falsche Gesicht. »Ja, wenn Sie es beschließen, wie Sie alles für Eileen und mich beschließen.«

Sie machte eine kleine beschwichtigende Handbewegung. »Ich glaube, wir sind alle etwas durchgedreht seit heute früh, aber wir wollen an einem Tag wie diesem nicht streiten, Jim.«

»Für die Wahrheit ist der Tag genauso gut wie jeder andere.«

Er hatte noch nie eine Frau geschlagen, aber jetzt brauchte er alle Kraft, um Eileens Mutter nicht ins Gesicht zu schlagen. Die Anstrengung, die geballte Faust bei sich zu behalten, machte ihn schwach und zittrig. Er griff sich seinen schweren Schwarzdornknüppel und drängte sich an ihr vorbei aus der Tür.

Es war eine windstille Nacht mit Sternen und für Dezember milde. Das Gras wuchs schon, das meiste Vieh war draußen, um die Silage aufzusparen für das schlechte Wetter, das sicher noch kommen würde. Er ging über die Felder am Haus. Er schritt aus und er schwitzte – aber er hatte schon beim Weggehen geschwitzt – und schnaufte so stark, daß das Vieh neugierig herankam, noch ehe es ihn sehen konnte. Er strich mit der Hand über die Flanke einer Kuh. Die trächtigen Friesinnen waren in gutem Zustand, in der Gegend von Cloona gab es keine besseren. Dank ihm. Alles auf diesem Hof war von ihm geplant und durchgeführt – und er zählte nicht mehr als Bill Hurley.

Er überquerte den Zufahrtsweg zu dem Teil des Besitzes, der an Moore Park entlanglief. Die Zeiten der Größe waren für dieses Haus schon vor seiner Zeit vorüber gewesen, daher hatte er es noch nie so beleuchtet gesehen. Die Madam mußte total verdreht sein, sich eine Horde Tinker ins Haus zu holen, als seien sie ihresgleichen. Und ihn hielt das Luder immer noch davon zurück, sich die beiden lebenswichtigen Felder zu sichern.

Die Schafe drängten sich in Grüppchen hinter dem Steinfeld. Der Widder ging auf ihn los, kühn wie ein Bulle, Jim hielt ihn sich mit einem Hieb seines Schwarzdornknüppels vom Leibe. Eines der Schafe lag auf dem Rücken und fuhrwerkte blökend mit allen vieren in der Luft. Zum Glück hatte man ihn aus dem Haus getrieben, das ihm kein Heim war, sonst wäre das Tier am Morgen tot gewesen. Er richtete es auf und trat an die Grenzmauer vor den Feldern der Madam.

Schafe machten mehr Mühe, als sie wert waren. Falls – nein, bei Gott, *wenn* – er sich die Felder der Madam erst gesichert hatte, würde er die Schafe abschaffen und sich auf Milchvieh und Schweine konzentrieren. Den Hafer streichen, Gras anbauen bis zu einem Tagwerk pro Kuh, Rinder züchten, die neunhundert Gallonen ...

Auf den Feldern der Madam rührte sich etwas. Die verdammten Schafe waren so arg wie die Ziegen, sie kletterten, streunten, und oben auf der Rasenmauer gab es schon eine Stelle, wo die Dornbüsche fast zu einer Lücke heruntergetrampelt waren. Bill und er hatten in den letzten Tagen zu wenig Zeit gehabt, dort Stacheldraht zu spannen. Morgen würde er es selber tun müssen. Er wanderte dorthin, wo die Grenzmauer abgetreten war.

Es war gar nicht eines seiner Schafe dort auf dem Feld: Es war ein Mann. Der Mann stand dicht neben der Lücke. Es war der fuchsrote Tinker, und er hatte seinen Wolfshund dabei. Der Tinker sprach als erster.

»Frohes Fest, Sir. Eine feine Nacht, Gott sei gedankt.«

Was auch immer er sich von Eileens Mutter gefallen lassen mußte, von einem Tinker würde er sich deswegen bei Gott noch lange nichts gefallen lassen.

»Ich hab dich schon mal gewarnt, bleib, wo du bist mitsamt deinem Hund.«

»Ich weiß, Sir. Aber jetzt ist es was anderes. Und ich hab den Hund an Halsband und Leine, wissen Sie.«

»Und wenn du fünfzig Halsbänder und Leinen für ihn

hättest, Hund oder nicht, ich will nicht, daß sich Unbefugte in der Nähe meines Grundstücks herumtreiben.«

»Ich bin nicht ganz unbefugt, Sir.«

Der sanfte, vernünftige Ton war erbitternder als die üblichen frechen Widerreden dieser Gattung. Es war, als ob der verdammte Kerl ihn verspottete. Jim faßte seinen Knüppel fester.

»Wie gut ihr Leutchen euch auch mit der Madam zu stehen glaubt, es wird für euch ein bitteres Erwachen, wenn sie hört, daß ihr in der Gegend von Cloona öffentliches Ärgernis erregt habt. Wenn irgendwelche Klagen über euch kommen, könnt ihr euch darauf verlassen, daß man euch sofort mit Sack und Pack hinauswirft.«

»Ich weiß, Sir. Das hab ich von der Madam selbst gehört. Ich meine es ja nicht böse, ich will hier nur über die Felder gehen. Ich setze selbstverständlich keinen Fuß auf Ihre, nur auf diese hier. Und wie gesagt, jetzt ist es was andres.« Der Bursche verstummte. »Wenn ich Ihnen sage, daß – na ja, ich weiß, Sie wollen keinen Tinker in Ihrer Nähe, aber wenn ich Ihnen sage, daß Sie und ich gewissermaßen Nachbarn sind, Mr. Cullen, dann denken Sie hoffentlich anders.«

Er war vermutlich betrunken. Natürlich, deswegen war es so schwer, ihn loszuwerden. Alle Tinker waren um die Weihnachtszeit betrunken.

»Ich weiß verdammt gut, daß wir Nachbarn sind, wie du das nennst.«

»Ach, Sie verstehen nicht, Sir, wie könnten Sie auch. Es hat nichts zu tun mit den andern, nur mit mir. Weil wir nämlich Nachbarn sind im eigentlichen Sinn, Mr. Cullen. Ich versuche nur zu erklären, daß ich gar kein Tinker mehr bin, und deswegen hoffe ich, daß Sie Ihre Meinung über mich ändern. Ich hab vor, mich als Landwirt niederzulassen, Sir, und deshalb möcht ich nicht, daß noch grobe Worte zwischen uns fallen. Nicht, daß ich Ihnen einen Vorwurf draus machen will, Sir, aber was vorbei ist, ist vorbei, nicht wahr, Sir? Und was ich mir in Zukunft erhoffe, daß Sie so freundlich sind, mir hie und da mit ’nem Rat auszuhelfen, denn den hab ich dringend nötig, und es ist allgemein bekannt, daß es in ganz Irland keinen beßren Landwirt gibt als Sie.«

Der Bursche hörte zwar mit seinem Gefasel auf, aber er

wich nicht von der Stelle. Dann sagte er: »Verstehn Sie, es ist nämlich so, daß die Madam mir diese beiden Felder verkauft hat, Mr. Cullen, Sir, für eine Landwirtschaft.«

Jim sprang durch die Lücke. Der Hund knurrte. Der Tinker faßte die Leine mit beiden Händen. Jim stellte sich vor ihn und den Hund.

»Um der Madam willen haben wir euch Tinkergesindel hingenommen, aber bei allen Heiligen, wir lassen uns nicht gefallen, daß ihr sie verleumdet. Verschwinde, du besoffener, verlogener Narr, oder ich helfe dir auf die Sprünge!«

Das Blut hämmerte ihm in den Ohren. Es blieb Zeit, sich zu überlegen, ob die Madam möglicherweise verrückt genug geworden war, um so etwas zu tun. Es blieb Zeit, daß sich der erste instinktive Unglauben in eine Ungewißheit verwandelte, die ihm in die Magengrube kroch, ehe die aalglatte Tinkerstimme von neuem anfing.

»'s ist die reine Wahrheit, Mr. Cullen, Sir. Klar, daß Sie's kaum glauben können, ich war doch fast genauso überrascht, als die Madam mir endlich ihr Wort gab.«

Es konnte wahr sein. Jim blickte vor sich auf den Boden. Er drehte den Kopf von rechts nach links, damit sein Gehirn wieder ansprang. Das hellerleuchtete Irrenhaus Moore Park drehte sich mit. Es konnte wahr sein. Er brüllte. Aber es klang nur wie ein Krächzen. Vielleicht hatte auch das Donnern in seinen Ohren ihn taub gemacht.

»Mach, daß du wegkommst, du. Aber schnell!«

Der Hund zeigte die Zähne. Das gewinnende Lächeln auf dem Gesicht des Tinkers erlosch. Er sah plötzlich ebenso grimmig aus wie sein Hund.

»Sie wollen's nicht anders, was? Gut. Sie sollen's haben. Und jetzt sagen Sie mir, warum ich hier weg soll, Mr. Jim Cullen. Bitte sagen Sie es mir. Das ist *mein* Grund, auf dem ich steh, und damit stehen Sie auf meinem Grund. Der Unbefugte sind Sie, Mr. Jim Cullen, und ich fordere Sie höflich auf, freundlicherweise von meinem Grundstück zu gehen und zurück auf Ihrs, verdammt noch mal.« Er lachte. »Nicht, daß Sie eins hätten, um drauf zurückzukehren, auch wenn Sie das Maul so aufreißen. Also zurück aufs Besitztum vom Schwiegermütterchen, Kumpel. Schnell!«

Der Schwarzdornknüppel hob sich und zog seinen Arm mit in die Höhe. Der Hund knurrte und sprang ihn an. Er wechselte den Griff, packte den Knüppel am unteren Ende und schlug mit dem runden Knauf nach dem Hund, dem Tinker und ins Gesicht von jenem Weib.

Dann war der Augenblick des Triumphes vorüber, und er mußte sich mit dem Knüppel verteidigen, denn der Wolfshund sprang ihm an die Kehle. Der Tinker hatte die Leine losgelassen. Der Tinker lag auf dem Boden. Es war ein harter Kampf mit dem Hund, aber schließlich hatte er das Tier doch niedergeschlagen. Es versuchte immer noch anzugreifen, schleppte sich auf ihn zu, jaulte und gab kurze Belltöne von sich, doch seine Beine, oder sein Rücken, schienen verletzt. Ihn ekelte, was er einem Hund hatte antun müssen. Angeekelt schaute er noch immer auf den Hund. Aber es kam der Moment, wo er es nicht mehr aufschieben konnte, hinüberzugehen, dorthin, wo der Tinker lag. Es kam der Moment, wo er den Tinker anschauen mußte. Der Tinker hatte sich nicht geregt. Der Tinker war bewußtlos. Das war es, er war bewußtlos. Er trat neben den Tinker.

Der Tinker war tot. Seine Augen starrten blicklos, der Unterkiefer war ihm heruntergefallen. Der Hund kam zu seinem Herrn gekrochen. Jim mußte den Tinker von dem Hund wegziehen, um sich zu vergewissern, ob er tot war. Er war tatsächlich tot. Der Knauf des Knüppels mußte ihn an der Schläfe getroffen haben. Sonderbar, wie er so dastand und zwischen dem Tinker und dem Hund hin- und hersah, war sein vorherrschendes Gefühl, all das sei nicht wirklich passiert. Wenn er sich zwang, stark genug nachzudenken, würde alles wieder dahin zurückkehren, wie es war, bevor der Tinker tot war. Es war ein Irrtum und nicht geschehen, und alles würde wieder wie vorher, und er würde dafür sorgen, daß es beim zweiten Mal anders lief. Dann würde das Leben wieder sein wie immer.

Es dauerte eine Weile, ehe er aufhörte, den Tinker und den Hund anzustarren, und zurückkehrte, durch die Lücke in den Dornen und über die Felder zur kleinen Allee. Er war sehr müde und stolperte beim Gehen. Und obwohl er unterwegs war, allen Leuten zu sagen, was er getan hatte – o mein Gott, was hab ich getan, o mein Gott, was hab ich getan! –, war es nicht passiert. Solche Dinge passieren gewöhnlichen Menschen nicht.

Dreizehntes Kapitel

Es dauerte so lange, ehe der alte Mr. Doonican einschlief, daß Sibby schon Angst bekam, er würde wach bleiben, bis er mit ihr fertig und bereit war, sie heimgehen zu lassen. Endlich döste der arme alte Kerl doch ein, total erschöpft. Wie sie geahnt hatte, war er nicht in der Lage gewesen, den vollen Gegenwert für seine Zehnpfundnote zu kassieren, aber was ihm an Taten fehlte, ersetzte er durch Worte. Der arme alte Narr hatte schlimmer geprahlt, als für ihn gut war, und während sie noch ein paar Minuten neben ihm liegen blieb (denn Vorsicht war immer besser als Nachsicht), hoffte sie, daß in Gottes Namen wenigstens ein Schimmer von Wahrheit daran gewesen war.

Als es ihr ungefährlich schien, stieg sie aus dem Bett und zog sich an. Er schnarchte. Ganz leise nahm sie ihm die Kette mit den beiden Schlüsseln vom Hals. Wenn überhaupt etwas da war, würden die es aufschließen, sonst hätte er sie nicht so nah bei sich behalten. Ihr Herz blieb fast stehen, als er grunzte und sich regte, doch dann schnarchte er weiter. Sie zog den hölzernen Koffer unterm Bett hervor, versuchte es mit dem größeren Schlüssel, und der schloß. Und siehe da, trotz seiner und Katie Roches großartigen Reden, es war nichts drin als alte Kleider. So ein Schlitzohr! Sie schob den Koffer schon wieder zurück, da kam ihr der Gedanke, doch lieber noch gründlicher zu suchen, und wirklich, auf dem Grund stand ein Kasten. Ein Blechkasten war es, und der kleinere Schlüssel paßte, und heiliger Himmel, es war wirklich da, das Geld. Es war wahr, mehr als wahr, was er erzählt hatte.

Sie ging in die Hocke und starrte darauf nieder, als bestünde keine Gefahr, daß Mr. Doonican aufwachte und sie dabei ertappte. Dann nahm sie die vielen Scheine heraus, meist Fünfer und Zehner, aber sie konnte sie nicht zählen, das ging über ihre Rechenkünste hinaus. Ein solcher Reichtum war unvorstellbar. Sie hielt ihn in den Händen, um das Wunder des Anblicks und des Anfassens zu genießen, und ganz plötzlich kam ihr die Idee, ihn zu behalten. Bei Gott, sie hatte nicht vorgehabt, mehr zu tun als nachzuschauen, ob er nicht noch ein paar Zehner besaß, die sie ihm ehrlich abverdienen konnte, so wie heute abend. Aber beim Umfang dieses Geldreichtums, den keiner zu finden erwartet hätte, war es, als sagte ihr eine Stimme: Hier ist deine Freiheit von aller Mühe, die mit Mike und seinen Feldern auf dich zukommen kann, Sibby Fogarty. Hier sind alle schönen Dinge der Welt, und du brauchst nur sofort zuzugreifen, Sibby Fogarty.

Einen Augenblick lang überlegte sie noch, so schnell sie konnte, mit ein, zwei furchtsamen Blicken hinüber zum Bett. Es wäre natürlich nicht nett, so was zu tun, aber je älter sie wurde und je mehr sie wußte, desto mehr schien ihr, daß Nettsein niemand weiterbrachte. Zwar waren die Leute dann auch wieder nett zu einem, vielleicht weil sie merkten, daß man ihnen nichts Böses tun würde – aber zum Aufstieg verhalf es einem nicht. Und dann tat Mr. Doonican einen lauten Schnarcher und warf sich im Schlaf herum, was ihr Nachdenken beschleunigte. Sie dachte daran, daß eine solche Chance nur einmal in tausend Jahren kam und daß sie, wenn sie sie vorübergehen ließ, endlos lange auf die gleiche Weise wie heute nacht würde zusammensammeln müssen, ehe sie genug hatte, um auszubrechen und keine Tinkerfrau mehr zu sein. Sie dachte, daß es ein großer Fehler war, wenn man auch nur einen Tag seines Lebens verschwendete, sofern es nicht nötig war. Und dieser letzte Gedanke mit seiner vollen, reinen Wahrheit ließ ihren Entschluß reifen.

Von da an machte sie sich keine Sorgen mehr. Sie ließ zwei der großen, wichtig aussehenden Zehnpfundnoten in der Blechschachtel zurück, damit der arme Mr. Doonican nicht total ausgeplündert war, schob leise den Koffer wieder unters Bett und bekam sogar die Kette mit den Schlüsseln ohne Zwischenfall wieder um seinen Hals. Das war gefährlich, aber es mußte riskiert werden, damit Mr. Doonican nicht sofort beim Aufwachen der Verdacht kam, daß sein Geld weg war. Dann stopfte sie den Rest des Geldes in ihr wunderhübsches grünes Seidenkleid, zog Mantel und Hut und die netten Pelzhandschuhe an, die Mike ihr zu Weihnachten geschenkt hatte. Das rosa Nylonnachthemd, Mr. Doonicans Weihnachtsgeschenk, lag in einem Häufchen auf dem Boden. Er hatte eine Menge dummer Witze gemacht, als er es ihr schenkte, aber es war doch nett von ihm, daß er an sie gedacht hatte. Es war wunderschön. Man konnte es sauber zusammengefaltet in die Manteltasche stekken.

Vor dem Haus blieb sie noch kurz stehen, blickte in Richtung Moore Park und sagte Adieu, besonders zu Grannie Fogarty und Tiger und Mike. Sie würden fürchterlich böse sein und sich ihrer schämen, klar, und nicht verstehen, daß sie anders war als sie alle, Gott helfe ihnen, die so wenig verlangten und deswegen auch nicht viel kriegen würden. Es tat ihr leid, ihnen Kummer machen zu müssen, aber sie würden darüber wegkommen. Was war ein bißchen mehr oder weniger Kummer für solche, die nichts anderes gewöhnt waren?

Als sie sich von Moore Park abwandte und in die andere Richtung wollte, stieß sie ausgerechnet auf Mr. Hogan. Das war schön und ein großes Glück, Mr. Hogan noch ein letztes Mal zu sehen. Er kam zur Tür und fragte so etwas wie: warum sie nicht mit den anderen in Moore Park feierte?

»Ich mußte Katie Roche für morgen früh was ausrichten, Sir.« Er sah erschöpft aus. Wie schon einmal, hätte sie gern sein müdes Gesicht mit den Fingern geglättet. »Und ich dachte, Sie feiern auch, Sir, im Großen Laden.«

»Das sollte ich auch tun.« Er warf einen Blick auf die Uhr und schien ganz überrascht. »Aber das war schon vor Stunden. Vielleicht ist es längst zu Ende.«

»Ah, nein, Sir. Für die Weihnachtsnacht ist es noch früh.«

Es war gefährlich, Zeit zu verschwenden, in der sie Meilen zwischen sich und Cloona hätte legen können, aber es war so nett hier mit Mr. Hogan. Nun sie endlich mit Bestimmtheit in Richtung London und weiteren Orten unterwegs war, hatte sie plötzlich die irre Vorstellung, wenn sie für immer hier in Cloona mit Mr. Hogan bliebe, im gleichen Haus mit ihm leben, ihn pflegen und dafür sorgen könnte, daß er nie müde war und manchmal mit ihr redete, könnte möglicherweise alles Schöne dieser Welt hier in Cloona sein. Wie es das – so hatte er einmal zu ihr gesagt – für ihn hier war. Doch es war nur ein ganz flüchtiger Gedanke, denn es war unvernünftig, etwas zu denken, das niemals sein konnte.

»Dann wollen wir gemeinsam zum Großen Laden pilgern, Sibby.«

»Ich muß noch ein bißchen in die andre Richtung, Sir, frische Meeresluft schnappen.«

»Tja, und ich muß zurück und eine ganz andere Luft schnappen. Dann also gute Nacht, Sibby.«

Es war schrecklich, sie konnte den Gruß nicht erwidern. Sie brachte überhaupt kein Wort heraus. Denn es war ja nicht Gute Nacht, es war Lebewohl für immer. Es war ganz und gar nicht schön zu wissen, daß man Mr. Hogan nie wiedersehen würde. Sie hatte noch nie in ihrem Leben den Wunsch gehabt, einen Mann zu küssen, doch jetzt hob sie ganz frech beide Handflächen an sein Gesicht, streichelte es, ließ die Hände dann in seinen Nacken gleiten, zog seinen Kopf zu sich herab und küßte ihn auf den Mund.

Er gab ihr ein wundervolles Gefühl, dieser Kuß, eine Art religiöses Gefühl. Damals, als er sie in dem alten Schultertuch überraschte, hatte er gesagt, daß sie damit aussähe wie eine Madonna, und wenn er damit eine Statue meinte, wie sie glaubte, dann war es das, was sie bei dem Kuß empfand. Als wäre die Allerheiligste Jungfrau von ihrem Altar in der Kapelle heruntergestiegen und hätte die Statue unseres Herrn Jesus geküßt.

Als sie sich von ihm löste, hatte sie Angst, er könnte böse sein, aber er sagte nur freundlich, wie um sie darüber zu beruhigen: »Danke, Sibby.«

Sie konnte noch immer nichts sagen. Sie sprach kein letztes Wort zu Mr. Hogan, sie wandte sich auch nicht um für einen letzten Blick auf ihn, als sie nun loszog, um zu wandern und sich zu verstecken, wieder zu wandern, sich wieder zu verstecken, bis sie die Stadt und das Schiff nach England erreicht hatte.

Tiger war in der Halle, als die Wagen vorfuhren. Er war auf dem Rückweg zu Saladin, nachdem er sich eine Orange aus dem Eßzimmer geholt hatte. Er hatte Eddie Flynn auf Saladin reiten lassen. Er war es schon lange leid, Saladin zu reiten, und hatte angefangen, ihn herzuleihen an die, die zugaben, daß Tiger Fogarty der Boß war. Sie waren alle wie versessen darauf, Saladin zu reiten, darum sagten alle, daß Tiger der Boß war. Es war schön, die Burschen wieder unter seiner Fuchtel zu haben, wo sie hingehörten, die Mistkerle!

Es war eine prima Party. Die große Uhr in der Halle stand auf kurz vor zwölf – Tiger hatte gelernt, die Zeit fehlerfrei abzulesen –, aber so wie es im Eßzimmer aussah, war die Party noch nicht aus, noch nicht annähernd. Miss Rose war da und sah ein bißchen schläfrig aus, aber die anderen waren in Hochform. Tiger selbst war vielleicht ein klein bißchen schläfrig, natürlich nicht wie manche von den Kleinen, die auf dem Fußboden regelrecht eingeschlafen waren – aber doch nicht schläfrig genug, um zu wünschen, die Party wäre aus. Denn dann würde kein Weihnachten mehr sein, nur noch das Übliche. Es würde schwer sein, nach diesem Weihnachten zum Üblichen zurückzukehren.

Die große Uhr schlug zwölf. Der Weihnachtstag war also sowieso vorbei. Jetzt war Stephanstag. Und dann kamen die Wagen. Zwei Wagen. Und das war der Anfang eines so unüblichen Tages, wie es ihn noch nie gegeben hatte, aber nicht wie Weihnachten, sondern unüblich auf fürchterliche Weise.

Aus dem Hallenfenster, das die Form eines Burgfensters hatte, sah er die Wagen auf den Kiesplatz fahren und halten. Eine komische Tageszeit, um die Madam zu besuchen, aber wer weiß, vielleicht waren Leute von der Art der Madam so was gewöhnt? Aus dem einen Wagen stiegen ein paar Männer. Und dann – ach du mein Schreck – aus dem anderen Polizisten von der *Civic Guard*. Noch ehe sie die Tür erreicht hatten, war Tiger blitzschnell die Treppe hinauf mit dem entsetzlichen Gedanken, sie hätten sein Versteck im Wald gefunden und wollten ihn holen.

Er versteckte sich bei der Treppenbiegung und horchte. Jemand durchquerte die Halle vom Eßzimmer zur Haustür. Er lugte durchs Geländer. Es war Miss Rose, die die Vordertür geöffnet hatte. Die Männer und die Polizisten sprachen mit ihr. Sie sprachen so leise, daß er es nicht verstehen konnte. Miss Rose stand einen Augenblick still, als wüßte sie nicht, was tun, dann ging sie weg in Richtung Eßzimmer. Und plötzlich brach im Eßzimmer ein großes Geschrei aus, und alle rannten kreischend hinaus in die Halle, und Moll Casey schlug mit den Armen und kreischte am lautesten von allen. Daher hörte er jetzt, weswegen die Guards gekommen waren, und es war schrecklich, und die Kinder kamen alle wieder in die Halle wegen dem Radau und die Madam und Grannie Fogarty aus der Bibliothek, und auch er war wieder in der Halle und brüllte und heulte mit den anderen wegen

Mike und war ganz durcheinander, hin- und hergerissen zwischen furchtbarer Traurigkeit und der großen Aufregung, so daß er nicht recht wußte, was er fühlte und was nicht, und sich um sich selbst drehte wie ein Kreisel.

»Bringen Sie den – bringen Sie Mike Casey hierher zurück«, sagte die Madam.

Beim Ton dieser Stimme wandte sich Grannie Fogarty dem einzigen sicheren Trost auf dieser Welt zu. Die Madam drückte ihr ganz schnell die Hand. Und da war es, als ob etwas von der Eigenart der Madam in sie überging, denn sie wurde ganz anders als ihr ganzer Stamm und kreischte nicht und fuchtelte auch nicht mehr herum, sondern blieb still neben der Madam stehen.

Der Sergeant sagte: »Es kommt ein Krankenwagen und bringt den Toten ins Leichenhaus in Waterford, Ma'am. Es muß eine Leichenschau stattfinden und eine gerichtliche Untersuchung.«

»Ja«, sagte die Madam. »Ja, natürlich. Das hatte ich vergessen.«

Die arme Moll schrie, daß man ihr nicht mal den Leichnam ihres Sohnes ließ, und Thady verfluchte den Satan, der ihn ermordet hatte. Sie waren wie die Irren, helf ihnen Gott. Die Madam trat zu ihnen und legte der armen Moll die Hand auf die Schulter, und dadurch beruhigte sie auch diese beiden ein bißchen.

»Das muß so sein, Mrs. Casey. Das ist Gesetz. Ich weiß, es ist nur ein sehr geringer Trost, aber bitte glauben Sie mir, alle wollen ihr möglichstes tun, um Ihnen zu helfen.«

Der Sergeant und die Männer aus Cloona, die mit den Guards gekommen waren, sagten das auch. Sie sahen sehr verlegen und beschämt aus, die Männer aus Cloona, und das durften sie auch sein. Ja, jetzt waren sie zu Freundlichkeiten bereit, jetzt, wo es Mike nichts mehr nützte, Gott sei seiner Seele gnädig. Grannie Fogarty leckte sich die Lippen, die sich trocken anfühlten, es aber nicht waren, denn sie waren naß und salzig von herunterrinnenden Tränen. Sie flossen für die arme kleine Sibby, der der Verlust ihres Mike auch das Herz brechen würde. Sie war nirgends zu sehen, aber sicherlich würde sie wiederkommen und die Nachricht entgegennehmen, die hier auf sie wartete, die arme Kleine. Jetzt machte sich der Sergeant Notizen und gab Anweisungen, was geschehen mußte, und dann sagte er, er ginge jetzt, damit sie, so gut es ging, zur Ruhe kämen. Einer der Männer von Cloona fragte stotternd, ob die Madam wünschte, daß ein paar von ihnen über Nacht in Moore Park bei ihr blieben. Hochmütig aber höflich sagte sie nein. Dann gingen die Polizisten und die Männer aus Cloona und überließen sie sich selbst.

»Die und ihr Gesetz«, sagte Mikes Pa. »Für Tinker gibt's Gesetze noch und noch, aber wieviel Gesetz wird's geben für den Farmer, der meinen Sohn erschlagen hat, frag ich euch!«

Miss Rose war so blaß, daß der zerstörte Teil ihres Gesichts sich schrecklich abhob, aber wenn es darauf ankam, zeigte sie doch, daß sie zur Rasse der Madam gehörte. Sie half der Madam so etwas wie Ordnung unter ihnen allen zu schaffen und bestand darauf, dann alles selber zu übernehmen und ihr Tantchen und die Grannie Fogarty wieder in die Bibliothek abzuschieben. Die Madam war jetzt trotz all ihres guten Willens so geisterbleich, daß Mike selbst nicht bleicher sein konnte. Sie hatte durchgehalten und ihre Kraft hergegeben, solange sie gebraucht wurde, aber als sie sich jetzt in ihrem Stuhl in der Bibliothek zurücklehnte, sah man, daß sie bis auf den Grund erschöpft war. Sie sagte etwas zu sich selber, so leise, daß Grannie Fogarty es nicht richtig verstand. Dann tastete sie mit der Hand irgendwie suchend und drückte die von Grannie Fogarty, wie schon unten in der Halle, aber diesmal erwiderte Grannie Fogarty den Druck. Denn so seltsam es schien, sie hatte den Eindruck, daß die Madam ebensosehr Trost suchte, als sie ihn gab. Und als die beiden Hände sich so fest umklammerten und jede von beiden der anderen Trost gab und ihn auch empfing, gehörte es zu den Sonderbarkeiten des Lebens ganz allgemein, daß aus dem Kummer dieser Nacht einer der süßesten Augenblicke in Grannie Fogartys Leben wurde.

Vierzehntes Kapitel

Es würde lange dauern, ehe man diesen außergewöhnlichen Stephanstag in Cloona vergaß.

Es wurde so viel über das Geschehene berichtet, daß man nicht unterscheiden konnte, was Wahrheit und was Erfindung war. Eine unumstößliche Tatsache blieb, daß Jim Cullen das Pech gehabt hatte, einen Tinker umzubringen. Die Polizisten waren immer noch im Dorf. Wie jedermann gehört hatte, hatte Jim Anlaß gehabt, mit dem Tinker darüber zu sprechen, er solle seinen Wolfshund von den Mutterschafen auf dem Steinfeld fernhalten. Der Tinker hatte sofort den Hund auf ihn gehetzt und zufällig einen Hieb auf den Schädel abgekriegt, als Jim versuchte, sich zu verteidigen. Die Leute gingen zu der Stelle auf den Feldern der Madam – dicht bei der Lücke zum Steinfeld, so daß man sofort einsah, warum Jim um seine Schafe besorgt gewesen war –, an der der Tinker umgebracht worden war. Den Hund hatten die Polizisten töten lassen. Die Tinker hatten nicht einmal eine Steuermarke für ihn gehabt.

Einer der Männer, der die Polizisten nach Moore Park begleitet hatte, sagte wichtigtuerisch in Pat O'Learys Pub: »Ich weiß es nur inoffiziell, aber eindeutig, daß es im äußersten Fall nur Totschlag war.«

»Notwehr ist kein Totschlag«, sagte Pat. »Jim wird frei ausgehen.«

Man war sich einig, daß er trotzdem vorher noch eine Menge gerichtlicher Unannehmlichkeiten bekommen würde, der arme Kerl.

In der Küche der Quinlan-Farm sagte Mrs. Quinlan zu ihrer Tochter, die ein frisch gebügeltes Hemd in ein offenstehendes Köfferchen auf dem Tisch legte: »Das wird Jim nicht brauchen, Eileen. Heute abend ist er wieder daheim. Der Oberinspektor hat gesagt, eine Kaution sei überhaupt nicht nötig.«

»Aber es könnte doch sein, Mammy, daß der Anwalt ihn noch ein, zwei Tage in Waterford behält, um alles mit ihm durchzugehen.«

Die Nachbarn, die dageblieben waren, um der Familie Mut zuzusprechen, waren gegangen. Der Oberinspektor sollte bald wiederkommen, um Jim auf Grund formeller Anklage vor den Friedensrichter in Waterford zu bringen. Es war das erste Mal, daß die drei miteinander allein waren, seit Jim gestern abend mit dem Schwarzdornknüppel das Haus verlassen hatte. Das Weib redete und bewegte sich ganz gelassen und ohne Erregung. Jetzt lachte es sorglos. Eine bewundernswerte schauspielerische Leistung.

»Ach, du meinst wohl, dein Jim ist so etwas Wichtiges, daß ein vielbeschäftigter Mann wie Mr. Lee ganze Tage vertrödelt mit einem so simplen Fall?«

Jim sagte: »Ja, ganz simpel, nicht wahr? Eine sehr glaubhafte Geschichte!« Beide sahen ihn an. Eileens Augen wurden groß. In denen der Schwiegermutter lag Überraschung und dann etwas Warnendes. Er sagte: »Du hattest ganz recht, mich wie einen Jungen zu behandeln. Ich habe mir mit aller Kraft einreden wollen, daß du dran schuld bist, wenn ich einen Mann umgebracht habe.«

Völlig ruhig sagte sie: »Jim, es ist gleichgültig, was für wilde Dinge du privat über mich sagst, aber sei vorsichtig – um unser aller willen. Du stehst jetzt stark unter Schock, aber vergiß nicht, jedes Wort will überlegt sein.«

»Ich habe mir jedes glaubwürdige Wort überlegt. Zum Teufel damit! Ich sag dir, warum ich den Tinker umgebracht hab! Ich hab ihn umgebracht, weil er die Felder der Madam gekauft hat, die du mich nicht hast kaufen lassen, und weil er mir ins Gesicht gesagt hat, daß ich hier auf der Quinlan-Farm nur der Laufbursche bin.«

»Jim, bitte! – Auch wenn nur wir dich hören –«

»Nur wir. Einstweilen nur wir. Ich hatte bereits die Wut, weil du Eileen und mir den Urlaub verpatzt hast, und als er mir dann das ins Gesicht warf, gab mir das den Rest. Ich versetzte ihm eins mit dem Knüppel.«

»Nicht so laut. Bitte! Ich weiß, es ist etwas Schreckliches, einen Menschen umzubringen, wenn auch noch so unabsichtlich, aber du mußt alles im richtigen Verhältnis sehen. Selbstverständlich hast du zugeschlagen. Der Hund hat dich doch angegriffen.«

»Der Hund war überhaupt keine Gefahr für mich. Der Tinker hatte ihn fest an der Leine.«

Eileen trat ganz ruhig zu ihm und legte ihm die Hand auf den Arm.

»Jim, Liebster, *wolltest* du den Tinker umbringen?«

»Ich hab überhaupt nicht denken können. Ich wollte nur zuschlagen und zerschmettern und – du weißt doch, wie ich manchmal werde. Der Rest war Pech. Und dann – o Gott – dieser Hund!«

Sie führte ihn zum Tisch, und er setzte sich und sagte matt: »Das jedenfalls ist die wahre Geschichte. Das ist die Geschichte, die ich erzählen werde. Das reine Hemd kann also durchaus nützlich sein.«

Eileen setzte sich neben ihn. Mrs. Quinlan sagte mit ihrer üblichen gleichmütigen Stimme: »So ein großer Unterschied ist zwischen der einen und der anderen Darstellung nun auch nicht. Selbst dir ist klar, daß du nicht die Absicht hattest, den Mann umzubringen. Welchen Zweck hat es dann, es für dich noch zu erschweren – und für uns? Dem unglücklichen Toten hilft das auch nichts mehr.«

»Nein, aber vielleicht hilft es mir.«

Eileens Hand schob sich über den Tisch zu der seinen. Er legte sie schlaff in die ihre. Doch dann sah er, wie sie ihn anlächelte, und begriff, daß sie ihn verstand, und drückte ihre Hand heftig.

»Wir sind alle schuld«, sagte Eileen. »Ich hab mich von dir immer als Kind behandeln lassen, Mammy. Aber du hast mich auch fast wie ein Kind behandelt, Jim. Es wird Zeit, daß ich erwachsen werde. Unser Fehler war, daß wir immer soviel Rücksicht auf die Gefühle des anderen genommen und unsere eigenen versteckt haben. Und was jetzt passiert ist, ist das Ergebnis. Wir müssen aufpassen, daß uns nicht wieder aus lauter Dummheit Schlimmes widerfährt. Es wird Zeit, offen miteinander zu reden, finde ich, auch wenn es zuerst weh tut. Ich fang gleich damit an. Mammy, hast du Bill Hurley absichtlich aufgehetzt, damit er kündigt?«

»Jawohl.« Mrs. Quinlan ging in die Spülküche. »Ich koch uns jetzt einen Tee.«

Man hörte Wasser laufen, sie füllte den Kessel. Eileen und er sprachen leise miteinander, während seine Schwiegermutter schweigend ein- und ausging, das Geschirr vom Buffet auf ein Tablett stellte, darauf wartete, daß das Wasser kochte.

»Jim, Liebling, was bedeutet es für dich, wenn du die reine Wahrheit sagst?«

»Oh, erst mal komme ich bestimmt gegen Bürgschaft frei, glaube ich, aber ich bin nicht so sicher, daß ich weiter frei bleibe. Möglich ist es immerhin, man ist sehr nachsichtig, wenn es sich nur um einen Tinker handelt. Aber es kann eine kurze Haftstrafe geben. Ein halbes Jahr vielleicht. Höchstens ein Jahr, schätze ich. Mir ist es gräßlich, dich allein zu lassen, besonders jetzt, wo James oder Jemima in Sicht sind. Liebling, ich habe einen Mann umgebracht, weil ich aus hundertfünfzig Morgen hundertsiebzig machen wollte. Der arme Teufel kann nichts mehr aussagen. Schau, Liebling, auch wenn es dir verrückt vorkommt, ich kann nicht weiter lügen, nachdem ich ihn umgebracht hab. Das ist zu gemein, sogar für mich.«

Sie spielte mit seinen Fingern und meinte: »Unklug wird man dich ja schon finden.«

»Damit werde ich fertig, wenn nur du es nicht unklug findest.«

Seine Frau, Bridget Quinlans Tochter, jetzt aber vor allem seine Frau, sagte: »Natürlich finde ich es auch ein bißchen unklug, aber ich kämpfe dagegen an. Es ist mir schrecklich, wenn du ins Gefängnis mußt, obwohl es sich vermeiden ließe, aber ich fürchte, wenn ich versuche, dich dran zu hindern, hättest du mich später nicht mehr so lieb.« Sie lachte ein seltsam klägliches Lachen. »Ach, das Schlimmste bei unsereinem – bei den meisten Leuten, glaube ich – ist das: Wir sind nicht gewöhnt, uns in einer Lage wie dieser auszusprechen. Wir können sie kaum vernünftig durchdenken.«

Mrs. Quinlan brachte das Tablett zum Tisch.

»Tut mir leid, daß ich ein solches Chaos angerichtet habe«, sagte Jim zu ihr.

Sie setzte sich und fing an, Tee einzugießen.

»Wir alle haben es angerichtet. Wie ich dich, Eileen, sagen hörte: unsereins hat keine Übung, über eine solche Lage zu reden. Unsere Methode ist meist: alles mit Nebensächlichem zudecken. Nun müssen wir sehen, wie offen wir miteinander sein können, wenn wir dazu gezwungen sind, und das rasch, ehe der Oberinspektor wiederkommt. Wie nennt man das noch, wobei die Leute in Gruppen herumsitzen und Beichten ablegen? Na, ist ja egal. Hab ich dir genug Milch hineingetan, Jim? Ja, ich hab Bill Hurley rausgegrault, absichtlich, damit du nicht mit Eileen auf Urlaub gehen und mich mit der ganzen Arbeit allein lassen kannst. Verstehst du, ich glaube zu wissen, was für meine Tochter das Beste ist. Das hab ich immer geglaubt. Meine Tochter ist das einzige menschliche Wesen, das ich liebe. Sie ist das einzige menschliche Wesen, das ich je habe lieben *können*, daher ist sie mir natürlich das Wichtigste auf der Welt. Eileen, ich habe dich und die Farm unter sehr harten Bedingungen bekommen, von einem Mann, der mir zuwider war. Aha, ich merke, du findest Offenheit unangenehmer, als du dir vorgestellt hast. Nein, bitte, unterbrich mich nicht. Ich war entschlossen, beide – äh – Aktivposten, die ich um so hohen Preis erworben hatte, fest im Griff zu behalten. Wie du weißt, auf deine Kosten, Jim. Nein, bitte, keiner von euch beiden darf mich unterbrechen! Wir haben nicht viel Zeit, dann ist der Oberinspektor hier, und wenn ich erst aufhöre, kann ich vielleicht nie wieder anfangen. Dies alles ist nicht leicht für mich. Ich bin der Meinung, daß deine heldische Anwandlung total abwegig ist, Jim, aber Eileen will dich anscheinend darin unterstützen. Zum Glück bin ich einigermaßen fix im Denken. Während ich den Tee aufgoß, wurde mir klar, daß ich Eileen, wenn ich sie wie bisher festhalte, ganz an dich verliere. Aber ich möchte einen Anteil an ihr behalten – soweit ich kann. Mir Details durchzudenken, blieb mir keine Zeit, aber es läuft darauf hinaus, daß ich künftig in einem Haus wohnen werde und ihr zwei im anderen. Nein, *nicht* unterbrechen, bitte! Ich kann meine Rechte an der Farm Eileen vermachen, gegen ein Kapital, das mir für meinen Lebensunterhalt genügt, dann kann Eileen dir die Farm überschreiben, Jim, und du bist Herr und Boß. Oder ihr könnt halbpart machen. Oder verkaufen und anderswo neu anfangen, nachdem du entschlossen scheinst, den Unfall unnötig zu komplizieren. Es liegt bei euch. Ich mische mich da nicht ein. Ich werde mein eigenes Leben leben« – sie lächelte ein rasches, verkniffenes Lächeln – »irgendwo nicht zu weit weg. Ich fürchte, ich kann nicht versprechen, euch nur selten zu besuchen, aber ich werde mich bemühen. Du bist ein anständiger Mensch, Jim, wenn du deinen Jähzorn in Schach hältst. Du bist ein guter Landwirt. Du wirst für Eileen auf deine Art sorgen.« Wieder ein verkniffenes Lächeln. »Und wer weiß, vielleicht lerne ich noch, die perfekte Schwiegermutter zu sein. So, jetzt dürft ihr reden! Nein, ich glaube, es ist zu spät. Ah, da sind Sie ja, Herr Oberinspektor! Wollen Sie sich nicht setzen und eine Tasse Tee mit uns trinken? Aber ja, wozu die Eile? Warten Sie, ich mache Ihnen ein paar Sandwiches mit kaltem Putenbraten, das dauert nur einen Moment. Und ich kann Sie nicht gehen lassen, ehe Sie nicht meinen Weihnachtskuchen probiert haben, wissen Sie.«

Später sah man den Oberinspektor ganz freundschaftlich mit Jim Cullen in dessen Wagen nach Waterford fahren. Es dauerte noch eine Weile, ehe der Streifenwagen mit den Guards vom Hof fuhr. Da sie mit dem Vermessen und Skizzenzeichnen fertig waren, meinten die Leute, sie wären noch geblieben, um nach einer Spur von der Tinkerdirne zu suchen, die den armen Tim Doonican bestohlen hatte. Das war etwas Schreckliches, und wer es nicht schon wußte, lernte daraus wieder einmal, daß es hoffnungslos war, aus einem Tinker etwas Besseres machen zu wollen. Das schlechte Blut schlug durch.

Näheres über diesen Diebstahl zu erfahren war nicht leicht, denn bis jetzt hatte keiner den alten Tim zu fassen gekriegt. Er war nach dem Schock bettlägerig. Eines war sicher: Nur während der Schulmeister das Mädchen ins Haus geholt hatte, konnte es das Geld genommen haben. Die gestohlene Summe wurde mit höchstens fünfhundert, mindestens fünfzig Pfund angesetzt. Die genaue Höhe seines Verlustes würde wohl das einzige sein, was der arme alte Tim angeben konnte, denn er hatte natürlich während der ganzen schlimmen Geschichte, die sich im Hause abspielte, fest geschlafen.

»Und es muß ein fabelhaft tiefer Schlaf gewesen sein«, sagte die Witwe Sullivan. »Das meinen die Polizisten auch.«

Tim gefiel ihr Ton kein bißchen. Er drehte sich im Bett herum und stöhnte. Sie zeigte keinen Funken Mitgefühl.

»Ich hab's satt bis hierhin, das Ausgefragtwerden«, sagte er.

»Ja, ja, es sind mißtrauische Leute!«

»Sie wollen's ja nur an mir auslassen, daß Sie sich wegen Ihrem feinen Schulmeister aufregen, das ist es. Na, hab ich etwa ein Wort gegen ihn gesagt? Woher soll ich wissen, daß das diebische Tinkergör ins Haus kommt, während ich schlafe? Im übrigen könnten's auch Sie oder Katie gewesen sein, die die Haustür schlampig zugemacht haben. Ich hab nicht behauptet, daß der Schulmeister sie reingelassen hat, oder? Es ist nicht meine Schuld, daß er gesehn worden ist, wie er sie rausließ.«

»Er hat sie draußen vor der Tür getroffen.«

»Sagt *er*, Ma'am. Wer glaubt ihm?«

Sie seufzte.

»Nicht viele.« Sie ging im Zimmer herum und räumte auf. »Tim –«

»Ja?«

»Sie können doch unmöglich ein so schlechter Kerl sein, Tim, ich meine, wenn Sie von dem Schimpf, den man Mr. Hogan jetzt antut, was tilgen könnten, wären Sie doch kein so schlechter Kerl, daß Sie's *nicht* täten, oder?«

Dies entlockte ihm ein tiefes Stöhnen.

»Gott verzeih's Ihnen, daß Sie einem kranken alten Mann zusetzen, der eben um die Ersparnisse seines ganzen Lebens gebracht worden ist.«

»Die kriegen Sie vielleicht wieder. Dann kann uns das Mädchen auch sagen, wie sie hereingekommen ist.«

Es war kaum zu glauben, aber er war so erfüllt gewesen vom Verlust seines Geldes, daß er erst jetzt daran dachte, welch fürchterliche Folgen es hätte, wenn er es wiederkriegte. Jeder Knochen in seinem Leibe wurde zu Wasser, und er bekam fast keine Luft. Kaum daß er flüstern konnte: »Wer würde schon glauben, was ein verlogener Tinker ausplaudert?«

Sie blieb vor ihm stehen, seine langen Unterhosen über dem Arm. Es war schwer, diesem Blick standzuhalten.

»Dafür werden die vom Gericht bezahlt, Tim Doonican, daß sie rauskriegen, wer lügt und wer nicht.«

Die gute Wollmatratze schien sich unter ihm aufzulösen. Die eigene Stimme kam ihm vor wie aus einem Radio in einem anderen Zimmer.

»Gute Frau, ich bin am Ende.« Und genau das war er, helf ihm Gott! Erwischte man Sibby, so war es verdammt egal, ob er sein Geld wiederkriegte oder nicht, denn sobald sie vor Gericht den Mund auftat, würde man ihn aus Cloona verjagen, in einem wahren Sturm aus Spott und Verachtung. Und ohne sein Geld gab es für die Witwe Sullivan keinen zwingenden Grund mehr, ihn zu beherbergen. O Gott, was für ein Idiot war er gewesen, nicht schon früher zu merken, daß sie bereits eben jetzt drauf und dran war, ihn abzuschieben.

»Ich bin am Ende«, wiederholte er. »Ich weiß es nur zu gut. Nur zu, verlieren Sie keine Zeit mehr.«

»Ich verliere keine Zeit. Ich muß das Zimmer irgendwie in Ordnung bringen, ehe der Doktor kommt.«

»Ach ja, den hatte ich vergessen. Ja, für den muß das Zimmer in Ordnung sein, stimmt. Er muß den Schein ausschreiben, natürlich. Klar, daß Sie's kaum erwarten können, den in der Hand zu haben.«

»Keine Ahnung, was Sie meinen, aber wenn Sie anfangen, irre zu reden, muß er je eher je besser kommen.«

Doch auch wenn man am Ende war, konnte man zeigen, daß man es trug wie ein Mann. Er stützte sich auf einen Ellbogen hoch und stieß ein solches Gebrüll aus, daß ihr die langen Unterhosen entfielen.

»Sie wissen verdammt gut, wovon ich rede. Vom Einweisungsschein ins Altersheim. Auf den warten Sie doch, Mrs. Sullivan!«

Sie riß den Mund auf, dann brach sie in Gelächter aus.

»Sie alter Hanswurst, Sie! Wen kümmern schon die paar windigen Kröten unterm Bett, die weder Ihnen noch jemand anders nützen!« Sie hob die Unterhose wieder auf und legte sie über den Stuhl. »Auch wenn ich auf den Gedanken käme, Sie ins Altersheim abzuschieben – ach, die würden ja mit Ihnen ein wahres Prachtstück bekommen –, also selbst wenn ich auf den Gedanken käme – Sie wissen ganz genau, daß ich Sie für immer und ewig auf dem Hals habe. Was für 'n Leben hätte ich denn in Cloona, wenn ich zuließe, daß man Tim Doonican ins Altersheim schafft, möcht ich wissen?«

Er sank auf das Bett zurück. Die Schwäche überfiel ihn wieder, doch es war eine merkwürdig angenehme Schwäche. Ihn überfiel ganz allgemein ein merkwürdig angenehmes Gefühl. »Wollen Sie damit sagen, Ma'am, daß ich in Cloona beliebt bin?«

»Wer redet von beliebt?« Schläfrig sah er zu, wie sie weiter im Zimmer herumfuhrwerkte und räumte. »Man ist an Sie gewöhnt, das ist alles. Bin ja selber an Sie gewöhnt. An jedem Ort gibt's Gute und Schlechte. Ich will nicht sagen, zu welcher Sorte Sie gehören, aber ohne Sie wäre es jedenfalls nicht mehr dasselbe Cloona.«

»In Cloona geboren und aufgewachsen«, flüsterte er, »drum gehöre ich ganz hierher.«

»So ist es, Sie alter Lump.« Sie kam herüber und stellte sich mit gekreuzten Armen vor ihn hin. »Also liegen Sie nicht da und spielen den Gekränkten.« Sie gab ihm einen energischen Klaps auf die Wange, es war fast schon eine Ohrfeige, doch in ihrem Blick lag Besorgnis. »Ich wärme Ihnen jetzt mal einen Teller Suppe, und die essen Sie, und Schluß mit dem Unsinn.«

Vor langer Zeit, als junger Mann, war er an einem sonnigen Augusttag einmal kurz im Meer baden gegangen. Auf dem Rücken im warmen Wasser treibend, hatte er hinaufgeschaut zum blauen Himmel und zur gelben Sonne. Sonderbar, bei allen Freuden mit Weibern, Suff und anderen derben Lebensgenüssen waren ihm diese Minuten schwebenden Dahintreibens an jenem Augusttag im Gedächtnis geblieben, als kleiner unvergleichlicher Moment des Glücks.

Damals war er ein junger Mann in einer schönen Welt, und über dieses Bewußtsein geht nichts. Die Zeit zeigte ihm bald genug die harte Wahrheit über die Welt und die Menschen darin, aber jetzt, erschöpft vom Umgang mit der schamlosen Schlampe gestern nacht – möge sie nie gefunden werden, auch wenn sie sein ganzes Geld bei sich hatte, möge sie damit verfaulen –, erschöpft vom Schmerz über diesen Verlust, der schließlich doch keiner war, trieb er als alter Mann wieder friedlich und behaglich in der gleichen schönen Welt dahin. O Gott, das sonderbare Gefühl, das ihn da überschwemmte, es war Glückseligkeit. Eine solche Glückseligkeit, daß er plötzlich das Bedürfnis hatte, sie mit anderen zu teilen.

Sie fragte: »Ist was, Tim?« und klang ganz erschrocken. Er öffnete die Augen und tat sein möglichstes, um etwas von dem Glück zu verschenken, denn er hatte so viel davon, daß noch etwas übrig war für die Witwe Sullivan und alle anderen.

»Ich hab mir gedacht, Ma'am –«, vor lauter Großmut wurde er leichtfertig und ging so weit, wie unter diesen mißlichen Umständen nur möglich – »ich hab mir gedacht, ich könnte fast schwören, daß der Schulmeister das Tinkermädchen gestern nacht schließlich doch nicht ins Haus geholt hat. Weil nämlich, verstehen Sie, 'tschuldigen Sie die unanständige Bemerkung, das Bett vom Schulmeister quietscht, und wenn da was im Gang gewesen wär, hätte ich bestimmt nicht so fest weiterschlafen können, ti-hi-hi.«

Die Sorge, wie man Andrew Hogan zu begegnen hatte, wenn er sich im Dorf zeigte, verwandelte sich in allgemeine Erleichterung, als man ihn sein Gepäck in den Wagen laden sah. Er reiste also schon ab. Daß er sich in Cloona Zuneigung und Respekt erworben hatte, steigerte noch das Staunen und den Verdruß, den er jetzt auslöste. Cloona war ebenso liberal wie jedes andere Dorf. Es verlangte von keinem Mann, daß er lebte wie ein Mönch, und zeigte auch keine besondere Überraschung, wenn eine Frau bewies, daß auch sie nur ein Mensch war, aber sogar der lockerste Vogel hätte sich nicht zu einem Tinkermädchen herabgelassen. Jedermann neigte dazu, sich auf die Seite des Pechvogels zu schlagen, aber für Andrew Hogan fanden selbst die Nachsichtigsten keine Entschuldigung.

Selbstverständlich kannte man seine kühne Behauptung, sich nicht mit der schwarzhaarigen Schlampe eingelassen zu haben, aber ein Mann in der Stellung eines Schulmeisters mußte sich natürlich an jede Spur von Anstand klammern, und man war sich einig, daß Andrew Hogan zu klug war, um zu hoffen, daß ihm das jemand glaubte. Die Beweise waren ganz und gar gegen ihn.

Er hatte Doreen Hannigan erniedrigt, indem er ohne Abschiedswort von der Party im Großen Laden weggegangen war. Stunden später hatten einige der Gäste und Doreen selbst auf einem kleinen Schlenker die Straße hinunter ihren künftigen Ehemann vor dessen Quartier unverhohlen mit diesem Tinkerflittchen schmusen und knutschen sehen. Doreen hatte ihm sofort seinen Ring vor die Füße geworfen, und am nächsten Morgen hatte man ihn aus dem Schuldienst entlassen. Bedachte man die gesellschaftliche Stellung dieses Mannes, war es der ärgste Skandal, der in Cloona bekanntgeworden war.

»Und Jenny, die schlimme Jenny, küßte mich ganz ohne Scheu ...«, zitierte die Madam mit unbezähmbarem Funkeln in ihren matten Augen. »Der unselige kleine Störenfried.«

Auch wenn sie ihn bei der letzten Zusammenkunft mit

eisiger Verachtung behandelt hatte, wollte Andrew Cloona doch nicht ohne Abschied von der alten Kampfgefährtin verlassen. Er hatte keine Entschuldigung für seinen feigen Verrat an Tiger vorgebracht, denn es gab keine, die für sie annehmbarer gewesen wäre als für ihn. Als ihn Katie Roche in die Bibliothek geführt hatte, hatte er jedoch, um sein möglicherweise unwillkommenes Erscheinen zu erklären, gesagt: »Ich hab es nicht fertiggebracht, abzureisen, ohne Ihnen Lebewohl zu sagen.« Und sie hatte erwidert: »Mein lieber Andrew, das hoffe ich doch.« Das war also abgetan.

Er überging rasch das Thema von Mike Caseys Tod, denn er sah erschrocken, wie nahe er ihr ging.

»Meine armen Tinker.« Zusammengesunken in ihrem Sessel, saugte sie Lippen und Wangen nach innen wie jede zahnlose alte Frau. »Wahrscheinlich bin ich nichts anderes als eine eigensinnige, naseweise, senile Alte.«

»Der einzige Weg, *nicht* indirekt zum Anlaß unvorhersehbarer Konsequenzen zu werden«, sagte er, »ist der, im Zustand vollständiger Untätigkeit zu verharren. Und selbst dann ist man nicht hundertprozentig sicher.«

Das quittierte sie mit einem grimmigen kleinen Lächeln und richtete sich auf.

»Ich werde Sie vermissen.« Mit zurückkehrender Energie schlug sie mit der Faust auf die Armlehne. »Ich wollte, ich wäre nicht so ein zahnloser alter Löwe. Es ist zum Rasendwerden, vor der Ungerechtigkeit machtlos zu sein.«

Andrew war noch immer gereizt und böse. Wenn man anfängt zu merken, daß man eine Frau nicht besonders mag, hilft es wenig, wenn man sie weiterhin qualvoll begehrt. Ein widerlicher Gedanke, daß ein anderer Mann bekommen würde, wofür er auf allen vieren gekrochen war und was er nicht bekommen hatte. Nur die Witwe Sullivan hatte ihm zum Abschied aus dem Dorf nachgewinkt. Niemand sonst hatte ihm gute Reise gewünscht. Bei der Fahrt durch Cloona hatte er eisern geradeaus geschaut und dadurch seinen ehemaligen Freunden und Nachbarn sicherlich Peinlichkeiten erspart. Alles das war höchst unangenehm und höchst absurd. Bis zu diesem Moment war ihm nicht klar gewesen, wie absurd.

Er lachte.

»Vielleicht ist es doch dichterische Gerechtigkeit, Madam.

Cloona hat mich richtig behandelt, wenn auch aus den falschen Gründen.«

Sie sah ihn nachdenklich an. Es dauerte eine Weile, ehe sie wieder sprach.

»Sie hatten wenigstens den Anstand, wegen Ihrer Feigheit gegenüber Tiger keine so große Meinung mehr von sich zu haben wie ich.« Sie blickte ins Feuer. »Cloona kann ein guter, ein freundlicher Ort sein für diejenigen, die herpassen – aber ich glaube jetzt, zu denen gehören Sie nicht.« Sie lächelte ihn mit aller früheren Zuneigung an. »Nun liegt die Zukunft wieder vor Ihnen, Andrew. Haben Sie schon Pläne?«

»Keinerlei«, sagte er und hörte überrascht, wie munter das Wort herauskam.

Die Tiere der Tinker waren den ganzen Tag bei den Wohnwagen zusammengepfercht, statt im Park zu grasen. Die Tinker saßen in den Wohnwagen beisammen. Keiner von ihnen war ins Dorf gegangen. Die Leute waren froh darüber. Zwar war Cloona nicht schuld an dem, was dem streitsüchtigen jungen Tinker passiert war, aber den Leuten war doch unbehaglich. Aus Respekt vor dem Toten hatten die Zaunkönigbrüder am St. Stephanstag ihren Rundgang abgesagt. Vater Feeney war natürlich zu den Tinkern gegangen und hatte ihnen lange Trost zugesprochen, und es gab auch noch andere, die es für ihre Pflicht hielten, ihnen Beileid und Hilfsbereitschaft zu bekunden. Es hieß, die Tinker führen heute abend ab. Je eher sie weg waren, desto besser für den allgemeinen Seelenfrieden.

»Die Vorstellung, wie sie jenseits der Mauer hocken und uns hassen, ist mir unerträglich«, sagte Mrs. Bradley hysterisch.

Arthur sagte: »Ich habe Mrs. Moore gewarnt, daß so etwas passieren würde.«

»Nun spiel dich nicht als Prophet auf«, sagte Mrs. Bradley grob. »Ach, diese unseligen Wesen!«

»Meine Liebe, die Eltern dieses jungen Mannes tun mir genauso leid wie dir, aber du mußt begreifen, daß sie es nicht ganz so empfinden, wie wir es tun würden.«

»Woher weißt du, was sie empfinden?«

Das brachte ihn zum Schweigen. Mrs. Bradley staunte über sich. Anscheinend war es ihr gleichgültig, wie sie mit

Arthur redete. Anscheinend war ihr alles gleichgültig, seit sie heute morgen Tiger getroffen hatte.

Tiger hatte sie finster angeglotzt und dabei die zusammengebissenen Zähne gezeigt. Wie ein knurrender Hund. Wie *der* Hund. Aber sie verstand es. Dieser arme rauhbeinige Tinker war Tigers Halbgott gewesen. Das Kind mußte verzweifelt sein. Ohne nachzudenken, ließ sie sich mitten auf der Straße auf die Knie nieder, um die Arme um ihn zu legen und ihm mütterlich zuzusprechen.

»Hör'n Sie auf, an mir rumzutatschen«, sagte er.

»Tiger, lieber Tiger, sei nicht böse auf mich. Siehst du nicht, wie leid es mir tut, daß du deinen Freund verloren hast?«

»Verdammte alte Kuh!«

Sie erhob sich. Sie mußte sich auf die Hände stützen, um hochzukommen. Ihre Hände und ihre Strümpfe waren schmutzig. Ihr war leicht übel. Er starrte sie wütend an, mehr wie ein Tier als wie ein Kind.

»Sie und Ihr verdammter Major«, sagte er und spie ihr ein häßliches Wort entgegen. »Hör'n Sie bloß auf, so zu tun, als ob Sie wegen Mike heulen. Als es noch was nützte, haben Sie ja auch nicht geheult, oder wegen mir, was? Nein, Sie haben Ihrem gottverdammten Major alles durchgehen lassen, jedesmal. Haben ihn Mike runtermachen lassen, damit jeder Schweinehund glaubt, es ist okay, Mike umzubringen, wenn er Lust dazu hat, was?« Jetzt rannen ihm Tränen über das Gesicht. Er streckte die Zunge heraus und leckte sich die nasse, schmutzige Oberlippe, fuhr mit dem Ärmel darüber und lachte heiser. »Sie mit Ihren blöden Scheißtaschentüchern. Jeesus, war das vielleicht 'n Witz. Mit den blöden Dingern putz ich mir die Nase nicht, Missus.« Er ließ sie wissen, wozu er sie benützen würde. Sie wich zuruck ans Gartentor. »Wollen Sie mir nicht was geben in meinem schrecklichen Schmerz, Missus«, bettelte er mit jaulender Tinkerstimme.

Sie hatte ein paar Münzen in der Tasche, in Erwartung der Zaunkönigbrüder, die nicht gekommen waren. Sie gab sie Tiger alle. Er zählte sie auf der Handfläche durch.

»Na ja, ist ja nicht üppig, wie? Alsdann adieu, Missus. Ich werd Sie und den verdammten Major nie wiedersehn, Gott sei Dank!«

Während sie ins Haus hastete, blieb er noch stehen und rief ihr und Arthur einen Fluch nach. Noch immer hörte sie die schrille Kinderstimme, mit der er den Fluch aussprach.

»Elizabeth, meine Liebe, du scheinst dein Mitgefühl in dieser unseligen Angelegenheit zu übertreiben.«

»Wir alle haben ihn umgebracht«, sagte sie. »Das ist wahr. Wir alle.«

Und dann übernahm Arthur wieder das Kommando, als handele es sich um ein militärisches Unternehmen und als sei er noch der schneidige junge Offizier, in den sie sich vor langer Zeit bis über beide Ohren verliebt hatte. Sie würden Elm Cottage sofort verlassen und die letzten Tage des Weihnachtsprogramms im Grand Hotel in Tramore mitfeiern, das im ›Munster Express‹ angekündigt war. Sie begann schwach zu protestieren, es sei zu teuer, und die Tinker würden heute abend sowieso wegziehen, und morgen würde sie bestimmt wieder vernünftig sein.

»Widersprich nicht«, sagte er. »Fang an zu packen.« Er rieb sich die Hände. »Es wird uns beiden guttun, mal eine Weile hier herauszukommen. Haha. Kabarett, meine Liebe, und Volkslieder. Wir können zuschauen, wie das Jungvolk tanzt, und kriegen ganz sicher einen Vierer für Bridge zustande. Und wenn wir wiederkommen, werden uns keine Tinker mehr stören, und alles wird sein wie früher – selbst mein vernünftiges Frauchen, was?«

Cloona wartete den ganzen Tag darauf, daß die Tinker abzogen, aber bei Einbruch der Dunkelheit waren sie immer noch da.

»Also wir«, erklärte Mrs. Fogarty Mrs. Moore, »wir wollen lieber im Schutz der Dunkelheit durch Cloona fahren. Wir wollen die nicht sehen und die uns wahrscheinlich auch nicht.« Ihre Stimme klang müde und nüchtern. »Wenn's tagt, wollen wir in Waterford sein.«

Mrs. Moore war seit dem Heiligen Abend nicht mehr im Bett gewesen. Sie fürchtete, daß es die wenige ihr verbliebene Kraft bis zum Äußersten strapazieren würde, all diese Stunden aufzubleiben, um ihren Gästen Lebewohl zu sagen, aber sie setzte sich entschlossen in die Bibliothek mit der Kaffeemaschine. Zum Glück war sie zu müde, um noch zu denken. Was ihr an Geist geblieben war, schien voll darauf konzentriert, weiterzuexistieren. Doch selbst starker schwarzer Kaffee konnte sie nicht daran hindern einzudösen. Um zehn Uhr wurde sie aus einem Nickerchen hochgeschreckt. Mrs. Fogarty hatte ihre ganze Familie mitgebracht, um feierlich Abschied zu nehmen.

»Und dann können Sie ins Bett gehen und Ihren Schlaf nachholen, Madam, alles andre hat keinen Sinn. Wenn's soweit ist, ziehen wir ganz leise los und stören niemand.«

Instinktiv wollte Mrs. Moore widersprechen, doch Mrs. Fogarty erwies sich dies eine Mal als die Entschlossenere. Mrs. Moore folgerte daraus, daß sie so erschöpft aussah, wie sie sich fühlte. Sie sagte jedem Gast einzeln Adieu mit einem Extrawort zu Mike Caseys Eltern und Tiger. Das zehrte ihre letzten Reserven auf. Dann waren sie aus ihrem Leben verschwunden, und nur die alte Tinkerfrau blieb noch zurück. Mrs. Fogarty suchte tastend in den Falten ihres Schals über ihrem zipfelnden schwarzen Rock und brachte das gepolsterte Allerheiligste Herz aus Seide mit den aufgemalten Scheußlichkeiten an Blut und Flammen und der nicht passenden Rüsche zum Vorschein. Es mußte eine sehr große Tasche gewesen sein, in der es Platz gefunden hatte.

»Das möchte ich Ihnen schenken, Madam.«

»Ich danke Ihnen, Mrs. Fogarty.«

»Der Gedanke wird mich freuen, daß Sie es haben.« Mrs. Moore legte das gräßliche Ding auf den Tisch. Mrs. Fogarty blickte darauf nieder – sie brauchte dazu eine ganze Weile –, dann sah sie zur Seite. »Es ist die einzige Art, Ihnen zu zeigen, wie wir alle über Ihre Güte und Freundlichkeit denken.«

Es wäre freundlicher gewesen, sie auf der Straße vorbeiziehen zu lassen.

»Wie das, Madam?« (Hatte sie etwas gesagt?) Mrs. Fogarty fuhr fort zu reden. Es war unmöglich, alles aufzufassen. Noch mehr Dank. Die üblichen abgedroschenen Segenswünsche. Dann hörte Mrs. Moore sie deutlich sagen: »Ist doch Tatsache, nicht wahr, Madam?«

»Was, Mrs. Fogarty?«

»Daß Sie meine Freundin waren, obwohl Sie so 'ne große Dame sind und alles. Ich war so frei, das schon die ganze Zeit zu denken, und wär nicht so frei, es auszusprechen, wenn es nicht aufs Letzte ginge. Ich wünschte, Sie würden das selber aussprechen, Madam, damit ich für immer dran denken kann.«

Würde die alte Schwatzliese denn nie gehen?

»Ja, natürlich bin ich Ihre Freundin.«

Rose kam herein. Es wurde weiter geredet. Mrs. Moore beteiligte sich nicht daran. Sie konnte nicht. Aber sie konnte noch sagen: »Adieu!« und Mrs. Fogarty die Hand schütteln. Dann ging Mrs. Fogarty, und Rose half ihrer Großtante die Treppe hinauf und ins Bett.

Das war wundervoll. Es war wundervoll, zu liegen und zu schlafen. Doch sie schlief zu lange. Die Wagen kamen schon, und sie döste hier noch immer. Sie öffnete die Augen. Räder knirschten durch den Kies, es war dunkel, das Zifferblatt ihres kleinen Reiseweckers leuchtete grünlich. Was für Gäste kamen denn? Wie absurd, wie schrecklich, daß sie das vergessen hatte. Sie mußte ihre Faulheit so amüsant wie möglich gestehen, damit man ihr verzieh. Damit man sie entschuldigte. Sie hatte ein großes Talent, William zum Lachen zu bringen. Halb drei – und noch dunkel? Die Uhr mußte verrückt geworden sein! Ach nein, es waren natürlich keine Gäste, es war William, der im Einspänner heimkehrte. Bald würde er zu ihr heraufkommen. Das war nett. Bald. Sie tastete unsicher nach der Nachttischlampe und knipste sie an.

Das Licht packte sie brutal und warf sie zurück durch die Zeiten. Sie lag aufgeschreckt da und horchte, wie die Wohnwagen der Tinker Moore Park verließen. Das Geräusch der Räder und Hufe wurde schwächer. Alle Geräusche erstarben, Stille und Einsamkeit machten sich bereit, sich auf sie zu stürzen, wie es das Licht getan hatte. Die Tinker fuhren ab. Mrs. Fogarty fährt fort! Ich muß sie zurückrufen. Ach, ihr Schatz, das gräßliche Allerheiligste Herz, das sie so großmütig verschenkte, liegt vergessen auf dem Tisch in der Bibliothek. Ich muß es weglegen. Mrs. Fogarty würde sich kränken, es noch liegen zu sehen wie etwas Wertloses. Leg erst das Allerheiligste Herz weg, dann ruf Mrs. Fogarty zurück. Denn ich habe etwas nicht gesagt, es wird mir jetzt erst klar. Ich habe gesagt: Ich bin Ihre Freundin, Mrs. Fogarty. Aber ich habe nicht gesagt: Sie sind meine Freundin. Ich muß sie an der Hand nehmen und ihr, ehe wir uns trennen, sagen: Sie sind meine Freundin, meine liebste, allerbeste Freundin. Oh, schnell, nur schnell!

Rose stand aus Höflichkeit gegen die Tinker in der Haustür, als sie vorüberfuhren. Es war die Art Geste, wie Mike sie zu schätzen gewußt hätte. Armer Mike!

Die Tinker fuhren so leise vorüber, wie sie es versprochen hatten. Erst die Tiere, angetrieben und zusammengehalten von Lar Flynn im Pritschenwagen. Er grüßte sie. Tiger fuhr den ersten Wohnwagen und war von seiner Wichtigkeit zu sehr in Anspruch genommen, um sie zu bemerken. Auch Mrs. Fogarty, die aus der Halbtür lehnte, sah sie nicht, sie blickte hinauf zu den Fenstern im oberen Stock.

Mikes Vater fuhr den zweiten Wohnwagen. Er neigte feierlich den Kopf vor ihr. Er und seine Frau waren sehr korrekte Hauptleidtragende. Als der Zug die gekieste Einfahrt verlassen hatte, setzte er sich in schnellere Bewegung, und bald flackerten die schwachen Öllaternen um die Alleebiegung und waren verschwunden. Rose blieb an der Tür, bis sie annahm, daß die Tinker das Parktor passiert hatten.

Katie Roche hatte ihr möglichstes getan, die Unordnung nach der Weihnachtsfeier aufzuräumen, aber niemand sonst hatte Zeit, ihr zu helfen. Rose las einen Lamettafaden in der Halle auf, drehte ihn gedankenverloren um den Finger und sah ihn glitzern. Arme, törichte Sibby. Oder vielleicht doch nicht so töricht. Sie war – wenn auch noch so ungeschickt – unterwegs zu ihrer Fata Morgana. Wie ich, dachte Rose, später meinen prosaischen und erreichbaren Zielen nachstreben werde. Wenigstens darin sind wir innerlich Schwestern, daß wir beide wissen, was wir wollen.

Sie knipste die Lichter in der Halle aus, da hörte sie schlurfende Schritte auf der Treppe. Tante Eleanor tauchte auf. Sie glich kein bißchen ihrem sonst so peniblen Selbst. Das Haar hing ihr ungeordnet um das wachsbleiche Gesicht, ihr langer, wattierter Morgenrock stand offen, ihre Pantoffeln schlappten. Sie hielt sich beim Näherkommen mit beiden Händen am Geländer fest.

»Mrs. Fogartys Geschenk, Rose –«

Rose lief auf sie zu. Ehe sie am Fuß der Treppe angelangt war, trat ihre Großtante auf den Saum ihres Morgenrocks, ließ mit beiden Händen los, um ihn freizubekommen, stolperte und stürzte kopfüber die Treppe hinunter.

Nie hätte man erraten, wie mager sie war, ehe man sie auf dem Boden liegen sah. Wie ein Bündel Kleider lag sie da. Da kniete man nieder. Und kniete neben etwas, das wenig mehr war als ein Bündel Kleider.

Fünfzehntes Kapitel

Wenn Mike nicht tot wäre, würde Tiger Fogarty nicht die Zügel dieses Wohnwagens führen. Aber natürlich wäre es einem lieber, Mike wäre nicht tot. Aus den Toren war man gut rausgekommen, na ja, die waren ja auch breit. Trotzdem, er war gut durchgekommen. Schade, daß Mike das nicht sah. Irgendwie gewöhnte man sich nicht daran, daß Mike nicht mehr da war.

Wegen der dummen Idee, im Dunkeln loszuziehen, mußte man langsam fahren, dadurch kam man um die Gelegenheit zu zeigen, was man aus dieser verdammten alten Schindmähre noch rausholen konnte. Pechdunkel war es, und man sah bei dem Laternenlicht nur undeutlich, daß das Ende der Mauer um Moore Park erreicht war. Jetzt kam die des Majors. Man fuhr glatt und leicht vorüber an dem »wunnaschöönen Garten und dem wunnaschöönen Haus« von dem Major.

Tiger schrak zusammen, weil Grannie Fogarty plötzlich den Kopf rausstreckte. Wie so ein Schachtelmännchen war sie. »Wo sind wir jetzt?«

»Beim Major vorbei.«

Und bei Jeesus, man war reichlich dankbar für die Finsternis, die das »wunnaschööne Haus« verbarg.

»Also endgültig raus aus Moore Park«, sagte Grannie Fogarty, tat einen kleinen Seufzer und zog sich wieder zurück.

Tiger schielte seitwärts, doch selbst er konnte nicht sehen, was hinter dem Zaun des Majors war, obwohl er recht gut wußte, wie es dort aussah, dort und im Haus. Er und Eddie Flynn waren die einzigen, die wußten, wie Elm Cottage am hellen Tag aussehen würde. Er hatte Eddie zuziehen müssen, denn bei so was brauchte man Hilfe. Eddie hatte erst feige gekniffen und nicht gewollt.

»Dann mach ich's eben allein«, sagte Tiger und zeigte Eddie deutlich, was er von ihm hielt.

»Dann schicken die uns in so 'ne Erziehungsanstalt.«

»Dazu müssen sie's uns erst mal beweisen, oder?«

Es dauerte eine Weile, ehe er Eddie soweit hatte, aber dann wollte Eddie unbedingt mitmachen. Und mein Gott, war das vielleicht ein Spaß, ein herrliches, ganz ulkiges Gefühl. Dieses Gefühl kroch kribbelnd wieder ganz über Tiger hin, wenn es ihm einfiel, und lupfte ihn so, daß er am liebsten aufgestanden wäre und gejauchzt hätte. Ungefähr um Mitternacht hatten sie sich beide aus Moore Park weggeschlichen. Keine Menschenseele, so weit ein Esel schreit, diese Mistkerle blieben alle brav wie die Mäuse in ihren Häusern nach ihrer Bluttat von gestern. Als erstes hatten Eddie und er den Garten erledigt. Sie waren in den Geräteschuppen eingebrochen, um sich das Nötige zu holen. Das war leicht. Der Garten war nicht so aufregend, weil sie beim Licht von Tigers mit einem Lappen umhüllter Taschenlampe nicht so recht sahen, woran sie waren. Doch sie waren lange genug geblieben, um es einigermaßen hinzukriegen. Sie hatten alles an Pflanzen ausgerissen und umgelegt, was sie erwischen konnten, und noch weitere mit der Schaufel plattgeklopft und den Steingarten mit dem Vorschlaghammer zerschlagen, die zu Figuren geschnittenen Büsche in Brei verwandelt und alle an der Gartenmauer befestigten Bäume abgesägt. Der arme, arme Major würde kommenden Sommer kein Obst ernten. Dann hatten sie ein Fenster aufgebrochen und waren ins Haus eingedrungen.

Im Garten war Eddie fürchterlich nervös gewesen und wäre fast aus der Haut gefahren, als Tiger im Haus die Lichter andrehte. Dieser Eddie war doch zu blöd! Jeder hätte gewußt, daß sie in Sicherheit waren, wenn sie erst im Inneren waren, hinter den geschlossenen Läden. Wer zufällig vorbeikam, würde meinen, der Major und seine Missus hätten es sich anders überlegt und wären aus Tramore wieder heimgefahren. So gern mochte niemand in Cloona den Major, daß sie sich genauer mit Elm Cottage beschäftigten.

Im Haus hatte der Spaß erst richtig angefangen. Ach was für ein herrliches Gefühl! Als ob man den Säbel in beiden Händen schwang. Nur war es, als ob man hundert Säbel schwänge! Oh, groß und mächtig und weit hinaus über alles, was je war, zerschmeißen, zerreißen und zerbrechen!

»Das ist für Mike!« brüllte Eddie und warf das Geschirr an die Küchenwände. »Das ist für Mike«, sagte er und ließ die Polsterung aus den Stühlen quellen. Der tapfere Eddie war jetzt ein so kühner Held, daß Tiger ihm immer wieder »Pssst!« machen mußte, damit er leiser wurde. Auch Tiger hatte anfangs gedacht: »Das ist für Mike! Und das!«, aber nach einer Weile war es, als ob das Zertrümmern und Zerschmettern von ihm Besitz ergriff und er überhaupt nicht mehr dachte, weder an Mike noch an sonst etwas, sondern war wie ein wildgewordener Bulldozer. Ein solches Gefühl würde es nie wieder im Leben geben.

Sie hatten keine Zeit verlieren dürfen und schnell gearbeitet. Schließlich waren sie so erschossen, daß sie erst einmal Atem holen mußten. O Gott! Als sie sahen, was sie angerichtet hatten, wären sie beinahe selber erschrocken, so schrecklich war es. Irgendwie müde und lustlos beendeten sie ihr Werk, indem sie ein paar Dosen Farbe, die sie in einem kleinen Vorratsraum neben der Küche fanden, ringsum an die Wände klatschten. Eine davon war so rot wie Blut. Das erinnerte sie wieder an Mike.

»Bei Jeesus«, hatte Tiger auf dem Heimweg nach Moore Park zu Eddie gesagt, »das vergeß ich dir nie, wie du heut nacht für Mike deinen Mann gestanden hast.«

»Aber ja doch, wieso auch nicht. Der arme Kerl«, sagte Eddie.

Eddie war in Ordnung. Sicher war er froh, daß man jetzt an Elm Cottage vorbei war, denn Tiger war es schließlich auch. Also das müssen die uns erst mal beweisen, was? Zu der alten Stute sagte er: »He, weiter da!« Jetzt waren sie vorbei – und zum Teufel damit und mit den Eigentümern! Diese Saubeutel erwartete jetzt ein echt trauliches Heim.

So, jetzt über den Anger und die Straße hinunter. Alles fest verschlossen. Es tat lausig weh, Mike nicht sagen zu können, was er für ihn getan hatte. Mike hätte gelacht wie ein Teufel bei dem Gedanken, daß er sich noch aus dem Grab an dem Major gerächt hatte. Es war schön zu wissen, daß Saladin auf den Pritschenwagen aufgeladen war. Den Saladin würden die habgierigen Dreckskerle ihm natürlich wieder entreißen wollen. Meinetwegen! Der Säbel lag versteckt unter dem Haufen im Karren, den würden sie nie verkaufen können. Ah, da lugte jemand verstohlen hinter einem Vorhang vor! Ich seh dich, du Dreckskerl aus Cloona! Er spuckte in Richtung des Fensters aus. Vielleicht würde ein anderer Junge eines Tages den Rest seiner Schätze im Wald finden. Na, hoffentlich hatte er mehr Glück. Das einzige, was er brauchte, hatte er bei sich, und das würde er für immer behalten. Jeesus, schon wieder der Schachtelteufel!

»Wo sind wir jetzt, Tiger?«

»Fast durch.«

»Also in der Nähe der Witwe Sullivan.«

Sie stöhnte so, daß man sofort merkte, sie dachte an Sibby. Er hatte es satt, ihr Theater wegen Sibby anzuhören. Sie war doch viel schlauer gewesen, als man ihr anmerkte, diese Sibby, und vielleicht schlau genug, um ungestraft davonzukommen, aber das war noch nicht so ganz sicher. Grannie Fogarty vermißte Sibby schrecklich, weil Sibby immer nützlich und zu ihr freundlich gewesen war. Er selbst vermißte sie nicht besonders – nicht entfernt so wie Mike. Richtig, jetzt fing sie schon wieder davon an.

»Der einzige Trost ist, daß Sibby kein so schlechtes Mädchen ist, Tiger, wie sie jetzt hingestellt wird. Dafür hat mir Mister Hogan sein Wort gegeben. Was immer sonst sie getan hat, denk immer dran, daß deine Schwester kein schlechtes Mädchen ist, Tiger.«

»Yeh«, sagte Tiger und hatte es wirklich satt.

Sie fing von was andrem an.

»Wir haben einen langen Tag vor uns, Liebchen.«

Es würde ein schrecklich aufregender Tag werden. Alles wegen Mike, deswegen war es eine Affenschande, daß Mike es nicht mitgenießen konnte.

»Yeh.«

Er war sehr schlechter Laune, der arme kleine Kerl, aber dies war der beste Weg, ihn aufzumuntern. Grannie Fogarty sah ihm über die Schulter. Selbst in der Dunkelheit ahnte man jetzt das Meer. Es war irgendwie eine blassere Dunkelheit. Sie bogen nach links. Sie waren aus dem Dorf heraus, das Meer war an ihrer Seite, und bald würden die letzten verstreuten Häuser zurückbleiben. An dieser Stelle hatte eine Angst vor Cloona sie überfallen, damals als die Fahrenden das erste Mal hier ankamen. Nun denn, jetzt war es vorbei.

Sie zog sich in den Wohnwagen zurück. Bessie Flynn rückte beiseite, um ihr unter den Decken Platz zu machen. Grannie Fogarty kroch hinein, wobei sie sorgfältig vermied, eines der schlafenden Kinder anzustoßen. So traurig sie war, ihre Lider fingen fast sofort an zuzufallen.

»Will's Gott, schläft sie jetzt auch schon fest.«

»Was ist?« fragte Bessie, so mißmutig wie Tiger. Sie waren alle erschöpft und verstimmt, wie denn auch nicht? Später würden sie ihren Kummer ertränken, ganz gehörig, und danach, obwohl es im Moment schwer zu glauben war, würde alles wieder werden wie vorher und wie immer.

»Ich dachte nur an die Madam.«

»Die Madam war schon recht, vielleicht 'n bißchen zu herrschsüchtig. War nicht ihre Schuld, daß alles so gekommen ist«, sagte Bessie. »Wegen ihr haben wir 'n hübsches Sümmchen auf die Seite gebracht.« Sie schnupfte kurz auf. »Und die Caseys noch dazu die ganzen Ersparnisse von Mike, Gott hab ihn selig. Die reden schon davon, sich 'n neuen Wohnwagen anzuschaffen oder 'n Auto. Jaja, die werden jetzt ganz groß aufdrehn.« Grannie Fogarty seufzte wieder. »Und mach dir mal keinen Kummer wegen der Sibby«, sagte Bessie sehr freundlich. »Hat ja doch keinen Sinn.«

Grannie Fogarty wußte, daß sie nie aufhören würde, ihr die diebische Enkelin vorzuhalten, wenn sie wieder mal stritten, aber jetzt waren sie alle nett zu ihr. Kummer machte die Menschen weich und freundlich, solange er dauerte.

»Ich denke nur immer dran, was aus ihr werden wird, Bessie.«

»Ach ja, sicher. Aber was wird aus uns allen?«

Der Pritschenwagen und die Wohnwagen waren jetzt schon weit hinter Cloona. Grannie Fogarty befand sich zwischen Wachen und Schlaf, in jenem Zustand, in dem einem große, weise Gedanken kommen, nur ist man zu müde, um sie auszusprechen, daher schiebt man das bis zum Morgen auf, und am Morgen sind die Gedanken dann weg. Da war ein Gedanke, den sie noch ein bißchen festhalten wollte, damit sie sich morgen daran erinnerte. Im Moment kam er ihr sehr weise, sehr tiefsinnig und trostreich vor, würde aber bestimmt später rein gar nichts sein. Es war so etwas Ähnliches wie: Daß nicht nur sie heute nacht durch die Dunkelheit reisten, sondern daß alle Menschen überall in der Dunkelheit mit ihnen zögen.

Una Troy im dtv

Mutter macht Geschichten

Eine jung gebliebene Witwe, die es satt hat, sich von ihren drei erwachsenen Kindern bevormunden zu lassen, entschwindet eines Tages. dtv 1286 / großdruck 25003

Die Pforte zum Himmelreich

Zwei recht unkonventionelle Ordensschwestern im Kampf mit der Äbtissin des Klosters. dtv 10405 / großdruck 25052

Ein Sack voll Gold

Eine heitere Familien- und Liebesgeschichte vor dem Hintergrund eines konservativen irischen Dorfes. dtv 10619 / großdruck 25002

Trau schau wem

Als Ellen O'Sullivan den armseligen Hof ihrer Eltern für viel Geld verkaufen kann, wollen ihre Geschwister ihr plötzlich vorschreiben, wie sie ihr Leben einrichten soll... dtv 10867

Kitty zeigt die Krallen

Eine seit zweiundzwanzig Jahren glücklich verheiratete Frau nimmt den Kampf mit einer attraktiven Nebenbuhlerin auf. dtv 10898

Stechginster

Acht Ruhe suchende Weihnachtsurlauber in einem romantischen Gästehaus werden von sechs fanatischen Jugendlichen in einen ungewöhnlichen Kriminalfall verwickelt. dtv 10989

Das Schloß, das keiner wollte

Ein adeliger Verwandter hinterläßt einer eher bescheiden lebenden Lehrerfamilie ein Schloß. dtv 11057

Eine nette kleine Familie

Die allseits beliebte Lehrerin Miss Meade will Ordnung in die Verhältnisse einer »netten kleinen Familie« bringen, die durch die Ankunft eines fünften Kindes in ihren Grundfesten erschüttert wird... dtv 11150

Läuft doch prima, Frau Doktor

Ann Morgan ist nicht nur Ärztin aus Leidenschaft, sondern auch verantwortlich für ihre beiden jüngeren Geschwister, die ihr diese Aufgabe in keiner Weise erleichtern. dtv 11214

Die Leute im bunten Wagen

Eleanor Moore und ihre Großnichte Rose stellen den Park ihres Herrensitzes »fahrendem Volk« als Winterquartier zur Verfügung. dtv 11350 (März 1991)

Amei-Angelika Müller im dtv

Foto: Studio Kleiber

Pfarrers Kinder, Müllers Vieh
Memoiren einer unvollkommenen Pfarrfrau

Sie ist ein Morgenmuffel, Kochen ist nicht ihre Stärke, und auch sonst entspricht sie nicht dem Ideal einer Pfarrfrau. Sie wollte auch alles andere werden, nur das nicht. Doch sie lernte einen Theologiestudenten kennen – und lieben.
dtv 1759 / dtv großdruck 25011

In seinem Garten freudevoll...
Durchs Gartenjahr mit Wilhelm Busch

Jeder glaubt Wilhelm Busch zu kennen, doch eine Seite des berühmten Zeichners, Dichters und Philosophen ist weniger bekannt: Er war ein großer Naturfreund und Hobbygärtner. Amei-Angelika Müller hat diesen »anderen« Wilhelm Busch aufgespürt in seinen Briefen, Gedichten und Zeichnungen, in denen er von Gärtners Freud und Leid erzählt, das menschliche Leben mit dem Ablauf der Jahreszeiten vergleicht und Tiere und Pflanzen beobachtet.
dtv 10883

Ich und du, Müllers Kuh
Die unvollkommene Pfarrfrau in der Stadt

Nach sieben Jahren in der ländlichen Pfarrei folgt Amei-Angelika Müller ihrem Mann auf eine Pfarrstelle in der Stadt. Neue Erlebnisse und Erfahrungen warten auf die »unvollkommene Pfarrfrau«, von denen sie mit viel Selbstironie und gekonnter Situationskomik erzählt.
dtv 10968

Sieben auf einen Streich

Eine herzerfrischend fröhliche, witzige und humorvolle Familiegeschichte: Sieben Geschwister nebst Anhang, insgesamt siebzehn Personen, darunter nicht weniger als drei Pfarrer, versammeln sich zu einem Familientreffen im Harz. Vergnügliche Einblicke in eine ganz und gar unmögliche Familie...
dtv 11204

Veilchen im Winter

Was macht eine junge Frau, die sich von ihrem skibegeisterten Ehemann zum gemeinsamen Winterurlaub überreden läßt, obwohl sie selbst völlig unsportlich ist und den Winter zutiefst verabscheut? Sie würde nach wenigen Tagen enttäuscht und zornig abreisen – wäre da nicht eine gleichgesinnte Seele in Gestalt eines kleinen Jungen.
dtv 11309

Isabella Nadolny im dtv

Ein Baum wächst übers Dach

Ein Sommerhaus an einem der oberbayrischen Seen zu besitzen – wer würde nicht davon träumen? Für die Familie der jungen Isabella wurde dieser Traum in den dreißiger Jahren wahr. Doch wer hätte zum Zeitpunkt der Planung und des Baus daran gedacht, daß dieses kleine Holzhäuschen, »das so unvollkommen war und so liebenswert wie alle Träume, deren Erfüllung man sich anders vorgestellt hat«, eines Tages eine schicksalhafte Rolle im Leben seiner Besitzer spielen würde? dtv 1531

Seehamer Tagebuch

Heiter-ironisch erzählt die Autorin in diesem unkonventionellen Tagebuch vom Einzug des ersten Fernsehers in die ländliche Idylle des Seehamer Holzhäuschen, von einer Mittelmeerkreuzfahrt, von Putzfrauen und Handwerkern. Erinnerungen an den Vater werden lebendig, an frühere Festlichkeiten, an das erste Auto, an den Erwerb des Führerscheins, an Haustiere, an viele kleine Begebenheiten und Erlebnisse. dtv 1665

Vergangen wie ein Rauch
Geschichte einer Familie

Als einfacher Handwerker aus dem Rheinland ist er einst zu Fuß nach Rußland gewandert und hat es dort zum Tuchfabrikanten gebracht, in dessen Haus Großfürsten und Handelsherren, der deutsche Kaiser und der russische Zar zu Gast waren: Napoleon Peltzer, der Urgroßvater des Kindes, das ahnungslos die Portraits und Fotographien betrachtet, die in der Wohnung in München hängen. »Vergangen wie ein Rauch« sind die Zeiten, doch die Erinnerungen der Noch-Lebenden sind wach, und das Kind lauscht ihren Erzählungen. – Eine anderthalb Jahrhunderte umfassende Familiengeschichte. dtv 10133

Durch fremde Fenster
Bilder und Begegnungen

Treffsicher und liebevoll schildert Isabella Nadolny Menschen, denen sie begegnete und die sie bewundert. »Alltägliche Leute? Sie sind alle etwas Besonderes, denn sie haben ihre Merkwürdigkeiten und ihre Schicksale – man braucht nur hinzuschauen und hinzuhören, so wie es Isabella Nadolny mit Anmut und Empfindsamkeit hier tut.« (Frankfurter Allgemeine Zeitung) dtv 11159